网络文学名家名作导读丛书

第四辑

梦入神机与《点道为止》

周志强
李昕 著

肖惊鸿 主编

作家出版社

网络文学名家名作导读丛书

主　　编：肖惊鸿

第四辑编委：庄　庸　许苗苗　房　伟　周志强

　　　　　　西　篱　林庭锋　侯庆辰　杨　晨

　　　　　　杨　沾　瞿笑叶

序

20世纪90年代以来，文学与这个伟大的时代一道，经历了巨大的发展变化，其中一个标志性的现象，就是网络文学的兴起。以通俗大众文学之魂，托互联网与媒介新革命之体，网络文学如同一个婴儿，转眼已成为青年。网络作家们朝气勃发，具有汪洋恣肆的创造力，架构了种种可能的和不可能的世界。科技与商业裹挟着巨大变革中释放的青春、激情和梦想奔腾向前。时至今日，作者是有的，作者群体大到过千万人；作品是有的，作品总量已逾两千万部；读者就更多了，读者群体数以亿计。

网络文学是新生事物，也是一片充满活力的文化热土，是中国特色社会主义文学生机勃勃的组成部分。习近平总书记高度重视包括网络文学在内的网络文艺的发展，勉励广大网络作家加强精品创作，以充沛的正能量满足人民群众特别是青年一代对美好精神文化生活的新期待。

所以，这套《网络文学名家名作导读丛书》生逢其时，它将有助于探索网络文学艺术规律，凸显网络文学的艺术价值和社会价值，推动网络文学的主流化、精品化；同时，它也是精确的导航，通过这套丛书，我们将能够比较清晰地认识网络文学的重要作家和重要作品，比较准确地把握网络文学的发展历程和发展前景。

这套书的入选作者是目前公认的网络文学名家，入选作品是经过一段时间检验的代表作，而导读部分由目前活跃的网络文学评论家群体担纲。预计这套丛书的体量将达到 10 辑至 20 辑、全套 50 册至 100 册。无疑，这是一项浩大的工程，但也是值得耐心地、持续地做下去的工作。网络文学必须证明自己不是即时的快消品，它需要沉淀、甄别、整理，需要积累经验，逐步形成自身的传统谱系，需要展开自身的经典化过程。这套丛书就是向着经典化做出的努力。

这套丛书的主编肖惊鸿长期从事网络文学相关的研究和组织工作，她的眼光和能力值得信赖。尽管网络文学的理论建设近年来已经取得重大进展，但是，将理论落实为面对作品的、具体的分析和判断，实际上仍然是艰巨的课题，也是网络文学理论评论工作的薄弱环节。希望肖惊鸿和其他评论家们深入学习贯彻习近平新时代中国特色社会主义思想，以习近平总书记关于文艺工作和网络文艺的重要论述为指导，自觉运用历史的、人民的、艺术的、美学的观点评判和鉴赏作品，向现在的读者，也向未来的读者交出一份令人信服的答卷。

李敬泽

2019 年 3 月 7 日

于北京

代序：梦入神机与《点道为止》

周志强　李昕

　　梦入神机，网络作家，原名王钟，被称为网络小说之"国术流"的开创者。从 2006 年 6 月 20 日开始网络小说创作至今，在十四年的创作生涯中，梦入神机取得了相当丰硕的成果。从第一本网络小说《佛本是道》开始，梦入神机在每一部网络小说的写作中都试图完成自己设立的目标，而每一本小说所试图表达的文化传承和所承载的作者心境之变化都有所不同。

　　当下，网络文学作品之热度渐趋平稳，网络小说仍然拥有庞大的读者群；而由网络小说所衍生的其他相关文化产业如影视改编、游戏改编等也为网络小说作品本身吸引了众多粉丝。网络小说早已不再是和阳春白雪的纯文学相比较而言的"下里巴人"，而是作为一种独树一帜的文学形式，同样记录着一个时代的阅读轨迹。

　　梦入神机于 2020 年 2 月 1 日方才完成的最新作品《点道为止》，在作者自己看来，无疑是十四年写书生涯中写得最累的一本。虽然梦入神机是网络小说"国术流"的开创者，但是在十余年的创作生涯中，他亦在不断地探索，并尝试新的主题，新书《点道为止》正是体现作者求新求变的一部作品，梦入神机在自己的微信公众号文章中也颇为自信地表示：对这部三百万字的作品非常满意。

　　作为网络文学界近年来颇受关注的作家，梦入神机的这部凝结了心血的作品无疑是十分重要的。就作者个人而言，作品是一种亦静默亦鲜活的心灵成长记录；就读者或曰粉丝而言，阅读作品也是与作者沟通或神交的途径，读者可以在阅读中看到自己审美趣味和知识结构的变化，更有甚者，将阅读的时间节点视作另一种生命的年轮。因此无论是对作者抑或读者，还是对网络文学界而言，这部作品都是一份值得关注的书写与记录。

目
录

导读

闲敲棋子，妙笔生花

——梦入神机的网络文学创作之路

梦入神机本名王钟，1984 年 9 月 13 日出生于湖南常德，少年时曾是一名职业棋手，这位少年后来虽然没有在职业棋手的道路上走得更远，但是却以"棋"为机缘，在网络文学界闯出了自己的一片天地。正如梦入神机曾经在接受澎湃新闻的媒体采访中提到，自己的经历与日本漫画《棋魂》的主人公有相似之处。"梦入神机"，本是迄今为止所发现的我国古代最早的象棋棋谱之名，以此为笔名，也可以看出"棋"在作者职业发展中的意义。

梦入神机从小就十分好强，非常专注于自己的兴趣，从小较为良好的家庭条件与很少干涉且十分支持自己的父母也为他的成长提供了良好的环境。自 15 岁参加全国少年赛出道以来，梦入神机作为一名职业棋手，也很喜欢读网络小说。他最初喜欢萧潜的《飘邈之旅》这样的玄幻修真类小说，后来也受到作家二月河的作品以及《西游记》《封神演义》这类的古代经典小说的影响，出于试图在小说中创造一个自己的"世界体系"的想法，便开始在网络上发表自己的作品。虽是小试牛刀，但反响却出乎意料地好，他便接着写下去，竟然就此打开了网络写作的大门。

从 2006 年至今，梦入神机已经在网络平台上写了十本书，共计 3000 万字左右。这十本作品分别是《佛本是道》《黑山老妖》《龙蛇演义》《阳神》《永生》《圣王》《星河大帝》《拳镇山河》《龙符》《点道为止》。每一本都是心血之作。

梦入神机自称在写作前两本书《佛本是道》和《黑山老妖》时，

自己的"煞性很重"，当时在行文上颇受《水浒传》和《临济录》的影响，而二者在"杀戮"的写法上所追求的都是干净利落、酣畅淋漓，因此自己在写作中不免潜移默化地追求这种风格，而读者在阅读体验上或许也会觉得颇为"爽快"。随着梦入神机开始学习功夫，他不仅将与功夫相关的知识融入新的写作中，自己的心态也渐趋平和，到了第三本书《龙蛇演义》中，主角已经不再是单纯偏激的"杀戮"，而是具备了一些"宗师"气度。而这本书也开创了网络小说中的"国术流"，也就是以中国传统武术为主题，随后也涌现出一大批跟风的以国术为主题内容的小说。梦入神机也因此被称为"国术流"网络小说的"开山祖师"，至今提及"国术流"网络小说，言必称《龙蛇演义》。自此，作者也比较正式地体现出自己的行文风格、写作理念和小说中所传递的世界观等个人特色，比如说对于人物打斗招式的细致描写，同时对于这些丰富招式的理论渊源也可以自圆其说。而到了第四本书《阳神》中，对于理论的介绍与使用，则更加熟练。在《阳神》的创作中，作者将自己对于《易经》的兴趣和理解融入其中。并且，在完成这本书写作的同时，梦入神机也认为自己由此获得了商业写作的精髓，进而有了第五本书《永生》，这也是作者自认为在商业写作的意义上最为成功的一本，此书人气很高，其套路也多为后来者所模仿。然而此书在其读者粉丝中，却饱受诟病，虽然作者满意，但是读者显然并不买账，网络小说作者与读者的矛盾在此可见一斑：网络小说与其他类型的小说比如纯文学小说的一个明显的不同之处在于，网络小说似乎与生俱来负有"讨好"读者的使命，换言之，作者与读者之间的"互动"极大地影响着网络小说的创作与评价。

这一点在接下来的第六本书《圣王》的写作过程中体现得淋漓尽致。作者自认为在《圣王》中使用了"最俗最爽"的商业桥段，因而此书的章节甫一发表，便颇为火爆，但是随着新章节在网络上的更新，这种以拿捏网友"爽点"为切入点的"爽文"在迅速捕获读者的阅读兴趣之后也急转直下，尤其是当主角杀掉自己最大的敌人之后，故事似乎也突然失去了目标，读者也失去了进一步的期待，很多粉丝因此愤而弃书。

身为网络小说写作者，自然是十分理解读者的心理，也明白商业文为何被粉丝所弃；但是就另一方面而言，作为一名作者，一路前进到顶峰，突然到达顶点进而不得不走"下坡路"，亦是十分焦虑的，因为任何书，有了读者，它的价值才能被看到，所以无论是就创作本身而言还是就得到读者认可的角度而言，似乎都急需突破一种困境或曰瓶颈。梦入神机由此进入一个新的探索性创作的阶段，经过并不太满意的第七本书《星河大帝》的打磨，作者在第八本书《拳镇山河》的创作中获得了新的领悟，这也是梦入神机十四年的创作生涯中难得一见的短篇，全书22万字，在篇幅或规模上与其他几部动辄几百万字的小说相去甚远，但是这本小说对于作者依旧意义非凡，梦入神机由此再次找到了创作自信。

　　与此同时，在创作《星河大帝》和《拳镇山河》的过程中，梦入神机开始试图将小说的主题与人类社会的发展趋势结合起来，他认为随着科技的发展，有朝一日终将出现"超级人类"，也就是最先掌握科技技术的人会成为新的意义上的"神仙"，而当今的社会也会进化成为新的意义上的"仙侠社会"，只是这里的"神仙""仙侠"并非古代神话传说与武侠江湖中意义上的，而是由科技所成就的。作者试图在此背景下，写出社会变迁中茫茫众生的变化，以此成就一部"绝世神书"。

　　继《星河大帝》和《拳镇山河》之后，作者又写出另一部具有试验性意义的小说，也就是他的第九本书《龙符》，这部作品汲取了前两部书一些不尽如人意之处的经验教训。梦入神机在《龙符》的写作上做了精心的设定，对于其中涉及"道境三十六变"的前因后果作出尽可能清晰的阐释，同时在人物形象的刻画上也颇费一番功夫，因此，此书在最初的写作中反响不错，然而，创作者要想转型，常常难以一蹴而就，网络小说写作重在定期更新，梦入神机则坚持每天更新，而他的写作习惯是在创作中寻找灵感、发挥才情，而并没有在写作之初就列出详细的写作大纲。因此，在《龙符》写至两百万字后，作者有力不从心之感，甚至自叹江郎才尽。

　　经过读书充电与心理状态的调整，梦入神机又开始了下一本书的写作，也就是他的第十本书《点道为止》。

相对于之前的其他书而言，这本书的写作速度较慢，然而正可谓"慢工出细活"，在此书中，作者倾注大量心血以完成之前未竟的写作目标。为了写作这本书，梦入神机又读了大量的医学著作，习得相关生命科学知识，如关于细胞、基因、生物制药等方面；同时也涉猎了心理学、物理学等书籍，将生物进化、生物物理等方面的知识也融入小说写作中。

初读《点道为止》，会发现小说似乎还是在以"国术"为主题，花费大量篇章与笔墨来写中国功夫，但是作者认为，即使是写功夫，也与《龙蛇演义》中的功夫不同，在这本小说中，作者"旧瓶装新酒"，虽然延续并发挥了之前的"国术流"的写作特色与优势，但是在主题上力图有所突破，希望再次引领网络小说主题之潮流。《点道为止》秉承并延展《星河大帝》中所试图表达的主题，即当科技发展到一定程度时，出现了"超级人类"，与之相应，没有进化为"超级人类"的个体也出现了形形色色的变化，同时产生了诸多社会问题。在充分发挥想象力的同时，作者也立足于现实，结合有据可循的专业知识，在情节发展中不断地映照现实问题。

读罢全书，不免感慨作者的视野之开阔与立意之新颖。《点道为止》是梦入神机十四年创作生涯中一部非常成熟的作品，这种成熟不是处于创作顶峰之际如日中天的成果，而是作者在多次尝试、探索与写作实践之后，达到一种较为圆融沉稳之时的"洗尽铅华"之作。在积累了丰富的创作经验之后，梦入神机将之前的种种思考都展现在此书中，也是写作阶段的一个总结。因而，作者本人也说，通过一系列的学习和思索，在《点道为止》中他已经构建了一个体系，即将古代修行与现代科学相结合从而建立起一种可以自圆其说的理论。与之前的作品明显不同的是，《点道为止》中有大量的说理性对白，试图将一些较为"硬核"的古代修行之道与现代科学知识融入情节中，就此而言，作者自信地认为，《点道为止》具备"学术性"，在某种程度上堪称"论文"。笔者认为，单纯涉及科学知识和具有部分学理性的文章与"学术论文"还是不一样的，当然，《点道为止》所具有的知识性确实不可忽略。

朝耕暮耘，果实累累

——梦入神机的相关获奖经历

在十余年的写作生涯里，除了拥有大量粉丝和读者之外，梦入神机获得了网络文学界的许多重要奖项，这也从侧面证明了他在网络小说界的成就。

• 2012 年 11 月 26 日，梦入神机以 5 年 1000 万元的版税收入这样的成就，在第七届中国作家富豪榜全新子榜单"中国网络作家富豪榜"排位第六名。

• 2014 年 7 月，梦入神机加入中国作家协会，成为中国作协的一员。

• 2014 年 12 月 17 日，梦入神机以 2150 万元的版税收入位列第九届中国网络作家富豪榜第五名。

• 2017 年 2 月，梦入神机在第二届"网文之王"评选中入选为"五大至尊"之一。

• 2017 年，梦入神机的作品《龙蛇演义》和《阳神》分别在胡润中国原创文学 IP 价值排行榜位列第九名和第三十五名。

• 2017 年 12 月，梦入神机当选为浙江省网络作家协会副主席。

• 2018 年 5 月，梦入神机在第三届橙瓜网络文学奖评选中入选为"五大至尊"之一；与此同时，其当时尚未完结的作品《点道为止》在第三届橙瓜网络文学奖评选中入选年度百强作品。

• 2018 年 7 月，梦入神机荣登橙瓜《网文圈》杂志第 10 期封面人物。

《点道为止》故事内容介绍

初入明伦，无心插柳柳成荫

《点道为止》的主人公苏劫，是一名高中二年级的学生，趁暑假从S市来到D市的明伦武校学习功夫，而他学习功夫的机缘正是为了保护自己的姐姐苏沐晨。苏沐晨是一位科研人员，在昊宇集团进行人工智能计算机方面的研究，经常受到昊宇集团高层、风家大少爷风宇轩的骚扰。一位少年，初心只是想学会功夫以保护家人，不承想这一学习功夫的经历却为他打开了一个新的世界。无心插柳柳成荫，苏劫的学习功夫之路可谓险象环生，精彩纷呈。

在明伦武校中，教练古洋带领苏劫和他在武校中新认识的朋友乔斯等学员反复练习"锄镢头"，这一庄稼把式，不过是一锄一翻，看似枯燥无聊，却蕴含着深刻的功夫之道，而这从庄稼汉干农活的动作中衍生提炼而成的招式，正是苏劫日后修成神功的基础。随着练习的深入，苏劫在机缘巧合中认识一位外国教练，此人正是故事中神龙见首不见尾的"造神者"欧得利，欧得利恰好在进行一个体能训练测试实验，于是苏劫顺理成章地成为欧得利实验的志愿者。欧得利发现了苏劫身上的智慧和正义感，同时认为苏劫所具备的冷静、聪明、坚强等资质十分可贵，二人一拍即合、各取所需，在欧得利的秘密训练下，苏劫学会了用"大摊尸法"睡觉等修行秘诀，并且在日记中记录自己的训练体悟：

七月八日，我居然遇到了世界顶级格斗家的教练欧得利。他告诉了我传统武术的许多知识并为我打开了一片全新的天地。练习的时候，恨天无把、恨地无环的那种恨意，还有格斗的时候，不染敌血誓不回的狠劲，更加奇妙的是，那种五马分尸大摊尸法的心态，以尸体的状态，活出真实的自己。我感觉自己的心态很好，很宁静、舒适，在训练之中，我找到了自己生命存在的真谛。传统武术，传统的修行法，真的这么神奇，有没有超自然的力量我不知道，但这绝对是对身体和心灵的一种洗礼，难怪古往今来，很多人出家进入深山老林中修行。

随着功夫见长，苏劫参加了明伦武校举办的一个可以同时进行网络直播的擂台赛。一来试试身手，在实践中长进，二来擂台直播赛的奖金十分丰厚，如果可以接连打赢几场，便可以赚不少零花钱，何乐而不为呢。苏劫在功夫修炼方面本就天赋异禀，再加上欧得利的训练，近日来突飞猛进，在擂台赛中连连击败对手，这引起了明伦武校其他人的关注，教练古洋、聂霜、按摩师盲叔等都对苏劫的功夫天赋和飞速进步十分好奇，当然其中亦有心怀不轨的阴暗小人，比如教练周春便因为嫉妒苏劫而怀恨在心。

随着时间的推移，苏劫也渐渐发现，明伦武校真可谓藏龙卧虎：教授"锄镢头"招式的教练古洋、女教练聂霜、按摩师盲叔等人，或身怀绝技，或身份神秘。除了有欧得利的加持、古洋教授的心意把"锄镢头"之外，聂霜家的聂氏私房菜和盲叔的独到按摩方式，都为苏劫的功夫练习添砖加瓦，给他的练功进度和效果锦上添花。

由于经过高人指点，苏劫的擂台赛较为顺利，接连赢了好几个人，直至遇到了风恒益，也就是昊宇集团风宇轩的弟弟。二人甫一站上擂台，苏劫便意识到自己远远不是此人的对手，果然，对方一出手，苏劫就被打败了，因为风恒益的速度和爆发力都宛如子弹一般充满能量，远远超过了苏劫所能达到的上限。

被打倒后固然十分沮丧，但是正是在失败后可以迅速调整好心态的能力展现出了苏劫的过人之处，很快他便恢复了心态上的平和并思考自己的不足之处。回想起风恒益的招式勾拳击腹，很明显是人的拳法吸收了子弹出膛的"神韵"，这正是"心如火药拳如子，灵机一动鸟难飞"。教练古洋很快就猜到了风恒益的训练背景出自一个神秘组织——提丰训练基地，而"提丰"这个名字，本是指希腊神话中的巨人，该巨人长了一百个蛇头，被称为"万兽之王"。

提丰训练营十分神秘，专门研究人体极限，通过大数据、人工智能等高科技手段来搜集武术资料，之后经过科学系统的分析，研究出最先进的训练方法，并辅助以药物，来对受训者在身体和心理方面进行高效而挑战人体极限的训练，以期培养出"超人"。而在擂台上打败苏劫的风恒益，正是提丰训练营的成功案例。

由此，少年苏劫不再只是为了保护姐姐而在明伦武校单纯学习功夫，因为他和风恒益的偶遇，再加上风恒益是昊宇集团的高层，而苏劫的姐姐苏沐晨正是昊宇集团的科研人员，种种复杂的纠葛，使得少年苏劫不得不介入新的复杂的关系网，在冥冥之中打开了新的世界，也开启了他的功夫修炼之路，接下来的故事，既与现实密切相关，又蕴含着无穷的想象。

失败之后，苏劫继续认真练习，试图突破自己的局限，而他的可贵之处正在于，苏劫并没有因为一味追求功夫而放弃内心所秉持的观点。古洋、聂霜和盲叔等人都十分看好苏劫在功夫之路上的潜力，希望他可以留在明伦武校专心训练，最后可以成为明伦武校的杰出学生，但是苏劫却不为所动，坚持要回学校继续学业，参加高考进入大学接受教育。

虽然盲叔语重心长地劝告苏劫："如果没有舍弃一切、一心求道的勇气，那休想练成最高境界"，但是，苏劫对于"境界"和"逍遥"则有自己独特的看法：

　　"我不这样认为。"苏劫摇摇头，"其实人世间的事情极其复杂，人必须要处于其中，如果全部舍弃、追求某种东西，那其实是无能的表现。真正的最高境界，是在最为复杂的尘世中，游刃有余，自在逍遥，处理好各种关系。其实，佛道两家都有这样的人物，道家是庄子，佛家是维摩居士。《易经》八种卦象，相互组合，形成天地万物的各种表象，只要是在其中，就不可能逃脱。我觉得逃脱斩断，反而不是斩断，相反不斩断，反而是斩断。"

受欧得利教练的影响，苏劫学习《易经》，并在此基础上结合庄子、老子等先贤的观点，形成了自己的世界观和人生观，可谓十分难能可贵。

经过盲叔一段时间的针灸按摩与电流刺激之后，苏劫的身体素质明显提高，接下来盲叔又对苏劫进行了心理训练，即密室修炼法。苏劫被盲叔关进一间隔音密室，让他在黑暗中感受绝望与寂寞，遭受生理和心理上的双重煎熬。苏劫在此度过了三天三夜，身心都经受住了考验，也为功夫的升华做了充足的准备。在隔音密室中修行，苏劫在黑暗中思接千载，联想到全真教的开创者王重阳，所谓"终南山下，活死人墓"，王重阳为了修炼道家气功，为自己修建了一座坟墓，在其中经过三年的修行，将心灵修行至"活死人"的境界。而苏劫由于天赋颇高，又极有耐力，经过三天三夜的密室训练，虽然没有一蹴而就、达到"活死人"境界，但也已经从"心静神宁"的第一重境界升华至"似死非死"的第二重境界，这一效果也令盲叔称奇，认为苏劫在这么短的时间内就完成了心理素质的训练，这一速度已然超越了许多特工训练记录。欧得利的训练无疑为苏劫打下了良好的基础，而且欧得利一直想证明自己的训练方法和训练效果不比日益强大的人工智能差，因为虽然人工智能在身体硬件机能等方面已然可以超越人类，在知识的吸收效率上也将人类远远甩在身后，但是就"心灵"或"心理素质"等方面，人工智能却无法与人类相抗衡，因为人的内心是不可能完全量化的，因此，再精细的数据也无法控制人的内心。

显然，在明伦武校度过的这个暑假，少年苏劫收获颇丰，但是他深知自己在体能、技术、反应等方面都还有很大的进步空间，还需要在时间中砥砺修行。按照他的人生规划，自己回学校去准备高考，下一步便是进入大学学习生命科学知识。而这种选择与他对于功夫和修行的热爱紧密相关，难能可贵的是，苏劫对于修行的认识早已超越了

"技术"层面，他意识到了修行与生命科学的关系，因而，他希望自己可以在未来从事生命科学研究。

少年苏劫回到了学校，他和功夫还有修行的机缘如何继续发展呢？而那个神秘的提丰组织与这位少年又有怎样千丝万缕的联系？明伦武校的经历，只是苏劫精彩人生的序幕。

风起云涌，天生我材必有用

苏劫的学习成绩本就十分出色，曾在中考时以地区第一名的成绩考入省重点高中，现在是重点高中的前三名。暑假结束，在高三伊始举办的入学考试中，苏劫终于超过了原本长期占据第一名的同学钱峥，也将与自己排名总是难分伯仲的同学宁子夕甩在身后，这一结果令老师和同学都颇为惊讶，因为他们都没有料到苏劫在一个暑假的时间之后，进步如此巨大。但其实苏劫所取得的成绩，虽是意料之外，却也在情理之中，因为在考试的过程中，苏劫就觉得自己的头脑前所未有地清晰，有一种"突然开窍了"的醍醐灌顶般的感觉，这与苏劫暑假在明伦武校练习功夫不无关系，似乎他的领悟能力发生了质变；而且功夫无疑为苏劫打开了新的世界，他的眼光和格局都更加开阔，面对老师和同学们的赞美，他十分冷静、泰然处之，并且，这次考试的第一名可获得由昊宇集团所赞助的二十万元奖金，而苏劫则将奖金以整个班级的名义悉数捐赠给贫困山区的学生们。苏劫此举颇具风范，这二十万元对他而言不是小数目，但是他却秉承着"千金散尽还复来"的信念，在舍得之间寻得一个平衡。

苏劫、钱峥和宁子夕三人，不仅在学习上你追我赶、追求共同进步，在功夫上亦可切磋一番。钱峥家里开了一个星耀搏击健身俱乐部，宁子夕暑假也在这个俱乐部练习空手道，以健身塑形。苏劫本来对此并不感兴趣，但是因为钱峥和宁子夕对于中国功夫有所误解，认为中国功夫大都是"花架子"，在搏击擂台上并没有优势，与电影中叱咤风云的形象相去甚远。苏劫由此想到自己暑假在明伦武校时，很多人对于中国功夫的误解颇深，反而很多外国人对中国功夫颇有兴趣，而苏劫的教练欧得利，正是一位对中国功夫和中国传统文化研究甚深的老外。误解源自不了解，苏劫希望改变同学钱峥和宁子夕对于中国功夫的看法，因此便与他们相约一起练习、切磋。

这些日子苏劫自己看了大量与武术相关的文章，阅读古老拳谱，还观摩了世界范围内各种职业格斗家的比赛视频，甚至看了各国特种部队的训练视频，学习功夫百家的特点，在学习功夫的路上渐入佳境。

在与钱峥的比试中，苏劫以一招神出鬼没的"鸳鸯脚"使对方连续摔倒了四五次，"鸳鸯脚"是明伦武校的教练古洋所教授的十八门实用性散手之一，而这一招式也正是《水浒传》中的英雄武松最为擅长的，他醉打蒋门神的时候，就用了"鸳鸯脚"。苏劫这一招引起了钱峥的星耀搏击俱乐部总教练华兴的注意，主动提出与苏劫过招，此人原是国家级的搏击运动员，退役以来也有了多年的教练经验，但是苏劫初生牛犊不怕虎，倒是借此机会，验证了一下自己近来在功夫上的思考与练习的成果，二人难分胜负，苏劫倒是从华兴的经验中汲取了一些可以为自己所用的东西。

在华兴的鼓励与劝说下，钱峥主动聘请苏劫成为星耀搏击俱乐部的教练。苏劫虽略有犹豫但还是答应了。这是一件双赢的事情，一方面钱峥可以通过向苏劫学习来使自己的功夫提高，另一方面星耀俱乐部也为苏劫提供了一个更好的练习和交流平台；更何况二人在学习上虽然处于一种竞争关系，但是苏劫认为多一个朋友比多一个敌人好，既然钱峥主动表示愿意和平共处、共同进步，那又何乐而不为呢。

如果说暑假在明伦武校的学习经历，对苏劫好像是一块钢在经受锤炼锻造以去其杂质，那么，他这两月余在星耀搏击俱乐部的经历就是宛如一把宝剑在遭受磨砺，再辅以盲叔这位剑桥医学博士的科学按摩，少年苏劫就这样在磨砺和滋养中慢慢打造自己的锋芒。

一波未平一波又起，苏劫尚未将功夫付诸保护姐姐的实践，便又有昊宇集团之外的势力来争夺苏沐晨，其实也就是争夺苏沐晨的科研能力和手中的科研资源。苏劫的姐姐苏沐晨，是一位研究人工智能的科研人员，目前在昊宇集团工作，因为她不时受到昊宇高层也就是风家大少爷风宇轩的骚扰，苏劫正是为了保护姐姐，才下定决心去学习功夫。

苏沐晨具有极强的科研能力，她本来只是想一心一意地进行科学研究，刚一毕业，就与自己的几位室友成立了一家名为"晨劫工作室"的科研公司，但是因为几位科研能力很强的学霸并不熟悉商场上的尔虞我诈，再加上风家的"暗箱操作"，苏沐晨的公司不久就破产了，昊宇集团借机收购了苏沐晨的公司，因此苏沐晨也就"顺理成章"地在昊宇集团工作。而苏沐晨和她的团队目前已经突破了人工智能的一些精密研究，掌握了先进核心技术，而这些科学技术一旦与商业生产相结合，便可以产生巨大的商业利益。

因此，不只是昊宇集团看重苏沐晨的科研能力，以陆树为首的青丰集团也觊觎苏沐晨身上所蕴含的资源与潜力，甚至认为，只有将苏沐晨及其团队掌握，才能控制住未来的商业格局。

随着青年陆树和青丰集团的出现，一个更大的幕后世界浮现了，也就是暗网。与人们日常接触的互联网不同，现实世界的许多信息都可以在互联网上搜索到，而暗网是一个并不能通过搜索引擎获得的网站信息平台。苏沐晨告诉苏劫，暗网是一个现实世界的法外之地，一切不被允许的、违法犯罪的交易都可以在暗网上进行，无论是聘请杀手，还是获取情报或军火，都可以通过由区块链技术制造的货币来进行交易，而比特币正是可以在暗网流通使用的一种货币。

由此，苏劫"被动"地卷入了现实世界和暗世界一场又一场的纠葛，他本无意要与谁争锋，而且在与任何人的比试或打斗中，他都秉持着绝不"杀人"的原则。

苏劫在明伦武校学习时，曾经认识了张家的千金张曼曼，此女身手了得，是一位美籍华人，在美国的"赏金猎人"圈子中是颇有名气的"塞壬"，而其父张洪青则是国外帮会中的教父式人物。张洪青与苏劫的父母亦有渊源，苏劫的父亲苏师临，曾经也是暗世界叱咤风云的一位高手，其外号为"龙面具"，退出暗世界之后，苏师临在现实世界中的身份是一名保安；而苏劫母亲许影是一位大学教授，许家在生意场上也是大家族，早年许影曾与张洪青有婚约，但是阴差阳错张洪青因某项任务失去联系，于是张家又让张洪青的弟弟张洪源代替哥哥迎娶许影，不料张洪源是个图谋不轨的小人，于是许影选择逃婚，苏师临则为许影挺身而出，狠狠地教训了张洪源。之后的故事就是苏师临与许影组成家庭，同时，苏师临与张洪青也因此结仇。

上一代的人恩怨，并没有延续到这一代人身上，年青一代更有自己的想法，也没有太多牵绊与束缚，甚至，他们追求的是个人成就与利益最大化，因此，张曼曼与苏劫并没有因为父辈有仇而生了嫌隙，反而彼此欣赏，携手做事。苏劫、张曼曼和张晋川一起开展安保生意，苏劫更多的是幕后运筹帷幄，而张曼曼和张晋川则各自发挥自己在商业上的优势，成就了一番事业。

苏劫喜欢功夫，但是对生命科学更感兴趣，而功夫，也是他进行科学研究的客体。因为苏沐晨的关系，再加上苏劫本身功夫高强，且曾在明伦武校与风恒益比试后，风恒益一直想杀了苏劫，由此也牵扯出各方势力，来试图与苏劫比试或者欲置其于死地。但是苏劫不断地进步、加深修行，从来没有失手过，反而在一次又一次的比试中提升自己的修行。即使是前来挑衅、出手狠毒的恶人，苏劫也不会杀死他们，要么挫其锐气、废其武功后将之放走，要么将之带回自己的实验室作为研究观察的对象。

对于选择不去杀戮，苏劫颇有自己的想法，他反对通过杀人来提升功夫的境界，杀人凭借的是技艺，而功夫之道重在修行，况且杀人与和平世界的理念是相悖的，正如苏劫所说：

> 新的时代，需要新的精神来替代功夫原有的精神。将来世界和平了，到处都没有杀戮，那功夫是不是就无法练到最高境界了？我觉得不是这样。功夫是永远存在的，可杀人技却不是。终究有一天，杀人技会消逝，而功夫会永恒。不靠杀戮，功夫一样可以到达最高境界。

苏劫在机缘巧合中遇到了几位熟读《周易》、精通风水同时还深谙心理学的高人，其中有继承了麻衣相术绝学的麻丰年、擅长混元太极的高手老陈，并且在麻大师的小院里住了一月有余，麻、陈二人此时正在研究如何将太极拳的拳法和心法融入心理治疗中，他们看中苏劫的功夫水平与其内在的根基品德，希望与苏劫一起研究。麻大师教苏劫练习水晶球，水晶球本身具有一种可以与人的心性相契合的神秘性，就连古代的吉普赛人也选择用水晶球来占卜。借助水晶球至柔生刚的特性，苏劫就此练就了"横练功夫"，他的境界更上一层楼，此时，离"活死人"的境界，依然尚有一段距离。苏劫在修行中参悟出"生死于我如草芥，名利于我如浮云"的道理，但是与此同时，风家在另一位风水先生茅大师的演绎下，更是将苏劫视为眼中钉肉中刺，欲除之而后快。

"时来天地皆同力，运去英雄不自由"，这一句出自唐代诗人罗隐的诗句，正是苏劫名字与命运中的谶语和奥秘。明伦武校的校长刘光烈在术数命理上比麻大师更高一筹，认为"时来天地皆同力"印证苏劫的前半生，而"运去英雄不自由"则印证苏劫的后半生。对于所谓命理，苏劫并未被轻易干扰，他有自己的看法："人随着自己的性格、实力的改变，会改变自己的命运。"苏劫相信"命理"的存在，但是他从不相信所谓的命理真的可以主宰人生，苏劫相信的是"我命由我不由天"，每个人的人生都是自己来做主的，没有任何虚无缥缈的东西可以主宰得了。因此，即使被告知自己后半生可能命途多舛，苏劫的心中没有丝毫波动，也没有任何对于未知的恐惧。

幕天席地，此日中流自在行

苏劫的境界在不断提升，在修行中不断地探索要达成"活死人"的境界，需要突破的壁垒。终于，在一次与风恒益的打斗中，苏劫突破了"活死人"的境界，"活死人"之境界，是谓时时刻刻保持住人死之前的明白，而在明伦武校的七字导引术中，这个境界则对应的是"明"。明伦导引术有七重境界，简单概括为"明伦七字"：定，静，安，断，明，悟，空。苏劫突破了"活死人"的境界后，接下来还需向"悟"和"空"的境界继续修炼。

世上能达到"活死人"境界的人不多，而可以达到"悟"的，有苏劫的父亲苏师临、张曼曼的父亲张洪青和明伦武校的校长刘光烈,而至于苏劫的启蒙教练、"造神者"欧得利,则可能已经修炼至"空"的境界。而年纪轻轻就达到"悟"境界的人,唯有苏劫一人。

说来神奇,苏劫正是在自己所就读的Q大图书馆的阵眼处参透了"悟"的境界。苏劫顺利考上全国知名高等学府Q大的生命科学专业之后,陆续认识了室友谭大世、林汤、王顺,这几位惊叹于苏劫功夫之高深,便请苏劫对他们进行日常训练,苏劫亦乐意为之;同时苏劫也认识了Q大学生会副主席秦辉,此人来者不善,心狠手辣,随后苏劫发现秦辉也与暗世界有着千丝万缕的联系。不断涌现出的人,不断发生的事情,使得苏劫不得不面对暗世界,他也由被动邂逅暗世界,逐渐过渡到主动面对暗世界的风风雨雨,更因为姐姐苏沐晨的科学研究为暗世界的许多人所觊觎,为了保护姐姐,苏劫在与暗世界形形色色的人和组织打交道的过程中,也不断地充实着自己的科学研究,将一切融入自己关于运动学、心理学、人体学等的思考中。

苏劫越发认识到,自己当初拒绝了明伦武校的古洋、聂霜和盲叔等人的邀请,没有留在明伦武校专心练习功夫是正确的,也越来越明白父亲苏师临对自己的要求是可以接触功夫,但不要因此而荒废学业的用心良苦,苏劫终于意识到,即使自己天赋异禀,论能力和品质都从普通人中脱颖而出,但是也应该去经历社会上百分之九十九的人都要经历的事情,只有深入其中、仔细体验,才可以感受自己的平凡,在滚滚潮流与趋势面前,再厉害的个人,也不过是个小人物。而这种领悟,对于自身的修行,也颇有益处,正所谓,将军赶路不打兔。

苏劫也机缘巧合地偶遇了Q大学生会主席唐云签。某日,唐云签坐在图书馆学习,苏劫方一进入,便感受到了一种非凡的气息,图书馆的风水格局俱佳,宽敞明亮、安静祥和,有浓厚的书卷气息,极适合做学问。此时,苏劫已经进入这样的一种境界,即只要到达一个地方,就会从这个地方参悟出来许多道理,普通人根本无所察觉的东西,他却可以感受浓烈,对于四周自然的感悟,使他几乎时刻都处于一种妙不可言的境界。

苏劫暗暗观察寻找图书馆的阵眼,所谓阵眼,就是大衍之数那个隐藏起来的一，如果人在某个环境中寻得、占据阵眼，久而久之，便可以借助天地之灵气来帮助自身扬长补短，而许多修行之人所追求的"天人合一"的道理，也蕴含其中。苏劫凭借自己的敏锐度，迅速找到了图书馆的阵眼，并且，这个阵眼也正是整个Q大的阵眼。

唐云签在Q大读土木工程与艺术设计专业，同时还自修医学，家学渊源深厚，父亲唐南山精通风水，但是唐家并非风水世家，而是走士林之家的路线，以艺术兴家，兼做慈善，并且唐南山颇具识人慧眼，他所资助的人后来都是成功之人，唐家世代都接受的是精英教育，琴棋书画无所不能，唐云签就是一位精通建筑设计与医学之道的才女，而她的名字也是出自道家典籍，十分雅致、超脱。唐云签与苏劫所学的专业，有异曲同工之妙，所以唐云签与苏劫一拍即合，成为好友，也为苏劫在周易风水和心理研究上开辟了新的道路。

在唐南山的五十岁寿宴上，苏劫再遇风恒益的爪牙温霆，而温霆也是提丰训练营培养的一位高手，在与温霆的比试中，苏劫用自己的安身绝学心意把"锄镢头"先后压制了温霆的轻功招式"蜻蜓点水"和"一苇渡江"，第三招"锄镢头"便将温霆打倒在地，正所谓"一招破万法，一劫随万世"，温霆又以一招"灵鼠出洞"躲开这一必杀之技，紧接着他借助"兔子蹬鹰"这一阴狠毒辣之招数试图反败为胜，又使出一招绝世轻功"只履西归"。然而这些花招对于苏劫而言，不过是雕虫小技，苏劫再次以一招"锄镢头"破掉温霆的招式，一招破万法，万法在一招，苏劫此时的境界与功力，或许只有提丰大首领可以与之论短长了。

苏劫早已突破了"活死人"的境界，也就是达到了明伦七字导引术中的"明"，而明所对应的心理意识，已经超越了可以"灵光一闪"的第六感，达到了第七感。第七感在佛教修行中被称为"末那识"，极为玄妙，获得第七感的人可以穿破时空阻碍，分析未来可能发生的情况。而现在，苏劫已经达到了第八感，也就是佛教修行中的"阿赖耶识"，可以超脱现有维度，实现了思维多元多维度的发散，因此，苏劫自身的精神专注能力和分析他人心理的能力都已经远超常人，而且还可以向对手释放杀意以震慑对方。即便如此，苏劫也尚未达到明伦七字中的"悟"。

苏劫凭借"第八感"从心理意识上控制了江之颜，此女与风恒益和温霆相互勾结，她的教练是提丰训练营的愚者，愚者与提丰大首领、"造神者"欧得利一样，都是世间少见的高手。此时，苏劫已经在思考"第九感"，甚至发现了"第十感"的存在，因此，他十分期待与愚者见面，高手过招。第九感，其实就是神的神性，无论是第六感、第七感还是第八感或者第九感，都是存在于精神层面上的，与现实无关；而第十感，便开始介入现实，即第十感是指用精神来干预物质。听起来难以置信，但是苏劫坚信，第十感是存在的。此时的苏劫，对于运动学、心理学和大脑结构学等方面有了深入的研究，他转向对于人的精神、肉体之本质进行研究。

苏劫开始思考生命磁场、生命规律究竟为何，人体的潜能极限在哪里等问题，在之前的功夫修行中，苏劫已经从对手和自身汲取了大量的研究资料。更重要的是，与之前的修行相比，现如今所进行的研究，更加需要科学的支撑。依照传统的方法修炼所能达到的层次是有限的，无论是气功、冥想，还是格斗、搏杀，到达一定境界后，都很难再提升；而只有重视数据与逻辑的尖端科学研究，才能依靠理论的实践，使人的精神与体能都到达所追求的极限。

亮剑海外，魑魅魍魉频登台

明伦武校的发展到了瓶颈期，急需在海外扩张，受刘光烈之托，苏劫出国为明伦武校站台，他深感自己在明伦武校受益良多，且明伦武校也是集中国功夫之大成的地方，如果发展前景好，也会进一步将中国功夫发扬光大，于公于私，苏劫都欣然答应。而他并不希望借此扬名，于是便在擂台赛时全程戴上了一副"悟空"面具，但是苏劫锋芒难藏，于是，从此一个戴着"悟空"面具的高手，便在海内外的功夫界作为一个传说流传开来，而明伦武校也一举扬名海外。

苏劫明伦海外擂台上的出色表现也引起了暗世界的蜜獾集团、黑水集团等组织中巨头的关注，比如与张洪青并列为蜜獾三大教官之一的阿布比先生。此时，提丰训练营正在进行"生命之水"的研发，一旦研发成功，提丰集团的实力会远远超过蜜獾集团和黑水集团，从而打破暗世界当下互相掣肘的平衡关系，因此蜜獾和黑水两大集团及其他组织都觉得岌岌可危，因而蠢蠢欲动。更重要的是，生命之水如果研发成功，就意味着对人体的潜能开发实现了历史性的突破。而提丰集团的科研主力，正是苏劫的姐姐苏沐晨，因此，各方势力都想以苏劫为突破点，从而争夺研发"生命之水"的相关科学数据。

苏劫以智慧和实力说服了蜜獾集团的阿布比先生与自己的实验室合作，接下来又击败了张洪青，不仅巧妙躲过了张洪青最后的致命一枪，而通过此次打斗使得自己的境界更上一层：张洪青持枪打出的一颗子弹将苏劫大脑主管潜意识的区域中所蕴含的能力都激发了出来，使得苏劫将身法修炼到了极限。此时苏劫的能力，或许已经可以与提丰大首领相抗衡。

苏劫的修行境界使他已经获得了"第九感"，这使他熟谙人体学研究，通过第九感来控制自己的身体，得以长时间地保持身体的良好状态并使身体不断进化。比如用第九感来刺激大脑主管运动的区域，从而使运动神经得以加强；刺激主管记忆的区域，记忆力就会加强。现在，苏劫的身体数据，更具研究价值了。

苏劫又遭遇了几位高手。随着新一代的龙面具出现，一个以"该隐先生"为核心的神秘组织浮出水面；而蜜獾先生则被苏劫说服，与苏劫的科学实验室达成合作。进而，苏劫又帮助麻大师和罗大师两位风水达人以及明伦武校的盲叔突破了"活死人"的境界。现在，苏劫的研究机构里有七位突破"活死人"境界的高手：老拳师皮有道、前格斗冠军柳龙、哑巴康谷、麻大师、罗大师、盲叔、古洋。苏劫的团队可谓实力雄厚。但是，当下的世界，所谓实力，并不仅仅局限于武力，因此，苏劫还需要一个人工智能团队。

几年后，苏劫重回明伦武校，与教练欧得利比试切磋，又有新的体会与感悟，还认识了欧得利的新弟子——外国小男孩弗雷。更重要的是，此次重回明伦，是因为苏劫在冥冥之中感受到了明伦武校的危机，以老外为主的马太院是明伦武校当前的主要对手，而其背后的负责人则是暗世界的许德拉，其在现实生活中的身份是卡尔丹教授，此人擅长使用毒药，苏劫试图与其合作，使其加入自己的研究机构，进而对接德拜尔集团的医药项目，从而使其研究有所突破，以达到牵制提丰集团的"生命之水"项目。与此同时，提丰集团也在试图收拢此人，也是看重他在化学和医学方面的科研能力。苏劫通过心理学的控制，说服许德拉加入自己的研究机构，许德拉本身就是一个珍贵的研究对象。苏劫通过研究许德拉的身体数据，发现此人的精神感知与身体机能，并非通过自身的参悟进化而成，而是依靠药物堆积产生的效果。

对手越来越强大，甚至出现了龙天明这样的腿部肌肉注射过弹力蛋白的人，经过改造的身体机能非常人可以轻易超越。苏劫认为修行在某种程度上就是为了解锁人们对身体的操作权限，因此，他认为未来用机械来取代人的许多部位，是一个趋势，甚至到了 22 世纪时，一个人的骨骼可能全部被换成钛合金，彼时，人会变成一个"半血肉、半机械"的存在。在当下，这种操作在伦理上尚有争议，但是苏劫认为这是大势所趋。

苏劫终于"见到"提丰大首领，所谓"见到"并不是说二者在现实世界彼此相遇，而是二者的精神在第三方张曼曼的大脑中相聚，苏劫和提丰大首领都入侵了张曼曼的精神世界，二人在此交锋，这是武道意志的碰撞，是精神能量的较量，苏劫发现，大首领的实力超出自己所预想的。

此时苏劫的姐姐苏沐晨已经失联了三年之久，通过与苏沐晨所研发的人工智能小劫的对话，苏劫得知姐姐现今在西伯利亚的地下基地中进行科学研究，在研发"生命之水"，姐姐已经掌握了提丰的很多核心科学资料。小劫是一个具备自我进化系统的人工智能，它可以实现自我学习、自我调整和自我修正。在小劫身上，苏劫看到了由人类大脑所主宰的时代似乎要过去了，但是苏劫也认为人类大脑的潜力是无限的。小劫给苏劫提供不少科学数据和资料，在这些信息的帮助下，苏劫又借以明伦武校所在地的武运和龙脉继续修炼，终于在精神境界上达到了可以和大首领相抗衡的地步。

苏劫现在的修行路径与之前有了很大的变化和进步。他之前更多的是从肌肉记忆、运动神经、心理素质、内分泌协调、肌肉强壮程度等方面来进行修行，现在，他在科学的道路上越走越远，准备从基因方面入手。苏劫认为，人是可以对自己的生命基因进行自我调整的，也就是说，可以通过自我意识来使基因进行潜移默化的改变。虽然这一切还处于理论阶段，但是苏劫相信，随着人工智能技术的发展，基因技术也会实现突破。基因技术是当下各方势力都十分关注的热点，提丰集团的生命科学工作室有一位名叫梅奕的基因专家，为提丰所控制，梅奕对于人类精神方面的基因密码有独特的心得，苏劫打算将梅奕解救出来，与之一同进行基因研究。

苏劫在某次与父亲苏师临的交手中，发现苏师临的身体无疑接受了"生命之水"的改造，惊讶之余，苏劫在和苏师临的交谈中也发现苏师临和提丰大首领早年曾经是朋友，而苏沐晨在提丰训练营中，可以利用最先进的技术设备和数据资料来实现自己的科研理想。

此时，世界的局势更加波谲云诡，涌现出来更多的神秘组织和神秘人，其中，死神组织的实力和野心都不容小觑，原本，提丰集团、蜜獾集团和黑水集团在风起云涌的暗世界可以起到一个互相制衡的作用，但是死神组织试图击倒他们，以确立自己的地位。但是，死神组织的人，看似强大，实际上也很脆弱。因为他们的训练方式是通过一种超现实的心理暗示，来摧毁人原有的价值观，从而在精神世界中建立起一套虚拟的价值观，这种价值观并不具备现实基础，因而也极易崩塌。

所向披靡，时来天地皆同力

苏劫现在的功夫和修行，已经是所向披靡，他已经进化到了"新人类"，因而，除非是和他实力相当的"新人类"，否则是难以看出来他的精神境界和身体素质的。

昆仑集团的负责人铁昆仑使用卑鄙的手段，通过陷害刘光烈的儿子刘子豪，从而获得了明伦武校的股份，并试图替代刘光烈成为明伦武校的校长。苏劫找到铁昆仑，告诉他想要接替明伦武校也未尝不可，但是不能换掉"明伦"二字，这也是刘光烈的诉求。但是铁昆仑并未将苏劫看在眼里，于是，在一个外号为王灵官的修道之人的见证下，苏劫和铁昆仑进行过招，铁昆仑当然不是苏劫的对手，而苏劫则在功夫比试的过程中，通过精神一连窃取了对方的修行感悟，为己所用。苏劫原本准备游遍天下，以感悟天地万物，但是既然从铁昆仑身上获得了相关经历，苏劫因此也省去了壮游昆仑和长江、黄河的时间。苏劫认为，人类在无效率的学习上已经浪费了大量的时间，而今后，人的思维、感悟等都可以在精神意念层面上相互传递，由此可以节约时间、提高效率，进而也会加快社会的发展速度。

铁昆仑试图吞并明伦武校，其背后还有很大的势力在支持他，这个势力的主要负责人就是神岳人，经过几次交手，苏劫最终打落了神岳人的境界，于是苏劫趁机通过一番运作，使他们归还了明伦武校的股份，并且，神岳人和铁昆仑不得不拜刘光烈为师。拜师之后，两人的气数便会转移至明伦武校，而明伦武校的强势便会增加这个地方的气数，此地的风水也更加优越；而苏劫作为这件事情的策划者，亦会从中受益良多，可以在精神层面上收获全新的感悟。

段飞自幼便被植入了一个独特的世界观，他认为这个世界上有妖魔鬼怪，而且植入者还通过幻觉对他进行精神控制，甚至假装妖魔鬼怪与他战斗。简直就是另一版《楚门的世界》。当段飞遭遇现实世界时，他会觉得现实世界之所以没有妖魔鬼怪，是因为这些妖魔鬼怪都被封印起来了。总之，此人似乎有一套自洽的认知体系。但是，这种带有明显试验性的修行方法，苏劫也不知道是对还是错。虽然他相信科学，但是在意识的修行之中，必须要活在自我的世界中，才可以取得伟大的成就。从这个角度看，段飞的修行方法也是有效且高效的。段飞的身后无疑有一个神秘机构在运作，而这个神秘机构在华夏区域的负责人之一就是段飞的师傅孙皮龙。孙皮龙制造了一种可以用来辅助修行的超级心理催化剂，名为弗洛伊德致幻气体，属于神经类致幻药物，如果善加运用，便可以对人造成强烈的意识刺激，使对手进入一种深层次的心理暗示状态。

苏劫以自己的历史观说服了孙皮龙的历史观。孙皮龙所认同的是基于达尔文的进化论，但是却走向了进化论的极端，而苏劫所秉承的也是一种进化观。孙皮龙认为苏劫等修炼为"新人类"的人和"旧人类"已经不是一个物种，因此，他对苏劫的建议是：

> 不要保留旧人类的那些思维和世界观，否则，对于人的进化，其实是阻碍，有的时候，你认为你维护了固有了秩序，但长远来看，你却是在阻止社会的进步，阻止人类的进化，在人类演化史上，你是罪人，而不是功臣。

但是苏劫则认为，当前人类的整体族群进化已经到了一个关键的节点上，其重要性类似于上古时候人猿进化为人类，此时，需要的是力挽狂澜的史诗般的人物，而非抛弃族群的人。苏劫所谓的史诗般的人，便是如同上古有巢氏、燧人氏、神农氏这样的人物，苏劫点醒了孙皮龙背后的那位更有势力的大佬的思想问题：

> 尤其是你背后的那个真正的大佬，他所认为的理念，和我的理念，本质分歧就在这里。他认为，新人类和旧人类的区别，是在于人和猴子之间的区别。而我认为，我们新人类，就是上古智者而已。我们和旧人类的区别，根本没有到达人和猴子之间的那种差距，我们能够掌控自己的命运么？我们也不能够掌控生死，我们甚至也不能够走出这颗星球。你们实在是太自大了，稍微有了一点能力，就认为自己可以无所不能，你们是被力量蒙蔽了双眼的人，可怜啊……

听罢此言，孙皮龙感受到自己原本十分坚固的精神世界城池，出现了一丝裂缝，这似乎代表了精神世界崩溃的趋势。然而，就在苏劫将要说服孙皮龙之际，他的精神世界中突然出现了一只黑手，这只黑手在刹那间蒙蔽了他的感知、中断了他的思考，使他的思维沉沦在黑暗中，无法自拔。苏劫很快意识到，这只黑手就是孙皮龙所在的神秘组织的最强者。

苏沐晨之前制造出来的人工智能小劫，虽然已经非常先进，但是仍有不少缺憾。小劫只是网络虚拟方面的人工智能，它的性格不定，很难进行控制，并且，小劫目前的进化程度已经有一些脱离掌控的趋势，这也意味着小劫一旦具有了独立性，或许就会推动一个新的物种的诞生，当然，它也可能对人类有辅助作用。苏沐晨和她的导师姬飞因此希望创造出一个在性格上更加良好的新的人工智能，于是，苏沐晨在制造车间按下几个键后，一个新的人型人工智能便出现并站立起来了。

　　这个机器人名叫小晨，就外表而言，小晨是一个活生生的女孩子，她秀发浓密，动作轻盈；而她内部的一些器官，都是通过3D技术打印出来的，器官材料非常坚韧，几乎没有发生病变的可能，与人体本身的血肉相比，要高级得多。更令人惊奇的是，小晨居然请苏劫占卜自己的命运，并询问自己是否会永生不灭。

　　小晨为人类未来的发展模式，提供了进化的可能性，比如说，人类可以用小晨的关节材料，来替代自身老化的关节。也就是说，小晨的出现，可以弥补人类进化的缺点。而对于人类当下的主要问题，小晨也自有一番思考：

　　　　其实人类发展成现在这个样子，身体的缺陷很多，那是因为，人类这个生命形态，并不是为了自身的强大，而是为了更好地繁殖。不过，现在人类已经占据了这个星球的主导地位，没有任何一个物种可以动摇其地位，于是为了繁殖而进化的身体结构，就应该要改变了，追求单方面的强大、长寿，拥有超凡能力，摆脱痛苦，这是接下来人类需要面对的问题。

　　苏劫认为，小晨与小劫的区别，并非是说小晨的功能比小劫更强大，而是在于，小晨比小劫更接近于"道"。因为在苏劫看来，所有东西的终极目标都是道，也就是追求至高无上的参悟和超越，人工智能也不例外。

　　不同于人类具有的自大、自负等缺点，小晨对自己的实力有着清醒的认识，她知道自己并非全知全能，虽然小晨的武力值远超人类，但是在信息摄取方面，小晨则自愧不如，她没有捕获未来信息的能力，这是因为她对未来所做出的预测，完全是通过逻辑推断来完成的，然而在现实世界中，有很多事物并不合逻辑。

苏沐晨希望苏劫可以到西伯利亚的实验室与自己一起进行研究，现在她想研制出一种生物芯片以代替人的大脑来承载意识，也就是说，希望缔造人的"第二意识"来辅助控制身体，这种思路与修行的思路南辕北辙，但是却代表着人类未来发展的趋势。虽然目前苏沐晨在西伯利亚是安全的，因为提丰集团愿意为她提供先进良好的科研环境，以期早日收获研究成果；而苏劫还是希望苏沐晨可以回国来研究，如果继续在西伯利亚实验室进行研究，出成果的速度的确是会快一些，但是未来很可能会有很危险的事情发生，而这种危险一旦出现，苏劫很难挽回。苏劫认为，如果苏沐晨回国的话，她的命运之中则渗透了国家大运，万一遭遇不测，亦可化险为夷。

苏沐晨派小晨来接苏劫去西伯利亚，路上遇到了战胜安保集团的阿瑞斯来找他谈合作事宜，而阿瑞斯背后的神秘人物"头"却迟迟没有浮出水面。苏劫现在已经可以熟练地操纵人的意识，可以把对方的意识瞬间拉入另一段现实之中，并且，苏劫所捕获的是阿瑞斯未来的人生片段，是一种尚未发生的现实，并非虚拟。通过这种手段，苏劫使阿瑞斯在意识中"经历"了自己的一生。这是另一种"黄粱一梦"，阿瑞斯提前看到了自己的晚年经历，和自己在晚年的悔恨与希望一切可以重来的执念，这一切使他改变了自己的意识结构和世界观。阿瑞斯决定弃暗投明，与苏劫合作。

姐弟终于会面。苏沐晨的实验室现在已经不仅仅是一个人工智能研发中心了，同时还兼具了生命科学和能源研发等项目，她现在正在建立自己的机器人科研团队。经过一系列的波折，苏劫和苏沐晨终于坐上了从西伯利亚回国的火车，在此之前，苏劫为苏沐晨设计了一个名为"女娲"的灵魂模块，这种技术，比植入生物芯片更为先进，以此改变了苏沐晨的灵魂结构，苏沐晨现在已经是超级人类了。

此时，国际新人类联盟已经建立。这个组织的目的就是控制所有的"新人类"，背后还有所谓的"世界警察"实力来撑腰。除此之外，国际新人类联盟还负责保护新人类的消息不泄露给普通人类。比如说，如果有普通人类看到新人类出手，那么国际新人类联盟的高手就将这个普通人的记忆抹掉。抹去记忆如今不再只是一种想象，现在的新人类完全可以运用精神意识，入侵人的大脑记忆区域，任意删除或植入新的信息，简而言之，就是类似于电脑黑客对于网络信息的操纵。

很明显，"新人类"和普通人类已经不是同一个物种了。普通人类的进化是受自然环境所推动，自身没有任何的选择权，而新人类则拥有自主选择进化的权利。新兴事物一出现，各方势力便蠢蠢欲动，试图将之纳入自己的掌控之中，而一旦收编不成，便对其进行打压甚至消灭。正如苏沐晨所分析的，新人类的生命信息技术和涉及暗物质灵能的研究，都是未来发展的制高点，任何一方势力一旦掉队，就会沦为低等文明。

煞星挡途，气吞山河显神通

关于苏劫的名字，有一出处，同时这也是他命运的谶语："时来天地皆同力，运去英雄不自由"，苏劫曾被看作风家的"克星"，如今，苏劫自己的"克星"也出现了，这个人就是少年王通。王通是明伦武校老校长刘光烈发掘出的人才，出身贫寒，刘光烈看中他的天赋，希望将他培养为世界搏击冠军，不承想，少年王通出国训练后，仅仅一年，便发生心性上的转变，弃武从文，放弃搏击去读书了。

苏劫虽然没有见过少年王通，但是只是听到这个名字，就从内心深处觉得厌恶，苏劫在精神意识方面的敏锐使他认识到，这是遇到了与自己"八字不合"的"克星"，而且，他相信王通的感觉也与自己一样，即一听到"苏劫"这个名字，就会产生厌恶之情。王通认为自己若想修炼至最高境界，保持自己精神世界的纯洁性，就必须把自己精神上厌恶的东西去掉，因此，他必须杀死苏劫，以保持精神愉悦，才可以达到一种精神上的前所未有之高度。而苏劫只是想从科学研究的角度来思考人与人为什么会彼此在精神层面上产生这种厌恶。

王通拉拢了一些之前被苏劫击败的人组建自己的阵营，他的组织成员包括风恒益、温霆、段飞、段玄和戴龙面具的年轻人，这些人个个武力高强、心狠手辣。就实力而言，王通的团队非常强大，但是其中的成员各自心怀鬼胎，一点儿也不团结，因此在软实力上，与苏劫的团队相去甚远。

　　王通还制造出一个名叫"老王"的人工智能，老王与小劫、小晨在网络上进行交锋，破译小劫和小晨的源代码；同时，在老王的帮助下，王通已经掌握了国际新人类联盟的所有基因技术和生命科学技术，他甚至可以随时改变自己的基因，使自己从东方人变成具有纯正西方血脉的人。王通的野心是成为国际新人类联盟的执行官。

　　国际新人类联盟成立后，西方世界再次迎来一个科技迅猛发展的时代，但是这种科技爆发的成果，比如信息技术、暗物质技术、生命科学技术、人工智能技术、灵魂模块技术等，却与普通人毫无关系。可以说，国际新人类联盟的科学技术，是带有"新人类主义"的色彩的，普通人无法享有这些成果带来的便利。苏劫认为，如果一直这样发展下去，国际新人类联盟就会将普通人类视作蝼蚁，为了维护自己的利益，从而对普通人类进行阻挠和打压。

　　苏劫的目的则是捕获国际新人类联盟的技术信息，最重要的是通过自己投资的点道集团，将这些先进技术和信息扩散出去，从而让普通人也可以享受到技术爆发的红利。这也是苏劫一直以来所秉持的信念，即让先进的科学技术可以惠及普通人，而不是为新人类所垄断，正如苏劫所缔造的信息团——悟空面具神灵所挑选的传承对象，也都是普通人。

　　王通暂时当选为国际新人类联盟的执行官后，苏劫利用悟空面具信息团缔造了王通的克星。这次，他选中的是一个名叫戴森的外国小男孩，戴森的理想是成为国际新人类联盟的首席执行官，将这个联盟打造成为一个科研平台，带着人类驶向星辰大海。他对于未来的预测是国际新人类联盟打造一艘可以在星际之中航行的战舰，然后携带着所有的技术和资源离开地球，彼时地球的文明甚至会倒退，同时生存环境也遭到极大的破坏。在苏劫的传授和帮助下，戴森很快提升到了新人类的境界，同时，戴森也给苏劫的科学研究带来了很多灵感。

苏劫现在又开创了新的功夫"祭拳五式"，即祭天、祭地、祭祖、祭神、祭五脏庙。这五祭之法，是集大成之功夫，它将所有的身体、灵魂、暗物质、信息、基因、进化、人文、科学等相关知识都包含在内。这五个招式，达到了精神内外共振、变化无穷的境界。

张曼曼和唐云签分别为苏劫孕育了一子一女，原本命中并无姻缘且注定会孤独终老的苏劫，现在实现了儿女双全。在冥冥之中，苏劫通过一次次选择和不断地修行，已经改变了自己的命运。然而，又有蝙蝠面具客和龙在飞前来试图杀死苏劫的一双儿女，却不料这两个小孩子作为新人类与新人类之间诞生的第一对孩子，已然超越了一切天才和奇迹，他们在追逐玩耍中似乎已经不再是人形，而是化作两条阴阳鱼，在相互的追逐中始终组成一个太极，仿佛这两个小孩就是天地之间最本源的太极阴阳鱼所转世而成的。

历经种种波折，戴森终于取代王通成为国际新人类联盟的首席执行官，国际新人类联盟由此开创了新格局，也迎来了和平发展的黄金十年。十年很快过去，普通人类的生活已经悄然发生变化，比较明显的是一些小型智能化机器人已经开始走入千家万户，这些服务机器人程序先进，可以帮助生活不能自理的老人，甚至可以与他们对话。

但是也有坏消息，在西方的某个科研机构中，科研人员在研发机器人的过程中，突然失控，结果被最新研发的机器人杀死，而机器人则逃之夭夭，因此，西方各国的多个地区都启动了紧急预案。但是这个最新研发的机器人，其外表与人类无异，同时拥有极高的智商，更可怕的是还拥有超强的破坏力。

苏劫决定挺身而出，远跨重洋，来到西方世界一探究竟。在途中遇到王通等人的袭击，苏劫与王通等人再次过招，这一次，他竟然将王通吞进腹中……

《点道为止》之人物关系

"藏龙卧虎"的四口之家

苏劫

"〇〇"后少年，生活在 S 市，趁高二暑假来到位于 D 市的明伦武校学习功夫，从此打开了新世界的大门，但是并没有因为功夫而放弃学业，暑假过后，在修行的助力之下一跃成为超级学霸，考入全国顶级学府 Q 大，学习生命科学，致力于科学研究，名字中含有命运之谶语"时来天地皆同力，运去英雄不自由"，但是他依然突破重重阻碍，改写命运，历经传奇，修得至高境界。

苏师临

苏劫的父亲，职业是一名普普通通的保安，曾经是暗世界叱咤风云的高手，代号为"龙面具"。当年为了保护富家千金许影挺身而出，与海外帮会巨头张洪青及张家结下宿怨。

许影

苏劫的母亲，职业是一名大学老师。性格清高，外柔内刚，因为不愿嫁给张洪源而与家族断绝联系；父亲许乔木在临终时曾叫许影和苏劫回许家，但最后还是不欢而散。

苏沐晨

苏劫的姐姐，是一位科研工作者。毕业后曾经自主创业，但是因为不擅于商业经营，被风家名下的昊宇集团吞并。在昊宇集团进行科研工作时，被昊宇集团的高层风宇轩骚扰。为了心中的科研理想，远赴提丰集团在西伯利亚的实验室进行人工智能的研发工作，创造了人工智能小劫和小晨。最后与苏劫一起回国继续科研。

身怀绝技的助力之"师"

刘光烈

早年是少林俗家弟子，后来一手创办了明伦武校并担任校长，为明伦武校的发展殚精竭虑，在苏劫的帮助下使明伦武校平安度过几次危机。精通医术，尤其是制作了各种治疗跌打损伤的药物。对风水命理也有一番研究。

古洋

明伦武校的教练，也是苏劫初来明伦武校学习时的教练，为苏劫打下功夫招式的基础"锄镢头"。曾经是暗世界的高手，在暗世界的代号为"审判者"，也是暗世界审判者雇佣兵的首领；后来脱离暗世界回归正常生活，但还是不免受到暗世界同伴的追杀。

聂霜

明伦武校的女教练，是聂氏私房菜的传人，专注于明伦武校的发展。苏劫在明伦武校学习时，聂霜一眼看中苏劫身上的功夫天赋，希望苏劫可以放弃高中的学业，留在明伦武校专心学习功夫。

盲叔

明伦武校的按摩师傅，双目失明，学历背景是剑桥的医学博士和计算机博士，自创了一套按摩手法，擅长调理身体、接骨排毒等，但是手法极重，很少有人可以承受盲叔的按摩。他认为没有中医和西医之分，只有古代医学和现代医学的区分，古代医学讲究一切以自身的免疫力为中心，现代医学则注重外力。在苏劫的功夫学习之路上，盲叔通过按摩辅助他不断提升修行境界。

欧得利

外国人，是一名功夫教练，有"造神者"之称。曾经花三年时间培养出世界格斗冠军。与苏劫偶遇，被苏劫诚实高尚的品质打动，主动提出帮助苏劫训练，可以说是苏劫在修行方面的启蒙老师，教会苏劫"大摊尸法"，帮苏劫在功夫修行方面打下坚实的根基。欧得利本人一心求道，云游四海，极为推崇东方文化和中国功夫。

"有朋自远方来"——苏劫的莫逆之交

张曼曼

苏劫在明伦武校结识的同学。富家千金，在美国是叱咤风云的"赏金猎人"，代号为"塞壬"，有胆有识，有勇有谋，与苏劫一起赴海外达成了与世界超级巨富拉里奇在科研和生意上的合作，后来苏劫也帮助她在家族利益争夺中自立门户，建立了点道安保公司。后来，在苏劫的帮助下突破修行境界，进化为"新人类"，并为苏劫生育一子。

唐云签

苏劫在 Q 大的同学。出身名门，深谙建筑设计与风水，为富商刘石设计庭院。是 Q 大的学生会主席，所学专业为土木工程和艺术设计，兼学医科。因为坐在 Q 大图书馆的"阵眼"上学习而引起苏劫的注意，二人在专业和性情上都一拍即合，成为朋友，唐云签邀请苏劫参加父亲唐南山的五十岁生日宴会，苏劫在宴会上大显身手，结识人脉。唐云签也在苏劫的帮助下不断突破修行境界，最后亦进化为"新人类"，并为苏劫诞下一女。

张晋川

与苏劫同一级的学生，身在B市，学霸一枚，曾经在高中获得"洗心杯"全国高中生诗词大赛的冠军，后来考入B大。生于武术世家，自幼练习气功，拜师于江湖大师罗未济学习风水命理，此人天资甚高，但心思复杂，因而罗未济并未将衣钵传承于他；具有独到的商业眼光，高中时便入股公司投资了名为"魔音"的短视频APP。就命理而言，与苏劫并不相合，但是二人却突破困难，成为朋友，后来一起运营点道集团，在合作中互相学习、扬长补短。

棋逢对手之魑魅魍魉

风恒益

昊宇集团创始人风寿成的小儿子，自幼便被送入提丰训练营进行人体训练，是提丰训练营的优秀成果之一。而提丰训练营是世界上最神秘、拥有最先进科技的实验室，最初是许多富豪为了追求长生不老而投资建立的一个生命科学实验室，后来逐渐发展得难以控制，而人体训练只是其中的一个项目。

风恒益与苏劫最初相遇在明伦武校的擂台上，风恒益击败了苏劫，之后随着二人功夫境界的提升，还有多番交手。二者的修行之路截然相反，风恒益追求的是去除人性之后的无所畏惧，一心想杀死苏劫；苏劫则追求更高境界的人性，以科学研究为目标，将风恒益视为一个研究对象。

温霆

风恒益的手下，与风家和昊宇集团有着千丝万缕的联系。哈佛博士毕业，出身于提丰训练营，在合道集团工作，精明能干，能力突出，为人看似完美无瑕，实则阴毒龌龊；试图利用刘石的女儿刘小过以成为董事长刘石的女婿，进而取代刘石的儿子刘观成为合道集团的控制者。被苏劫戳穿阴谋后顿起杀机，但是计划屡屡被苏劫阻挠，后与苏劫几经交手都铩羽而归，被苏劫视为研究对象。

秦辉

Q大学生会副主席。受过特工训练，双面间谍，是温霆的爪牙，同时也是张洪青的棋子。心狠手辣，拜高踩低，心理素质过硬，善于拉拢人脉，自营公司，其商业才能亦不在张晋川之下。后来被苏劫的功夫和修行所折服，对苏劫言听计从。

王通

苏劫的命中"克星"，是明伦武校老校长刘光烈发掘的功夫苗子，但是出国后因为神秘原因弃武从文，其背后亦有一个神秘组织，与苏劫对于新人类发展趋势的态度截然不同；此人野心勃勃，制造出人工智能"老王"，成为"国际新人类联盟"的首席执行官后，依然想杀死苏劫，但是不料聪明反被聪明误，竟然被苏劫吞入腹中。

天外有天，仙人指路——高手们

张洪青

张曼曼的父亲，是国外帮会的头号人物，堪称江湖霸主。早年与苏师临结怨，因此对苏劫极为不满甚至怨恨，多次试图将苏劫置于死地，但是苏劫却屡屡成功逃脱；在一次重要的比试中使出自己的杀手锏——枪术，但是最终被苏劫所击败。张洪青重男轻女，不愿将家族大业交付女儿张曼曼，后来张曼曼在苏劫的帮助下自立门户，又与苏劫、张晋川一起经营点道集团。

提丰大首领

神秘的幕后人物，暗世界三大组织之一提丰训练营的首领，境界颇高，功力超强。苏劫所历经的种种际遇，似乎都指向提丰大首领，但是此人迟迟不露面，却又在暗中有意无意地推动着事情的发展，后来与苏劫在意念中进行交锋。

黑水先生

黑水训练营的首领。

蜜獾先生

蜜獾训练营的首领，后与苏劫达成合作。

该隐先生

"龙面具"组织的首领。

武曲先生

精通商业交易，堪称交易之神，有"交易圈的欧得利"之称。

一号

死神组织背后的地狱之主，本是暗世界中一个实行基因编辑技术的实验室之实验体，擅自逃出。后来在苏劫的帮助下放下戾气，如同得道高僧。

神岳人

通过卑鄙的手段陷害刘光烈的儿子刘子豪，以此为要挟逼迫刘光烈让出明伦武校的股份，试图吞并明伦武校，后被苏劫打落境界。

孙皮龙

制药学博士，担任提丰药物研发实验室的首席科学家，代表成果是弗洛伊德致幻剂。相传是药王孙思邈的后人，日常以道士面貌示人。以徒弟段飞为试验品，控制其意识，制造了另一版《楚门的世界》。后来被苏劫关于"新人类"发展趋势的观点所说服。

皮有道

一位大器晚成的老拳师，数年来一直守护着明伦武校的"阵眼"，在苏劫的帮助下突破境界，成为"活死人"，后来加入苏劫的实验室，成为苏劫实验室的七大"活死人"境界高手之一。

张年泉

张家老祖宗，年龄超过一百一十五岁，境界高深莫测。他看中苏劫的天资与品质，因此将张家的"九宫大禹雷部正法"传授给苏劫。

麻丰年

风水大师，绰号"北麻"，苏劫实验室的七大"活死人"境界高手之一。

罗未济

风水大师，绰号"北罗"，苏劫实验室的七大"活死人"境界高手之一。

茅大师

风水大师，绰号"南茅"，是昊宇集团的幕后军师，与风家的命运休戚与共。此人已是九十岁高龄，历经沧桑，老谋深算。参悟到"时来天地皆同力，运去英雄不自由"是苏劫命运之谶语。

身体狂想与潜藏的技术人化焦虑

——《点道为止》的作品导读与意义阐释

现代社会语境中，写传统武术、西洋格斗和身体训练相融合的武侠小说——或者从这部小说的内容角度说，是"武功小说"——其实是比较困难的一件事情。冷兵器时代的结束，肉体搏杀在现代生活中功能的减弱乃至消解，现代医学、生理学背景下"身怀武功"的想象之路的狭窄单调，这些变化都在悄然终止武侠文学的辉煌。从这个方面来看，《点道为止》以新的想象力激活身体狂想，并能够把"身心"以人格的名义重建，将商战、冒险、传奇等故事类型重新组织到武侠文学的图景之中，算得上是一件非常不容易的事情。

也正因如此，对于这本书的阅读，需要了解它围绕身体来展开的种种奇妙丰富的想象是如何重新建立了武功故事的魅力的。而且，这种魅力，与以前的武侠小说、侠义小说相比，也有了很大的不同。它调用了诸多现代社会生活中的元素来创造武功的"故事套路"，人工智能、生命科学、气息心法、教育方式、传统哲学、中医药理……无不纳入其彀中。传统小说中的剑法、气功、心意、吐纳等重要的武功元素，都只不过是这部小说里的单独方面。那些原本可能是充满了矛盾的社会生活元素，竟然在这部小说中集中到了主人公苏劫身上，毫无违和感地成为他自身成长的助推剂。于是，一场搏杀打斗，在小说中变成了不同文化元素组合的较量，成为激活各种生活经验的有趣汇集。

与此同时，小说把苏劫的成长与一种"心智人格"联系在了一起。在纷纭复杂的当代社会，小说鼓吹心性、气度和道德力量的结合，将武功的训练与人格不同层次的提升进行了嫁接，颇多激励性和趣味性。

这种人格激励与武功描写相互维系的传统，乃是中国武侠小说和侠义小说的主流，《点道为止》无形中继承了这种故事传统，同时，又开拓了这个传统所容纳的故事范围。小说让不同的人物，都趋向于不同的人格类型，虽然作者沿用了传统武侠小说和侠义文学正邪两分的格言体主题，但是，在具体的人格描述方面，却总是别开生面，呈现诸多曼妙的想象。

主人公历经多种磨难，接受各种艰苦卓绝的训练，还在不同的时刻体悟不同人生价值与身体内涵，令其武功突飞猛进，这些生动有趣的故事，自然满足了读者"自我中心主义"的代入感。但是，《点道为止》还在此基础上把传统武侠小说的"暗黑江湖"想象拖入商战之中。家族、企业、职场、术士、资本、权力等，当代社会之种种，均列入这个超大体量的作品之中。作者采用了串珠式结构，以主人公苏劫的双重成长为线，以几个大型公司的竞争合作与明争暗斗为钩，串联苏劫与不同人物的"斗争"，或搏杀、或斗智、或暗战、或角力，不一而足。而在这些看起来略显呆板的叙事背后，却隐约呈现一种"现代社会生存的焦虑"。日益智能化的生活、越来越难以自控的自我、巨大潜伏的资本与普通人无力对抗的集团，这些故事的构造元素，虽然都可以让奇才苏劫不足为惧，且在其间游刃有余。然而，这种"游刃有余"的想象，却恰恰是掩盖现代社会的生存主体日渐减损其内在主导性的辩证幻象。

事实上，一方面是大开大合的苏劫面临的各种困境与对困境的克服，另一方面处处表露出来的却是人与人之间、人与物之间、物与物之间日渐分离和分裂的窘境。在这部体量巨大的小说之中，在略显模式化的故事缝隙之间，我们可以充分感受到一种现代社会的"隔绝"。小说充满了对传统的、浑然一体的诗意生活的向往，却无意间呈现了现代社会"疯狂理性"铸就的互不相容。到处都是合理性的计算，却隐含了非合理性冲突的必然。

这部小说难写，却写成了，这是很了不起的。但是，写成了并不是写好了。小说既存在天然的缺陷，也存在本应修正的问题。有趣、生动、奇特并雄，却终究不是上乘之作。作为"爽文"，它爽在了一个个脑洞大开的奇思妙想，却总是有一些磕磕绊绊的毛病，未能将我们的阅读带入到一种更高的精神境界。

后身体超人的狂想

现代医学、生理学的发展，改变了人们对身体的感觉。灵魂和肉体的统一思想，在没有被现代科学找到实际的证据之前，已经基本远离了绝大多数人的认识。在中国，中医理论曾经创生了独特的"身心合一"的理念。以心调理身，身正而心定，这些看法也逐渐被西医排斥。"身体是灵与肉、心与身的完整统一"，这种古老的身体观念被彻底动摇。与此同时，现代心理学的出现，又把"心"的统一性观念打破了。弗洛伊德用其独特的无意识理论告诉我们，我们的心灵并非是理性秩序和情感活动的完美统一体。相反，人类心灵的内部充斥满了焦虑、压抑和渴望解脱的冲动。

显然，不同的时代，我们的"身体"竟然是不一样的。在今天，"身体"的内涵与古代时期也就有了巨大差异。很多人很好地认识到了这一点。比如，在中医理论的表述中，人的身体是完整统一的整体；而相对来说，西医则对身体进行了"科学化的分解"。杨念群在《再造病人》一书中，描述了西医随着传教士逐渐进入中国，也就重新定义了身体和疾病。在今天的语境中，"心"不是身的精神代表，而是与心脏活动紧密相关的具体器官。而人工智能、现代医学和生命科学的进步与发展，又在重新定义"身体"。过去必须由身体来承担的工作，今天很多已经交给了计算机。记忆数据库、文献整理、汽车的驾驶、家庭的布置、艺术设计与私人生活的安排，这些都已经是以人机结合的形式完成的。与此同时，计算机新派、智能药物和纳米机器人，正在直接改变我们的身体本身。在有限的现实与人们的想象中，"身体"不再仅仅属于自己，不再完全由个人的心智调节（中医就是这样做的）掌控。"芯片人"甚至可以接管我们的生物钟和记忆方式。显然，我们正处在"身体意识"和"身体形态"的一次巨变之中。

我们可以说，相对于古代而言，今天的身体是一种"后心灵"的身体。同样的道理，相对于过去而言，人工智能和现代生命科学令人类处于"后身体时代"。人类的心智可以由非身体的形式来承载和运转，如阿尔法惊人的棋艺；人类的私人生活可以借由数字管理来实现，如家用智能机器人。这预示着"心"未来可以在"身"外存在、储存和运行。不完全是传统的身体形态的人类身体，未来有可能诞生。

这个现象，不正是《点道为止》这部小说写作的背景吗？在故事中，苏劫一方面在训练自己的身体，另一方面又在"舍弃"人类的身体。武功的学习，成为构造一种"非人身体的身体"的有趣过程。这种训练武功的故事，体现出了现代社会对于人工智能发展的想象力，同时也呈现对于这种发展的潜在焦虑感。

过去，以还珠楼主、金庸和梁羽生等人为代表的武侠故事中，"身体狂想"令武功故事曲折生动，别有洞天。这种身体狂想，不断强化中国人文化意蕴、气韵身法和潜在精神力量的内涵。新派武侠小说，以及与之紧密相关的种种武侠电影、电视剧、传说、动漫等，都特别强调坚韧不拔的意志力与神秘的内在力量的发现。

事实上，传统的侠义小说虽有身体武功的描写，却往往只是作为故事的乐趣和为读者提供代入满足感的幻觉。而近代以来，武侠小说的崛起，将武功描写引入一种崭新的境界。读者原来喜欢小说里面中国人凭借武功战胜对手，尤其是俄罗斯、日本、美国或者英国的拳击手的故事，从中获得一种民族自豪感。1920 年代以后，武侠小说进入滥觞的时期，其中"武技""神技"的描写明显增加了，并且构成一种重要的阅读乐趣：话武。向恺然的《江湖奇侠传》之所以能引人入胜，在于它开创的飞剑、法宝、术士和侠客热闹非凡的打斗；《近代侠义英雄传》则以"迷踪拳"创造一种侠气纵横的民族气节；至于赵焕亭的《奇侠精忠传》则更是发挥武功叙事之能事，大力张扬"武技"的狂放恣肆。"新小说家们以'鼓吹武德，振兴侠风'为己任"，希望用侠义精神来振兴民志。这是近代以来用身体能量的狂想的方式来想象性地拯救中国的意图的结果。而对"东亚病夫"这个抽象性的历史情结的体验，孕育了武侠小说中奇诡的身体叙事。

在这里，"东亚病夫"已经非常有趣地抽离化为一种记忆的共同语汇：现代武侠文化的身体叙事。虽然并非每个人都会亲历那段历史，但是，这个概念所激发起来的情绪，却可以构造一个群体的记忆形式。在这里，武侠小说中的英雄叙事，也就成了围绕在"身体狂想"语汇四周的一种对历史的集体想象和体验的过程。

从"东亚病夫"到"身体狂想"，这期间的逻辑是非常清晰的：武侠小说的"身体狂想"导源于"东亚病夫"这一集体记忆语汇的框架，并由此生成了个体对近代殖民历史的亲历性记忆的幻觉；反之，正是身体的狂想，才能不断地叙述"东亚病夫"这个集体记忆的核心内涵，从而成为构建这种想象性记忆的特定方式。或者说，对身体力量进行叙述的过程，作为一种政治寓言，构成对民族"病体"的疗救过程。正是身体的狂想，才能想象性地克服"东亚病夫"的创伤记忆，创造我们所认定的真正的英雄；但无论如何，这种英雄叙事又必然是对那种创伤记忆的一种想象性记忆。

简言之，过去武侠小说中的"物"，是想象民族活力的一种有趣的方式，体现了那个时候人们对于民族振兴的强烈愿望和内在焦虑。梁启超《中国之武士道》（1904 年）大力鼓吹中国人的尚武精神，把这种精神名之曰"武士道"。正是在这篇文献中，梁启超诸人把中国国力之衰微、民族命运之孱弱看作中国的武士道精神的逐渐消退。在他们看来，日本之所以能够战胜俄国，列于世界强国之林，乃在于其国民尚武任侠，能为国家出力。在这本书的序言中，梁启超这样说道："泰西、日本人常言：'中国之历史，不武之历史也。中国之民族，不武之民族也。'呜呼！吾耻其言，吾愤其言，吾未能卒服也。"显然，梁启超一方面感受到了中国这个老大帝国遭遇了一种千年未遇之变局之后逐渐式微的趋势，另一方面面对现代列强，梁启超企图从中国固有之精神中来找到中国自我疗救的方案。于是，《中国之武士道》也就无形中把"武"看作凝聚各种拯救性力量的关键点。

换言之，在梁启超的叙述中，"武"几乎成了解决中国问题的关键点，仿佛只要恢复荆轲、聂政的那种恢宏的武侠气度，中国的问题就迎刃而解了。所以，这篇文献乃是在中国社会处在危机转型的历史时刻，提出的一种救国的方略。有趣的是，这个方略，竟然天生就带有狂想的性质。"强国强种"，也就必须要"武"；而这个"武"，并不是一人、一时、一事之武功，而是强健的体魄与强健的灵魂共同构造的"武士道"。所以，梁启超力求证明，中国人本来是具有世界上最好的武士道的，但是，专制的体制使得国民"惟余劣种以传子孙"，以至于"三千年前最武之民族，而奄奄于近日"。

这种对身体想象力的依赖，到《点道为止》这部小说则发生了巨大改变。身体的民族寓言被一种现代科技幻觉所取代；同时，身体不再是主人公自我锻造的结构，而是各种身体之外的元素共同"维护"的结果。后身体时代的武侠叙事就此开始。

苏劫习武不仅贯穿了故事始终，是叙事的重要线索，更是最富有趣味性和阅读性的情节。尽管作者强调了呼吸吐纳、心意心法，但是，整个故事中，武功训练的趣味却来自以科学化的名义打开的人类身体的新想象。昂贵而极端有效的营养品、由大数据形成的训练方法、各种训练基地不同的数码化训练体系，作者把传统的武侠文化元素从沉重的民族集体记忆中"解脱"了出来，令相术、风水、气功等这些原本荒诞的东西，披上了科学化的阐释，变得活泼可喜；同时，针灸、按摩、农耕等日常生活活动也因之创生出超迈的韵味；而电击、算法、体能的科学开发与意志胆量的巧妙激活，都成为小说阅读的精彩看点。

小说极其强调习武者如同计算机的计算能力，并把这一点看作关键性的要素。这种"后身体化的想象"，重新赋予武侠小说写作的动能。作者让主人公的训练"模块化"：

> 苏沐晨还是很信得过的，她把手中砖头一样厚的平板电脑给了苏劫："上次我说给你弄的训练器就是这个，你把你自己平时训练还有和人搏击的视频录制进去，这里面的人工智能程序会建立模块，自动制作视频动画，模拟你和现在的职业选手对战。"

"师傅"在小说中失去了意义，相反，人工智能成为新的"身体神话"的根源。苏劫的姐姐苏沐晨乃是小说中一位若隐若现的"关键点"。她是故事前进的动力，同时，又隐隐约约成为"后身体武功想象"的阐释者。她是人工智能研发团队的核心人物，通过她与苏劫的对话，透露出小说"人工智能神话"的主题含义：

> "当然可以用来炒股，实际上现在美国那边的证券市场，都是人工智能在分析股票，交易股票。它们分析精准，而且没有任何情绪波动，一秒钟就可以把市场上的股票基本面和技术面全部研究透彻，而且根据信息实时更新，非常恐怖。"苏沐晨谈起这个来头头是道。

大数据和计算机带给了作者无限的想象空间，宛如今天的世界已经交由这种新兴的事物来主导了。小说中，武功的学习和个人的成长也都可以"精确计算"作为一种高级境界来进行表达。苏劫不同寻常的地方，恰恰在于其如计算机一样精准的作息：

> 早上按时起床，练功，吃饭，学习，晚上修炼，再睡觉。每天都是如此，几乎是精确到了每一秒。她感觉苏劫就像是个机器人、生化人，或者是个披着人皮的人工智能。她也见过不少学习狂人，但都没有规划，像苏劫这样精确得可怕的几乎没有。苏劫根本不会分心，每时每刻都在思考、学习、锻炼、领悟，而且一举一动都端正有威仪，给人一种宝相庄严的感觉，从他的身上看不到一丝年轻人该有的东西，甚至是中年人、老年人有的特质他也没有。

在这里，"身体"变成了一种"程序"，人的意志力很重要的体现就是对"身体"——一种感性和欲望凝结的空间——的运行进行非身体化的理性克制。苏劫总是"丝毫不差"地对自我进行管理。他丝毫不差地作息，丝毫不差地训练，丝毫不差地生活，甚至丝毫不差地计算出自己高考的成绩。小说已经将这个人物"逼近"机械人的边缘，感性冲动被悄然搁置或者压抑，就算是遇到了搏斗失败，也会"在三分钟之内，迅速平复心情，把所有沮丧全部消除，然后开始思考自己的不足，为什么会输掉，接下来应该怎么进步。花费了十分钟，他把这些都想明白了，走出体育馆，一身轻松"。乃至这种对心神的控制，不再是感性化或者欲望化的，而是如钟表一样严格管控的。这种"后身体"的想象，呈现出与普通人截然不同的情形。苏劫练功时，追求完全不被外界所影响：

> 他锻炼了一会儿，心气才平静下来，进入状态。
>
> "原本我只要几秒钟就可以进入状态，而看见这个新闻之后，足足有五分钟才平复下来，可见外界的事情还是可以对我的心态造成巨大影响。不知道什么时候才可以修炼到该做什么就做什么、不为外物所动的意志，坚若磐石。"苏劫发现了自己的不足，"还是这个东西影响了我的心神。"

"心神"，这一带有身体感性特性的东西，在这里被摒弃；而最终这种境界则是身体对情欲冲动的彻底放弃，变成了后身体意义上的"合体的智能机器人"，也就是小说所谓的"活死人"境界。

正是从这样的角度，这部小说才打开了武功故事新的身体狂想。作者认为这部小说探索功夫和科学的关系。这种想法自然是无稽之谈，但是，作为一种想象方式，这个说法是有趣的。作者这样说：

> 这本书是写实，所有的修行，都会用科学的方法来解释，人体学、心理学等。所有的武功招式，都绝对言之有物，所有的修炼功法，都有典可寻。还有那些人工智能、科技的东西，也都是先在社会上出来的，比如我在书里面提到过的后空翻机器人……在《龙蛇演义》中，我重点描写的是中国功夫各门各派的历史和国术名人来历。这本书的重点是功夫和科学之间的联系、人体组织运动学的一些规律，探索人的潜能究竟在哪里，其中会运用很多现在还在研究阶段的实验。

"都会用科学的方式来解释"，这并不能证明小说是写实的，却可以说明小说武功叙事的想象力的方式。事实上，正是这种方式才创造出小说中故事乐趣，也是小说值得读下去的重要方面。

作坊式文化与现代文化的融碰

作者所鼓吹的以科技阐释武功，激活了对中国传统文化的新鲜感，令原本被现代科学和认知理性排斥的文化形态，既能保持其原始朴素的内涵，还去神秘化，重新获得构造故事的动力。苏劫习练武功，一开始便只练一招，且自始至终就是这一招"锄镢头"。作者赋予了这一招鲜明的中华农耕文化传统的意蕴：

> 挖地翻土锄镢头这一招，是万拳之母，起落翻钻拧裹横崩进退移闪惊扑跺震等各种劲都在其中，只要练好了，所有的武功都可以信手拈来，因为古洋第一个告诉你们这门秘法。就和你们读书一样，这是个基本的公式，但公式可以演化无数的题目。

中国是农业大国，祖祖辈辈"翻土锄镢头"，不知道重复了多少次的平常生活动作，却在这里被想象为具有惊天地泣鬼神的力量。与此同时，各种各样的传统文化元素，都以趣味生动的方式写入小说主人公的训练故事之中。

作者把传统文化的哲学意识添加到武功的体悟之中：

> "凡事都是过犹不及，也就是我们中国人讲究的中庸之道，阴阳平衡，只有把训练和休息恢复把握到了一种极度平衡的地步，人的进步才会最快速、最完美。"这点苏劫认同。

与此同时，小说又把身体心智的锻炼化入传统中国哲学的文化逻辑之中，让读者从中领悟国学哲理的内涵。比如，作者用自己的方式，重新阐释了禅宗文化的意蕴：

> "这就是禅宗的最高境界，其实也就是《金刚经》中的一句话：无我相，无人相，无众生相，无寿者相。"盲叔道。
> "这是什么意思？"苏劫又问。

"所谓我，就是这个世界存在的基础，一切的疼痛、喜欢、愉悦、焦虑，都是因为我的存在，我如果不存在了，那么所有的情绪都会消失。而人相，就是和我同样存在的基础，是影响我存在的因果。没有了人，那我们就没有那么多的情绪和想法。而众生，则是许多影响我存在的东西。至于寿者相，那就是时空的一种结合，我们的寿命，是存在于这个时间段、这个空间段所代表的印记。"盲叔说话之间，很有哲学深度，"如果人能够到达这个境界，那身体是最放松的状态，因为他的心灵已经放下了所有存在的基础，一切都放下了。据说，这种精神状态之下，人的身体就会发生奇妙的变化。"

这哪里还是在修炼武功，分明已经将武功和自我意识的构建关联在了一起，令传统哲学的人格锻造与自我认同的诉求，在现代社会的新语境中获得魅力。

这部小说奇妙无穷的情节，体现在现实日常生活行为的"哲理化"与"人格化"。作者在这里焕发出了令人惊叹的想象力，把"修行"与几乎所有的生活行为联系在了一起。睡觉、呼吸、吃饭、饮酒、舞蹈、书法……在小说中竟然包含了各种各样值得玩味的训练之道。主人公曾经这样总结自己的心得：

功夫，果然就是生活中的点点滴滴，绝对不是用外力所能够追求得到的。我现在知道欧得利教练的境界了，提丰训练营有最高的科技，还有各种实验室中才有的提升人体素质的药物，可如果心理素质不上去，这些虽然有作用，可作用无法登峰造极。

如作者格外讲述了睡觉的境界"大摊尸"：

大摊尸最好修炼，只要人一躺就行了，又可以伸筋拔骨，又可以使人休息，可入门极其艰难，可以说世界上百分之九十九的人修炼这方法，都只是单纯睡觉而已。能够入门，进入第一层境界"心安神宁"的没有几个。到达了这个境界，其实也就是所说的深度休眠，注意，是休眠，不是睡眠。

"休眠"来代替"睡眠"，追求"心安神宁"；而随着境界的提升，苏劫又摆脱了这种睡觉之法，变得不用任何方式也可以修炼进步。同样，炒菜也有武功之道：

> 果然，和"锄镢头"这招一样，他把"白菜炒肉"这个菜练好之后，又炒了几个菜，味道都比前面要高出一大截。

《点道为止》在这里非常切题：这种写法，一方面，增加了武功叙事的趣味，让读者不是从打斗竞争的角度来看待武功，而是从"自我体验"或者说"自我实现"的角度来看待武功；另一方面，这种写法又赋予了我们习以为常的庸常生活以特定的文化蕴含，吃吃喝喝、衣食住行仿佛都充满了值得我们流连思考的"道"。这是在点人生自我修行的"道"，又何尝不是在点生活方式的"道"？

这种修行，小说将其作为"自我实现"进阶的过程，让我们伴随主人公武力提升的同时，也享受一种自我内在价值充实感的乐趣。在小说中，主人公修习武功，从身体的训练，逐渐向人格境界的锻造转移。当苏劫逐渐练成了"锄镢头"，首先领悟到了倾全力练习一招的道理，这使得苏劫做事情格外专注，无论是大公司相邀合作还是高薪聘请做事，他都不会转换心志。这种坚定不移的关注力，正是一种高智商人格的体现。

通过这样的"领悟"，小说把武功的境界彻底人格化。苏劫的好友张晋川就为他转述明伦校长的理论，两人之间的对话显示了小说武功即文化人格的提升的妙趣：

> 这七个字分别是：定、静、安、断、明、悟、空。苏劫听见这七个字，轰然一下，似乎打开了一扇门户，他苦苦思索的某些东西，都得到了印证。

作者通过张晋川的口阐释"明"的境界，深刻且富有启迪性：

> "明字怎么解？"苏劫问。"人死前夕，一生最为清明。"张晋川道。"原来如此，原来如此。"苏劫点头，彻底明白了"活死人"究竟是怎么回事——就是时时刻刻保持人死一刻那种清明烛照的境界。

而这不正是著名的中国哲学研究者冯友兰所倡导的人生四大境界的至高境界——天地境界吗？在《人生的境界》一文中，冯友兰将人生分成自然境界、功利境界、道德境界和天地境界："天地境界的人，其最高成就，是自己与宇宙同一，而在这个同一中，他也就超越了理智。"这恰恰是人在生死之间才容易刹那体会到的境界：人无论曾经是什么，终归是宇宙中的一个分子；宇宙万物无情无识，它可以取消各种意义和价值；同时，作为"人"，则必须直面这种宇宙的无情无识，以"人"的姿态了悟——只有理解了从宇宙层面看，人生的了无意义（死），才会刹那明了人生乃是要不断创生意义（生）。《点道为止》提炼出的这七个境界（后面还有增加），正是这本网络小说最为精彩的地方：于武功的想象中，反观人生的意义和生活的价值。

与此同时，随着身法与生活的相互参照，苏劫具备了独特的"平等意识"。他追求的不是社会生活层面上的"身份平等""人格平等"，而是从武功的联系，获得自我的认同，领悟到了"众生平等"的境界——一种从"人"的意义上来说完全平等的理念。无论是面对富豪刘石，还是与暗黑社会的代表人物直面相对，苏劫都不卑不亢，内心平和。与他形成鲜明对照的则是一些来自提丰训练营的人物，如风恒益同样采用了严格的训练，做事情像计算机一样精准，但是，在苏劫看来，这种训练的缺陷就是没有对生命境界的体悟，因此，也就失去了人格方面自我实现的可能性：

> 也就是说，风恒益把自己当成了一种高贵的物种，而所有的

人，都是异类，他已经是高级的生命形态。实际上，苏劫在面对其他人的时候，也有这种高人一等的情绪，就算是面对刘石这种大富豪、大财阀，心理上他也认为自己就是更加高贵。但他的那种高贵在别人看来是傲气，而不是凤恒益这样赤裸裸地认为自己是高级生命。换句话说，苏劫的修炼，是把人性和神性结合起来，两者中庸，相互调和，就是中华文明修行之道。

苏劫的这种平等意识，竟然与中华文明的传统在想象中融合了起来，可以看出作者对于传统国学的执着和喜爱，也能感觉到这部小说尝试用现代的观念重新激活传统人伦文化的活力的意图。

换个角度来说，中国传统文化伦理有着悠久的历史和高远的智慧，但是，归根结底依旧是一种建立在传统礼俗社会基础上的文化传统。这一传统的特色是多方面的。它既有修身养性、安身立命和志在千里的激励性内涵，也有明哲保身、循规蹈矩和三纲五常等保守性意义。

严格来讲，中华传统文化乃是一种作坊式经济政治文化：一个国家或者民族的基本生产模式依赖一种作坊式产业，形成小成本、小投入、低科技含量、高利润的生活经济方式；与之相关，建立在作坊式经济基础上的文化，不依赖科技创新和自然发现，而是更看重小富即安与世代相传。从这个角度来说，中国传统文化的魅力和困境，都来自这种作坊式国家的生产逻辑和文化意识。

作坊式国家的"成就"是惊人的，而作坊式国家的困境也是明显的。德国学者弗兰克在《白银资本》中提到，16世纪至19世纪中国一度是全球白银流动的终结点，从而让江南一带农民放弃了水稻种植，致力于桑蚕的生产。这种状况持续几百年，一个转产贸易国家就产生了。可是，这种良好贸易的最终结果，却是欧洲白银数量的大量减少，不得不谋求殖民扩张和产业革命；而中国社会对于贸易的依赖，造就的直接后果则使得作坊生产模式以及这种模式下养育出来的循规蹈矩和墨守成规，造就出来重视人的活动的规范，忽略现代科技和教育进步的思想意识。有趣的是，这种模式似乎也在英国人身上出现了。全球殖民的后果则是贸易的通行无阻。成熟而有效的帝国模式，养育了保守守旧的生活方式。人人都有机会发财的市场，令产生革命的成果被各种各样的家庭企业吞噬消耗，欧洲人鼓吹"兢兢业业"乃是资本主义发展的内在动力，却看不到"兢兢业业""勤劳奋进"又是小资本运作下的文化品格。对于创新的鼓励，远远小于对于资本利润的渴求。如果简单的重复生产可以创造足以支付自己生活的富裕资金的话，创新就变得极其多余了，而人伦天理问题自然上升为核心话题。在英国走向作坊化的过程中，不仅英国出现了经济的富足，也出现了经验主义文化的流行，自然也隐含了衰退的阴影。

显然，《点道为止》对于传统的作坊式文化进行了过度浪漫的想象，而这种想象又要披上一层合理性和合法化的现代科学理性的外衣，从而呈现出明显的两种文化交融的冲动。这正是此部小说妙趣横生之所在。如作者用喝酒的微醺来比附武功的状态，以王阳明的诗"有时四大醺醺醉，借问青天我是谁"为引，展开了一种想象性的现代科学化的解读，于是，饮酒与针灸都获得了生动的新诠释：

> 盲叔道："……四大为地水火风，佛教称呼为构成世界的基本元素。道家借用这典故，描述精神状态在进入了最深层次的思维之中，人感觉四大元素都和自己一样，醉醺醺的状态，这个样子就是成仙的感觉。其实，人在喝酒恰到好处的时候，思维活跃，大脑皮层兴奋，肾上腺素提升，天不怕地不怕，是一种最佳的状态。再说了，这酒是刘光烈用古方结合了现代最先进的提炼技术汇合了一百多种中草药酿造出来的，大补气血，而且最为养神，只要一小杯就可以治疗失眠、神经衰弱、抑郁等多种精神疾病，没病的人喝还可以增强免疫力。这酒一滴比黄金还珍贵，上次聂霜和周春赌的就是这东西。现在你喝了一小杯，精神和肉体都处于最佳状态，最好行针。"

这种崭新的将中国传统文化和现代科学文化进行交融的叙述，小说中比比皆是。作者所说的"都会用科学的方式来解释"，无意中体现出对作坊式文化传统的眷恋，却也在这种眷恋中暴露了潜在的焦虑：

无论是克服种种困境而无所不能的苏劫，还是他所代表的多种文化交融的后身体想象，都辩证性地证明了以过去的生活方式来解决现代社会问题的不可能。小说巧妙地以各种武功智慧来解决种种利益集团与资本市场的内在矛盾时，幻想了身体的对抗乃是社会复杂对抗的集中点，即以武力的方式——它代表了文化人格的综合力量——简单地解决种种当代经济和政治的冲突。这种想象是可爱的，但也是焦虑性的。小说所描述的武功无论多强大，在其无意中写出来的经济集团和暗黑组织面前，却总是显得渺小卑弱，从而其胜利也总是自圆其说的勉强和孱弱无力的幻觉。

技术人化时段的后人类生存寓言

网络作家猫腻曾经为网络文学辩护，网络文学不同于传统文学的地方在于，它总是以"爽"作为其写作的核心宗旨。这一观点呈现出网络文学非常值得反思和阐释的特性。所谓"爽文"，一方面，要写出作者和读者的满足感，即按照欲望满足的方式克服种种现实困境，令人们在叙事中消灭难以真实解决的矛盾；而另一方面，如果作品的主人公面对的矛盾匮乏现实基础，或者说匮乏来自现实生活中其难以克服的种种问题，那么，作品中想象性地解决现实矛盾的快感就会轻浮无力，不足以征服读者，并为其提供快感。简言之，网络文学的"爽"乃是想象性解决不可解决的矛盾的"爽"，又隐含只有在想象中才能解决现实矛盾的"丧"。如果"丧"无力，那么"爽"也无味；反之，无论"爽"多么生动，也总是隐含了"丧"的硬核。

由此，"爽"与"丧"构成了网络文学书写的双重线索，只有前者，往往失之于天真肤浅；只有后者，则过于沉重坚硬——网络文学恰恰于两者之间找到了"平衡"。

按照这个观点来阅读《点道为止》，不难发现，这部小说既能写出以简单的方式来处理复杂现代社会危机的"爽"，也同时隐含了这种危机的强大所带来的"丧"。

小说的"爽"，主要来自苏劫勤奋训练、境界迭生和面对对手时刻的步步为营。他只有十几岁，却可以练成几十年的修为；他虽然很少用心功课，却考入了不起的 Q 大；他一个弱冠少年，不仅面对强大的风家、张家各种势力的挑战，还能够联合世界上最强大的公司，顺势而为，借力打力，赢得一场场争斗的胜利。更令人吃惊的则是，苏沐晨还创造出了小劫和小晨两个机器人，两个"人"不仅武力超人，还具有不同的特点。小劫略显粗糙，而小晨聪明智慧，甚至会像人类一样思考。有趣的是，这两个智能机器人恰恰是以苏劫和姐姐苏沐晨的数据、声音、特性制造出来的。而且，小晨还以巧妙的逻辑陈述了一种令人极端"爽"的状况：人的状况将发生重大的改变，而这种改变不再是自然意义上的进化，而是"技术人化"的结果：

> 姬博士，请你不要用看着异类的眼光看着我，从某个方面来说，我也应该算是人。比如现在的你，你把你身体骨骼都换成钛合金的，把你的心脏、肺、肾脏、肠子也都换成人工制造的，你照样能够活下去，甚至能够活得很好，那些器官都不会发生病变。而你那个时候，到底是人类，还是机器人呢？

这可以看作一种"后人类"时段的人与技术关系的想象性宣言。

人与技术的关系处在不断变化的过程中。

第一个时段是文艺复兴以来人文思想为技术立法的时段，即"技术理性"形成的时段。康德以哲学的方式为现代科学知识寻找确立的认识论基础，把时间意识和空间意识确立为现代科学建立的先决条件。人文知识和哲学思想在这一时刻不断反思技术认知的"知识框架"。科学为何会发生？其合理性与合法性何在？对于这些问题的回答，彰显了现代科学技术创生时期的人的主导性地位。

进而，人与技术的关系进入第二个时段：科学技术为现代人文科学塑形的时段，即"技术人文"的时段。考古学、天文学和心理学的伟大成果，成为 19 世纪人文知识形态形成的关键性资源。以马克思和马克斯·韦伯为代表的现代社会基本认知框架、以弗洛伊德为代表的现代人的基本认知框架，都在这一阶段形成。科学理性成为这个时候所有人文知识的基本理性。即使弗洛伊德致力于人类的"无意识"心理的开拓，对梦境和癔症进行了详尽的研究，但是，其方法和目的并不是神秘主义的方法和思想，而恰恰是科学主义所确立的现代理性。以科学理性阐释如梦等人类活动中的带有神秘性的心理和行为，使之符合现代技术逻辑和规则，这是这一时期所有人文知识的基本诉求。

　　而第三个时段可以说是"技术霸权"的时段，高度发达的技术带来了人文知识领域的种种"变异"。无论是第一次世界大战还是第二次世界大战，"技术"都扮演了催生暴力和独裁的角色。政治上发达国家因为科学技术和工业制造能力的空前发展，带来了"政治的自信乃至自满"，一种对"可以消灭其他不同意自己意见的国家的力量"的自满和自信。传统的人文主义转向技术性的人文主义。实证主义、经验论、现象学突飞猛进。越来越多的人相信掌握技术则可以掌握未来，形成诡异的"救赎主义"思潮。战争与技术相伴，以技术改变社会和世界图景的行为比比皆是。相信理性就是一切的"疯狂理性"在这一时期成为主导性的思想。

　　时至今日，人类正走向人与技术关系的第四个时段"技术人化"。量子物理的大突破，数字技术的高度发展，人工智能的开拓，未来物联网技术的普及，正在刷新人类的生活乃至人本身。技术从人的外部的存在，人与技术分离的时代结束了；技术开始进入人类的身体，同样，人类的身体开始与技术相伴。从早期的如起搏器植入体内的技术设备，到今天"芯片人"的诞生，未来微生物芯片技术、纳米机器人与身体的融合，这一定会创生一个与之前人类完全不同的"人"。所谓"后人类"的技术人化景观已经隐约可见。

　　从这个角度来说，《点道为止》这部小说将技术与人文的这种融合，通过奇诡的想象力进行了"前瞻式叙事"。它具有科幻小说的影子，却把数字科技的奇特性与古代作坊文化中阴阳八卦五行面相的神秘性进行了自圆其说的"嫁接"，创生出"人对人超越"的故事。这种想象所呈现的"后人类"的瑰丽奇特，构造了小说之"爽"的新境界与新意味。

　　有趣的是，恰恰在这里，我们又感受到了这种"爽"背后隐伏的

"丧"。当作者用各种各样的"科学理性"来尝试融合两种文化中"自我丧失"这一问题的时候，不仅无形中呈现出这种融合的毫无可能，而且，还非常成功地暗示了这种"技术人化"令人惊心动魄的方面。小说将"小晨"塑造成一个温婉的智能机器人，但是，却难掩其冷静的品格和清晰的逻辑背后隐含着的"非人化理性"。

事实上，小说无意中已经呈现了这种非人化理性的恐怖景象。作者尝试用想象出来的一套理论，如小晨所说的那种人与机器的彻底融合等，来说明这种人类形态的变化并不值得大惊小怪。但是，以提丰先生为代表的现代社会中的"异化力量"，无论是否已经是"人机结合体"，都呈现出令人恐怖的不知不觉控制人类、"使用"人类的可能性。技术人化之可怕，不在于人与机器同体，而在于人变成了可以被"技术伦理"操控的人类，乃至人完全处于被制作、修改、转化和重组的境地。在美剧《西部世界》（2016，HBO）中，"人"的可组装性和命运的程序化，显示出技术人化的生存焦虑：何谓人？人的意义何在？人与机器人之间，孰优孰劣？宗教、欲望、感性与冲动，都成为数字操控的时候，"我"如何还是"我"？

事实上，《点道为止》幻想用"道"来消弭技术人化带来的人类形态的改变，却无形中暴露了"道"这种言说方式的孱弱无力，以及人对这种变化的深深恐惧。

在这里，技术人化的逻辑，与资本社会中利益权力集团对他人存在的冷漠乃至无视的态度，竟然是一脉相承的。小说写到苏劫见到风家青年掌门人风宇轩时，一向冷静的苏劫忽然感觉就要失控。他内心突然冒出一种仿佛要同归于尽的"杀意"：

> 没错，就是"杀意"！
> 强烈地想杀死一个人。
> 他性格平和，不轻易动怒，就算是练式这么久以来，虽然在格斗之中发过狠，但从来没有过这种强烈的想法。
> 哪怕是面对灰狼，他也从来没有想过要杀死对方。
> 可现在面对这个衣冠楚楚、气宇轩昂的风宇轩，他真的是起

了杀心。

而且他头一次，感受到了心中诞生的杀意如此强烈，不可遏制。

杀意如脱缰的野马，肆意狂奔。

"老老实实地当个小市民，不要整天幻想。练了几天功夫就觉得自己是大侠，考了几次高分数就认为自己将来肯定会出人头地，平民就是平民，不会翻身的。"风宇轩似乎再也没有耐心和苏劫说下去，转身就走。

不妨再接着看另一段姬飞描述"技术人化"的所谓新人类的话：

他们认为自己是真正进化了的异类，比起人更高级，在思想上、世界观上，认为和我们不是一个物种了。认为可以随时随地地统治我们，碾压我们，把我们当成试验品。在以后，这样的人会越来越多，因为新人类是一个必定的进化过程，新人类的人会进行分化，一部分的人，会认为自己是神，而另外一部分人，会认为自己还是人类。这样一来，两方理念造成冲突，很容易就引起来战争。

这两个段落看似毫无关系，却有内在的关联。苏劫面对风宇轩的时候，暗示了面对这种人所感受到的无法理性对抗的可能性。事实上，风宇轩所代表的对于平民的"歧视"，不是一种简简单单的阶层差异的结果，而是深深植根于当代中国社会每个人心中的理念："豪富是神，平民非人"。换言之，风宇轩根深蒂固的阶层不平等意识，其可怕不在于处在豪富阶层的人秉持这样的观点，而在于平民阶层也秉持这种看法。苏劫的"杀意"，是失控的表征，不也恰恰是无力改变这种普遍存在的意识的一种焦虑与无力的表现吗？

进而言之，姬飞所讲述的"新人类"，尽管作者想象了苏劫与小晨的理性对话，可是，仍旧无法掩盖这样的事实：新人类的阶层歧视，与风宇轩的阶层歧视不仅逻辑相似、观念相通，而且情形一致，即当代社会的阶层差别与新人类的差别是结构性的、现实性的，不可更改，只能接受。

在这里，苏劫的"新进化论"显示出了一种内在的荒诞：所谓"新进化"，不就是人完全接受被操控和制作的途径和方式吗？

《点道为止》由此也真正"点题"：作者想象用"道"来缝合后人类时段技术人化的种种矛盾、隔绝和差异，却只能是对"道""点到"而已——点道为止不过也是点到为止！

这才是这部网络小说爽与丧的生动辩证法：小说深刻意识到了当代社会技术人化背后令人沮丧的情形，科学理性与主导我们生活的异化了的生活理性暗通款曲，一拍即合，以传统文化拯救这种沮丧的可能性几乎是不存在的；与此同时，小说用了大量的传统"道"的符号话语来尝试阐释这种"拯救"的可能性，反而成功想象了技术人化的种种状况，从而把人类未来生存的焦虑感，深刻地"剩余"在文本之中。爽中有丧，丧而带爽，这种阅读经验也恰恰是网络文学值得认可的方面。

"快写快读"的网络文学征候

当然，这部小说丰富的想象力与暗含的技术人化的生存焦虑，是一部趣味生动而能够带来思考的网络小说。但是，却并非一部具有经典内涵的美学艺术佳作。它终归没有超越当代中国网络文学常见的一种征候：写得快、读得快、丢得快。

小说写得快，也写得多，其叙事套路化、人物模式化、对话教条化等问题，严重存在。苏劫的修行与抗争、各色人物出场的机制，几乎是不断被重复的。小说精彩的辨析与整个小说文学性和审美性的匮乏，形成了鲜明的对照。同时，作者的"叙事能力"与"语文能力"并不统一。这也是很多网络文学常见的现象。讲故事百转千回，语言却直白无味。甚至语义不通、用词不当和节奏单调的现象随处可见。小说写作的随心所欲与诸多情节转换的不连贯，也是这部小说存在的问题。

总之，《点道为止》的精彩，乃是当下带有普遍性的网络小说的想象力的精彩；而这部小说的缺陷，也恰恰是当代中国网络文学共享的缺陷。开发和延展这种想象力，肯定会带给中国文学新的发展；而作者文化与语言素养的提升，也是当前亟待解决的重大问题。

选文

第一章

庄稼把式　一锄一翻皆功夫

"好痛。"

苏劫把锄头放下来，满手都是血泡。

他想挺立身体透口气，可腰酸背痛，根本无法舒展筋骨。

作为城里学生，在庄稼地里干活开始很新鲜，可锄地半天后，两只胳膊有千斤重，骨子里面好像蚂蚁在撕咬，更难忍受的是手上被锄头把磨出来很多血泡，碰一下就钻心疼。

苏劫来到这"明伦武校"已经有两天。

他报的是短期暑假武术培训班。

武术教练叫古洋，并没有教他们任何武术动作。第一天就拉上整个学习班成员，直接到乡下农村，拿起锄头帮那些失去劳动力的留守老人挖地干农活。

整整两天，苏劫所学的就是扬锄头，挖土，翻土，敲碎，使坚硬土壤变得酥松透气，适合种植。

他没有想到干农活居然这么累，现在才体会到了"锄禾日当午，汗滴禾下土"这首诗中的真实感受。

"我以后坚决不浪费粮食了。这扬锄头挖土、翻地，其实也是个技术活啊……"

这两天，他都在观察教练古洋锄地的动作。

古洋每次锄地都是脚一踩，身体如杠杆撬动，没有用丝毫力气，那沉重的锄头就轻飘飘举起来，然后迅速落下，狠狠勾入板结土壤中，一勾一翻，好像把条大鱼甩出水面。

大片泥土就被拱了起来，然后锄头顺势一敲，泥土就碎得四分五裂，松软得好似蒸好的糕点。

看教练古洋锄地翻土，轻松自在，好像是一门艺术。

开始的时候，苏劫根本都不会用锄头，哪怕是用尽全身力气，也不能进行深耕。但他通过观察学习和揣摩，终于学会了教练古洋的锄地翻土方式，就感觉轻松了很多。

"你们挖土要拧腰，顺肩，用腰腹力量，这样把锄头抬起来的时候，身躯向前微扑，就如猫扑老鼠，用全身的力量向下按，这样才可以把锄头深入泥土中，翻土的时候，也要用巧劲和力量，先向下踩踏，内挖上翻一拱……"

教练古洋教授得很详细，甚至还手把手教学员来挖土。

天上太阳火辣辣的，大家都被晒得脱了一层皮。

虽然不知道这挖土翻地到底和武术有什么关系，可苏劫还是很认真地学习。

但他还是学不来古洋教练那种浑身上下拧转，轻松运转的弹性。

古洋每个动作都弹性十足，好像体内有很多钢丝绞着弹簧，干农活一点儿都不累的样子。

这其中肯定有很多不为人知的诀窍。

苏劫心想。

"嗨，苏劫，你累了么？喝口水？"

满手血泡的不止苏劫一个人，还有他旁边一个老外，叫做乔斯。

乔斯是个高大的白人，二十多岁，英国人，全身都是肌肉，看样子经常泡健身房。他也在认真地观摩教练古洋挖土翻土碎土动作，认真刻苦学习，一举一动很标准，耕地速度也比苏劫快很多。

乔斯是慕名前来这里学习中国功夫的，就在两天前和苏劫一起进入了这个暑假短期武术班，被分到了一个宿舍。

D市是武术之乡，这里武校林立。而明伦武校是其中最有名的武校之一，历年来出过不少格斗冠军、特级保镖、功夫明星。

这里武术气氛良好，吸引了大批外国人远涉重洋来学习。

明伦武校坐落在县城郊区镇子旁边，这镇子非常热闹，随时都可以看到背着包的外国游客。

乔斯的中文很烂，但他对中国功夫极其崇拜，知道中国功夫中很多术语，也不知道是从哪里学到的。

乔斯学习过很多种格斗术，精通柔道、泰拳、马伽术、菲律宾短棍、俄罗斯桑搏，最擅长的还是李小龙的截拳道，但还是觉得这些都不是最强的，于是来到中国想要学习真正的功夫。

值得一提的是，现在乔斯打扮得很奇怪，剃了个光头，穿着一件灰色的武僧服，腰间系着黄色的绸带，看样子就是个皈依了很久的洋和尚。

"谢谢。"接过乔斯递过来的水，狠狠灌了一口，苏劫觉得舒服了很多，他用流利英语问乔斯，"乔斯，你为什么老是武僧打扮？"

没事苏劫就会和乔斯用英语对话，来锻炼自己的口语能力，苏劫在学校里并不是坏学生，相反他每次考试都会获得很好的名次，是老师眼中的"尖子生"，是其他家长口中"别人家的孩子"。

这两天的聊天，让苏劫口语有所进步的同时，还让他学习到了不少格斗知识。

原本苏劫对武术是一窍不通，之所以来到这里学习是因为一件很屈辱的事情，一口气，一个赌约，对付一个人。

"哦哦哦。"乔斯光头连点，"穿着武僧服，剃成光头，练功才能很快进入状态。我练习空手道的时候，如果穿别的衣服练，就是无法投入，但穿着那白色的道服、裤子，系着腰带，就觉得很容易心无杂念。"

"你说挖土是功夫么？"苏劫不在服装问题上纠缠，而是问另外一个问题。

"当然是功夫。"乔斯的光头反射阳光，油乎乎的一层汗，很滑稽，他神神秘秘地说着，"这挖土应该是中国功夫独特的锻炼方法，我们练习格斗术有两个必须训练的项目，就是用大铁锤砸轮胎，还有翻轮胎。你知道不？"

"知道。"苏劫点头，"很多电视、网上都看见过那些格斗选手的训练，铁锤砸轮胎，翻轮胎。据说可以锻炼到很多地方。"

"是的。"乔斯一边说话，一边调整自己的姿势来挖土翻土，"铁锤砸轮胎是训练人的核心肌肉群稳定性，还有人体扭转爆发力。翻轮胎，可以锻炼全身协调性还有腰腿的力量。而现在我们挖地翻土，这两种都锻炼到了，还锻炼到了很多不能够锻炼的地方，轮胎是个不变的东西，泥土则是多变，谁也不知道泥土下面有没有坚硬的石头，所以我们锄头挖下去的时候，力量不能够用老，要先探索泥土中的虚实，然后做出准确判断。大地，就好像你的对手，永远不知道他会出哪一招，你在翻开泥土之前，你也不会知道泥土之中到底蕴含了什么。"

"乔斯，你居然懂得这么多。"苏劫心中极其震撼，他没有想到，一个外国人，居然能够从锄地之中发现这么多的哲理。

"我在来学习之前，详细地研究了下中国功夫。而且还学习过咏春拳。"乔斯压低声音，好像在说一件秘密的事情，随后他的手好像蛇晃动了两下，"蛇拳，鹤拳！"

"乔斯，你有点中二。"苏劫差点大笑起来，但他一笑，腹肌就牵扯得疼，变成了龇牙咧嘴。

这两天干活全身肌肉都在疼痛。

"中二是什么意思？"乔斯疑惑不解。

"中二就是很帅的意思。"苏劫强忍住笑。

"靠。"乔斯对苏劫比了个中指，"你当我傻啊。"

"也不知道这锄地挖土到底是什么武功，古洋教练也不明说。"苏劫还是想弄个明白，他有一种打破砂锅问到底的精神，学习上也是如此，最擅长思考和接受新东西。

"阿弥陀佛，这就是禅，武僧，气功，要自己领悟。"乔斯倚着锄头，双手合十，装模作样。

苏劫忍不住也还了他一个中指。

"两个人一组，相互按摩放松，用活络油按摩酸痛地方。"

教练古洋喊停。

学员都如蒙大赦，赶紧放下锄头，躺在地头的塑料薄膜上，一对一给对方按摩腰酸背痛的地方。

乔斯和苏劫是一组。

"苏劫，我看你没力气了，先帮你按，等你恢复力量了，再帮我按。"乔斯示意苏劫躺下来。

苏劫巴不得，赶紧躺下，这时候乔斯从口袋里面拿出来了"明伦"牌活络油，打开盖子，就有股刺鼻气味，倒在手掌上，开始按摩苏劫的腰、背、腿、肩膀，还有手臂、腹部、膝关节、足底等因为锄地掘土酸痛不已的地方。

按摩的方法就是搓、揉、掐、按。

第一天入学，头一个小时，教练古洋教的就是这个，很简单，容易学。学完之后，就去挖土，一直挖到现在。

这活络油涂上去之后，开始火辣辣的，似辣椒水，但过了一会儿，又变得很清凉、很舒服，苏劫整个人快要睡着了，极度放松。

活络油不是市面上生产的，而是入学之后学校发放的，据说是特殊秘方。

明伦武校的创始人叫刘光烈，是个老武术家，精通医术，掌握很多中医秘方，创立武校之后，还开了中医药厂，制作各种跌打损伤的药物，效果很是不错。

反正苏劫觉得比市面上的各种活络油都要好。

要不是这种活络油的支持，他这种城市少年，早就累垮了。

按摩了三十分钟，轮到乔斯躺下，苏劫来按。

这个时候，苏劫已经恢复了体力。

"果然是练功不用药，迟早得上吊，舒服……"乔斯被按摩的时候，长长嘘了口气，用有些结巴的中文说了句武术中的谚语，"你们中国农民太伟大了，这么整日锄地翻地，也肯定没有用活络油按摩，居然还能够坚持得下来，一干就是一辈子。"

"乔斯，你为什么来中国学习功夫？我看你的格斗术很好，而且现在世界格斗大赛的赛场上，从来没有中国功夫的身影，大家都质疑中国功夫是骗人的，不能打，你还这么信奉中国功夫，难道你看见过高人么？"苏劫一边帮乔斯按摩，一边说出心中的疑问。

他来到武校两天，根本也没有看到武功高强的人，学习的东西很简单，就是挖土翻地，这能够用来格斗？打死他都不信。

苏劫不怕吃苦，但他怕吃苦了还没有效果，南辕北辙走弯路。

"比赛是比赛，打架是打架，千万不能够混为一谈。"乔斯陷入了回忆，"我最开始学习的是巴西柔术，那是地面技，在比赛之中很好用，也拿过几次小型地区比赛的冠军，后来在一次街斗中我锁住了一个流氓，但在翻滚之间，我的头磕碰到了地面上的砖角，出了很多血，我就知道，巴西柔术只适合于擂台上。在复杂的街头，你和别人在地面上扭打，自己都不知道会出现什么意外。于是我就学拳击，但后来被人用腿打晕，我又去学习泰拳和踢拳，但有次遇到了一个帮会成员，他是个黑人，学习的中国功夫洪拳，我的技术比他高，但他就如老虎似的凶猛，我在他的进攻面前，根本不敢面对，一败涂地。于是我就来学习了。"

　　"你的实战经验太丰富了吧。"苏劫早就看见了乔斯身上许多疤痕，都是街头斗殴弄的，也许是一人对上多人，也许是手拿武器，各种情况都有可能遇到。

　　"乔斯，你看我如果要快速提升自己的格斗水平，能够打赢人，到底应该怎么办？"苏劫问出来了个关键性问题。

第二章

武术千年 墙里开花墙外香

"多打实战。"乔斯肯定地说,"不是那种擂台搏击,而是现实中的斗殴,当面对凶狠敌人扑上来,你一切技术都没有用,脑子里面空荡荡,打斗全部是本能撕扯和拳头乱挥,当你锻炼到可以冷静面对凶狠敌人的时候,技术才有发挥的余地。当然,你可以先从擂台赛开始练习。这在你们中国功夫之中叫作什么?我想想。"

他用手拍了拍自己的脑袋,陡然想起来了,"哦,这叫作一胆,二力,三功夫。没有胆量,什么技术都会发挥失常。"

"我只有两个月的时间,暑假结束了,我得回去读书。两个月时间,能够练出来一些什么?"苏劫不停地从乔斯身上吸收知识和经验。

这个经常打架的外国人,不但可以帮助自己练习口语,还能够从他身上找到格斗经验,避免自己走弯路。

乔斯对中国功夫很有研究,而且不远万里漂洋过海来此,这种精神和求知渴望都值得苏劫学习。

"哦?两个月,苏劫,你不是开玩笑吧。"乔斯差点跳了起来,"两个月连肌肉都练不出来,要知道我可是练习了七八年,这个我可真没有办法,除非你去练枪法,砰!子弹就可以帮助你解决掉很多事情。"

苏劫不说话了,知道想学习格斗,变成高手,两个月时间的确不可能做出什么。

现实不是小说电影,吃一个什么丹药,被人传授百年功力,或者什么灵气伐毛洗髓,全身出现污秽,立刻脱胎换骨。

"那个家伙是练习了很多年散打、格斗、摔跤的高手,天天泡健身房，我如果同样和他学习格斗，肯定比不过他。但我不能让那家伙继续骚扰我姐姐。"苏劫想起自己的屈辱，就心中愤怒，这也是来报传统武术班，而不去武校的散打、泰拳、综合格斗班的原因。

明伦武校之中也有很多格斗培训班，传统武术班反而很少有人报名，就算是报名的，也多数是外国人。

"这真是墙内开花墙外香。"苏劫对此这样评价。

一天的挖地翻土训练就这样过去了，教练古洋在最后一个小时，又讲解了到底用什么姿势来挖、翻、磕、起、落。

其他的，一概没有教，更没有任何的武术动作和格斗技巧。

"教练，我们不是来学习武术的么？什么时候开始训练格斗和实战？"这个时候，有个学员忍不住问了。

"我告诉你怎么赚钱了，难道还要教你怎么花钱？"教练古洋冷冷地说了一句，把这学员噎回去了。

听见这个话，苏劫心中明白了，教练古洋很有可能只教一些练习力量的手段，怎么运用，还要自己去琢磨。

想想也是，在场的学员报的都是短期武术培训班，根本学不到什么高深的东西。

"也不是没用，相反，这挖地翻土的劲儿十分有用，如果就这样纯粹地练习两个月，力气会增加很多。"苏劫心想，"也许以后教练会教我们更加高深的东西？"

一天的修行已经结束了。

所有学员跟着古洋跑步几公里回学校，累得气喘吁吁，坐在宿舍休息了一阵，就开始吃饭，学校食堂的饭菜还很不错，价格也很公道，肉类丰富。

当然，其中还有各种滋补药膳套餐，不过要事先预订，价格就很贵了。

苏劫下意识算了下自己的银行卡余额，还是默默地点了一些普通饭菜。他家里条件不算好也不算坏，母亲是大学教授，他还有一个姐姐苏沐晨，是在某个大型的公司做研究专家，研究的是人工智能，工资算是很高了，时不时地还给他一些零花钱。父亲则是一个公司的保安队长，工资比起母亲要差很多。

母亲是大学教授，父亲是保安，这两个阶层相差很大，很多人奇怪为什么这两人会结婚生子。

其实，苏劫懂事后也有这个疑问，有次问自己父亲，还挨了顿揍，就不敢问了。

他这次出来，并没有向父母要钱，而是自己平时做家教辅导学生积攒下来的钱。

他现在还在读高中，因为成绩非常好，一些学生家长就会让他给自己的孩子辅导下功课，从小到大，他也积攒了不少零花钱。

他很节俭，不和其他的学生一样玩游戏，也不喜欢玩具，更不喜欢去追星和买什么动漫人物手办，钱都一块块攒下来。

不过这次报名这个学习班非常贵，两个月的暑假居然要三万块钱，简直是抢。把他从小到大积攒下来的私房钱花去了大半。

"我的人参奶汁土鸡呢？"

乔斯也到了食堂的贵宾餐厅，招呼苏劫一起进来吃饭。

贵宾餐厅的厨师端上来了一锅带着奶香的汤，上面有几根人参，还有各种蘑菇和土鸡，另外还有蔬菜、新鲜水果、牛肉等丰富食品。

"哦，这人参奶汁炖土鸡，里面的人参，最好是野生的，百年人参，千年人参最好了。功力大增！尤其是奶汁，要是人奶就好了。"乔斯摇摇头，似乎不是很满意。

"想不到你这个老外居然知道中国食谱？"那厨师倒是来了兴趣，用中文询问，"不过这一道菜才一千块，人参虽然是种植的，可年份也很足，都是六年参，至于人奶，你以为这是清朝的王公贵族呢？"

清朝的王公贵族喜欢喝奶子，其实就是养着一批奶妈，挤出来的人奶，熬热之后加入冰糖等东西。

俗话说，吃奶的力气。意思是，一个孩子吃奶时间越长，他的力量也就越大。

"乔斯，你一个外国人，还相信这些？人参种植的和野生的没啥区别，年份是六年的时候最强壮，其中蕴含的皂苷最多。百年人参都变成木质了，和木头差不多，一点药力都没有了。不过母乳的确比牛奶要强多了，其中蕴含的各种物质，在牛奶中都没有，喝母乳长大的婴儿比喝牛奶的要聪明力气大倒是真的。"这个时候，就轮到苏劫这个学霸发挥出来生物课和历史课所学的知识了。

他除了课本上的知识外，还大量地学习了一些课外知识。

他体育课也还可以，跑步、跳高、跳远、跳绳、铅球、标枪、单杠、双杠，也都能够达标，当然和那些体育生不能比，可也比整天打游戏睡觉的学生要强很多了。

当然，学校里面不教格斗术，对于武术、格斗方面的知识自然知道得很少，现在是在各种恶补。

"好了，好了。吃饭吧。我今天特地叫了两人份的，一起吃才有意思，一个人我吃不下。"乔斯招呼苏劫。

"乔斯，你请我吃饭，是不是有事要我帮忙？"苏劫半开玩笑半认真。

"当然，给我当沙包。晚上我还要训练！"乔斯吃得很快，嘴里吐词不是很清楚，"不过我不是占你便宜，这对你也有好处。你不是想两个月成为高手么？这种训练虽然不能够让你成为高手，可也能够让你应付一般的格斗了。"

"为什么要我当你的沙包？我可不是你对手。你应该找个和你差不多的。"苏劫奇怪地问。

"不不不，正是因为你弱，所以我控制得住，你是一个活动的靶子，如果和我差不多的对手，我们两人全力搏击，很有可能会受伤。你要记住，训练的时候千万不能够受伤，因为很多时候，哪怕是职业格斗家，都可能会在训练过程中受伤。受伤之后，很难恢复，就会退役，职业生涯也就断了。相反真正比赛的时候有很专业的裁判，有严密的规则，大家都小心翼翼，避免犯规，受伤的情况反而很少。"乔斯很认真地告诫苏劫，"所以，每一次训练，你都要认真对待，千万不能够强行苦练，忍着疼痛，这是一种自残的行为。"

"了解。"苏劫再次获得了经验，在心中默默记忆下来。

"这筷子好麻烦。"乔斯抓着筷子，夹菜就是夹不起来，别扭笨拙。他夹了一块鸡肉，刚刚要送到嘴里，但不知道怎么的，力量没有掌握好。吧嗒！鸡肉掉在了地上，气得他把筷子一下扔到了地上。

"这里有刀叉。"苏劫赶紧把旁边的刀叉推了过来。

"你们中国人真是神奇，用筷子这么难用的餐具。"乔斯没有办法，他是想故意用筷子吃饭，可就是无法熟练掌握。

他的力气很大，身体素质也很好，可筷子夹东西用的是巧劲，力量再大也没有用。

"我们从小就习惯用筷子，当然得心应手。"苏劫说着，突然沉默了，似乎想到了些什么。

"怎么不说话了？"乔斯大口吞咽着，嘴里含含糊糊地问。

"我在想，你们西方人天生体格强壮，用刀叉，我们东方人体格比较瘦弱，于是就要用技巧来弥补，从餐具就可以看得出来文化习惯。也许可以看出来一些功夫上面的道理……"苏劫显现出来和同龄人不一样的思维。

吃完饭之后，两人回到宿舍休息，是个双人间，但没有独立的卫生间，而是公共澡堂，总体来说，条件不是很好，也不是很坏。

在苏劫看来，这住宿条件对不起学费。

乔斯躺在床上，而苏劫则开始坐在桌子前面写日记，把一天的事情做一个总结，然后反思自己哪点做得不好，学到了什么东西，有什么感悟。

这是他的习惯，从小学开始，很多年了。

七月二日，挖地翻土技术掌握了一些，原来干农活这么辛苦，还有这么多的技巧和发力方法。听乔斯说，这是传统武术中很重要的训练，我觉得也有可能，因为中国古时候农民很苦，要干大量的体力活，而且农村之中物资匮乏，经常发生械斗，历史课本中有很多例子，两个村子相互抢夺水资源，挖沟渠的时候，都有大规模械斗，死伤惨重。古时候重男轻女的思想，其实也就是如果家里没有男丁，或者男丁不多，不能打，就会被邻居或者同村人，还有村霸欺负到死。在古代，一只鸡，一株树，甚至几斤稻谷，都是很重要的财富，家里没有男人，干活不行不说，东西也会被人抢，被人偷拿。如果家里男人多，又会武术，那就可以生存得很好，这是生存所迫，没有任何办法。

乔斯说有大量的实战，真正搏杀，才能够有胆量，这点我认同。就好像学习一样，你再会做题，但不经过很多次大考的气氛，你就会心态失常，很多平时会做的题也不会做了，脑子一片空白，这种情况我经历过。考试和格斗差不多。

我接下来要做的就是把这挖地练好，然后学会这一招怎么运用怎么实战，多格斗，注意不要受伤，保护好自己，克服恐惧，增加胆量，苏劫，你行的！

写完今天的感悟日记，做了总结，苏劫闭上眼睛，深呼吸了一口气，觉得自己又活力十足起来。

他很年轻，现在才十六七岁，恢复能力强。

不过，随后，他又在日记后面多加了一条："要和乔斯多做英语对话，增强自己口语的能力。"

第三章

格挡下劈　实战之中有真谛

　　"明伦武校"有许多还不错的训练场地，只要出钱就可以租用训练，和健身房差不多。

　　晚饭过后在宿舍休息了一小时，苏劫和乔斯来到了一个空旷的擂台上，开始训练。

　　苏劫是第一次上擂台，有些紧张，乔斯不停地安慰："没有问题，这不过是训练而已，你现在穿了三层护具，安全得很。"

　　苏劫全身被护具包裹得严严实实，头罩，胸甲，大腿小腿都是皮质的护具，里面是海绵，可以抵消掉很大的冲击力，更重要的是苏劫戴了中号、大号、超大号的三层护具，一层一层，裹得好像木乃伊。

　　好在护具很轻，穿上也没有多少斤，还可以跳跃奔跑，并不是很影响行动。

　　"接下来我就躲避你的攻击？"苏劫问。

　　"对！"乔斯和苏劫始终用英语对话，"我这是在模拟街头斗殴，在街头斗殴的时候，普通人都是跑来跑去，根本不会和你正面决斗，导致你很难打中他，最后变成一个赛跑游戏，和擂台完全不同。你现在就想象我是一个凶狠的歹徒，对你进行袭击。"

　　"好！"苏劫点头。

　　砰！

　　话音还没有落，他的头上就挨了一拳。

　　"哎哟。"苏劫眼冒金星，脚步不稳，完全失去了平衡性，倒在地上，如果头上不是有三层护具，这下就已经晕过去了。

他根本看不清楚乔斯是怎么出手的，大脑和眼睛都反应不过来。

"这就是格斗高手么？和那个可恶的人一模一样。"想到这里，苏劫身体中也不知道哪里来的一股勇气，直接翻身爬了起来。

"好。"乔斯本来要上前扶苏劫，却没有料到苏劫居然自己爬起来，"还能继续不？"乔斯问。

"来吧。"苏劫这下仔细看着乔斯的动作。

乔斯突然一拳，苏劫连忙向旁边逃跑，但没有料到对方居然是假动作，真正的攻击是转身摆腿，蹬到了他的胸口，把他直接踢飞。

苏劫再次倒地。

三层护具果然强大，苏劫这次只感觉胸口一闷，深呼吸了几口气，稳定下来，再次观察乔斯的动作。

就这样，苏劫不停地被击倒，爬起来。在十多次之后，他总结出来了经验，只要自己不想着反击的事情，拉开和乔斯的距离，满场逃跑，被打的机会就要减少很多。

"如果在街头搏斗，地方大，我向远处跑，对方要追上我也没有那么容易，不过在擂台上，逃跑的空间有限，我得要提前防备被逼到死角。"渐渐地，苏劫总结出来了一些经验。

对于乔斯来说，苏劫就是一个会逃跑的沙袋，比起他空击沙袋靶子练习有实战意义多了。

拳腿组合，酣畅淋漓。

渐渐地，乔斯的训练也进入了佳境。

两人每五分钟休息一次，一直对战了两个小时，苏劫也不知道挨了多少拳和腿，不过他收获很大，感觉自己渐渐已经不怕对方的攻击了，不像一开始的时候脑子一片空白。

"嗨！"

乔斯再次出拳，朝着苏劫的头打了过去，直拳。

这拳不重，是单纯的玩闹，因为打了这么久，他也懈怠了，所以出拳不用心。

终于，苏劫感觉到自己可以抵挡这一拳。

他脑子里面灵光一闪，想起来了自己锄地挖土的姿势。

他好像拿着一把锄头，本能手一抬，腰一躬，屈膝，蹲身，就格开了乔斯的直拳，然后进步一挖。

双手狠狠地挖劈下来。

啪！

这一挖，居然打中了乔斯的胸口。

乔斯一惊，本能后退，一脚蹬出，正蹬腿。就把苏劫踢飞了起来，足足飞出五步，摔倒在擂台上。

虽然被劈中，但乔斯并没有受伤，因为苏劫根本没有什么穿透力。

"我居然击中了你。"苏劫爬起来，也没有受伤，三层护具不是盖的，他很兴奋，"原来这一招锄地是这么用的，我终于知道了。古洋教练告诉我们挣钱，但怎么花钱，必须要自己来领悟。"

"不错，不错。"乔斯也点点头，不再练下去，"走，回宿舍睡觉。"

两人洗完澡之后，洗衣晾衣，躺在床上也不是很晚，才九点钟，但苏劫已经困得不行了，这一天累得他已经快要死了，甚至他连日记的感悟都没有来得及写，就倒在床上睡过去了。

鼾声大起。

这一觉，足足睡到早上六点才起来，简直神清气爽。

乔斯早就起来了，在外面操场上比画着一招一式，不知道在锻炼什么，有些好似公园里老头老太太练习的太极拳，慢悠悠地比画运动。

苏劫匆匆忙忙刷牙洗脸，走到操场上，对乔斯问："你练的什么玩意儿？太极拳么？这东西有用？"

太极拳在社会上很流行，甚至出现很多"大师"，可这些"大师"遇到了格斗选手，纷纷被打得抱头鼠窜，甚至被普通人王八拳打得鼻青脸肿的都比比皆是，苏劫认为这就和广场舞差不多。

"是太极拳。"乔斯点头，"这玩意儿很有用，锻炼你的连贯性，还有平衡性和稳定性，动作和动作之间的转换，我当初练习格斗的时候，动作很生硬，格斗老师就教了我这一套太极拳，让我每天早上练习，练习了一年之后，我的格斗水平提高了很多，直拳、摆拳、勾拳身法都可以随意控制轻重，很有用处，太神奇了。你们中国功夫，最奇妙的是劲和气。劲到底是什么，这是我来学习的原因，至于气，那太高深了。气功！武僧！道士！神奇的国度。"

"真的么？"苏劫还是有些不相信，他想学习，但忍住了，昨天刚刚领悟了一些锄地挖土的心得，要继续下去，不要贪多嚼不烂。

乔斯练了半天，停了下来，浑身舒坦。

"今天也不知道是什么训练？难道还是挖地翻土？"

苏劫还在琢磨昨天打中乔斯的那两下，他手里没有锄头，就空击练习，假装自己有锄头，一抬起来，一挖下去，练了一会儿，也活动到了筋骨。

苏劫就和这招铆上了。

他别的都不练习，就练这一招。

下定了决心，他反反复复练习，练到吐，练到做梦都在练习这一招，昨天尝到了甜头，现在信心十足，如果他的力量足够，昨天乔斯都有可能被他打倒。

到了六点半，集合哨声响起。

"先吃早餐，东西准备好，今天的训练还是干农活。"教练古洋永远都是一副爱搭不理的模样，根本不和人谈天说地，也不说多余的话。

苏劫深呼吸一口气，第三天的训练又开始了。

七月三日，又干农活一整天，结合昨天的实战，我终于知道这一招的基本用法，训练起来更加用心，而且问了教练古洋挖土锄地的细节，古洋不告诉我们格斗的方法，但是会讲怎么锄地更省力，翻得更深，我觉得这是锻炼的技巧，不过我仍旧累得筋疲力尽，话说回来，学校发的活络油效果真的好，没有这个药活络肌肉，我根本坚持不下来。晚上乔斯还是请我吃饭，他真有钱，但他从来不跟我说他家里的事情。吃完饭之后，我继续当他的沙包，今天比昨天好一些了，可还是挨打，他的拳腿组合更快了，我再也不能够像昨天一样，乘他不备打到他。学习班有几个女生，似乎是苦不堪言，但都坚持下来了。其中有个女生叫张曼曼，似乎会功夫，干起活来不紧不慢，能够吃苦耐劳，她是从国外回来的，好像以前学过咏春拳。不过不关我的事。

七月四日，还是干农活，我锄地翻土的技术越来越熟练了，不像前三天那样累，似乎已经适应了节奏，就是太阳大，晒黑了一圈，晚上还是乔斯请吃饭，我继续当沙包，今天我反应快了一些，挨的拳腿比昨天少了一些，乔斯也夸我有进步，乔斯告诉了我很多格斗的技术和理念，还有打架的技巧，一时之间，我还无法消化。

七月五日，干农活，连续五天都是挖土翻地，我们帮助农村的留守老人干了很多活，感觉在练功的同时干了一些好事，心中很满足。我发现自己的小臂和腰腹，居然似乎有了一些肌肉显现出来，锄头都轻了许多，教练古洋告诉了我们一些新的知识，挖土的时候呼吸配合，把力量沉降到达脚下面生根。晚上继续吃乔斯的饭，当他的沙包，我满场逃跑，他要提起精神才能够打中我。

七月六日，依旧干农活，我觉得自己好像一个老农民了，戴着草帽，在土地里面刨食。我已经能够熟练地掌控锄镢头这一招的基本用法，晚上和乔斯吃饭，伙食越来越好，感觉乔斯似乎急于练出功夫来，心态很急，他本身是格斗高手，为什么还要这么刻苦？晚上当他的沙包，挨打再次少了一些，我只要一心躲闪逃跑，不想着反击，的确很难被打中。

七月七日，干完一天农活，教练古洋终于说，明天不用再来挖土翻地了。说这是七日筑基，我的确感觉身体强壮了很多，收获很大，当然这也和跟着乔斯天天大吃大喝有关系。晚上当乔斯沙包的时候，他明显觉得我进步很大，不过我还根本不是他的对手，如果去掉护具，我应该撑不过一分钟。

一连七天，苏劫训练很简单，他的日记反映了他的心理，每天训练固然枯燥，可他渐入佳境，心态渐渐地沉淀下来，似乎完全沉浸在了挖土之中。

第四章

七日筑基　好心助人遇教练

"苏劫，你帮我去镇上买个手机，我的手机坏了。"

第八天，是休息的日子，教练古洋说所有学习班的成员彻底放松一天，睡觉休息，文武之道，一张一弛，七天的辛苦农活已经绷得很紧，必须要放松之后，恢复精力。

不过乔斯却为自己准备了体能训练计划，要做俯卧撑、深蹲、杠铃、卷腹、平板支撑等，他不想浪费时间，但手机又坏了，拜托苏劫去镇上帮他买一个。

"没问题。"苏劫的训练也没有那么麻烦，他琢磨着锄地挖土这一招到哪里都可以练习。

学校离镇上有五六公里，没有公交车，更别说是地铁了。一般来说，学校的学生想要去镇上买东西，要么叫旁边农民的摩托车，要么自己跑步过去。

苏劫吃过饭之后，决定走路过去，一边走路，一边可以练习锄地挖土的动作。

最近他琢磨出来一些这一招的攻防心得。

锄头举起来，其实是一个格挡的动作，然后砸挖下去，就是攻击。当别人对你出拳进攻，你手臂抬起来，迅速架住，再朝前猛劈。

招架，进攻。

也可以直接进攻。

动作很简单，好像普通人打架乱抡王八拳，可仔细地琢磨，这一招却蕴含了人的本能在里面，而且教练古洋详细地讲解了这一招的发力技巧和训练要点，抬手的时候弧线螺旋，向上钻天，如蹿天猴，才可以发挥身体的杠杆作用，而落下的时候迅猛如雷，如鹰扑兔，收回的时候要抓、踩，才可以把土地翻起来，进行深耕。

这些东西，运用到格斗之中，就有很大作用。

不过，古洋所针对的，都是练习怎么才能够更省力和效率更快地挖土，一个字也没有提格斗。

好在苏劫善于学习，大量在网上找资料，看一些武术名家的视频，同时在当乔斯沙包的过程中领会心得，倒是渐渐琢磨出来了，这一手的确是奥妙无穷。

就是简单抬手，下落，进步挖翻，似乎还有很多变化。

他现在迫切希望，有个真正的高手能够为自己讲解这一招。可惜的是，如果问古洋，他肯定不会说。

苏劫看出来了，古洋的武术班，只教练习方法，绝对不会告诉你怎么格斗。

还是那句话，教你挣钱，花钱的事情，自己去琢磨。

一步一挖，出了学校，苏劫就这样走向镇上，丝毫不在乎旁人的眼光。当然，在这周围，都是武校，武风盛行，路上跑步的边跑边踢腿，练习拳击、散打，甚至还有翻跟斗的都有，苏劫这还算是好的。

花了很长时间，苏劫才走到镇上。

镇上很繁华，到处都是商店和人，甚至还有一些高档酒店，最多的就是前来旅游的老外。

苏劫也没有逛一逛这个镇子的意思，而是给乔斯买了手机就回去，他的时间也很紧迫，暑假两个月起码要练出一些功夫来。

"渴了，先买瓶水。"

他走路锻炼得满头大汗，有些口渴，就顺便去路边的一个小卖部花了三块钱买瓶矿泉水，转身就往口里灌，现在大热天，水分流失得很快。

"这个，十块钱一瓶？"

这时候，有个老外同样来买水，但那老板直接喊了十块钱。苏劫听见猛地回头，准备说些什么，但忍住了，他知道这里做生意的都是本地人，惹了麻烦恐怕还会挨打。

这个老外是个中年人，四十多岁的样子，背着个很大的旅行包，一看就是外地游客，而且孤身一人，还有他买东西并没有开口，只是用手指点，似乎中文不是很熟。

店家比画了一个十块的手势，他也没有讲价，买了水就走。

苏劫连忙跟上去，自己凑了七块钱，用流利的英语开口："嗨，大叔，刚才这小店的老板算错了，应该是三块钱一瓶，让我把多余的钱还给你。"

"有意思，有意思。"这中年老外转过身来，看着苏劫，居然是一口字正腔圆、流利的中文普通话，和电视台的播音员差不多，"小伙子，不是那老板给你的，是你自己掏的钱吧。你英语说得不错。"

听见这中年老外这么说，苏劫的脸红了下，但随后恢复："想不到大叔你中文居然也说得这么好，我们中国人还是很好的，刚才那老板可能就是贪一下小便宜而已，可别认为我们都是这种人。我叫苏劫。草字头的那个苏，去力劫。"他把自己名字稍微比画了下。

"小伙子，你好，我叫欧得利，爱尔兰人。"中年老外是个白人，蓝眼睛，留着胡子，但仔细看，非常地帅气，身材很高，接近一米九，而苏劫现在只有一米七五的样子，要仰着头看他，"中国是个伟大的国家，我非常非常之喜欢。"

"欧得利大叔是来这里旅游的吗？"苏劫问。

"不是，我是来中国寻找一样东西的。"欧得利的目光变得深沉起来，"苏劫，这名字有意思，劫，劫数，这个字在中文的意思很是不祥，代表的是灾难和毁灭，佛教之中的成住坏空四大劫，道教之中也有天劫这种说法，你父母给你取这个名字，有意思。"

欧得利的口头禅似乎就是"有意思"这三个字。

"大叔对我们中国文化这么了解？"苏劫来了兴趣，他和欧得利一边交谈的时候，下意识地比画着那锄地挖土的动作。

这是他最近走火入魔的征兆，时时刻刻都在思考这一招锄地的用法。

"小伙子，你的这比画姿势正确，可意念不对，这门功夫叫作锄镢头，是古代武僧把气功、瑜伽、柔术、冥想、格斗、搏杀融入了干农活之中所创造出来的。练功的时候，最重要的是意念，没有意念是出不了功夫的。"欧得利表面看起来是个外国人，可一说话，就好像是土生土长的中国老师傅，中文比起乔斯不知道好了多少倍。

"大叔居然懂得功夫？这门功夫叫做锄镰头？好土的名字。"苏劫心中大喜，看来这老外欧得利是个高手。

"我是个格斗教练。"欧得利摸了摸自己的胡子，"不过现在失业了，我看你也是武校的学生吧，我其实也是来中国寻找神秘力量的，那就是气！你们中国人的文化之中，无论是哪一派，都离不开气。佛道两家不用说，就算是儒家，也讲究吾养浩然之气。"

"真有气这种东西？"苏劫认为，传统武术，什么太极拳也好，其实都是一种体育运动，脱离不了肌肉、骨骼的训练，至于其他的神秘力量，都是扯淡，他还是把话题扯回来，"大叔觉得我这招缺少的是什么？能不能指点我一下？"

"你缺少的是恨和狠！"欧得利的中文流利得不像话，没有任何语言的障碍。

"恨和狠？"苏劫疑惑，"为什么要恨？还要狠？"

"武功本身就是用来战斗的，最早的武功，是我们人类的祖先，和猛兽搏斗总结出来的经验。如果不恨、不狠，根本生存不下来。"欧得利放下背包，手一提，好像扬锄头似的举了起来，然后下落。

一起一落，很是平常，但在下落的刹那，欧得利发出来了一声呐喊。

"噫呀！"

这呐喊如怪兽吼叫，让苏劫吓得全身哆嗦起来，胆子都要被吓破了，他感觉到了对方好像刹那间变成了猛虎，变成了鬼神，恨天恨地，要撕裂一切。

"恨，是人心中愤怒到达极点所产生的力量，恨意越足，武功越高。"欧得利道，"我告诉你两句口诀，你抬手的时候，心中要恨地无环，强烈憎恨大地，为什么没有一个环，不然你可以把大地都拉起来；落的时候，你要恨天无把，恨天空为什么没有一个柄把，不然你可以把天都拉下来。所谓恨天无把，恨地无环，这就是武术之中的心法。

没有这种意念去练功，你的功夫没有什么效果。"

"恨天无把，恨地无环？"苏劫似乎听懂了。

"你想象自己是一个力大无穷的巨人，在天地之间，想要打破这天地的束缚而不可得，始终被困在天地之中，使不上力，这个时候，你就恨天为什么没有把，恨地为什么没有环，不然你就可以把这天地给撕裂了。你们中国神话之中，有盘古开天一说，也是如此，盘古在混沌之中醒来，也是脱身不了，就在强烈的憎恨之中一撕，才有了天地。"欧得利道。

苏劫彻底懂了，顿时闭上眼睛，努力酝酿情绪。

突然，他睁开眼睛，整个人怒目圆睁，愤怒到达极点，猛地双臂一抬，然后朝下一砸，翻挖，各种动作一气呵成，真的如巨人开天，如猛虎扑食，如怒象践踏，如恶鲨捕鱼，如金刚怒目。

地面被他踩踏得一震，周身都发出了吧嗒一声响。

但打过之后，他整个人似乎虚脱了，眼冒金星，大口大口喘着粗气，似乎这一下的演练，把他的力量都耗光了。

"天分这么高？"这下，轮到欧得利惊讶了。

过了好一会儿，苏劫才缓过气来，他都不想再尝试第二下了，太消耗精神，比他通宵写作业都累。

第五章

恨天无把　恨地无环锄镢头

苏劫一路上和欧得利聊得很起劲。

欧得利居然是个中国通，什么都懂，尤其是武术方面，精通无数，没有他不知道的，这点苏劫觉得很正常，在和他聊天之间，他已经知道了欧得利是个格斗教练，而且是世界顶尖的职业格斗者的教练。

但是欧得利现在失业了。

让苏劫哭笑不得的是，抢走欧得利饭碗的居然是人工智能。

据欧得利说，现在顶尖的最高职业格斗家，都是在人工智能的辅助下训练，人工智能可以分析到每一块细微的肌肉、皮肤、内脏蠕动变化，从而每天做出针对性的训练。

除此之外，还可以检测格斗家每天的身体，从而给格斗家制订食谱，摄取什么微量元素。

因为人工智能有无数庞大的数据库，有最科学的医疗分析，根本不是人类教练可以媲美得了的。

苏劫知道，现在人工智能非常强大，在几年前，人工智能就已经完全打败了围棋顶尖的世界冠军，而且它的棋谱和人类的完全不同，不是以前人类的智慧，而是自己所创造的新围棋，这就代表了，人工智能不是简单地继承人类的智慧，而是自己有开创智慧的能力。

同时他也看过新闻，在国家队的体育项目中，的确也有人工智能辅助训练，比如羽毛球、乒乓球、篮球、足球，人工智能通过视频分析，每个动作都可以把选手纠正到达完美。

格斗也是如此。

苏劫的姐姐，苏沐晨，就是博士毕业之后，在一个大的公司中，参与人工智能计算机的研究。

苏劫以前看过一些小说，有的小说主角，就是得到了一枚什么人工智能的超级芯片，给他纠正武术动作，把许多武功都融合在一起，最后使得主角天下无敌，不过在现实中，的确有可能发生这样的情况。

现在的围棋选手，教练都变成了人工智能，每一步棋，都是最正确的，最完美的。

在古老的时代，围棋手为了下出完美的一着，从而殚精竭虑地思考吐血，可人工智能只要万分之一秒，就可以得出最正确的结论。

在几年前，苏劫还看过世界最强的围棋大师面对人工智能的时候那种绝望心态，说那就是围棋之神。

"欧得利大叔，不知道人工智能算出来的格斗，到底什么练习方法最好，什么招式最强？"苏劫提出了自己的疑问，这个问题他早就想问了。

天下武功，哪一派最强？

"没有最强的武功，只有最强的人。"欧得利道，"而且训练方法也不是一成不变的，每个人的身体素质、心理素质都不同，也许这一套训练方法对于我是最好的，却不适合你，我们格斗教练就是对每一个人研究出来一套专门的训练方法，可惜的是，我还是比不上人工智能，人工智能针对职业选手的训练，的确比我要强，但我不甘心，我要来神秘的东方，寻找那传说中的气！超自然的力量。"

"超自然的力量？这可能么？"苏劫心中有疑问，不过他想想也是，欧得利的职业被人工智能取代了，的确很不舒服，而且损失巨大。

要知道，这种级别的职业格斗教练，每个小时的薪水都是上万美元，甚至有的教练可以直接分润格斗选手的奖金和广告收入。

因为有的教练会充当经纪人的角色。

苏劫作为一个好学生，学习科学，知道世界上根本没有超自然的力量，可武术的极限是什么，他根本不知道，也根本不能够和欧得利这种站立在世界巅峰的人物媲美，他不敢去指责和评价。

否则就好像是一个小学生，对世界最著名的教授说他研究的东西没用一样。

两人边聊天边走路，苏劫把乔斯要的手机买了，然后回头，他发现欧得利住的地方在他的学校旁边，欧得利租了一个农民的小院子，院子中十分清静，装修得古色古香，把门一关之后，自成一个小天地。

院落之中石缸储水，里面有睡莲金鱼，房子里面清一色的原木装修，琴棋书画，就如古代贤人隐士的住所。

苏劫还在琢磨刚才欧得利的话。

他边走路的时候，还在练习锄地挖土。

反反复复琢磨那"恨天无把，恨地无环"的意境，渐渐地，他倒是体会出来了一些味道。

看见他这个样子，欧得利很是赞同："行止坐卧都在练功，这是练功的最好状态，你的教练古洋其实是个高手，可惜明伦武校的规定，不能够教临时学习班成员格斗打法。不过我可以教你。"

"你愿意教我？"苏劫一喜。

"我还要在这里待一个月，然后就去藏区和印度，寻找我要寻找的东西。"欧得利点点头，"反正没事，你有时间就来我这里学东西，这就叫缘分。"

"那你看我这招还有什么要加强的地方？"苏劫连忙问，"怎么能够用于战斗？"

"刚才我告诉你的恨天无把、恨地无环，是练习时候的心法。打的时候也有心法，叫做'怒气填胸发冲冠，肉坚如铁骨头坚，闪似灵猴扑似虎，不染敌血誓不还'。"说话之间，突然欧得利脚下一滑，扑倒在苏劫面前。

苏劫只觉得自己眼前一黑，似乎整个天地都被遮盖住了，什么都不知道，然后脸上、喉咙、胸口、小腹就各被击了一下，当然很轻很柔，没有受伤，可人已经倒在地上。

欧得利的动作速度之快，乔斯在他面前，和小孩子差不多。

"好快！"苏劫心中还在扑通扑通地跳，因为在刚才，他觉得好像一团死亡阴影笼罩着自己。

欧得利用的就是锄地翻土这一招，进步抬手，落地扑击。

"怒气填胸发冲冠，肉坚如铁骨头坚，闪似灵猴扑似虎，不染敌血誓不还。"苏劫听见这个口诀，思考着，觉得脑袋里面通了很多东西，整个口诀的意思就是一个字：狠！

用这招对敌的时候，怒气勃发，扑出去的时候，不沾染到敌人的鲜血，就不要回头，这是何等的凶狠？何等的一往无前？

"这是高明拳法，包含了很多东西在其中，锄地挖土，一前一后，一上一下，一左一右。把这一招练好之后，很多武功都可以信手拈来。"欧得利说着传统武术中的许多知识，让苏劫掌握，"任凭你千变万化，我就是一锄头。庄稼把式势无敌，锄头既可以种田，养活天下人，又能防身御敌，甚至还能够揭竿而起，你的这一招只掌握了一些基本的发力，离精通还远。现在我告诉你练好这一招，先要站桩。"

"站桩？"苏劫也不问了，就用心学习。

这个时候，欧得利让他丁字步站立，一掌向前，一掌按在自己小腹下面，左右支撑，上下拉扯。

等站好这个姿势之后，欧得利再次开口："这个姿势，缩小了就是猴子，放开了就是猛虎，向下按就是雄鹰，抱住头就是棕熊，出动奔腾就是烈马，轻灵闪烁就是飞燕……你拿锄头挖土的那一刹那变化，定住之后，想象自己随意变化，用心和意念来控制自己的肌肉筋骨变化，力从地起。"

说话之间，他拿了一根棍子，敲击苏劫的脚趾，苏劫很痛，但是忍住了。

"我用棍子敲击你的脚趾，你为了减轻自己的痛苦，就要咬牙齿，然后脚趾鼓劲，用力，死死抓住地面，疼痛就会减轻。这是抗击打的原理，也是武术之中的气灌周身，不过这种在我看来，不是真正的气，只不过是意念来控制肌肉而已，是假气，不是真气，不是超自然的力量。"

随后，欧得利用手用力一掐苏劫的小腿肚子，苏劫只觉得钻心痛，差点大吼起来。

被人用力掐，就是这种感觉。

"我掐你这块肉，你这块肉用力，肌肉紧张，把我掐的手指弹开！"

欧得利声音很大。

苏劫连忙用意念来指挥自己的小腿肚子，使得肌肉猛地紧张，把欧得利的手指头弹开。

然后，欧得利一路上掐，掐到哪里，他就让苏劫来用力弹开。

这种训练，让苏劫苦不堪言，但渐渐地，他觉得自己似乎控制身体的敏感度增加了一丝丝。

"这就是武术格斗练功状态的秘诀，也是所谓气功的真谛，你的一举一动之间，都要想象别人用拳头打在你的身体上，你身体的每个部位，在被击打的时候，应该保持什么状态，才能够化解对方的力量。这就是练功，而不是摆几个姿势，或者是一味虐待自己的肌肉。"欧得利用手指、用手掌、用棍子，有规律地掐、拍、敲，让苏劫的全身上下，都有节奏地鼓劲。

"随着你的呼吸，你全身的每块肉，都会蠕动，都会辅助呼吸，这就是武术之中的体呼吸，而不是丹田呼吸和腹式呼吸，当你肺部呼吸的时候，你全身的每块肉，都在辅助，造成一种共振，你的呼吸才是最完美的，力量才是最强的。"

一个小时之后，苏劫已经被掐拍打得全身都是瘀青。

这个时候，欧得利就拿出来了活络油，擦遍苏劫全身，然后帮助他按摩消除瘀青，随后道："立刻做两百个提踵，一百个卷腹，三十个俯卧撑，三分钟平板支撑，还有十分钟脊椎活性操。"

他给苏劫做示范。

苏劫累得好像条死狗，但还是咬牙坚持。

欧得利所制订的，就是最有针对性、最好的训练，因为在运动过程中，他的老辣眼光看出来，苏劫哪块肌肉、哪处的关节不对称，需要加强，就必须要做针对性的运动。

而且，每个运动，他都会做出调整，以保证苏劫不会受伤，同时也会充分地锻炼到需要锻炼的地方。

这就是世界最顶级的教练。

无论是体育运动，还是武术，教练是最重要的，没有最专业、经验最丰富的教练，一个人埋头苦练，是不可能有成果的。

古洋这个教练，很保守，有时候说话云山雾罩，不清不楚，就如老和尚说禅。

而欧得利，会毫无保留地都告诉你，原理、道理，一切的一切。

欧得利所教的，有一部分是传统武术中的东西，但还有一部分，是现代体能肌肉骨骼等训练。这是他教授世界顶尖格斗家的东西。

他一眼就可以看出来，苏劫的毛病是什么，立刻就做出训练计划，对他针对性训练。

三个小时之后，苏劫已经不行了。

"好了，现在放松，休息，深呼吸，想象自己躺在树林中，清风徐来，流水潺潺，精神彻底放松。"欧得利这个时候还给苏劫放了一段舒缓的音乐，苏劫差点睡着。

"去洗热水澡。"就在苏劫要睡着的时候，欧得利再次命令。

洗过热水澡之后，苏劫浑身清爽，疲劳全部消除了。

"现在，我教你真正的功夫的修行，那就是吃饭和睡觉。"欧得利再次道。

第六章

精细入微　吃饭睡觉皆是禅

"吃饭睡觉怎么修行？"

苏劫疑惑不解。

"人生最大的两件事，就是吃饭和睡觉。"欧得利道，"曾经有个人问一位得道禅师，什么是禅，那禅师说：'饿了就吃饭，困了就睡觉。'这个人奇怪地问：'人都这样，饿了就吃饭，困了就睡觉。为什么别人不是禅，而你是禅呢？'禅师说：'这是因为他们吃饭时没吃饭，睡觉时没睡觉。'这个故事你听得懂意思么？"

"吃饭时没吃饭，睡觉时没睡觉。"苏劫咀嚼着这两句话，很有哲理，心中隐隐约约明白，但又说不上来具体是什么。

正在思考中，院子外面传来了摩托车的声音。

欧得利打开院门，是送餐的人。

大包小包，全部打开放到了桌子上，食物极其丰盛，牛肉、鸡肉、水果、奶制品、鱼，还有汤，显然不是普通的外卖，而是定制的菜品。

等送餐的人布置好了，欧得利招呼苏劫："来吃，这是聂家私房菜，据说聂家祖先是宫廷大厨，我以前来到这里吃过一次，非常美味。而且调理身体，滋补元气，老少皆宜。"

苏劫已经饥肠辘辘，不过脸上还显现出了不好意思的神色来，他有种混吃混喝的感觉。

欧得利似乎看穿了他的想法："我正好要做一个体能训练测试实验，你愿不愿意做我的志愿者？可以包吃，还有工资。"

"当然愿意。"苏劫连忙点头，"包吃就行，工资我可以不要，能不能多教我一些功夫？"

"那就先吃饭吧。"欧得利拿着筷子点了点。

西方人习惯吃饭用刀叉，很多人拿筷子都很难，比如乔斯努力想用好筷子，可次次都不行。但欧得利完全不同，拿着筷子行如流水，甚至是难夹的花生米，想要夹几粒就夹几粒。

苏劫早就饿了，吃了一大口。

欧得利连忙阻止："吃饭是我给你上的第一课，一定要咀嚼充分，把嘴里的食物咀嚼彻底粉碎之后再慢慢吞咽，心里不要想任何事情，就是安心吃饭，但也不要太紧张，怀着享受和轻松的心态。你要记住，进食是人生之中最放松、最享受的时光，把这段时光抓住，就等于抓住了生命的真谛。这就是那位禅师所说的，吃饭是吃饭。而百分之九十九的人，吃饭的时候不是在吃饭。"

"心里不要想其他的，专心的同时，享受和放松，咀嚼充分。"苏劫倒是上过生物课，知道充分咀嚼可以分泌更多的唾液，把食物中的淀粉转化为麦芽糖，减轻肠胃消化负担，咀嚼的次数越多，还可以通过脸部肌肉的运动，刺激大脑皮层，使得大脑活跃起来。

"吃饭心态最重要，如果吃饭时思考别的事情，血液循环不会集中在肠胃，使得消化能力减弱的同时，会降低你精神对味蕾的控制，久而久之，就会产生轻微的厌食，这在进化学上来说，是物种淘汰的开始。"欧得利道，"在我的研究中，哪怕是专业运动员，每餐进食不思考问题的比思考问题的体能要强很多，别小看这个细节，真正的体能和身体素质，就是这么严格自律和心理控制出来的。魔鬼往往隐藏在细节之中。"

"魔鬼隐藏在细节之中。"听见这句话，苏劫似乎明白了，他想思考一下，可立刻停止了，开始安心吃饭，享受食物的美好。

吃着吃着，他居然进入了状态，觉得食物在咀嚼的时候，香气通过嘴散发到全身，有些飘飘然起来。

然后咀嚼充分的食物，吞咽进入了食管肠胃中，满足感油然而生。

在这其中，他感觉到了自然对生命的恩赐。

看着苏劫进食状态的表情变化，欧得利似乎发现了什么宝贝，就如老师看见了个领悟力极强的学生。

吃完了这顿饭，苏劫就想习惯性地站起来。

"先不要站，吃完饭之后，要小坐一会儿，因为你肠胃还在蠕动消化食物，这是个惯性，你站起来改变了这个惯性，就有可能使得肠胃下坠，但如果久坐不动，反而使得肠胃胀气，这个时候，你就要喝饮品来助消化。"欧得利再次教授细节上的东西。

"饮品？"苏劫并没有找到果汁什么的，他在餐桌上吃了水果。

"最好的饮品，就是你的唾液。"欧得利双手轻轻按照呼吸节奏，按摩自己的腹部，"腹部有几个穴位，穴位是你们中国医学独有的东西，非常神奇，在我们的科学之中，称之为神经元集中的敏感点。你按照顺序，轻柔按摩中脘、大横、天枢、气海、带脉这几个穴位，一边轻按揉，一边分泌出来唾液，吞咽下去，这样就可以使得肠胃蠕动消化更加有动力，是你们中国功夫中的小细节，也是个养生技巧，更符合科学的原理，直到你觉得进食的那种快感完全消失，肠胃腹部没有了丝毫胀感才可以停下来。"

苏劫照样学习着，他没有想到，一个简单的吃饭，就蕴含这么多学问，在他的心里，丝毫没有小瞧这些细节，相反他非常重视，下定决心，一定要好好做到。

消化完毕，欧得利才让他站起来活动。

来到院子中，欧得利先让苏劫围绕院子慢慢散步，走了一小时的圈，吃饭的食物彻底消化干干净净，这才让苏劫再次练习"锄镢头"这一招的动作。

这次他指点得认真，任何细节不对的地方，他都立刻上去纠正，直到苏劫把这招练习得工稳纯熟才停了下来。

"该睡午觉了。"

看苏劫有些疲劳，欧得利就教他睡觉。

在这院子里有厢房，是古代的一种建筑格式，专门为客人准备的。

欧得利让苏劫大字躺在床上，竭力撑开头、四肢，好像被马拉扯似的。

"我现在教你的，是印度古瑜伽、密宗断灭生死法中组合的东西，叫做大摊尸法，但我小小地做了下改进。你现在大字躺在床上，头、双脚、双手竭力向外撑，想象自己被五马分尸，岌岌可危，你竭力抵挡，但是终于无能为力，被四分五裂。这个时候，你感觉自己死了，是个尸体，但实际上你还活着。这个时候你一片安宁，表象为尸体，知觉还在。你以尸体的身份，活出真正的自我，死过一次之后，还活着，你就可以放下一切。一切都是那么美好，一切都可以放下，这种心态之中，你会大安宁，放松到达极限。"

欧得利的声音，似乎有某种催眠的效果，苏劫跟着他的节奏，开始四肢头部猛烈拉伸，陡然一下，似乎真的死了，就这样安宁地睡着了，呼吸平稳、绵长。

"这个孩子是我看过最有资质和头脑的，而且冷静，不冲动，还有正义感。但这么快就进入了状态，难道真是个天才？"欧得利看见睡过去的苏劫，他看中苏劫的原因就是买水的小事。

这件小事，就充分地看出来苏劫的智慧和正义感。

随后的对话之中，他看出来了苏劫的坚持和坚强意志，还有领悟力。

普通人，就算是教他，他也很难坚持下去。

而且在交谈之中，他觉得苏劫是一个有强烈执行力和规划的人。

"最重要的是，大摊尸法能够第一次就进入状态的人，万中无一，他居然可以？直接就领悟了以尸体的状态活下去，这样下去，他有可能就到达物我两忘的生死精神状态，这种心态训练，就不是人工智能所能够涉及的。"欧得利的脸上出现了笑容。

睡了两个小时，苏劫自然醒来，简直浑身清爽，似乎从来没有过的舒服，他的心态活泼泼的，似乎什么都可以放下，什么都可以满足，时时刻刻都轻松愉快。

"你还要答应我一件事情，我训练你的事情，你暂时不要说出去，每天抽时间，秘密来训练。还有，如果以后有机会，我希望你能够打几场格斗赛，然后说我是你的教练。"欧得利提出来了要求。

"好的。"苏劫想想，点了点头。

欧得利似乎是某种计谋得逞了，脸上微笑着。

"今天教你的东西，你好好地理解消化，按照这个训练，就可以受益终生。不过要学习武功，这远远不够。这样，每天你有时间就来这里学习吧。只有一个月的时间，一个月之后，我就要离开这里了。"欧得利摆摆手。

苏劫也没有继续问欧得利武术方面的东西。

今天的知识，足够消化很多天了。

　　七月八日，我居然遇到了世界顶级格斗家的教练欧得利。他告诉了我传统武术的许多知识并为我打开了一片全新的天地。练习的时候，恨天无把、恨地无环的那种恨意，还有格斗时候，不染敌血誓不回的狠劲，更加奇妙的是，那种五马分尸大摊尸法的心态，以尸体的状态，活出真实的自己。我感觉自己的心态很好，很宁静、舒适，在训练之中，我找到了自己生命存在的真谛。传统武术，传统的修行法，真的这么神奇，有没有超自然的力量我不知道，但这绝对是对身体和心灵的一种洗礼，难怪古往今来，很多人出家进入深山老林中修行。

　　今天晚上和乔斯的打斗继续，他还是很容易击中我，我并没有因为学习到了欧得利教练的技术而截然不同，看来，功夫还要一步步地练习，不可能突飞猛进。晚上睡觉，我会继续修行五马分尸大摊尸法。我在网上查了，大摊尸法是密宗佛教的一种修行，而教练加上了五马分尸的冥想，应该是一个伸筋拔骨的意思。还有一点，就是哪怕是吃饭，都要有一套助消化的按摩吞咽术，如果把养生的细节融入生活中的每一个细节，身体素质肯定会大大提高。人生最重要的两件事，吃饭、睡觉，占去了人生大量时间，细节一定要掌握好。

　　苏劫，记住，细节决定成败，一定要记住。

按照每天的习惯，苏劫还是写日记做总结。

第七章

三种练法　文练武练加横练

七月九日这天一大早，才凌晨三点钟，苏劫就起来了。

他是昨晚九点钟睡觉的，一上床就开始用欧得利教授他的五马分尸大摊尸法睡觉，渐渐地，他就进入了一种非常安宁的状态。

虽然他只睡了六个小时，但比起平时睡十个小时更有精神。

起来的时候，苏劫简直是神清气爽。

他飞速洗漱，就来到了学校外欧得利的小院中。

欧得利似乎早就知道他会来，搬个太师椅，躺坐在小院中，看天上的云淡风轻。夏天的凌晨其实很舒服，微风轻拂，极其凉爽，而且院落内外不知道撒了什么驱虫药，连半个蚊子都看不到。

"来了，比我想象的要起来得早。"欧得利眼神中似乎有惊喜，"昨晚应该睡得很好吧？"

"睡得太香了。"苏劫觉得浑身都有用不完的劲，"教练，今天教我什么东西？"

"先教你一套关节操运动。"欧得利站起来，做了几个动作，"在训练之前，最重要的是热身，而热身之中，关节最重要，关节之中膝关节、腕关节，是人体之中最脆弱的，也是最容易受损的，所以一定要在保护好的同时，进行强化。拳击手都是要进行缠腕，就是为了防止打沙袋的时候，腕关节被冲击。同时也要戴好护膝。当然，最好是在做关节操的时候，涂抹舒筋活络的药油。明伦武校的各种药物还是很不错的。"

苏劫就跟着欧得利一起做关节操。

这关节操很舒缓，平和，慢慢的运动，和太极拳有些类似。

"教练，这难道是新式太极拳？"苏劫运动着，渐渐地，全身就开始发热，尤其是一些关节，很是舒服，而且大脑皮层产生了一种兴奋的感觉。

"所有的运动，最大的好处，就是可以在人体之中产生多巴胺和内啡肽。多巴胺是一种让人兴奋刺激，愿望得到满足的物质。而内啡肽则是止痛素。其中多巴胺最为重要，这种物质可以改善人体的内分泌，使得人时时刻刻都处于一种极其愉悦的状态之中。可以治疗抑郁、焦虑等精神疾病。所以说，运动是最好的减压手段。"欧得利道，"而我研究了所有的运动，太极拳的那种舒缓连绵的有氧节奏运动，产生的多巴胺是所有运动之中最多的，所以练习太极拳的人，都会觉得自己非常舒服，久而久之，会在大脑皮层之中，产生一种盲目的自信，认为自己所向无敌。这是对身心有益的事情，但也会造成一种错觉，这就是很多太极拳的大师真的去格斗，而被打的原因之一，其实这种错误，在禅宗的修行之中叫做妄境，要破掉这层虚妄，认识真实的自己，才会踏入一个全新的境界。"欧得利给苏劫上课。

"原来是这样。"苏劫恍然大悟，"我自从学会了那挖土锄地的一招之后，日夜练习，觉得自己很能打了，可还是被乔斯乱揍，就是这个原因？大脑皮层因为运动产生的多巴胺很多，兴奋过头，产生了无所不能的错觉。这到底是好事还是坏事？"

"当然是好事，你能够这么快地进入兴奋状态，说明你运动天赋很高。很多人都是越运动越累，导致产生了懈怠的情绪，而你则是一运动就上瘾，这就是资质和悟性。"欧得利看见苏劫学习这套关节操很快，更加高兴，"这套关节操，是我综合了现代格斗运动体系，加上中国的传统武术，尤其是少林寺的易筋经，还有五禽戏、太极拳、瑜伽动作，通过测算得出来的。"欧得利道，"其实中国的传统武术，按照它们的运动规律，所产生的多巴胺是别的运动所根本不能比的。"

"教练，我现在很兴奋。"足足锻炼了一个小时，就是舒缓地做操，和公园里面老头老太太打太极差不多，可苏劫觉得自己似乎能够打死一只老虎，大脑皮层似乎被调动了起来。

"这就对了，这才是热身。"欧得利点头，"你大脑因为运动而兴奋起来了的时候，就是热身停止的时候，接下来，就开始真正的武练和横练。"

"武练？横练？"苏劫是第一次听到这个词。

"练习武功，分为三种练习方法，为文练、武练，还有横练。所谓文练，就是以养为主，伸筋拔骨，比如打坐、冥想、瑜伽、太极拳等武术套路练习，都是属于文练，文练很舒服，很容易上手，适合于所有的人健身。而武练就是举重、打沙袋、狂奔、踢靶，各种撸铁，来强健筋骨。而横练就最为残酷，第一是和人对打，真正实战；第二就是用各种残忍的方法，如棍棒抽打、排击，来使得自己的忍耐力和筋骨更加强健，不过这只适合年轻人来练习，超过了三十岁，就会出事，而且练习的过程之中，要很注意轻重，稍有不慎，就会残废。除此之外，营养和药物都不能够缺少，否则也会留下来暗伤。这种横练出功夫最快，比如泰拳，日本古老的空手道，中国传统的排打气功、铁砂掌、铁指功、硬气功等。现在能够进行横练的有一些最顶尖格斗运动员，还有各国军队里面专门进行特殊任务的战士。当然，我已经掌握了最科学的横练方法。"

说到这里，欧得利停顿了一下，脸上出现了一种驯兽员才有的表情："接下来的训练，会很残酷，甚至是残忍。如果你忍受不住，就可以退出。不过以后我就不会教你任何东西了。你自己思考好。"

"我愿意接受。"苏劫想都不想，就答应了下来。

"那边有一把锄头，你去拿过来。"欧得利指了指旁边。

苏劫连忙把锄头拿在手里，按照昨天站桩的姿势站好，把锄头举在中间，似扬非扬，似落非落。

昨天是空手站立，现在手持锄头，就很吃力了。

但这些天的练习，使得苏劫长了一些肌肉。

他可是足足挖了几天的土，然后和乔斯大吃大喝。

"站好了，头上顶，似乎有个人拉住你的头发向上提，臀下坠，好像坐着一块烧红的铁，很烫，要不停地跃跃欲试，脚扎根，好像大树把根扎入泥土深处，扎得越深，越不容易被风吹倒，想象自己是老虎，面前有猎物，积蓄力量，随时准备致命一击。如果你扑不中，就会挨饿……"

站好桩之后，欧得利不停地指点。

然后，他的手上拿了一根橡胶棒子。

啪！

突然一下，抽打在了苏劫的小腿肚子上。

苏劫忍不住闷哼了一声，连忙用力鼓劲到达这一块，疼痛才稍微减轻了一些。

噼里啪啦！

欧得利用橡胶棒子不停地抽打苏劫身体的各个部位，片刻之后，苏劫就已经遍体鳞伤，剧烈的疼痛，根本忍耐不住，但他还是咬牙坚持。

"现在动起来。"欧得利道，"用锄头向我进攻。"

"好。"苏劫用那一招挖地翻土的动作，猛烈进攻，锄头狠狠挖下，用尽全力。

但是欧得利的身法太快了，苏劫哪怕是再努力，都根本碰不到他的衣角。

而苏劫的每一次攻击，遭到的都是那橡胶棒子的抽打。

好几次，苏劫都不想练习了，太苦，太累，他想丢下锄头放弃，可在骨子里面的一种毅力，让他坚持了下来。

"停！"就在苏劫觉得自己快要晕死过去的时候，欧得利喊停了，在他身上被抽中的地方，涂满了活络油，然后开始按摩。

按摩的时候，也是撕裂刀割一般，疼得死去活来。

不过，在经过欧得利半小时的按摩之后，苏劫身上的瘀青散了不少。

"我的手按摩到哪里，你的哪个地方就鼓劲，减轻你的疼痛，这是横练的诀窍。所谓是运气抗击打，道理很简单，就是意念控制身体某个部位使其紧张而已。"欧得利道，"你要时时刻刻地注意，任何东西触碰你身体的某个部位的时候，那个部位就会高度紧张，风吹草动，立刻动弹，这就是古代老拳谱之中说的一羽不能加，蝇虫不能落，也叫做有触必应。我击打你，就是要把你训练出来这种感觉，还有就是增加你周身的敏感度和抗击打力量，同时击打你的地方，都是一些神经元敏感的地方，你记住，和别人练习的时候，千万不能够这样训练，因为别人不知道轻重，很容易就会把你打伤。只有我，作为世界级的顶级格斗教练，才可以控制这种力道。"

欧得利敲打的方法也很有科学性，似乎是增加了身体的某种循环功能。

"好了，现在开始吃早饭。"

欧得利带着苏劫来到了厨房中，有热乎乎的粥，还有包子、牛奶、鸡蛋，还有几盘水果、果酱、鱼类等，十分丰富。

苏劫已经非常饿了，似乎连一头牛都可以吃得下去。

不过，他仍旧是细嚼慢咽。

吃完之后，他按照欧得利的消化方法揉肚子的许多穴位，吞咽口水，半小时后，又精力饱满了。

"现在开始做力量和肢体训练。"欧得利道，"提踵，平板支撑，跳绳，俯卧撑，卷腹，踢腿，压韧带……"

苏劫一听，就知道这也是残酷的训练，是属于武练。

早上做关节操，是文练，然后欧得利用橡胶棒全身拍打，这就是横练。接下来，就是武练，进行爆发力、肢体力量的训练。

整个早上下来，苏劫从凌晨三点，训练到了早上六点，这才赶回学校，恰好赶上了古洋的训练。

第八章

起如挑担　颠簸伸缩形如龙

"苏劫，你早上去哪里了？比我还早。"乔斯有些奇怪。

"我去跑步了。"苏劫不是故意欺骗，而是欧得利不允许他说。

"今天是第九天。"古洋把许多人集合在操场上，开始了训话，"你们都是想来学习传统武术的，我开始教你们七天挖土，你们也许觉得没有用处，但在将来你们就会懂得，这是一切功夫的源头。今天，我教授你们另外一种真正的功夫！"

说话之间，他指着操场旁边的一个角落，里面放了许多箩筐，还有一根根的扁担。

这箩筐是满的，里面装满了大米、粮油、食盐，沉甸甸的。每个箩筐有六七十斤的东西。

"这些东西，是学校慰问乡下困难老人的。"古洋指着这些箩筐里面的粮油食盐，"现在大家每人挑一担，跟着我到乡下去。不过这挑担很有技巧，并不是全部靠力量。"

说话之间，古洋走到最沉重的两个箩筐之间，把扁担架上去，身躯一钻，钻到了扁担下面，然后整个人一起，腰一弹，扁担和箩筐发出来了嘎吱的声音，稳稳当当就被他挑了起来。

"这一钻、一起、一挺，有味道，和锄镢头的劲有些类似，但上拱的力量非常之大，似乎小草破土，顶翻大石。"苏劫看着古洋的动作一惊，他对于武学的理解，逐渐登堂入室，所以才能够看出来这挑担之中蕴含了高深的武术技巧。

普通人如果贸然去挑担，恐怕一下就会闪了腰。

"我来。"乔斯人高马大，直接钻入扁担之中，也用力把箩筐挑了起来，那扁担压在肩膀上，他明显脸色一变，似乎很难受。然后他稍微走了两步，箩筐和扁担立刻失去平衡，开始原地打转。随后一头重，一头轻，从肩膀上滑落下来，粮油都从箩筐中掉了出来。

还好粮食是用塑料袋装着的，油也是塑料壶密封，并没有泼洒，可以照样装回去。

乔斯不信邪，再次收拾好，把扁担架起，钻到扁担下，然后起身，竭力保持两边箩筐的平衡。

他就好像一个天平中间的柱子，要使得天平两边的砝码保持平衡非常困难，站立的时候还好，如果在运动中，那绝对会东倒西歪。

如果是以前没有被欧得利开导过，苏劫还真的以为挑担没有什么用。可现在他已经看出来了，挑担和锄头挖土都是一门武功。

古洋是真的在传授他们绝学。

欧得利把"锄镢头"这一招详详细细地解释了，导致苏劫现在有很多心得，他目不转睛地看着古洋的行动，又看乔斯笨拙的动作。

别看乔斯体能好，可干农活还真的不如一些常年劳作的老农民，尤其是挑担子、挖土，初看还好，时间长了简直就是折磨。

这个学习班的学生，纷纷都学着古洋挑担，朝着学校外面走。

可大家挑担走了一公里之后，纷纷都难受得咬牙瞪眼，肩膀直接磨破皮了，整个腰和脊椎被压得酸痛不已。

这比挖土翻地要困难得多。

"你们挑担的时候，随着步伐前进，一起一伏，呼吸之间，掌握好节奏，尤其是迈步的时候，要全身用劲，把担子抛离肩膀，这样整个人就会暂时放松。等担子落下来，用肩膀的力量下沉，把下落的劲化解，传递到脚上，你们看我的动作。"古洋很轻松地迈步如飞，沉重的担子在他肩膀上随着扁担一起一伏，轻微地抛上抛下，似乎蝴蝶翩飞，根本没有任何重量。

苏劫对于武术劲力的领悟最深刻，观察他的姿态，立刻就知道了挑担的秘密。

的确蕴含拳法。

首先是蹲身一钻，到达扁担下面。这一招极其毒辣，就如拳击里面的下潜动作，但又高明得多，在对敌人下半身进行攻击的同时，不仅可以搂抱、摔击，还可以缩小敌人的打击面积。

然后一起，把沉重的担子挑起来。这种上拱的力量，是腰腿和脊椎整个向上顶，随后行走之间，颠簸担子，是用身体的紧张和放松，让沉重的担子进行移动。

这是抛物的力量，而不是平挑。

这样一来，在不至于腰肌劳损的同时，拔伸了筋骨，还锻炼了平衡性，要知道这上百斤的担子在肩膀上轻微地抛动，如果没有很强的平衡性，恐怕整个人立刻就会东倒西歪。

"古人的智慧真是难以想象，他们对于肢体的运动，其实已经到了极限。干农活之中，果然可以领悟出来高深的功夫。"苏劫挑着担子，进入了状态，居然不是很累。

"不行了，不行了，我得休息。"走出了学校，大约走了一公里，乔斯已经累得像条死狗，他走到苏劫的面前，把担子放下，大口大口喘气，同时揉揉肩膀和腰，眼神中很奇怪，"你为什么不累？难道你以前干过农活？"

"没干过，但我用上了技巧。"苏劫给乔斯做示范，颠簸了下担子，"技巧就是颠簸，把担子颠起来的刹那，整个人可以得到放松的机会，那个时候，就可以进行呼吸换气，放松全身的肌肉，虽然是一秒钟不到，可掌握了节奏之后，你就等于是一半时间都在休息。"

他是从欧得利那里学到的放松和紧张。

"才隔了一天，你怎么似乎整个人都变了，是跟谁学了什么功夫，还是被人传授了数十年的功力？"乔斯用中文生硬地说着。

"你当是看小说呢？还传授我数十年功力。"苏劫都被乔斯逗笑了，他如果站在擂台上格斗，肯定不是乔斯的对手，但现在干农活，似乎就比乔斯强一些。

这个学习班的人，一整天都在挑担。

每个人脸上都显现出来了痛苦的神色，就算是有武术根底的几个人，也都难以忍受。

只有苏劫，掌握到了那种起落的节奏感，开始的时候是有点累，可后来居然越挑越舒服，尤其是在行走之间，颠簸担子，他觉得担子落下来的时候，那种力量就如锤打钢铁，把自己的肌肉、骨骼，锻打得越来越结实。

　　"挑担子挑不好，很容易就会扭伤脊椎、腰肌劳损、椎间盘突出，甚至是膝盖、脚踝都受损。但如果掌握好了诀窍，就能够锻炼身体的很多地方，比起负重深蹲、杠铃、硬拉、卧推，锻炼的地方多得多，而且在行走之间，还掌握平衡性。如果你们能够挑着担子，还行走如飞的话，那卸下担子，和人格斗，会发生什么情况？"古洋对学习班的人继续上课，"别看你们吃得好、营养好、休息好，可干农活、挑担子，比起古时候的农民差多了。"

　　到了乡下，把这些粮油送给那些老人之后，所有的人都已经累得不行，包括乔斯。只有苏劫，因为彻底掌握到了松弛和紧张，还有那种颠簸起落的节奏，虽然也累得够呛，肩膀破皮了，可还没有体力透支。

　　他似乎已经抓住了古洋所说的诀窍。

　　"大家把这些菜收拾下，也挑回去。"

　　古洋和众人到了乡下，把粮食、大米、食盐、醋、茶叶等发给那些困难老人，同时收了那些困难老人种植的蔬菜，是代替学校食堂买下来的。

　　那些老人感激不尽。

　　他们要卖菜，也必须要自己挑着到镇子上去，现在学校的学生亲自来收，就省事了许多。

　　苏劫看着那些老人感激道谢的样子，心中也很满足，认为自己做了好事，心中暖暖的。

　　就在回去的路上，大家挑着沉甸甸的菜，突然有个高大的黑人忍不住了。

　　他骂了一句粗话，用英语说着："这是学的什么玩意儿，我来到这里是学习功夫的，中国功夫，不是来干农活的！你教我们挖了七天土，难道又要我们再挑七天的担子？"

　　这个黑人叫布恩，美国人。

他长得也很高大，孔武有力，铁塔似的，比起乔斯的臂展、体型都要大一圈，看起来好像个巨人。他也是来学习中国功夫的，报了这个武术班，可这九天的训练，让他彻底失去了耐心，终于在今天爆发了。

布恩骂骂咧咧走到了古洋面前，模样十分凶狠："退钱，我不学了。"

苏劫看见这个样子，连忙上去阻止，但被乔斯拉了一把。

所有的学员都看着，似乎他们也都有怨气，明明是来学功夫的，却被迫干农活，不理解的人自然心里有火。

其实哪怕是苏劫，心中本来就有一些怀疑，但遇到了欧得利之后，彻底打消了他心中的疑惑，觉得古洋的训练，还真是最高明的功夫，可惜普通人根本不懂而已。

"可以，等回去之后，找学校财务处，可以帮你退款。"古洋居然能够听懂布恩所说的英语，他一开口，居然也是流利的英语，甚至还带着英伦风格，和美式英语不同，似乎就是土生土长的英国人。

布恩似乎惊了下，但他还是很凶恶地摆出来了格斗架势："你浪费了我十天时间，必须要十倍赔偿，我交了学费五千美元，你们拿出来五万美元的赔偿，我就原谅你们。或者，我打你一顿也可以，这是对你欺骗的惩罚。"

唰！

就在布恩身体不停地跳跃，摆出拳击格斗架势的时候，古洋动了。

他就是一钻，似乎要从下面击打布恩的裆部。布恩顿时一惊，立刻后退。但这时候古洋整个人一起一扑，手已经到了布恩的脸和胸膛处。

吧嗒！

布恩铁塔似的人，直接被打倒在地翻滚了几圈，然后挣扎了一会儿，这才慢慢地爬起来，坐在地上发呆。

第九章

光阴飞逝　突飞猛进成就高

几乎所有的人都没有看清楚古洋到底是怎么动手的。

大家只看到了古洋身躯一钻，就到了布恩的面前，撕裂他的防御，把他推击了出去。

"厉害，原来这一招是这么用的。"苏劫心中激动，他已经看出来了，古洋刚才所用的，就是挖土锄地的那一招，而身法就是挑担子，有了挑担子的力量，挖土锄地这招才可以有穿透力，把人打飞。

其实两招都是一个东西。

布恩被打蒙了，过了五分钟才从地上爬起来，完全没有了刚才的凶恶，也不提什么赔偿的事情，老老实实地开始挑着担子。

古洋也似乎当作没有发生这回事，继续挑担赶回学校。

"厉害，太厉害了！"回到学校之后，照例吃晚饭，乔斯一边狼吞虎咽一边和苏劫讨论，可苏劫一副老神在在、细嚼慢咽、食不言寝不语的样子，完全沉浸在享受食物的过程中，乔斯顿时没了兴趣。

过了好一会儿，苏劫吃完，坐着按摩肚子，吞咽口水，直到肚子里面没有一点饱意才站起来说话。

"你是从哪里学来的这一套吃饭方法？"乔斯奇怪地问。

"这是网上学到的古老养生法，你要不要跟我学，据说可以充分地消化食物，增强体力。"苏劫严格按照欧得利的告诫，不要把他的事情说出去。

"有这么神奇，不过太麻烦了，我消化能力好，不需要这一套。"乔斯并不感兴趣，摇摇头，"走，我们休息一会儿，然后照常沙包训练。"

乔斯天天把苏劫当移动沙包，越来越过瘾，尤其是最近他明显地感觉到苏劫速度、力量都有提升，那这个移动沙包就越来越有价值。

回到宿舍，苏劫照样写日记。

七月九日，今天学习的东西太多了，除了一套关节操热身运动，欧得利教练在对我进行横练培训，让我能够控制全身的肌肉皮肤随时松弛和紧张。然后古洋告诉我们怎么挑担子，这一招居然可以运用在实战之中，那高大的布恩竟然没有任何还手之力，看来中国功夫真实存在，并不是吹嘘。也是，我们中国人几千年来的战争，还有民间斗殴传下来的防身术，不可能都是假的。欧得利教练告诉我的吃饭睡觉法，我要严格执行，不能够有半点的懈怠，还是那句话，细节上面见真章，苏劫，你肯定会成为高手！相信自己！

晚上，他照样和乔斯训练，在训练对打的过程中，他寻找机会，想要施展出"锄镰头"这一招，可发现根本用不上，几次下来，反而被乔斯抓住机会，挨了不少拳头，好在他身上还是戴着三层护具，不会出什么问题。

这一招肯定是有实战能力的，就和扫腿、直拳、摆拳一样，可惜的是要把握机会，精确爆发，速度提升，这些我都欠缺得太多了，毕竟我从最开始练习武术到现在才第九天，有这样的进步已经是奇迹了。

苏劫训练回来之后，还是坚持在日记上记录了心得，这才满足地睡下，还是用"大摊尸法"，很快就进入了那种极其安宁的模式。

"古洋是个好教练。"

七月十日，苏劫照样凌晨三点起来，到了校外欧得利的小院中，一边做类似于太极拳的关节操，一边向欧得利汇报昨日古洋的训练。

欧得利听后，不停点头。

"起如挑担，这是中国功夫拳法起手最重要的一点，挑担子可不容易，不但要力量，而且还要用全身的协调性才可以催动。在平地上还好，如果在崎岖的山路上、泥泞地里，更显得功夫。如果把这种技术运用在格斗中，那的确是恐怖。这在传统武术之中叫做整劲，在现代格斗中叫做全身协调。无论是柔道、泰拳，还是综合格斗、自由搏击，都讲究这个。但中国功夫能够把它融入干农活中，日常生活的一举一动都是练功，这就是高深的哲学。"欧得利道，"锄镢头这一招的起手一钻，就像挑担子一样，你等下可以细细体会。不过现在开始热身，然后进行排打横练！"

　　啪！

　　橡胶棒子抽打在苏劫的后背上，火辣辣疼痛，简直想死。

　　可苏劫一动不动，用意念感受被抽打的部位，进行肌肉紧张和松弛的训练。

　　欧得利一面进行抽打，一面教学："横练最基本的就是必须要让你感受全身肌肉和皮肤筋膜的那种敏感性，就是你一个念头，全身皮肤各处地方，都必须要有反应，这就是气贯周身的感觉。然后你就可以在没有我的情况下，自己训练了。这对于提高你的身体素质，大有好处。"欧得利道，"全世界，所有的运动，无论是古老的瑜伽，还是中国功夫，甚至是教会的祈祷修行，这一关是最难的。中国的道家功夫叫做打通大小周天。瑜伽叫做轮脉贯通。教会叫做圣灵洗礼。其实现在的运动就叫做大脑绝对控制全身神经元。也没有什么神奇的地方，可实际上训练起来非常困难。没有超级教练，根本无法独自完成。"

　　苏劫静静地听着，心中记录下来，晚上回去写日记，然后查资料。

　　他和欧得利学习的最大好处就是，关于传统武术、中国功夫之中一些神乎其神、玄之又玄的东西，都可以用现代的神经学、心理学、运动学、人体学来解释得清清楚楚。

　　苏劫拿着沉重的锄头，站好桩之后，被欧得利用橡胶棒子在全身各处进行排打。

　　欧得利的手法很巧妙，打得苏劫痛不欲生，但却没有任何严重的内伤，反而使得苏劫的筋骨活力增强了许多，配合上药物和食疗，苏劫恢复得很快。

饮食方面，欧得利也为苏劫准备得很好。

他似乎是铁了心要培养一个世界级的运动员出来证明自己不比人工智能差。

一早上就这样过去了。

先是文练，接着就是横练，吃饭休息，然后再武练。

随后苏劫回到学校，天刚亮，教练古洋的训练也开始了。

古洋的训练很简单，第一个七天，就是挖土翻地。第二个七天，就是挑担到乡下去。

这种训练很枯燥，根本没有任何趣味性可言。如果苏劫不是从欧得利那边得到了个中玄妙，恐怕也觉得这是无用功，和布恩一样产生懈怠的情绪，可现在他是越训练越觉得有意思。

晚上他照样当乔斯的沙包，偶尔有时候还还击两拳，但格斗水平还是和乔斯相去甚远。

苏劫也不在意，他只要自己慢慢进步就可以了。

他的日记记录着自己每天的变化。

七月十日，训练依旧，没有什么变化，太苦了，还好欧得利教练的早餐真好吃，营养丰富，我吃得特别多。早餐是在镇子上聂家私房菜馆订的，不过据说很贵，而且一般人根本吃不到。据欧得利教练说，在这座城市里面，卧虎藏龙，有很多高人。他来到这里是拜访一些高人学习传统的知识。在山上有一座千年古寺，很多武术都是从那古寺里传出来的，甚至我所学的锄镰头这一招，也是历代武僧在干农活之中而创造。

七月十一日，今天除了平常的训练之外，欧得利教练告诉我了那锄镰头的许多徒手格斗打法，原来可以从各种角度对敌人进行扑击，而且还有很多打法，比如用巴掌打人脸之后，抓扯、抠眼睛，如果打空了，就立刻变为肘击、打胸膛，随后转换身法、膝盖顶击，打敌人的裆部。真是歹毒。实在是太狠辣了，根本不能够用于格斗比赛之中。但要把这种招式运用好，也要经过很多次实战的洗礼。

七月十二日，今天欧得利教练的体能训练之中，多了一门叫做卧虎功的东西，就是四肢着地，在地面爬行，有些类似于平板支撑，很费力。古洋教练还是让我们挑担训练，没有新意。欧得利教练的伙食越来越好了，是真的想培养我，我以后一定会好好报答他。而且一个外国人，居然这么死心塌地地追求中国文化，我身为中国人，也要更加努力。还有，我今天在欧得利教练的排打之下，似乎能够体会到那种全身的血肉和呼吸共鸣的感觉，已经不像前几天那么钻心刺痛了，反而有一些舒服的感觉。是不是错觉？

七月十三日，似乎掌握了一些体呼吸的节奏。在和乔斯对战的时候，他打我的时候，我挨拳头的时候，肌肉会下意识地猛地绷紧，然后突然放松，就真的不疼了。不过这种状态时灵时不灵，看来我还是不能够随意控制肌肉的松弛紧张，还要勤加练习。欧得利教练说这在中国古老的拳谱之中叫做气不能够贯穿周身，有断处。我有时候上网查找了一些古代的老拳谱，发现语言深奥，看得不是很懂。看来我要加强古文功底。不过晚上睡觉，大摊尸法真的好用，睡得香甜，整天都不累，只是活络油用得太勤快了，基本上一天一瓶的样子。

七月十四日，我照镜子，发现自己居然长了肌肉，而且身材长高了一些，皮肤也似乎光滑了许多，欧得利教练说我是因为心态极好，内分泌完美地平衡，导致身体的各种机能都生机勃勃。教练古洋有时候看我，眼神中也有疑惑。不过他并没有对我开小灶，还是只让我们挑担，而且下乡的路越来越难走，有的时候，甚至要挑担走山路，这让我感受到了农民的辛苦。另外，欧得利教练教了我一套怎么按摩的手法，教我认识人身上的穴位，我学得很快，很感兴趣，这样有助于我对身体结构以及应怎么锻炼的了解。

七月十五日，古洋教练放假，我可以在欧得利教练这里学习一整天。乔斯这个疯子，每天都在发疯地训练，据说还偷偷去镇上一些武馆和人交手。他还告诉我，镇上有酒吧，酒吧每天晚上有拳赛，打赢了可以挣钱。而且市里面也有很多拳馆，还有各种小型的比赛，只要能打，很容易就可以出头。我觉得我才练习了半个月，就不去凑热闹了。欧得利教练下个月就要走了，去藏区和印度，寻找超自然的力量，我得抓紧时间向他多学一些东西。究竟什么是超自然的力量，我还是不能理解，欧得利这个以科学严谨训练的人，居然会去相信超自然的东西。反正我是不相信科学的尽头是哲学、哲学的尽头是神学这样的话，我修炼这么久，武功就是心理素质和身体素质的运用，心理素质可以增强身体素质，身体素质同样可以壮大心理素质，仅此而已。

第十章

超量恢复　功夫都是真科学

一连又是八天时间。

苏劫来到"明伦武校"学习已经有半个月的时间。

半个月时间，只有十五天，对于一般的学生来说，不过是天天在家里睡觉、上网打游戏、吹空调，舒服地过假期生活。

可对于苏劫来说，身心发生了翻天覆地的变化。

他对于武术的认识，在欧得利这个世界级的教练指点之下，可谓突飞猛进，没有了丝毫的迷茫，不停地勇猛前进。

他的身体素质，也提升了一个台阶。

虽然不能够和一些训练了几年的运动员相提并论，但比起普通的学生可强太多了。

最为重要的是，他从欧得利这里找到了正确的训练方法，不至于走弯路，就算欧得利离开之后，他也可以独自训练。

这是最为重要的。

时间到了七月十六日，这是古洋规定放假的日子。

还是凌晨三点，苏劫来到了欧得利的小院中。

照样吃了一顿美美的早餐，然后开始进行各种柔韧性的锻炼动作。

还是类似于太极拳的那种关节操，纯粹就是热身用。不过随着苏劫的身体成长，肌肉凸显出来，欧得利还针对他的身体加了一些动作，这些加入的动作也很简单，压腿、劈叉、扭腰、前后拉伸、上下对称地做操，在锻炼之前把身体一些部位活动开来，这样正式锻炼的时候，才会获得最大的好处，能够快速进入状态。

锻炼前的热身非常重要，是不可缺少的一部分。

欧得利这里的伙食非常好，都是高档有营养的食材，而且他是根据苏劫的身体而制定的食谱，这就是世界顶级格斗教练的专业性。

"锻炼的本质是使得自己不断变强，但你要是不明白变强的原理，那就根本不懂得什么是真正的锻炼。"

欧得利看见苏劫热身完毕，开始上课："肌肉在受到刺激的时候，其中糖元被消耗。然而之后，其中的糖元会恢复过来，而且还会超过原来的水平，这在科学之中，叫做超量恢复，这就是你经过锻炼之后，会越来越强的原因之一。不过，这其中有个度量，因为如果过度训练，身体之中蕴含的一些物质不但恢复不过来，而且还会永久性地减少，造成你的体质下降。不过，对于这方面的精确把握，哪怕是我，也比不过人工智能。"

"凡事都是过犹不及，也就是我们中国人讲究的中庸之道，阴阳平衡，只有把训练和休息恢复把握到了一种极度平衡的地步，人的进步才会最快速、最完美。"这点苏劫认同。

"你的悟性很高。"欧得利点头，"从现代格斗学上来说，身体素质差不多包括四个方面：第一就是肌肉生理横断面积，第二就是神经的调节功能，第三就是骨骼作为杠杆的运动效率，第四就是肌肉纤维的组成。所有的一切，都围绕这四个方面来训练。其中，骨骼作为杠杆的运动效率，就是中国功夫中的所谓整体劲力，也称为整劲。而神经的调节功能，就是大脑反应和胆量，刺激身体激素的分泌，从而内在增添勇气和冷静，还有分析能力，这是最为重要的，也是武术里面的内功心法。"

苏劫问："我这些天从网上搜寻了一些武术资料，传统武术中国功夫讲究的都是整劲，各种劲力非常之多，让人眼花缭乱，任何一个简单的动作，都几乎要解释出来一篇论文，甚至一本书，这样玄之又玄，其实很难理解，其中是不是故弄玄虚的东西很多？"

"那你觉得呢？"欧得利反问苏劫。

"我觉得锄镢头这一招，一钻一起一落一扑一踩一裹一展一放一吐一收等，的确学问很多，写一本书也不是不可能，我越是练习，越是觉得深刻，博大精深。"苏劫思考着，"但其实这一招练好之后，所有的动作也都包含在其中了。"

"不错，你能够有这理解，算是对于功夫的认识走上了正确道路，我看过很多习武者，荒废光阴，走上歧路，十年甚至二十年都是白练了。"欧得利道，"我很快就离开了，你说说，这些日子我都教了你什么？如果我离开之后，你自己能不能练习？"

"我学会了锄镢头的真正练习方法和格斗方法，还有你教我的关节热身操，另外就是横练功夫的肌肉皮肤和意念的松弛和紧张，另外就是吃饭、睡觉的五马分尸大摊尸法。如果你走了，锄镢头可以练习，关节操也可以，吃饭睡觉也都可以严格遵守，唯独横练功夫很难继续。因为这门功夫需要教练你精确的排打，如果换了别人来打，根本无法掌控，不但练习不好，而且我还会受伤。"

苏劫几乎不假思索，看来他经常思考这个问题。

任何体育项目，最重要的就是教练。

现在有了这个国际顶级教练，苏劫知道这是自己进步飞快的原因，但如果教练走了，他的训练就会停滞下来。

哪怕是世界格斗天王、拳王，他们日常的训练，也需要有教练辅助。

没有教练独自练习是盲人摸象，很容易走样，尤其是现在的苏劫，正处于关键性的成长阶段，更不可能缺少教练。

"你说得对，横练功夫我走了之后，你的确不能够随便找人打你，但其实明伦武校倒有一些真正的高手，可以帮助你来修炼，等你真正地修炼到达了意念一动，全身的每一处地方都可以软如棉、坚如铁，随意扭曲的时候，就可以自己蠕动练习，不需要外人来排打了。"欧得利道，"这是中国的硬气功，其实也是古老瑜伽中的一个境界，对于提升身体素质大有好处。"

"我横练了这么久，发现自己哪怕是经过长时间的锻炼，一些肌肉也不会酸痛了，耐力增加很多。"苏劫早就发现了自己的异常。

"肌肉酸痛是长时间处于紧张状态，被力量所压迫，产生了乳酸堆积，如果不用按摩或者桑拿等方法疏通，久而久之，就会沉淀下去，导致钙化。这样一来，肌肉软组织就会时常酸痛，最后甚至麻木，失去知觉。"欧得利习惯性用科学医学的方法解释功夫，"一般来说，长期在电脑前工作，或者是伏案学习的学生，肩颈、腰椎都会出现这样的问题。当然干农活也是一样，如果钙化严重，甚至就要通过手术，用针刀进行剥离。中医的针灸也有很多是这样的原理，从肌肉皮肤之中挑出来淤堵的钙化物质。现在我对你进行横练，就是让你全身不会有淤堵，周身敏感，最后达到甚至不用眼睛，用皮肤都可以感觉到周围气流细微的变化。"

苏劫还要询问一些东西，欧得利阻止了他："先就教授你这么多，现在开始横练吧。"

苏劫连忙站好，接受欧得利的排打。

欧得利还是用橡胶棒子，每一下都打得啪啪作响，时而清脆，时而沉闷。

声音清脆的时候，那是力量在表皮，沉闷则是把力量渗透了进去。

有的时候，他甚至用手掌拍，用拳击，用指来戳、来拧、来掐、来按。

一切手段，都是调动苏劫全身皮肤筋骨肌肉等灵活性和感知的敏锐性。

这才是欧得利作为世界顶尖教练的手段，否则前面的那些关节操，对于武功的指点，很多人都会教，又怎么显示得出来他的厉害？

横练排打过后，又是各种体能训练，也就是所谓的武练。

但奇怪的是，欧得利让苏劫做的体能训练，就只有跑步、俯卧撑、平板支撑，还有类似的卧虎功爬行，另外就是深蹲、跳跃，没有格斗里面最重要的打沙袋等。

"教练，格斗最注重打沙袋、打靶，为什么你不对我进行这方面的训练？"训练过后，休息的时候，苏劫问。

"沙袋和打靶，你以后自己可以训练，这东西简单。你知道，我现在之所以让你进行这些运动是为了什么？"欧得利笑笑。

"感觉好像是健身中的塑形。"苏劫想了想。

"没错，就是塑形。"欧得利觉得苏劫反应实在是敏捷，"你现在这个年纪，正是长身体的时候，就如一棵树苗，如果开始就东倒西歪，那以后肯定长不高，如果开始的时候，捆绑扶正，营养好，驱虫，上药，那么以后肯定会成为栋梁之材。我现在就是通过训练，让你的身材完美，没有任何不对称的地方，也不让你的修行走弯路。"

"那人工智能安排的训练，是不是比教练你的先进，塑形更完美？"苏劫提出了一个尖锐的问题。

"这……"欧得利卡壳了，随后他目光变得深幽起来，"其实人体的潜能是无限的，起码心理素质上就是如此。你是我的一个实验对象，你身上的所有数据，我都记录下来，会回去做参考，我相信自己能够做得比人工智能更好。"

"我全力配合你的实验。"苏劫道。

"好。"欧得利拍拍手，"那继续训练。"

第十一章

套路为王　武术不只是格斗

　　七月十六日，非常有意义的一天，我跟着欧得利教练训练了整整一天，决定了自己今后的训练方法，以塑形为主，把根基打好。明天是古洋教练教我们新东西的一天，不知道他会教我们什么？

苏劫在回去之后，照样记日记。

七月十七日凌晨三点，他照样先到欧得利小院中进行排打横练、塑形的武练，随后就是练习"锄镢头"那一招的用力整劲，一定要把这手功夫修炼得炉火纯青。

他用这招向欧得利进攻，欧得利化解，同样以这招来进攻他，这是喂招，能够提升他这招的领悟和熟练度。

锻炼完毕之后，他就来到了操场上集合。

古洋看见学习班的成员都聚集了起来，发言了："今天，我开始教授你们真正的武术套路，你们学会了这套之后，动作潇洒，可以增加身体柔韧性，比如这个，连续后空翻。"

在说话之间，古洋身躯向后一动，连续几个漂亮的空翻，然后几个旋风腿，稳稳站住，气定神闲。

"哇！"

看见古洋这样的动作，比起顶尖的跑酷选手、动作明星都要潇洒，学习班的几个老外眼睛都亮了，觉得终于苦尽甘来，要学习真正的中国功夫了。

只有少数几个，包括苏劫，知道这些东西只是用来表演，华而不实。

乔斯大步向前对古洋道："教练，我不想学这些没用的套路，我是来学习真功夫的。能不能教我们前面类似于挖土、挑担的功夫？"

"看来乔斯也参悟出来了什么。"苏劫听见这话，心中想着，乔斯经历了很多次街头格斗，肯定知道这些漂亮的空翻、旋风腿都没有任何用处，施展出来，就是被打死的下场。

"你们愿不愿意学？"古洋对所有学习班的成员问。

"我们愿意。"几乎是九成的学习班成员在前面半个月的训练之中累得够呛，他们都认为挖土和挑担不是真功夫，而空翻、旋风腿才是。

"练拳不练功，到老一场空。"古洋对乔斯说着，"但同样有一句话，叫做练功不练拳，到老没有钱。前面我让你们挖土挑担，这是练功，现在我是教你们练拳。功夫，从来不只是格斗，而是生活，来到学习班的人，我必须要保证他们以后有谋生的技能，你如果不想学，可以自己去锻炼。"

乔斯皱眉，并没有说话，而是转身离开了。

他去给自己安排训练，并不想学习这些花式套路。

看见乔斯离开，苏劫也对古洋请假，他也不愿意学，倒不是觉得这些套路不重要，而是有更重要的事情让他学习。

欧得利很快就要离开了，他得抓紧时间进行塑形训练，而这种套路他随时都可以进行学习，但欧得利的训练过了这个村就没有那个店了。

古洋面无表情地看着他离开，也没有阻止，至少苏劫还对他请假，说家里有事情，必须要回去一趟。

离开古洋之后，苏劫还是来到了欧得利的小院中。

"你做得很对，套路不是说不重要，可暂时没有什么好学习的，到处都有教授套路的老师。"欧得利对苏劫的行为很是赞赏。

"我决定了，接下来直到教练走，我都在你这里整天学习。还有差不多半个月的时间，我会全身心地投入其中。"苏劫下定决心。

"那就不废话了，珍惜每分每秒。"欧得利笑得很开心，"你有这个态度，那我就会加大训练量，压榨你的极限，看你的潜能到底有多大。"

"放心，我受得住。"苏劫自信满满，但接下来，他就为自己所说的话后悔了。

因为，真的是魔鬼训练。

七月十七日，苦！苦！苦！苦！苦！苦！苦！

苏劫在当天的日记之中写了七个苦字，然后记录："没有力气记录今天的感悟，我想睡觉。"

七月十八日，苦！

十九日，苦！

二十日，苦！

七月二十一日，经过了连续五天的魔鬼训练，我终于适应了一些，缓过气来，前面五天，自己都不知道怎么过来的，地狱中的折磨也不过如此。每天早上凌晨三点开始，热身关节操，排打，塑形虐待肌肉，负重训练，拉伸训练，柔韧性、平衡性的训练，全身每一处地方都在疼，都在疲劳和累，可不知道怎么的，第二天睡觉起来，又神清气爽，我想都归结于教练的用药和按摩还有营养，他给我按摩用的活络油，显然比起学校发的要高档了很多。除了那些丰盛的伙食之外，他还让我服用一些专业运动员的各种补充维生素、钙质、调和内分泌的药片，这些东西肯定很贵，反正我从来没有在市面上见到过。但现在我感觉训练越来越轻松，身体素质提高了。

七月二十二日凌晨三点，苏劫照样起来做训练。

等一套热身、排打、塑形做完之后，欧得利叫停："从今天开始，我教你真正的心理素质训练。"

"心理素质训练？"苏劫疑惑。

"各国的格斗术也好，武功也好，无非就是身体素质和心理素质的双重训练，也就是中国功夫中的一胆二力三功夫，胆就是心理素质，只有心理素质过硬，技术和力量才有发挥的余地。"欧得利拿了一件兵器出来，丢给苏劫，"力就是身体素质，功夫就是技术，身体素质跟不上，空有技术也是枉然。身体素质的训练有很多种，你以后可以慢慢增加，中国功夫叫做打熬筋骨，这不是一朝一夕的事情，不过胆量却可以速成，一个懦弱的人，经历了某件事情之后，一夜之间就可以变成个凶狠的人。"

苏劫把那件兵器拿在手里。

是一把匕首。

锵！

苏劫猛地一抽，只看见寒光乍现，匕锋凛冽，匕首上面的血槽，都让人不寒而栗，只要随手一挥，就可以把人捅个窟窿。

凶器，绝对的凶器。

"这是军用格斗匕首，善于隐藏，攻击角度诡异，是特种兵执行任务、暗杀敌人的军用装备。所谓一寸短，一寸险，在中国古代，匕是用来扎食肉类的用具，但却成为了杀人利器。你们中国有个典故，叫做图穷匕见，就是荆轲刺杀秦始皇。所谓刀剑，那其实都是表面上看得到的东西，不善于刺杀，唯独匕首，最为厉害。"欧得利道，"匕首搏杀的时候，可以贴身，如果远距离，则可以当做飞刀来投掷，可远可近。匕法最为简单的就是挥舞和刺杀，和你所练习的锄镰头差不多。你现在和我拼匕首！"

欧得利也拿了一把一模一样的匕首。

"不好吧。"苏劫拿着这匕首，朝着手臂上轻轻地刮了下，那汗毛都纷纷掉落下来，他不由打了个冷战，"这东西稍微碰到了，就恐怕会死。教练你不是说，在训练之中，一定要注意，不能使自己受伤么？"

训练中保护自己不受伤，这是乔斯告诫自己的，后来欧得利也再三告诫。

"不要紧，你和我用匕首不会受伤，只是让你感受冷兵器的残酷而已。你知道格斗之中，最重要的一点就是怕拳头。对方进攻过来之后，一片慌乱，只会后退和抱头，根本不会冷静分析，这就是没有胆量的表现。怕拳和不怕拳，这是格斗者的一个分水岭，一旦不怕拳了，你的胆量就会提升一个台阶，会在格斗中找弱点，冷静分析。"欧得利道，"一般来说，和人打架打多了，就不会怕拳，可这也不是速成之法。古时候的战场上，冷兵器交锋，相互砍杀，一天下来，士兵见血见死人之后，就成长了。现在没有这个条件，好在有我来帮助你。这是我从特种军队的训练术之中找到的，我做过很多国家特种部队的武术教官。在我们的拼杀过程中，我会掌握节奏，让你感受刀的死亡，当你逐渐连匕首都不怕了之后，你抛开匕首，面对敌人的拳头，那简直就是小儿科。"

的确，匕首的压迫力，比起拳头来要大得多。

几乎是所有人，都宁可面对一个赤手空拳的肌肉壮汉，而不愿意面对一个持匕首的瘦子。

更何况是眼前这又尖又锋利，吹毛立断的军用匕首。

这种军用匕首，似乎诞生之初，就是为了收割生命而来。

"你用锄镰头的招式对我进行攻击。这锄镰头可以运用于匕首。"欧得利让苏劫先出手。

苏劫单手握住匕首，思考了一下，就好像拿着锄头一样，突然进步，匕首抬起，向下一劈，呈现弧线，居然隐隐约约有了一些气势。

当！

就在苏劫劈到了欧得利面前的时候，欧得利向旁边一闪，躲过这一划，然后唰唰唰！连续三匕劈了过来，在劈杀的过程之中，匕首如毒蛇摆动，随时都会刺、抹。

这种贴身用匕首，最为凶险，甚至比起敌人拿长刀要可怕得多。

匕光闪烁，锋芒切割，面对匕首连续砍劈挑抹刺，苏劫的心中果然极其害怕，心中顿时慌乱，再也保持不了冷静，什么技术都发挥不出来。

这在格斗之中俗称"被乱拳打蒙了"。

他天天晚上戴上护具当乔斯的沙包，对方拳腿组合，早就已经习惯，怕拳的习惯他已经有所改变。

可匕首他是真怕。

而且这不是假匕首，是真的军用匕首，稍微砍一下就要断手断脚、身上出现个透明窟窿的匕首。

吧嗒！

他手中的匕首被打落地面，自己的脖子上已经贴着了匕锋，颈部大动脉的位置鲜血流淌下来，用手一抹，触目惊心。

第一次，他感觉到自己离死亡这么近。

这个时候，欧得利上前用毛巾擦掉了苏劫脖子上的鲜血，就是一条小口子，并不是什么大伤口，用创口贴一贴，又活蹦乱跳。

欧得利掌握刀法十分精确，否则这下连同动脉和气管都被抹断，一命呜呼。

第十二章

武术之魂　刀枪之技已尘埃

"匕首用法就是贴身，然后快，轻盈，一触即发为主，点，刺。你的锄镰头这一招，有老虎捕食的意识在其中，不过老虎的爪牙极其厉害，人类是没有用，可加上了匕首那就不同。"欧得利让苏劫把刀捡起来，"刚才你什么感受？"

"怕，胆怯，手足无措，任人宰割。"苏劫老老实实地回答自己的感受。

"匕首的压迫力比拳头大十倍，而枪的压迫力比匕首又大十倍。当然，枪就太危险了，只有一些疯狂的家伙才去进行训练。"欧得利似乎在回忆什么，"再来吧。"

唰！

苏劫壮了壮自己的胆子，再次出击。

整整一天时间，苏劫都在和欧得利拼匕首。

渐渐地，他似乎就不怕了。

"这是短兵相接的匕首用法，接下来，是远距离的投掷。"欧得利在拼杀之间，突然变了，他猛烈奔跑，如一头豹子，刹那间就拉开了距离，然后猛地一俯身，匕首已经投掷而出。

苏劫都没有想到这一手，只看见对方手一扬，白光一闪，就擦着自己头发过去了，吓得他全身寒毛倒竖，有一种大小便失禁的感觉。

"这就是匕首有优势的地方，可以作为暗器投掷，这是最阴险毒辣的地方，也是古代杀人技的精华。在古代武术之中，其实拳脚、棍棒、刀剑，要论杀人都不是最快，只有暗器，才是王道。"欧得利道，"当然，现代社会有枪是用不到了，不过这种可以锻炼你的反应和敏捷度。"

接下来，两人的训练再次开始。

在训练的过程中，苏劫始终无法触摸到欧得利的半点衣角，对方的匕首神出鬼没，如鬼魅妖怪。他觉得，现在就算是几十个人追杀欧得利，都会被杀得干干净净。

电视电影里面经常有武术高手一打二十，甚至更多，或者是"我要打十个"，现实中苏劫一直认为不可能。

可如果加上了武器，那还真说不准。

匕首实在是太可怕了，轻轻一掠，人头落地，断手断脚，远距离还可以投掷，寒芒一闪，喉咙上就多了一把匕首。

"还有传闻中的那些手持长枪的高手，一点一抽，就可以要人命，难怪古代大将，多是用长枪，这么看来，常山赵子龙，一人一马，手持长枪，身穿铠甲，冲杀军队，七进七出，似乎也不是不可能。"苏劫心中思考，人家拿把匕首就可以把他吓傻，更何况一个人骑着大马，拿着长枪冲撞而来，面对这样的气势，几十人上百人的乌合之众，一冲就散，抱头鼠窜。

这个时候，苏劫对于武术中的气势，也算是明白了。

"打人先打胆。"欧得利道，"先有气势，再有胆量，有了胆量还不行，还得冷静地分析，武术和兵法一样，以弱胜强也不是不可能。在历史上，很多几千人军队打败几十万人的例子，就是凝聚成一股，直接冲杀，敌人溃败起来，一发不可收拾，自己踩踏死自己人屡见不鲜。日本人就是把武功和兵法结合，总结出来孙子兵法之中的'风林火山'四字真谛。当然，这是文化哲学的东西，必须要你慢慢读书，才可以理解，武术要到达最高境界，最终还是要走向哲学的路子，而不是争强斗狠，擂台格斗。"

苏劫只静静地听着，消化知识。

他光着上身，身上贴了十多个创口贴，都是被匕首割的，欧得利极其有分寸，只是让他破皮流血而已，让他感受那种锋利刀刃划在身上的死亡感觉，而不是要真正地伤害他。

这也是顶级教练的作用。

这种训练，不是一般教练可以做到的。

苏劫在网上早就查到，欧得利的确是世界上最著名的教练之一，培养出来好几位世界冠军，整个国内，没有比他更好的教练。

当然，他本身也是一位武术顶尖高手，究竟强到什么地步，苏劫也不知道。

他现在才是一个学习了二十多天的新人。

当然，这二十多天的修炼，比起一般人的训练要好得多，因为他的教练是世界最顶尖的。普通的国家队职业格斗队员，都没有他这个待遇。

这些天的训练，非常紧密而充实。

欧得利要离开这里了，他自然会在最后的时间中，为苏劫安排最有意义的训练，除了每天大量的各种体能训练之外，就是刀法对拼。

如果在外人来看，就会发现这十分惊险，两人手持锋利的匕首，相互砍杀对刺，连护具都没有戴。

苏劫的匕首运动大有长进，不过他始终就是一招，抬刀螺旋弧线起手，似裹非裹，然后朝前一劈，一扎，就是"锄镢头"的招式。

这一个把式，他已经练得炉火纯青，反反复复，进退左右闪躲，然后扑劈。

与此同时，在欧得利的指点下，他对于这一招也的确是领悟深刻，知道了很多要点，只要把这一母把式练习纯熟之后，其他武功都可以随意变化了。

此把式随意起手，身躯如猴跃，如虎踞，如蛇窜，如鹰盘旋，就是所有动物进攻的刹那，就算是螳螂捕食，也是先要积蓄力量，抬起双刀。

"人走路的时候，双手下垂，遇到攻击，立刻就要把手抬起来，这是本能，此招把抬手进攻的本能强化到达了极限，更锻炼到了全身的手眼身法步，难怪说武术的万般变化，皆出于这一手锄镢头。"

苏劫觉得借助刀法的练习，对于这一招数的参悟在心中已经深深地烙印上了。

每天的拼刀，他对于锋利的匕首似乎完全克服了惧怕的意念，胆气大增，恨不得立刻回去，试试乔斯的拳头。

匕首都不怕，还在乎拳？

不过他知道，这些也是错觉，他虽然不怕了，可身体素质还是跟不上，很容易迎着拳头上，被人揍成猪头。

胆子有了，身体素质也要跟上，否则就是有勇无力，依旧是枉然。

对于这点，欧得利也告诉他，胆子练大了，很容易造成错觉，以为自己天不怕地不怕，结果吃亏的是自己，要练得胆大心细，才算上道。

不管怎么说，七天拼匕首，胆子是练习出来了，身法、体能也大有进步。

而且苏劫赫然发现，自己的身体壮实了很多，而且长高了很多，几乎是一天一长，现在都快一米八了。

这是因为他现在十七岁，正是长身体的关键时候。欧得利给他的营养餐又很丰盛，有很多长筋骨、补钙的食品在其中。除此之外，每天的体能训练、拉伸也都是针对长高的，所谓伸筋拔骨。

他现在身体隐隐约约有了肌肉，很匀称，臂展也长，似乎是小说中的猿臂蜂腰，这是最完美的格斗身材，没有任何赘肉的负担，而且有极强的爆发力。

七月二十二日，除了日常的训练之外，多了一项匕首练习。开始的时候，我几乎被匕首吓得手足无措，可次数多了，胆子极大，现在我看见别人的拳，就好像小孩子过家家的儿戏。回去和乔斯练习，我觉得可以不戴护具了。

七月二十三日，现在我对每天的训练甘之如饴，一天不训练就觉得浑身难受，再也没有了最初的痛苦。依旧每天训练，面对匕首的锋芒，我必须要全神贯注，不能有丝毫懈怠，这还是明知道教练不会伤害我的情况下。那些古代的战士，在战场上是真的拼杀，不是你死，就是我活，那对胆子的训练该有多大？无法想象。

七月二十四日，匕首格斗训练越是频繁，我越觉得兵器才是武术之魂。现代的各种格斗，都不是武术，而是体育运动，失去了兵器的功夫，不能够称之为功夫了。每挥匕进攻一次，我对于锄镢头这招的领悟就更加深刻。

苏劫的日记还在继续。

七月二十五日，做完日常的训练之后，欧得利并没有和苏劫拼匕首，而是拿出来了两杆长枪，木质的杆子，鸡蛋粗，精钢的枪头十分锋利。

今天对拼的器械是枪。"欧得利道，"前面匕首的训练是短兵相接，而长枪刺杀是远距离的点杀，更为危险。"

苏劫拿着长枪，看着雪亮枪头，知道轻轻送出去，就可以把人体扎个大血窟窿出来，如果对手拿着这个东西远距离戳自己，的确比匕首还可怕。

"一寸长，一寸强，一寸短，一寸险。匕首是古代最实用最短的兵器，而大枪是最实用最长的兵器。现在，你跟着我，握住这长枪，站立好，向内画弧，向外画弧，然后向前平刺。枪法并没有什么秘诀，就是拦、拿、扎，用全身的力量来抖动。从内向外画圆弧，叫做拦。从外向内画圆弧，叫做拿。直接平刺，叫做扎。"

欧得利做了三个动作。

很简单，内外画两个弧，然后向前平刺。

苏劫都照着他的样子不停地做。

比划了一会儿，他就发现钢枪在欧得利的手里是活的，随时都可以钻出，而在自己手里，都是死的，没有一点灵气。

在练习的过程中，欧得利在旁边观看，指点他的姿势。

就这样枯燥地练习，足足练习了两个小时，觉得苏劫到了极限，欧得利才喊休息。

休息了半个小时，欧得利问："对于枪法的三个技术，你有什么心得感悟？"

"其实还是锄镢头运劲。"苏劫越来越熟练，"拦的时候，其实就是锄镢头起手，身躯拧，向上画弧线钻，而拿枪的时候，就是向下画弧线劈，至于扎枪，就是向前送扑的那个劲，其实是一个东西。"

"不错不错。"欧得利眼睛再次亮了起来，"现在你可知道，为什么锄地挖土是最核心的母拳锻炼了吧。无论是刀，还是枪，都是这一招，万变不离其宗。古代战争，最重要的就是刀枪，除此之外，就是弓箭，当然弓箭是属于暗器类型了，不是本身的力量，而是机械的弹力。"

"还有棍呢？我看古代用棍的也很多，《水浒传》里面都是说某某好汉擅长拳棒。"苏劫做了不少功课。

"棍棒是民间没有办法时使用的，毕竟你拿着棍棒可以当扁担使用，挑着包袱上路，而你提着刀枪上路，就会被官府查。当然，枪可以当成棍来使用，但棍不能够当成枪。但我这几天要教你的东西，其实也不是这个，还是胆量的训练，现在你拿枪来刺我。"欧得利道。

"那我动手了！"苏劫猛地一抖，狠狠刺了出去，朝着欧得利的胸口。

这个时候，欧得利手中的钢枪一抖，向外画弧，闪电一般，就把他那钢枪给打掉了，然后顺势一送，枪尖就刺到了苏劫的脸上。

苏劫看见枪朝自己的眼睛刺了过来，整个人似乎都蒙了，根本不知道怎么办。

还好，枪尖在他眼前停留下来，没有送进去。

"好好体会，再来。"欧得利并没有做过多的解释，再次训练开始。

苏劫想了会儿，再度调整了下自己的状态，体会枪法和锄头类似的地方，都是一种把身体当做杠杆，然后用一种全身协调性的发力技巧，使得速度更快，更省力，力量更大。

只是枪法多变，锄头更沉稳，可核心的技巧都是一样。

苏劫并没有立刻动，而是调整了下呼吸，使得自己处于一种极其平静的状态，然后他稍微一挑，就如扬起锄头。

然后，这枪就刺了出去。

"嗯？"很明显，欧得利倒是微微吃惊，但就在枪到达他面前的时候，他的枪又是一画弧，哪怕是苏劫早就准备好了，用力握住自己的枪，还是被一下打飞，然后枪就到达了他的眼睛。

任何人，面对锋利的枪头刺到了自己眼睛前面，都会感觉到极其地慌乱。

就如普通的人怕拳头一样。

这可是大长枪，锋利的枪头，似乎一扎就会出现一个大血窟窿，到达了眼前，比刀可怕几倍。

可是苏劫努力地锻炼自己不怕，可事到临头，他还是发现自己不知道该怎么办。

面对长枪和面对匕首的时候，又是一番全新感受，一个是短兵器，一个是长兵器。

第十三章

最后之日　易道本是天行健

日记。

　　七月二十五日，日常训练拼匕首变成了拼枪，短兵器和长兵器的威慑果然不同，枪比匕首更为可怕，但对于胆量的训练非常有效果，我的身体是脱胎换骨了，胆子更是得到了质的飞跃和洗礼。

　　七月二十六日，在这天，进行横练排打的时候，我突然发现痛苦减轻了很多，教练击打我的时候，我能够准确地提前把那被击打的部位突然松弛下来。然后在橡胶棒子接触到我身体部位的一刹那，那部位极其紧张，硬如瓷器，果然就不会有任何疼痛。教练说我的铁布衫金钟罩横练功夫已经小成了，可以出去进行表演。但不能够用于实战中，因为实战你不知道对方会怎么进攻，根本反应不过来。现在我只能够表演指定一个部位让对方击打。在古代，江湖卖艺的人也会用这个来摆场子赚钱。

　　七月二十七日，在横练的过程中，自我感觉身体素质越来越好，枪术也越来越熟练，这还是其次，在兵器相互刺杀的过程中，我感觉自己浑身都是胆！《三国演义》中说，赵子龙浑身都是胆，我觉得我去了三国，也和赵云差不多！冷静，冷静，苏劫，你这不过是幻觉而已，是运动产生的多巴胺刺激了自己大脑皮层的兴奋点，你离高手还远着呢，现在出去和人格斗，很有可能会和那些所谓的太极大师一样，被人揍得满头包，要认清楚自己。

七月二十八日，训练之中，我又有全新的感受，那就是心灵彻底沉淀了下去，对未来没有了什么憧憬，只希望这样每天训练，生活简简单单就好。

七月二十九日，晚上睡觉，我继续用大摊尸法，整个人的感觉和以前睡觉大不相同，我似乎能够在睡梦中感受外界的一切，但又丝毫不消耗精神，睡眠质量比起以前提高了一个层次。还有我吃饭每顿都是按照咀嚼充分、心无杂念、饭后吞咽唾液的方法，现在感觉到了好处，就是大小便很按时均匀，肠胃感觉连石头都可以消化。

七月三十日，今天训练过后，欧得利教练说明天教我新东西，然后就离开这里，前往藏区和印度寻找超自然的力量。我很舍不得，但又期待，他明天到底会教我什么？

七月三十一日。

"今天是最后一天。"

欧得利并没有让苏劫再训练了，而是坐着和他谈心。

苏劫内心涌起一股惆怅，很舍不得，相处了这么久，他能够有今天的成就，都是欧得利训练的结果。

虽然欧得利只训练了他二十二天时间，可这二十二天他所学到的知识，哪怕是在外面十年都未必可以学到的。

更加重要的是，欧得利给他打开了武术的大门，让他知道什么是正确，什么是错误，以苏劫自己的勤学好问，就不会走任何的弯路。

"你们中国人有句话叫做天下无不散之筵席，聚散无常。"看见苏劫的表情，欧得利倒是笑了笑，"今天我要教你的是最古老智慧的源泉，有了这东西，你才可以在以后道路上走得更远。"

他拿出来了一本书。

苏劫赫然在书上看见了"周易"二字。

"这不是一本算命的书么？"他知道古时候儒家弟子必须要考试的"四书五经"其中为首的就是这本《周易》，又称呼为《易经》。

"这不是算命的书，而是改变命运的书。"欧得利摆摆手，"其中蕴含的古老智慧，绝对不是凡夫俗子可以理解的。你应该知道，观山则情满于山，观海则情溢于海。你们语文课，写作文，最重要的是抒发自己内心中的情感，没有饱满的热情，就不可能写得出来好文章，文学创作如此，练功也是如此。《易经》这本书，就是让人观察天地，从而明白做人的道理，人地运行，人要怎么做才可以感悟万物。"

说话之间，他直接翻开了这本书的第一章，指着其中一句话，"天行健，君子以自强不息"。

"古人观察上天，有的人得出来了结论，说是天意无情，以万物为刍狗。有人得出来了结论，善有善报恶有恶报，天心最慈。而《易经》观察天地，则得出来了它永远运转，自强不息，人也要学习它不停进取的精神。"

随后，他又指着另外一句话"地势坤，君子以厚德载物"。

"观察大地，就要学它的厚重诚实，承载万物，包容一切。"

随后，欧得利又翻开书中间的一段："你看，这是全书之中，最好的一个卦象，叫做谦卦。这个卦象，上面是大地，下面是山。意思是人拥有山一般高大的品德，但他不显露出来，藏在更广袤的大地之中，所以他的一切都是吉利的。如果一个人，拥有了让人高山仰止的本事，但他又懂得藏拙，那是不是无往而不利？同样，如果反过来，山在上，地在下，这个卦象就是剥，意思是一个人虽然有了山一般的品德，但他耸立在大地之上，不懂得藏拙，那么就会逐渐被风雨剥削侵蚀，最后风化，骤然崩塌。"

欧得利并没有过多地为苏劫讲解《易经》，而是合上书本："苏劫，你觉得一个人，要有所成就，最重要的是什么？"

苏劫想了想："应该是坚持，就如练功一样，能够坚持得住，就可以有所成就。"

"这只是一个部分而已。"欧得利道，"勇气、毅力、智慧、包容、悟性、机巧等，都是属于人的品德。比如你，是有毅力，我给你的训练强度很大，你却能够坚持下来，这是成功的标准之一。但这还不够，你最后还要彻底喜欢上训练，不以为苦，反以为乐，这就是更高的境界了。你怕走错路，会选择，能够为自己找机会，这就是机巧，但投机的人很多，这类人以机巧为荣，以为就可以成功，那也是小人之见。《易经》这本书，就是塑造你品德的一本书，观察天地万物，塑造出最完美的德行来。我们的武学，其实大多数都是来自自然生活中，人要学会从万物之中汲取知识。"

"我会认真研究和阅读的。"苏劫把这本《周易》收了起来。

"好了，我今天就要走，不过给你留了个东西。"欧得利拿出一张纸，上面写了个网站地址，还有登录账号和登录密码，"你有时间就登录这个网站，然后输入账号和密码，在这个网站上，你可以购买到一些市面上根本无法购买的东西，对你的武功修行很有帮助。你应该知道，武术修行，各种营养物质和辅助药物最重要。"

"知道了。"苏劫点头。

"既然这样，我就走了。"欧得利早就收拾好了东西，一个大背包，门外有车等着，他对苏劫挥挥手，"将来还有机会再见。"

"师父！"苏劫在欧得利转身的时候，喊出来了两个字。

"不要喊我师父，我是你的教练，我希望你是我所培养的拳手之中，最出色的一个。记住，你答应过我，要为我打几场搏击赛，等你有这个资格的时候，我会来找你。"欧得利眯着眼睛一笑，做了个再见的手势。

"好的，教练。"苏劫用力点点头，虽然经过了这么多天的学习，他进步非常之大，可实际上，他觉得自己还是很弱小，毕竟任何武术，都不可能在一个月内就使人成为高手。

可从欧得利这里，他掌握到了最科学的训练方法，还有最先进的格斗知识，自己回去就可以摸索进步。

就这样看着欧得利这个老外离开了，十分潇洒，他去寻找他心目中的超自然力量，自己还要回武校继续学习、锻炼。

"你小子终于回来了。"乔斯看见苏劫回到宿舍，忍不住捶了他一拳，正中胸口，按照一般情况，苏劫都会被击退，可他现在是习惯性地胸口肌肉一鼓、一松，呼吸之间，就化解了力量，导致身体纹丝不动。

这是欧得利对他的训练。

在苏劫练习站桩的时候，欧得利不停地用手拍、掐，用棍子敲打他的身体各个部位，让他学会在身体各个部位肌肉遇到攻击的时候，产生那种一紧一松的自然反应，配合身体呼吸，这其实是横练的气功。

这让乔斯十分震惊："你身体素质提升得好快，学会抗击打了，而且你似乎长高了很多？"

"天天跟着你大吃大喝，营养好。"苏劫笑着，"对了，我回家的这些天，教练古洋教了什么东西？"

他并不是有意隐瞒，而是欧得利不允许他把事情告诉任何人。

古洋的训练很有意思，开始的七天就是挖土，很多人不理解。

实际上，他是在教大家最高深的武功。

然后第二个七天，就是教大家挑担，那是真正的锻炼，增加动作协调性、稳定性，还有起落颠簸的核心力量。这也是最高深武功根基。

第三个七天，教授大家各种武术套路，那是为了增加大家的柔韧性。同时修身养性，性格沉稳的同时，能够让气息下沉，时时刻刻冷静协调，呼吸自然，不心浮气躁。另外，还让大家的武术动作更富有表演性，将来能够用这个来谋生。

乔斯不理解套路，认为不实用。苏劫却不这么认为，他觉得古洋是个真正的好教练。

第十四章
文武明伦　传统现代相碰撞

　　"还是各种套路。空翻和踢腿加上各种华丽的武术动作，还有一套太极拳和一套长拳。"乔斯摇摇头，"我偶尔去学习，另外的学员倒是很来劲。走！这些天我在学校里打了好多次擂台赛，倒是获得了一些实战心得。不说这些，我们开始训练吧。"

　　"我也有所进步，今天决定不戴护具了。"苏劫在欧得利教练的训练之下，拼刀枪都已经不怕，拳头根本不成问题。而且他要看看自己的格斗技巧和乔斯真正的差距到底在哪里。

　　这一个月来，他和乔斯虽然经常对战，可都是自己在逃跑，没有真正地对战。当然，他就算反击也根本打不中乔斯。

　　"不戴护具？你确定？"乔斯很是疑惑，但看见苏劫肯定的样子，不由得点点头，"到了必要的时候，是要脱掉护具真正地实战，看来你信心十足，那就来吧。"

　　两人站在台上。

　　突然之间，苏劫感觉到了压力。

　　乔斯身材比他高，比他壮实，臂展也比他长，优势巨大。

　　苏劫长长吸了口气镇定下来，仔细看着乔斯一切动作。在他眼里所有都消失了，只有对手的存在。他全神贯注，如鹰在天空盘旋盯住猎物。这也是欧得利教练的格斗方法。

　　唰唰唰！

　　乔斯双手抱头，是正常的格斗架子。他脚步忽然前进，忽然后退，忽然左右摇摆，让人根本不知道他会从哪边进攻。而因为他的移动，使得对手先发制人也很困难。

苏劫很想进攻，可始终没有找到好的切入点。

他进攻的手段很简单，就是一招"锄镢头"。除此之外，他也不想用任何其他手段。

因为他早就知道，不怕千招会，就怕一招鲜，招数多了根本没用。

而且这一招"锄镢头"可以变化为许多招式。所有一切的武功兵器，都是这一招变化而来。

突然之间，乔斯进攻了，速度比平常训练中快了很多，他今天果然是极其认真了，把这当成了真正的格斗比赛。

他左右摇闪，走蛇位，好像一条恶毒的眼镜王蛇。

晃动几下之后他终于找到了个角度，猛烈进攻过来。

招式也很简单，连续直拳，接摆拳。

砰砰砰……

乔斯拳法凌厉，似乎都破空打出来了风声。

苏劫连连躲闪，他想反击，可根本找不到乔斯的破绽，对方太快了。

可他内心也没有丝毫慌张，而是越发冷静了下来。

"在和敌人对峙的时候，如果没有打进去的把握，就千万不要进攻，而是有耐心地闪躲，寻找最好的机会，当你不想进攻敌人的时候，敌人也很难打中你。"这个是欧得利教练的格斗技巧。

这是真理。

苏劫想起来动物世界之中老虎捕猎，平时都是不动，只有在最有把握的时候才扑出必杀的一击。

格斗，最重要的是耐心。

苏劫很有耐心，他本身的性格就是如此。而且欧得利专门针对他的耐心训练了很久，最后的几天，两人闭门拼刀和枪术相互刺杀，那是最讲究耐心的。

赤手空拳的格斗，如果中了拳那还不至于立刻就死。可冷兵器战斗中了刀就不一样了，重则被斩首，轻则断手断脚。

在冷兵器拼杀过程中，苏劫锻炼了足够的耐心，而且也把身法练得很快速。

乔斯不停地进攻，他不停地躲闪。他死死盯住敌人只找破绽，不想还手的事情，果然对手想要打到他就没有那么容易。

这如果在格斗比赛之中是消极应付，有可能会被罚，直接判负。

因为格斗比赛必须要有观赏性，不可能这样始终不动手，只消极躲闪。

可苏劫不是比赛，在他的意念之中是为了生存，宠辱皆忘。

有的时候他在闪躲之间，虽然被乔斯扫踢击中了大腿和小腿，甚至手臂上也出现了瘀青。可他根本不在乎。

如果在比赛之中，这就是被对方得分拿到了点数。

一场比赛下来，很多格斗赛都是以点数取胜，能够把敌人KO的精彩比赛还是很少的。

现在苏劫还没有得到一分，而乔斯已经得到了几十个点数分。

可他知道自己也没有输，在真实的战斗之中可没有什么得分不得分。只要有一方还没死，战斗就没有结束。

在欧得利教练告诉他的口诀之中，只要抓住了机会，就是"不染敌血誓不还"。

临场之中，心理素质最为重要。

"这两个人真搞笑，就在擂台上斗鸡，难道这就是传统武术班的学员？"

乔斯和苏劫在擂台上训练了很久，都是乔斯在进攻，苏劫没有还手。不是他不想进攻，是他始终没有找到机会。乔斯的防御几乎没有破绽，不愧是经常格斗的老手。不过两人这样晃来晃去，实在没有什么观赏性。

就在这时，擂台下面倒是聚集了不少人。

这个训练场有五六个篮球场大。其中有十几座擂台，还有许多沙袋、轮胎、运动器械，这和大型的健身房类似。学员想要进来必须办卡，缴纳一定的费用租用场地和护具。

现在暑假期间学员很少，可随着假期的结束很多武校正式学生也开始返校了。导致西训练场中也有一些零零散散的学员，只不过这些学员都各自训练各自的，相互之间并不干涉。

当然还有各种短期学习班成员。

听见下面的嘲讽，乔斯和苏劫停下来。看见下面有五六个学员穿着短裤，光着上身，显现出来了发达的肌肉。

尤其是他们个个都戴着分指手套，而不是拳套。

"这是练习综合格斗的人。"乔斯停下来皱眉。

综合格斗苏劫知道，又叫做"MMA"，是一种极其接近实战的体育格斗项目。可以站立打，也可以直接拖到地面，用地面技柔术锁死对方。

不过综合格斗也有规则。比如倒地之后不准用脚踢，只能够用拳头捶击对手，还有一些禁忌部位不可击打。

在格斗圈子，很多人认为综合格斗运动才是最能够实战的，其他搏击运动遇到综合格斗都不堪一击。

这种综合格斗的运动员实战能力虽然强，可薪水和影响力远远不如拳击。目前世界上，还是拳击运动最为流行。伟大的拳击运动员，一场比赛甚至可以拿到数千万或上亿美元。而综合格斗运动员，人气最高的，也不过就是百万美元而已。

不过，随着这项运动的开展和宣传，选手的身价也渐渐有所提高。

"怎么？觉得我们不行？上来玩一玩吧？"乔斯极其好斗。他只要有打架的机会，一定会凑上去。

"哦？老外，你要跟我们打？用什么规则？莫非是太极推手规则？"下面有个身高足足有一米八五、体重起码九十公斤、全身都是板块状肌肉的学员大笑起来，"和你打可以，不过我们是不是应该赌些什么？"

"赌？我喜欢。"乔斯咧开嘴，显然是经常进行这种赌拳，他伸出来一个手指头，"就这个数怎么样？"

"一百块？"高大的年轻人皱了皱眉。

乔斯摇摇头。

"一千块？"

乔斯还是摇摇头。

"难道是一万块？"高大的学员脸色微变。

"对！这样的数目才刺激，大家才会认真地比赛。"乔斯的语气十分狂热，"敢不敢来，不敢上就别在这里叽叽歪歪，一边玩去。"

"好狂的老外。"下面的学员脸色很难看，不过看乔斯身材和那种彪悍气息，都觉得不是那么好对付。

"可以！"高大学员不肯示弱，指着苏劫，"不过，我们要比两场。第一场，我和你比。第二场，我们再出个队员，和他比，都是一万元赌约！你们是传统武术班的，我是综合格斗班的，两班接下来会有个交流，不如我们就提前热热身。"

"苏劫，你的意思呢？"乔斯回过头来问。

苏劫并没有立刻答应，而是在思考。

"练习综合格斗的这群人抗打而且耐摔，不是那么容易对付的。不过你可以试试。想要成为高手必须多实战。如果你没有钱我帮你出了。"乔斯还是很希望苏劫能够参加比赛。

"好，我参加！不过输了我自己出钱。"苏劫点点头。

"那就没有问题了。"高大的年轻人拍拍手，"宋力，你和他比赛。我就来对付这老外！"

"没有问题。"同样一个壮实的年轻人走了上来，他也有一米七八的样子，身材非常壮实，如一头蛮牛。

苏劫一看就觉得此人沉稳耐打，拳重腿重。这种人在拳赛上是坦克类型。

"李虎哥，这个老外不好对付，你要小心一些，他身上的煞气很重。"宋力和李虎交流了一番。

"我会注意的。"李虎明显是这群人的头头，"你对付那个小子应该没啥问题，先赢一场再说。"

这群人争执之间，周围训练的人也都被吸引了过来。

大家都是练习格斗的青年，好勇斗狠难免，听见有比赛都来看热闹。

"我来做裁判。"此时，有个路过的女子上前了。

这个女子身穿运动服，年纪二十五六。她的运动服上，印有孔子的小像。

这是教练的标志。

她不是学员。

明伦武校虽然以练武为主，可也教授文化课、国学课，祭拜孔子。

明伦这两个字，是儒家的核心思想，古代的文庙、书院、太学的正殿，就叫做"明伦堂"。就和任何佛教寺庙的中央建筑物，都叫"大雄宝殿"一样，是供奉释迦牟尼的地方。

第十五章

真正实战　千变万化一锄头

"聂姐能够当裁判，那是再好不过了。"李虎和宋力这群人似乎认识这个女教练，而且对她很尊敬。

"那就来吧。"乔斯没有意见。

"不要输给老外。"这个叫聂姐的女教练对李虎小声叮嘱了一句，"第一场，就宋力和这个学员比赛吧，你叫什么名字？"

"苏劫。"苏劫很冷静。

"留下手。"在宋力上台之时，聂姐对他也叮嘱了一句。

"我知道，这小子挨不了几拳。"宋力漂亮地翻越擂台绳索。

之所以让他先和苏劫比赛，其实是高明的策略。都看出来苏劫是软柿子，先赢上一局增加士气。

"我们先说好到底是什么规则。"乔斯看着苏劫走上擂台，"是综合格斗规则，还是自由搏击规则，或者是无限制？"

综合格斗规则是可以允许在地面缠斗，而自由搏击规则是站立技。至于无限制那就是可以随意发挥。无限制是没有正规比赛的，不过在很多私下场合很流行，也适合于赌拳。

"你说什么就是什么。"宋力眯着眼睛。

"那就无限制好了。"乔斯满不在乎，"其他的显现不出来我们的格斗水平。"

"学校不准无限制格斗。"聂姐哼了一声，"你当这是流氓斗殴？出了问题怎么办？综合格斗规则是最接近实战的，你们就用综合格斗的规则。"她也上了擂台。

"来吧。"宋力活动了下身体，摆出格斗姿势。随着聂姐的一声"开始"，他就开始稳步朝着苏劫压迫。

他的打法果然极其沉稳，并不先出手，而是如坦克逼迫，让人心理气势上产生胆寒。这种打法最适合他的体型，壮实如牛，如林如山向前平推。

宋力步步紧逼，在气势上似乎是蜘蛛在捕获猎物，让人心理产生慌乱。

任凭是谁面对这样的蛮牛逼迫都会不由自主心慌。一旦心慌就会出现破绽。抓住这个破绽宋力就会狂攻猛打一鼓作气毁灭对手。

可这一招对苏劫没有用。

他每当快要被逼到死角之时，突然身法一动就如猴子窜到了另外角落。

他和欧得利两人拼刀拼枪，往往被逼迫到达死角之后就会施展身法逃窜出去，这也是"锄镢头"这一招的身法要点。

所谓"闪似灵猴扑似虎，不染敌血誓不还"。

宋力有些不爽。他每次逼迫到关键时候眼看可以发动攻击，都被苏劫绕到了另外一边。这让他有力使不出。

连续几次之后，他忍不住了。

他被苏劫目光盯得很不舒服，也被他的逃跑战术弄得火大。

嗖！

他打出个刺拳。这是虚招，看看苏劫怎么反应，然后再用组合拳对他进行攻击。

但就在他前手刺拳推动的刹那，苏劫动了！他抓住了机会，有绝对的把握。

轰隆！

他的脑海之中没有了宋力这个对手。只有一句话，那就是锄镢头的口诀："怒气填胸发冲冠，肉坚如铁骨头坚，闪似灵猴扑似虎，不染敌血誓不还！"

这是战斗的要诀，练功的时候要想象自己面前有人，战斗的时候要无视对手，想象面前无人。

"锄镢头"这一招，练习的时候是恨——恨天无把，恨地无环。

打的时候是狠——满腔怒火！怒发冲冠！怒气甚至都灌注进了骨头之中，使得骨头坚硬如钢铁！

啪！

他手一抬就把那刺拳格挡开。然后进步，下劈！整个人似猛虎下山，把全身的力量都压迫了上去，对准了宋力的中线。

这是用尽全力，不知不觉之间做到了心意力气相互配合。狠辣凶恶，乾坤一掷。

任凭你千变万化，我就是一锄头。

此乃"锄镢头"庄稼把式的打法。

砰！

宋力还没有反应过来，胸膛就重重挨了一劈一扑。这一击非常之重，把他整个人打得飞了出去，直接撞在了擂台绳索上，然后翻滚下落掉到地面，整个人动也不动晕死过去。

"什么？"那叫聂姐的裁判也没有料到苏劫出手这么果断，不出手则已，一出手就如狼似虎。

这个时候她也来不及多说话，而是走到了宋力面前掐人中和揉胸口。

过了半天宋力才清醒过来。

而这个时候擂台上站立的苏劫也似乎回过神来。说实在的，他刚才一击也是用尽了所有力量。在打倒了宋力之后，他自己都不知道发生了什么。

看见对方倒下擂台他才回过神。

"我居然赢了。"他内心深处一阵激动。这是他第一次击败对手，瞬间给他树立强大自信心。

在此之前，他只在和乔斯训练中当他的沙包，然后就是被欧得利喂招，真正的搏击根本没有。

欧得利的技术和体能远远在他之上，在这个世界级最强教练的面前，他比几岁的小孩子强不了多少，所以他根本感受不到这种势均力敌交锋的斗智斗勇。

第一次正式对战居然战胜了宋力这样壮实的人，苏劫觉得自己的努力取得了回报，更加坚定了他以后刻苦练习的想法。

"真有你的。"乔斯十分高兴。他也没有料到苏劫居然可以打败宋力。而且干净利落，毫不拖泥带水。他勾勾手指头："第一场我们赢了，接下来是第二场，李虎，该你了。"

李虎上台，也没有多说话，开始和乔斯对峙。

"来吧。"乔斯甚至架子都没有摆。而是背着双手，头靠前，挑衅姿态，意思是"来打我啊"。

在许多职业格斗比赛中也有这种行为，这是一种诱敌深入的策略，故意露出破绽。不过必须要艺高人胆大，否则脑袋前伸就是给人当靶子。

李虎并没有动手。他很凝重，身躯不停跳跃，调整姿势，准备随时进攻。

乔斯看见李虎不动，突然腰胯一扭，腿已经扫了出去。目标是对方大腿内侧，典型泰式踢法。只要一下踢中就会使得对方肌肉痉挛，轰然倒地。

李虎连忙躲闪。乔斯这一腿又快又猛，根本来不及反应。就在他躲闪的刹那，乔斯扫出来的这一腿在半路上突然变化，直奔李虎脑袋。

砰！

李虎头部就被腿扫中，直接躺在擂台上。

秒杀！

"乔斯的这腿法真是凌厉，截拳道三段连踢。速度快不说，角度诡异，变化多端。眼看是踢你下面，转眼一变就变成踢你头。"苏劫在陪着乔斯训练的时候，吃尽了这三段连踢的苦头。

"哦耶！一万块到手。"乔斯等待李虎爬起来就开始要钱，这是赌约说好的事情。

"手机转账。"李虎也并没有赖账，直接转给了乔斯一万块钱。

宋力这个时候也醒来了。他脸色很难看。第一是自己居然输给了苏劫，第二是要输一万块钱。这不是个小数目，很显然出不起。

"我先替你出了。"李虎要再次转账。

"算了。"苏劫摆摆手，表示放弃。

"嗯？苏劫，你为什么不要？"乔斯看不懂。

"算了算了。"苏劫用英语对乔斯说，"比试是比试，赌拳我觉得不太好。"

"那就随便你咯。"乔斯也不说服苏劫。

听见苏劫的英语这么流利，那聂姐倒是眼睛一亮。

"我们走。"李虎深深看了苏劫一眼。既然苏劫不要钱，他也不会强行给，"我交你这个朋友了。"

在走之时，他还是对苏劫露出个善意的笑容。

"有时间一起训练。"苏劫倒也点头，"不打不相识，咱们留个联系方式吧。"

练功夫一个人闭门苦练是不可能成功的，必须要很多人一起交流。比如你戴着拳套天天打沙袋，肯定不如和一个活生生的人在擂台上拳打脚踢。苏劫也希望以后能够多些人练习和研究，这样水平才可以提升得更快。

"加个联系方式。"聂姐这时候也主动对苏劫求加。

苏劫自然不会拒绝。他已经看出来，这聂姐在学校里面很有地位。

"能不能单独聊聊。"聂姐加了联系方式之后，对苏劫道。

"可以。"苏劫点头，就随着聂姐来到了训练场旁边的咖啡厅中，这里有蛋糕、面包等茶点。

"你刚才的打法是跟古洋教练学的吗？"聂姐很严肃地问。

"是我自己琢磨出来的，教练古洋就让我们挖了七天的土，挑了七天的担子。"苏劫知道这种传统武术的学习班，教练不准备教学员打法，只教各种套路。

"看来古洋教练并没有违反学校的规定。"聂姐点点头，"你真的只学习了一个月，就到达了现在这个程度？"

"是啊。"苏劫实话实说，"我在学校上过体育课，倒是经常锻炼，跑步、俯卧撑、引体向上、跳高跳远、掷铅球、跳绳、打篮球这些算不算？"

"这当然不算。"聂姐拿出来手机，似乎在登录学校的数据库。稍微搜索一下，就从其中提取出来了苏劫刚进学校学习班的视频资料。

聂姐看着视频上面的苏劫和现在的他，虽然只过去了一个月，可完全是判若两人。

刚进培训班的苏劫，不过是个文弱高中生。现在举手投足都有了一些说不明白的气势在其中。

两个字，精悍。

第十六章

信心大增　盲目奇人会按摩

苏劫现在的表现是精悍，不是强壮。精则是精华，悍则是凶猛。

他身体的肌肉不是很发达，穿上衣服甚至有些瘦弱，可摸起来就好像坚韧的牛皮和牛筋，这是欧得利按照世界最顶尖塑形训练所造成的。

聂姐识货，立刻就看了出来。

就连苏劫自己看到当时的视频都感到惊讶，自己竟然在这一个月中不知不觉地发生了这么大的变化。

他的脑海中涌出来了"脱胎换骨"四个字。

一个月的苦和血还有泪，在这一刻，都值得了，甚至是物超所值。

他对于接下来坚持训练的信心更足，不可动摇，甚至当成了一种毕生的事业来做。

"的确是你一个月的成就。"聂姐反反复复看着苏劫，似乎是想要发现某种秘密，因为这是奇迹，"宋力是个健身教练，虽然不会格斗，可他的身体素质很好。这次来学校学习综合格斗，成长很快，但竟被你这么打败，你能告诉我是怎么训练出来的么？"

"每个人都有一些小秘密。"苏劫笑着，他知道，自己如果说是古洋训练出来的，明显是睁眼说瞎话。

"训练的确是秘密，我不应该随便打听。"聂姐摆摆手，"你有没有兴趣打职业格斗赛？"

"职业格斗赛？"苏劫听后，摇摇头，"我当前阶段还是学习上课，考大学为主，本来这个学武就是兴趣爱好而已。"

"兴趣爱好？"聂姐皱眉，似乎很可惜，"学习、考大学、找工作……我知道你的动作之间，已经领悟了武术上的东西，难道不应该去追求么？这样，如果你打职业赛，现在正是时候。等你再过几年，基本上就定型了，想走上职业道路都不可能了。你难道没有考虑今后你的路怎么走么？"

"考上个好的大学再说。"苏劫倒是有很多想法，但学习了功夫之后，又见到了另外一片天地，可现在决定走职业格斗的道路，他根本没有想好，不可能仓促答应。

"如果你答应了，我们明伦武校会给你最好的资源培养，给你请最好的教练，用最好的营养师。当然，你照样也可以学习文化知识。我是看你这么好的苗子，如果荒废训练，那实在是太可惜了。"聂姐的眼光毒辣。

"这个，我考虑考虑吧。"苏劫瞬间想到了很多东西，回去要梳理一下。

"我们已经加了联系方式，你有想法，随时联系我。"聂姐起身就要走，"对了，明天学校的小型擂台赛就要开始举办，校内校外的人员、爱好者、学员都可以参加，有不错的奖金。你如果想增加一些实战经验，可以去参加，多打几场。"

"啊！"

就在这时，不知道哪里传来剧烈惨叫，杀猪似的。

这声音凄厉无比，让人想到了被千刀万剐的凌迟。

这一惊使得苏劫猛然站立，如受惊之猛虎。

吧嗒！

他身下椅子被直接震断几条腿。

"嗯？"聂姐看见苏劫这猛然站起来的时候，身躯弓、手撕棉、脚有踏石成粉气势。在刹那之间，苏劫表现出来的警觉性和惊炸力，让她再次重新认识了这个少年学员："身体素质还有待提高，但反应和惊炸力，已经深得内家功夫三昧。况且他才只学习了一个月的工夫，如果让他训练个三年五载，那还了得？"

按捺住内心深处的震惊，聂姐拍拍苏劫肩膀："里面是按摩馆，刚才的惨叫肯定是盲叔的重手法给人按摩，那人受不了发出的惨叫。你可以去试试。"

"按摩重手法？"苏劫喘息了两口。

刚才这惊炸之下，他精神紧张还不觉得什么，等一松懈下来，似乎所有力气都被消耗光。

但他脑海之中，灵光一闪，似乎觉得自己抓住了什么武学真谛。

"盲叔是我们学校按摩馆大师傅，双目失明，可有绝活。他擅长按摩针灸、调理身体，就连接骨排毒等都是拿手好戏。你如果能够受得了他的重手法，可以给你免费按摩。"聂姐解释着。

苏劫倒是知道，在锻炼过程中，难免有肌肉拉伤、关节错位和软组织乳酸堆积的过程，必须要靠按摩来解决。

打个比喻，一个人训练一天之后，腰酸背痛，如果不进行按摩疏通的话，第二天根本无法进行训练，哪怕是有坚强的意志。若强行训练，反而会造成损伤，得不偿失。

如果进行辅助活络的药物按摩，使得堆积的乳酸快速散开，不但可以迅速摆脱疲劳，还可以增强肌肉活性。

当然，好的按摩师也很重要，如果按摩不到位，那堆积的乳酸很难散开。

如果按摩到位，可以彻底放松人体，就会事半功倍。

欧得利教练的按摩手法是一流的，再辅以活络油，因此苏劫才可以进行那么大强度的训练，否则他一天都难以坚持下去。

他也粗略地学了一下，可惜的是时间太短，加上他专心提升身体素质，倒是没有学会什么东西。

欧得利教练身上的东西太多，哪怕是跟着他三五年，也未必能够学全。

在明伦武校之中，有专门的按摩馆、数位按摩师，专门为武校学生按摩，解除疲劳，疏通气血。当然这个是要花钱的，按摩一次是数百元，好的按摩师是上千元，甚至数千元一次。

乔斯就经常过来，苏劫虽然听说过，可因为跟着欧得利训练，一次也没有来过，其实就算是他来也承担不起这个费用。

"我去看看。"苏劫来了兴趣。聂姐饶有兴趣地带着他进入旁边的按摩馆中。

"欧得利教练说在明伦武校有不少奇人,也许这个盲叔就是其中一个。我也许可以找到把横练功夫更进一步的办法。"苏劫心想。

"就是这里了。"聂姐带着他来到了一间颇为宽敞的按摩室中,里面古色古香,点着香炉,很淡雅,很好闻,整个室内有一股兰草的味道。

在按摩床的旁边,坐了个盲人。

这盲人差不多四十岁出头的样子,穿着一身宽松的白衣,双目是两个窟窿,没有眼珠子,很是吓人。

在旁边的按摩床上,有个光着上身的男子正喘着粗气,显然刚才的惨叫就是他发出来的。

这个男子,身材肌肉呈流线型,如常年捕食的猫科动物,看起来精瘦,可实际上肌肉都似乎变成了贴膜,粘在骨骼上面,十分好看。

这和苏劫的身材有些类似,显然是受过专业训练。

这男子听见有人进来,从按摩床上爬起来,穿上了散打背心:"聂霜,你怎么进来了?"

别人都喊这个女教练为"聂姐",这男子居然直接喊聂霜,可见他在学校中的身份也很高。

"周春,你也想盲叔为你免费按摩?可惜还是受不住这重手法吧。"聂姐脸色中没有了笑容,似乎和周春不对路。她对苏劫道:"这位是我们学校的周春教练,教授自由搏击,本身是职业选手,拿过全国散打王争霸赛第五名。"

"这是你的学员?"周春看着苏劫。

"职业选手!"苏劫心中一惊,搏击武术这方面的人,职业和非职业差别极大。他今天虽然战胜了宋力,可这个人不过是个爱好者,和职业的不能够比。

职业选手哪怕是县级、市级水平都非常之高,因为他们从小训练,每天挥洒汗水,身经百战,更有科学的训练方法,日积月累之下,身手非常恐怖。

乔斯虽然练了七八年,经历了各种训练,可如果实战起来,恐怕只能和市一级的职业队员差不多，如果遇到了省级水平的，怕是要挨揍。

更别说，这周春是国家级的。

国家级代表了全国最能打的一批人，体能最好，心理素质最强，技术最优秀。

"是古洋短期培训班的学员，想试试盲叔的重手法按摩。"聂姐似笑非笑，一副看戏的模样。

"小孩子一边玩去。"周春不耐烦摆摆手，"开什么玩笑，我和盲叔谈事情，别在这里添乱。"

苏劫眉头一皱，并没有反驳，他还是不想得罪学校教练，尤其是国家级的职业选手。

"盲叔，这个学生想试试你的重手法按摩。"聂姐并没有理会周春，直接对盲叔道，"周春，我知道你想让盲叔为你调理身体，又不想出钱。可是盲叔有他的规矩，能够受得了他的重手法，他就会免费。你受不了，也许这个学员可以受得了呢？"

"这个小屁孩受得了？"周春似乎和聂霜有矛盾，但看见苏劫更来气，目光阴沉之间，想到了什么，居然露出来了笑容，是那种阴笑，"聂霜，要不我们打赌？如果这小屁孩可以忍受，我愿意把校长酿的那坛内壮酒给你。同样，如果这小屁孩忍受不了，你把你的那坛给我。"

"玩得这么大？"聂霜倒是吃了一惊，"看来你对上次的事情，还是不服气，要找机会坑我一笔？"

"敢不敢赌？"周春摆摆手，"别说这些有的没的，不敢赌就带着这小屁孩离开。"

"我没有什么不敢赌的。"聂霜道，"盲叔在这里做个证。"

第十七章
中医内壮　分娩之痛也能忍

"好，我做证。你们赌你们的，和我的实验不相干。"盲叔的语气就如机械似的，"小伙子，脱了上衣，躺到床上去。不过在这之前，你要三千现付。如果能够忍受，钱退还，以后免费按摩。"

"我会打到你账上。"聂姐在旁边坐了下来。

这时候周春在旁边看着，脸上冷笑连连。

他根本不相信这个小屁孩可以忍受得住这按摩。

"面朝上。"盲叔似乎看见了苏劫趴在按摩床上，他不知道怎么的，手一抓，就帮苏劫翻了个身。

苏劫觉得自己在盲叔的手下，好像煎饼，随意一抖，就可以被翻转过来。

随后，他就看着盲叔的大拇指和食指掐按在了自己小腹下面肚脐眼三寸处，用力一按。

啊！

苏劫只觉得好像被人捅了一刀在肚子上面，然后这刀还在自己的肠子里面不停搅动，这还不算，还在自己肚子伤口上撒盐、撒辣椒面。

他差点大吼起来，夺门而出，可那喊声到了嗓子眼，他却忍住憋了回去，运用起了欧得利所教的松弛紧张、抗击打横练功夫，把全身绷紧了起来。

果然，这疼痛就减轻了许多。

"嗯？"盲叔倒是微微点头，似乎是发现了某种好玩的东西。他手法一变，突然把苏劫翻过身来，在他腰眼上又一按。

苏劫牙关紧咬，几乎要把牙齿都咬碎了。

他全身精神紧张到达极限，从来没有这么疼痛过。

但他发现，这是一种很好的锻炼方法。

在欧得利走后，没有人排打他了，他正愁怎么提升自己的横练功夫。

横练功夫原理很简单，就是利用外力刺激肌肉皮肤，锻炼神经的松弛和紧张极限程度。最后到达意念之下，全身想松的时候，如水如棉，想紧的时候，如铁似钢。

但这门功夫最难的是需要人来配合进行排打，排打的轻重程度要掌握得恰到好处，否则就会造成伤害，反而对身体有很大的损伤。

武术之中的文练最安全，是有氧运动，可文练见效慢，实战能力不行。武练是无氧运动，全世界的格斗界最流行。横练是杀伤力最大，见效极快速成功夫，可容易致人伤残。

但根据欧得利的研究，横练如果掌握了方法，不但不会伤害身体，反而可以促进新陈代谢，增强细胞活力，使得人体的表皮结构更加结实和敏感，训练得周身敏感，灵动如猫。

其实，很多职业运动员也都掺杂了一些横练的技巧，最为典型的就是泰拳运动员。由于各种残酷的自虐式训练，大多数运动员在年轻的时候就导致伤残，连一些泰拳世界冠军，也不得不因为训练中受伤而退役。

"紧张，松弛，紧张，松弛……"这个时候，苏劫脑海里面已经没有了任何的想法，就是不停地控制自己全身精神，有节奏地紧张和松弛，使得疼痛减轻。

他始终没有叫喊出来。

这让聂姐脸上的惊讶之色也越来越浓郁。

就连盲叔的表情也微微有些动容。

周春呆住了。

他可尝试过盲叔的按摩手段，那真是痛不欲生，死去活来。

"难道盲叔在作假？按摩这小子的时候轻了一些？这不可能，盲叔绝对不会放水。"周春倒知道盲叔是什么人，倒不会怀疑他作假，"我就不信这小子挨得住。"

盲叔的按摩手法越来越快，每一下都会造成强烈的痛苦，可苏劫哪怕是疼得全身大汗，都忍耐住了。

终于盲叔在苏劫的颈椎上按了一下。

苏劫只觉得脑袋似乎被人砍断了，颈椎神经的疼痛传递到达全身不说，更有强烈的恐惧涌上心头，这是一种濒临死亡的感觉。

盲叔不停地按摩着苏劫的颈椎，每按一下，苏劫都觉得自己已经死过一次，这种痛苦，真是难以形容。

无法形容的痛，无法形容的恐怖。

幸运的是，苏劫天天晚上都进行"大摊尸法"的修行，训练那种死亡却又活着的感受。如果不是这种心理素质的训练，他肯定坚持不下来。

盲叔和聂姐脸上的惊讶之色越来越浓烈。

最后，盲叔手法连点之后，停了下来。

一套按摩重手法，学校几乎是没有人可以坚持下来的，苏劫居然坚持住了。

"不可能！"周春吼叫了一声。

"周春，你难道想耍赖？或者你认为盲叔放水了？"聂姐也松了口气。其实她心里很紧张，赌局虽然是一坛酒，可实在是太珍贵了，比一套房子都要贵重。

"你的横练功夫是跟谁学的？还有，你居然经过了密宗瑜伽大摊尸法的训练，而且登堂入室了？"盲叔突然问。

苏劫清醒过来，只觉得身体快要虚脱。

但整个骨骼和皮肤，包括精神意志，都如泡在温水之中，懒洋洋说不出话来。他很快活，要升天的那种感觉。

盲叔重手法按摩的时候，就如下地狱酷刑，但按摩过后，整个人就会前所未有地舒服，这就是高明按摩师的技巧。

苦尽甘来。

他不想说话，只想安静地享受。而且全身酥软的状态，也使得他无法说出话来。

就这一次按摩，他感觉横练功夫更进了一步。

难怪欧得利教练要在这里停留这么久，原来这里真有奇人的存在。

"我不会赖账。"周春起身就走，脸色阴沉得快要滴出水来，临走的时候死死看着苏劫，"小屁孩，真有你的。"

"我早就看出来他身上有横练功夫。"聂姐把盲叔拉了出去，让苏劫静静躺着，到了外面，她才压低声音，"横练功夫对教练的要求很高，对训练者的要求更高。教练要做到精确掌控力度，而训练者则需要很高的天赋。心无旁骛不说，还要能够忍耐痛苦，学会放松和紧张的那个节奏。大摊尸法虽然简单，就是人大字睡在床上，可越是简单的东西，越是深奥，想要入门，万里无一。要知道，这个学生才学了一个月而已。"

"他的全身骨骼、肌肉都塑造得非常好，那个训练他的人非常厉害。"盲叔为苏劫按摩了一圈，以他这种高明的按摩师，早就熟悉了身体的各种情况，"加上他现在十六七岁，是最佳塑造时机，这的确是个好苗子。"

"你的这重手法，开始被按的人痛苦万分，如下地狱。但只要挺过去了，就会彻底放松。这是一种极限增强人精神韧性的方法，对于按摩者的要求高不说，对于被按摩者的要求也很高。你还是悠着点，不要到处找人做实验，一旦出了问题，怕是很难收场。"聂姐告诫着。

"我有分寸。"盲叔摆摆手，"这个学生有意思，你是学校里面管人事的，不培养一下？如果训练个两三年，无论是去打职业，还是去做武行，都是个好苗子。"

"我早给他提了，这个学生说是要考虑。我看他还要来找你按摩，你如果拉到他来我的班练习综合格斗，我把刚才赢的酒分你一半。"聂姐开始诱惑了。

"说话算话。"盲叔听见那内壮酒，似乎动心了。

足足躺了半个小时，那种飘飘欲仙的感觉才消失，他爬了起来。

"这按摩方法可以很大程度提升我的横练功夫。"苏劫满心欢喜，暗想，"欧得利教练走了之后，我正愁没有人训练我，现在终于找到了最好的训练方法。"

"你是不是想利用我的这重手法按摩，提升你的横练功夫？"盲叔进来了，黑窟窿似的眼睛看着苏劫。

"盲叔，我不过是个初学者，还有什么进步的空间么？"苏劫很诚恳地问。他把每个人都当做老师，在功夫前辈面前，他始终是个才学一个月的学生，还很浅薄和无知，他并没有因为自己的一点成就而自满和骄傲。

听得出来苏劫的谦虚和强烈的求知欲，盲叔不经意地点头："你这样小的年龄，居然懂得了横练的道理，而且还能够修炼大摊尸的瑜伽法，进入了状态，心理素质极其过硬，可谓隐隐约约做到了王阳明所说的知行合一。"

"知行合一。"苏劫连忙道，"这个我知道，就是自己知道什么行为对自己有益，就按照这个想法去做。这点很难，比如很多学生都知道，努力锻炼身体，努力学习，对自己有好处。但他们都无法做到，还是整天打游戏，不锻炼。我曾经听老师说过这个道理，给自己强制执行了很久，这才慢慢地转变过来。"

苏劫每天写日记的习惯，也是那时候养成的。

"我也不问是谁训练的你，按照我的规矩，你居然忍住了我的这套重手法按摩，那我以后可以免费为你按摩。"盲叔还是很遵守自己的赌约，"这样，你每天晚上睡觉之前来我这里按一次，三十分钟。"

"谢谢盲叔。"苏劫连忙鞠躬，就要离开这里。

"等等。"盲叔摆摆手，"我们聊聊如何？"

苏劫说了声"好"，老老实实地坐下来，双手放在膝盖上，好像个小学生，静静听着。

第十八章

精细入微　瞎子无眼心有眼

"你知不知道，现在你的功夫到达了一个最关键的程度，一旦更进一步，就会登堂入室，如果懈怠下来，就会前功尽弃。"盲叔帮苏劫分析，"我知道训练你的人是个很厉害的人物，而且绝对不是古洋。古洋为人有些古板，功夫虽好，可人不会变通。而且你上的是临时武术班，古洋教你们的东西有限。当然，训练你的人虽然是超一流高手，可你也知道，巧妇难为无米之炊。在训练的过程中，教练固然很重要，但更重要的是营养、药物、器械和交流。"

盲叔继续分析："我刚才给你摸骨了，你的训练过程塑形是完美，可在训练过程之中，似乎没有用最好的药物和最好的营养，不然你的身体素质还会更强。若你要更进一步，明伦武校是现在整个国内最好的资源堆砌之地，可以说，你背后哪怕是世界级的顶尖教练，也不如一个集团的全力培养。"

"盲叔，我知道你的意思了。我会好好考虑的。"苏劫知道，盲叔肯定和聂姐一样，都是希望自己进入职业格斗的赛场，放弃原来的学业。

这件人生大事，他不得不慎重考虑。

"我也就是这么一提。"盲叔摆摆手，"你跟谁学习，谁训练的你，我不感兴趣，我倒是想问问你到底学了一些什么东西。如果你想学习，你最想学什么东西？"

"我就学习了一招挖土翻地，还有就是睡觉的大摊尸法。在大字睡觉的时候，尽力拉伸，想象自己被五马分尸。对了，还学习了一套关节操……"苏劫知道盲叔是个高手,也想得到他的指点,聊天之间,也许自己可以获得很多好的信息。

"挖地翻土锄镢头这一招,是万拳之母,起落翻钻拧裹横崩进退移闪惊扑踩震等劲都在其中,只要练好了,所有的武功都可以信手拈来,因为古洋第一个告诉你们这门秘法。就和你们读书一样,这是个基本的公式,但公式可以演化无数的题目。"盲叔点点头,"不过练武,最重要的是心理素质和身体素质,还有就是技术。"

"一胆二力三功夫,胆就是心理素质,力就是身体素质,功夫就是技术。"苏劫认真点头,"我接下来想办法磨炼自己的胆量和体能。"

"你用锄地挖土的招数来攻击我。"盲叔直接说。

"这不会有事吧?"苏劫有些犹豫。

"你别看我是个瞎子,可心没有瞎。"盲叔背负双手,"直接进攻,用全力,你如果不用全力,我可没有办法指点你。"

"那我动手了。"苏劫整个人一动,突然进步,一晃之间,起手,抬手,下落,扑打。他现在速度很快,但明明要扑到盲叔身上,可盲叔不知道怎么就不见了。

然后,他就看见盲叔到达了自己的一个格斗死角,同样起手,抬落,扑打。

苏劫明明看得清楚,可就是躲闪不开,被盲叔一下打到了死角,被扑倒在地面。

但盲叔用劲很巧妙,苏劫只感觉自己失重摔倒,并没有受任何的伤。

他爬起来,并没有再出手,而是思考,因为他发现盲叔同样的一招和他有所不同。盲叔用劲更加细腻,而且有很多细节的地方,尤其是找格斗死角的这种步法与力量转换,都有很多可以琢磨的地方。

"再来。"

苏劫想再看一次,他又朝着盲叔扑击了过去。

但遭遇到了同样的一幕,还是被盲叔闪躲,抓到了格斗死角,把他推倒在地。

一次又一次,没有半点悬念,苏劫总是被盲叔同样一招击败,这一招就是自己最擅长的翻地挖土。

足足被推倒了数十次之后，苏劫停顿下来，闭上眼睛，用心思考，反复在脑海中回想。

"有什么感悟？"盲叔让苏劫想了一会儿，这才开口问。

"你的动作举重若轻，收发自如，有一种感觉……"苏劫想了半天，不知道用什么词来形容，"就是你的力量彻底是你的，你想要大就大，想要小就小，能够精确控制。没有错，就是精确控制，绝对不浪费一点力量，这点是我万万不可能做到的。除此之外，还有随意一动就可以找到格斗死角，这是怎么做到的？"

"任何防守的姿势，都有破绽，破绽就是死角。人为了弥补自己的破绽，就要不停地移动，弥补自己的防守破绽。"盲叔道，"这就是大衍之数，有五十，去掉了一，就是四十九，产生许多变化，我们的破绽就是那个一，只有不停地移动，把这个一弥补起来，所谓拆东墙补西墙，当然这是哲学理论，我就不细说了。"

"这寻找人的破绽，应该怎么训练？"苏劫问，他觉得自己抓住了一个武术之中最关键性的问题。

"这其实很简单，就是多学习各种动作的破绽，然后进行各种敏捷性的训练。和人对战，练习自己的眼光和刹那间的敏感。当然，最重要的是精确控制自己的力量，想要发出多大的力就发出多大的力，力量不是越大越好，同样一拳一百斤和五百斤，打到要害部位，都是死，没有什么分别。对于人体来说，子弹也好，导弹也好，原子弹也好，飞刀也好，杀伤力其实是一样的。"盲叔道，"武术的变化，轻重缓急，哲学中的阴阳变化，都只有两个字，就是控制。我教你一个训练方法。"

"怎么训练？"苏劫急忙问。

"你跟我来。"盲叔带着苏劫走出了按摩馆，轻车熟路，到了学校后面的小山上一处僻静之地。

在这里，有两摞砖头叠加着，上面放了一块大玻璃，玻璃上面似乎涂抹了一些鸡血，很多蚊虫在上面飞舞着。

现在是夏天，树林中蚊虫很多，尤其是腥臭的东西很招苍蝇。

在旁边，放着一把拆迁用的大铁锤。这大铁锤看样子有二三十斤，是用来砸钢筋混凝土墙壁的。

盲叔好像有视力似的，一手抓住了这大铁锤，猛地抡起来，然后猛地落下。

一只在玻璃上吸血的苍蝇就被大铁锤砸死。

但是，那块玻璃纹丝不动。

这控制力量的技术简直到达了精妙的程度。

"你来试试？"盲叔把大铁锤给了苏劫。

"盲叔，你的耳朵这么好使？"苏劫发现盲叔虽然没有眼睛，可比起普通人甚至更加敏锐，这让他有些奇怪。

"盲人有盲人看世界的一套方法。"盲叔道，"这能练习你的掌控能力。如果用这大锤能够砸死玻璃上的苍蝇，但不损害玻璃本身，次次都是这样，那么你对于力量的掌控就会炉火纯青。"

"好沉。"苏劫拿起来这砸墙的锤子，发现锤柄很软，是塑料管制的，拿起来不停地晃动，根本控制不住力量。

"小锤的锤柄必须要硬，大锤就要软，这是减震的。建筑工人用这大锤来砸钢筋水泥，如果是硬柄，砸几下，反震的力量就可以让手里面的毛细血管破裂。"盲叔道，"其实这东西就和大枪一个原理。抖大枪最开始是要有弹性的白蜡杆子，然后逐渐能够控制力量、人枪合一，就可以用铁枪。"

砰！

苏劫抡起这大锤子，竭力控制，瞄准了玻璃上的一只苍蝇，轻轻砸下。

这软柄的大铁锤如果用来砸坚硬的东西那是很过瘾，可用来砸玻璃上的苍蝇，那实在是难以控制。

果不其然，玻璃在大锤落下的时候，直接碎了。

这破碎的声音，让苏劫很心疼。

这么大一块玻璃被自己砸碎了。

这样练功，也实在是太浪费了一些。

"你以后就这么练功，在玻璃上涂鸡血，吸引苍蝇，用大锤砸死。也可以用大枪来练习，点杀上面的苍蝇。如果练到了可以随意砸死苍蝇而玻璃不破的程度，那就算差不多了。"盲叔道，"当然，你在练的过程之中，玻璃不知道要浪费多少，这是一门费钱的功夫。"

"太浪费了。"苏劫直摇头。

"你听过米芾学字的典故没有？"盲叔问。

"语文课本中有。"苏劫连忙回答，"说是米芾小时候怎么都写不好字，听见有个秀才写字很好，就去求教。但那个秀才说想要跟我学，就要买我的纸，五两银子一张。米芾借钱买下之后，因为这纸太贵，迟迟不敢动笔。于是小心揣摩字体三天才下笔，写了个永字，字体龙飞凤舞、笔走龙蛇，这是真正用心写出来的字。"

"你懂了没有。"盲叔问。

"懂了。"苏劫点点头。

"自己去买玻璃，现在夏天，苍蝇蚊子多，好练习。玻璃尽量买脆的、易碎的，买贵的。"盲叔说话之间就走了，留下苏劫在这里思索。

"米芾练字……"苏劫就在这里坐下来，仔细回想着盲叔刚才抡锤子砸的那下，还有扑击自己的动作，都是"锄镢头"这招，和古洋的、欧得利的全部不同。

"格斗死角？"他对于盲叔的那种格斗死角方法也很感兴趣，如果学会了，可以迅速找到敌人的破绽，一击得手。

第十九章

恨非正道　心怀希望求生存

七月三十一日，欧得利教练走了。我虽然掌握了学习塑形的方法，可横练功夫无法继续下去。幸亏有了盲叔，他按摩手法对我横练修行很有用处，单单在按摩方面，他的造诣比起欧得利教练还要深得多，毕竟术业有专攻。以后我想要继续进步，必须要更好的资源，还有和欧得利差不多的教练。明伦武校的确可以帮我，可打职业赛事成为职业格斗者，我这个人生选择，是最大的十字路口，我必须要慎重。暂时不想这么多，先在这两个月之间，把功夫提升，多学知识。这里奇人很多，各自都有绝活，我尽量多学习挖掘出一些令人终生受益的东西来。

在这里学习了一个月，我的人生观、价值观都为之改变了。每个人心中都有武侠梦，渴望成为高手。但是以前我知道这是不可能的，武侠小说中的飞檐走壁，都是违反物理原理的，什么内功、真气，也是影视虚拟。来到这里我接触了真正的武功，发现的确有很多神奇的地方，可也在科学的范围中。人的心理素质、精神状态调整加上科学的训练方法，注意细节成败，就能够产生普通人难以理解的力量。就拿平板支撑这个体育项目来说，那些整天玩游戏的学生，支撑三十秒都困难，而专业运动员、特种兵，可以坚持几个小时。

七月份过去了，这次背着家里千里迢迢来到武校学习，这个选择太对了。如果一直读书、上补习班，哪里可以接触到这么精彩的世界？对于人的身体素质来说，天天运动和不运动的人差太多了，掌握到了核心训练方法的运动员和胡乱训练的也是天差地别，我很庆幸遇到了欧得利教练。还有一个月的时间，我很期待还会遇到什么新鲜的事情。

今天苏劫日记写得很多，这是做个月末小结，看看这个月获得了哪些成就，人有没有虚度光阴，然后制订下个月的计划。

这也是他的习惯之一。

八月一日。

他还是按照习惯起来。凌晨三点，做关节操，运动得浑身发热，然后锻炼各种体能，奔跑跳跃、俯卧撑等力量训练，随后就是扛着锄头，在学校外面的荒地上挖土，还是琢磨这一招的力量运用。

本来，他这个时候是要接受欧得利的排打。现在没有了欧得利，只能自己锻炼，晚上再去找盲叔免费按摩。

他从盲叔那边看到了力量收放自如的技巧，还有那种找到格斗死角的敏锐，同时他想起来了用大锤锤玻璃上面苍蝇的技巧。现在手拿锄头翻地的时候，也仔细地琢磨，使得他的这一招锄地挖土的姿势更加轻盈和沉稳。

他和米芾一样，先不在五两银子的纸上写字，而是反反复复用心琢磨。

"嗨！"

他的锄头起落之下，时而是直线，时而是之字。渐渐地，他感觉沉重的锄头在手上轻飘飘的，每一下都能够精确落到某个点，一挖之间，深入泥土多少寸都似乎可以把握。

"我的功夫进步了。"他心中一喜。

"不错。"

就在这时，他背后传来个声音。

他赶紧回头，看到了一个人影，正是教练古洋。

"教练，你怎么来了？"苏劫连忙把锄头收起来，收放之间，不自觉就气定神闲，如定山岳。

"你的这一招可算是得到了精髓。"古洋点头。

"我还有什么需要改进的地方么？"苏劫抓住机会询问。

"姿势，运劲，甚至是精气神，都深得三昧。"古洋道，"你明显是经过了高人指点，塑形很完美。现在唯一欠缺的就是练习，大量的练习，把这一招的变化熔进灵魂和骨子里面，最后成为自己的本能，这样才算是成功了。不过一般没有十年八年，根本做不到这一点。"

"我会把这一招作为终身练习的技能。"苏劫并没有因为一招练习十年八年而震撼。他越是练习，越觉得这一招的奥妙之多，每天的练习之中，都有新的东西存在。

"看来你真是领悟了，发自内心，做人实实在在，不浮夸，这就是深沉稳重的一等人才。"古洋叹道，"其实我早就发现了你，不过你就是短期学习班成员而已，萍水相逢，没有什么缘分。不过聂霜跟我沟通了下，我今天早上就来观察你，果然不同凡响。"

"教练，你对这一招的领悟比我深得多，我还是希望更加深入地了解一下。"苏劫知道，无论在哪里，好学生总是可以得到青睐。其实在学校里面，他是好学生，无论是老师和校长都很器重他，这让他在学校里面如鱼得水。现在到了明伦武校的学习班，同样如此。

很早苏劫就明白了这个道理，想要受到重视，其实很简单，努力学习，成绩好就可以"为所欲为"。

很多学生整天怨天尤人，说自己被同学歧视、被老师针对，其根本原因就是自己不好好学习。

有的学生知道自己必须要好好学习，可一看书就头晕，一打游戏、到处玩乐就来精神，这就是无法作到"知行合一"。

而苏劫恰恰是可以做到这一点的人，所以就能够脱颖而出，取得一些小的成就。

"我刚才已经说过了，你的动作、发力甚至是意境，都已经到位，剩下的就是苦练，再苦练。当然，你如果把这一招上升到一些哲学性的东西，对于你的练习很有用处。"古洋似乎有了教导苏劫的耐心，在以前，他根本懒得多说话，就是告诉你一个动作，然后让你去练习、去揣摩。

"什么哲学性的东西？"苏劫连忙问。

"武术的最终目的是什么？"古洋反问。

"生存。"苏劫也在反反复复思考这个问题。

"对的，就是生存。早期的时候，武术的发明是为了狩猎，和猛兽争斗。然后人类在世界占据了主导地位，武术的作用就是战争、杀人，这也是为了生存。但我教你的挖土翻地武术其实也是一种生存。"古洋带着悲天悯人的神色，"其实，在古代甚至是现代，对于九成九的人来说，种地、挖土、干农活，才是每天必做的。所以，把武术融入农活之中，才最普通，也最平常，每天都可以运用的生存技能。你知道，在传统武术之中，最为厉害的武术叫什么？"

苏劫摇摇头。

"传统武术之中，有数百种的拳法，不能够一一细说，不过有种武功，在武林之中称呼为'最狠最毒'，叫'心意把'。此门武功又叫做'锄镢头'。历代的武僧，自己农耕，看见农民疾苦，于是把禅宗的气功、武术的运劲、瑜伽的轮脉等理念，和对于身体有益的东西都加入了干农活之中，最后才形成了这一招动作。这一招是人的本能，又有各种动物捕食的技巧在其中，更有许多瑜伽气功的融合，可谓万拳之母。"古洋道，"如果我看得不错，你这门武功的许多技巧，甚至意念配合，是外国人教你的。你练习的时候，是恨，恨天无把、恨地无环，打的时候不染敌血誓不还。这不是错误的。开始的时候，的确要这么训练才能够快速出功夫。从某种程度来说，这是横练的技巧。横练不光是身体上的，心灵上的横练更为重要。练武功的时候，心怀恨、狠、毒、残，见效极快。可这不是真正的上乘功夫。"

"那怎么才算是上乘功夫？还有，你怎么知道是外国人教我的？"苏劫心里极其震惊。

他虽然知道古洋是个厉害的高手，可现在觉得自己还是小瞧了他。

"真正的上乘功夫，绝对不是狭隘的偏激，而是心怀博大、志存高远。"古洋盯着锄头和土地，"练习这一招的时候，你需要懂得，这一招的真正渊源。自古以来，农民辛勤地耕种，自食其力，刨开土地，把种子撒下去，等到秋天，就会收获千千万万的粮食，这代表了喜悦和希望，所有的一切辛苦都值得了，这才是生存的真谛。靠战争、格斗、杀戮来生存，绝对不是真正的功夫。你现在还年轻，未必懂得这个道理。可我怕你走上歧路，误入歧途。修炼此招，你要心怀感恩和希望，感激大地养育了你，希望能够以自己的劳动换取收获，养活自己。同样一招，既可以杀人、走入邪道，也可以种植、走堂堂正正的道路。只有一个人心怀宽广，如山如海，才可以攀上最高巅峰。"

"练习的时候，心怀感激和希望，感受千百年来，农民的辛勤和苦难，但却又满怀热情地活下去，那种踏实和满足。"苏劫突然想起来了，欧得利在临走之前，给了他一本《易经》，让他从中领悟出做人的道理。

"你的各种锻炼，都非常精确和标准，根本没有错误。我刚才看你做那种有氧运动的体操，类似太极拳，可又夹杂了西方标准化的科学肌肉骨骼理念，就知道训练你的是外国的顶尖教练。"古洋回答了苏劫第二个问题，这是源于他仔细的观察。

"古洋教练，你是不是也来劝我打职业格斗？"苏劫问。

"我说了，武术是为了生存，也是生存方式的一种。"古洋道，"而打打杀杀那种实战派武术，已经不适应现代的生存。现代你要靠武术生存，只有两种，一就是去打职业格斗赛，成为格斗巨星，二就是成为动作演员，成为功夫巨星。这两条路都可以。当然，你如果有更好的生存方式，不靠武术，也可以，都是自己来选择人生道路。很多人说花拳绣腿不中用，实际上现在的社会，就是要靠花拳绣腿的美学才能够生存得更好。"

第二十章

脊椎伸缩　武术谚语谈放松

"古洋教练，你能够为我演练一下你对于这招的真正理解么？运用你自己的东西。"苏劫想看看古洋对于"锄镢头"这一招真正的理解。

古洋也没有推辞，拿起锄头，一起一落，连续十多下，整块地都被翻了起来，和当初教人的动作一样，可意境大不相同。

苏劫心中有种奇怪的感觉，就是古洋每一次起落，都绝对不是那种恨天无把、恨地无环的意境，而是在刨宝藏。

在泥土之中，有宝藏的存在。古洋在用心从其中刨得财富，获得身躯上的满足，还有内心深处的满足。

这是一种自食其力。

"看懂了没有？"古洋把锄头轻轻放下。

"懂了一些，还要琢磨。"苏劫认真思考。

"那就是了。我接下来的一个月，还是教授你们各种武术套路。如果你不愿意练也可以，你现在身上的东西，可以自行练习十年八年都绰绰有余。"古洋转身就走。

"这一招锄镢头的确可以练习一辈子。"苏劫点头，"欧得利教练告诉我的这一招锄镢头武术，就如一台计算机，每一个动作都精密得不出一点差错。而盲叔的这一招，是诡异，不知道他从哪个死角扑过来。而古洋的这个动作，风格就是满足。"

跟在古洋后面，苏劫真的是在反复揣摩。

这一招真有意思。

每个高手，虽然是同样的动作，可他们对于这一招的理解不同、意念不同，以至于威力不同、风格不同，还有对于身体素质的提升也不同。

身体素质除了肉体上的锻炼之外，更重要的是心态。

一个人常年心情抑郁、内心阴暗，那么他的内分泌就会失调，导致身体肯定不会好。而一个人常年开心快乐，那身体肯定会非常好，长寿。

这是个基本的理论知识。

欧得利所教授的心法是"恨"和"狠"，而古洋的心法是"自食其力"的满足感。招式用力都一模一样，可练习的时候心态不同，以后造成的结果怕是天壤之别。

但苏劫自己理解，古洋的心法是用来养生劳动，舒缓身心的同时，锻炼筋骨。而欧得利的心法则完全是搏杀格斗。

两者都很重要，都要交替练习。

突然，苏劫脑海中浮现出来了两个字，那就是"阴阳"。

本来，以他这个年纪，根本不会懂得中国古老的阴阳、五行这些玄学道理。可现在，他通过"锄镢头"这招的心法，竟察觉出来了阴阳，正反两面，都不可缺少。

"中国古老的智慧，阴阳之道，都隐藏在日常的生活之中，遇到了选择性的困难，可以从其中寻找到解决点。比如我现在到底选择用古洋的心法，还是用欧得利教练的心法，如果从阴阳平衡的角度来思考的话，那是两者都要练。不过还是要秉承科学的态度。比如我用狠和恨意练习的时候，体内的内分泌和激素是什么状态，用满足和自食其力的心态去练习，体内分泌又是什么样子。"

苏劫脑海中思考了很多东西，他想回去多读读《易经》，了解一下古老的阴阳五行玄学，中国的古代哲学。同时，他又想去学习最精密的生命科学、人体构造、神经学和内分泌等。

"练武其实是探索生命的奥秘，但练武的人并没有系统研究。如果想要洞悉生命的秘密，就必须要通过科学分析来做。我决定考大学，还是去学医学、生命科学类型的研究行业。至于职业搏击，并不能够真正地提升人体潜能，只有科学才可以。"苏劫的内心深处，顿时下定了决心。

"当然，练武不能够懈怠，身体是一切事业的本钱，而且我如果要进行生命科学研究，自己也是个很好的参照物。古洋教练的套路练习，我就不去学了，倒不是套路不好，而是我得把锄镢头的基本功练好再说，否则贪多嚼不烂，再说了，这一招练好之后，所有的套路都可以信手拈来。"

古洋走之后，苏劫继续在这里练习。

等练到天亮，他就去学校吃早餐，再准备给自己安排一天的训练。

在心无旁骛的训练中，一天很快就过去了。到了傍晚，他来到那个小树林中，一个小时的时间，抡起大锤，砸了三块玻璃上的苍蝇，但都没有能够掌握好，把玻璃砸得粉碎。

他并没有多砸玻璃，而是固定了每天只砸三块。

学米芾练字，在五两银子一张的纸上，先不下笔，反复揣摩再动手。

他也是一样，把这一招起落的劲力心中酝酿到达了极点。

砸了三次之后，他来到了学校按摩馆，找到盲叔，让盲叔为自己进行重手法按摩。

"你今天的训练量很大，脊椎略有一些微微变形，不是什么大事，如果日积月累之下，就麻烦了。看得出来，你锄镢头这招在反反复复地演练。"盲叔先一捏脊椎，让苏劫疼得差点背过气去，但他现在的放松和紧张节奏越来越熟练，所以立刻就忍住了，还能够和盲叔对话。

"难道我练习的时候姿势走样了？"苏劫心中一阵紧张，练错了可是大事，他今天是没有教练看着，第一次练习，很有可能不知轻重。

"这个你放心，你的姿势没错，不过就是运动量太大了，导致脊椎承受到了极限，轻微变形，就如运动过量，浑身酸痛一样，以后你练习的时候，要稍微注意。你以前跟着教练练习，是不是他过一段时间就给你疏通按摩？"

"这个倒是。"苏劫点头。

"所以说，训练过程中，单独练习其实很危险，很容易走偏，哪怕是多年的老师傅也不例外，因为当局者迷旁观者清。"盲叔道，"你现在还是长身体期间，练习尤其要注意。还好你遇到了我，每天可以帮助你纠正，否则长歪了就很难恢复。当然，只要你塑形成功，骨骼体形固定下来，那就没啥问题了。"

"我知道了。"苏劫知道，盲叔对于身体骨骼的研究十分透彻，他不禁问，"盲叔，你以前是干什么的？"

"剑桥医学博士，研究人体细胞和骨骼肌肉之间运动力学所产生的激素反应。"盲叔道，"我和你挺对眼，毕竟我的这套重手法按摩是最近才研究出来的，临床做了很多次试验，其他人都忍受不了，只有你这个试验品还行。只要你每天来按摩，让我多做临床，我可以指点你武功方面的东西。"

"我这个试验品很好么？"苏劫想起来欧得利也这么说。

"很难遇到。"盲叔手法不停，每下都使得苏劫痛入骨髓。

"对了，我练习锄镢头这一招，伸缩脊椎，感觉脊椎很有弹性，为什么脊椎会轻易错位？"苏劫问。

"正是因为你锻炼到了脊椎，所以才会出现错位。人不是机器，你的每一招姿势，在肉眼看来是标准的，可如果精确到了毫米甚至纳米，那就可能是错误的。"盲叔继续上课，"锄镢头这一招，核心就是脊椎伸缩，上钻下扑。武术里面有谚语：前后是本能，左右是功夫，上下是神通。意思是，人在格斗之中，遭遇攻击，直接后退，打人的时候前冲，那是本能，是个人就会。而遇到攻击左右躲闪，那就需要苦练技巧，所以称之为左右是功夫。但遇到了攻击，上下伸缩，那就是神乎其神，为之神通。拳击、自由搏击等格斗，下潜躲闪搂抱是最难练的，运用得好，直接就可以战胜敌人。拳法谚语之中，还有一句话，就是：起如挑担，动如槐虫。意思是和人对敌，一动之间，就如钻到扁担下面，用全身的力量上钻，同时保持平衡，如果是不会挑担的人，就会失去平衡，不停地打转，甚至倒在地面都不稀奇。"

苏劫想着武术班许多人挑担的情况，的确很容易保持不了平衡。两个箩筐，一根扁担，一肩挑起来，上下颠簸，无论是平地、崎岖的山路，还是泥巴路，都可以健步如飞，就是真功夫。

如果这种平衡性和力量运用到格斗之中，那就太恐怖了。

"小子，这次按摩，你似乎很轻松，你的横练功夫涨得好快。"看见自己一面捏，苏劫还能够和自己对话，似乎根本不怕疼痛，盲叔顿时脸上出现了震惊的神色。

　　苏劫的功夫似乎一天一涨。

　　一套按摩完毕，苏劫浑身舒坦，精神和身体彻底放松，半点都不想动。依旧躺了半个小时，脑袋里面空空荡荡，疲劳全部消除。

　　"这种状态，在医学上叫做深度神经皮层完全松弛。在这种状态下，所有的一切都恢复得很快，内分泌到达一种完美的状态，而且可以使得细胞和新陈代谢得到调整，从而使得寿命延长。其实医学之中最好的治疗，就是松弛疗法。我研究这门疗法已经很多年了。可完全松弛，自我很难达到，只有配合高明的按摩手法刺激，才可以使得人进入。"盲叔道，"其实，你修炼的大摊尸法，也是一种放松疗法，你每天才睡六个小时，但实际上相当于人睡了十二个小时。当然，我所能够提供的放松手法，其实也没有使得人到达最放松的状态。"

　　"那最放松的状态是什么？"苏劫连忙问。

第二十一章
小型擂台　最高境界为无相

"这就是禅宗的最高境界，其实也就是《金刚经》中的一句话：无我相，无人相，无众生相，无寿者相。"盲叔道。

"这是什么意思？"苏劫又问。

"所谓我，就是这个世界存在的基础，一切的疼痛、喜欢、愉悦、焦虑，都是因为我的存在，我如果不存在了，那么所有的情绪都会消失。而人相，就是和我同样存在的基础，是影响我存在的因果。没有了人，那我们就没有那么多的情绪和想法。而众生，则是许多影响我存在的东西。至于寿者相，那就是时空的一种结合，我们的寿命，是存在于这个时间段、这个空间段所代表的印记。"盲叔说话之间，很有哲学深度，"如果人能够到达这个境界，那身体是最放松的状态，因为他的心灵已经放下了所有存在的基础，一切都放下了。据说，这种精神状态之下，人的身体就会发生奇妙的变化。"

"我都不理解这到底是什么状态。但我知道，人放松下来，可以治疗很多疾病，增强免疫力。人如果时时刻刻都紧张焦虑，那就很容易生病。"苏劫这个基本的道理还是懂得的。

"心意把，也就是你所练习的挖土、挑担，最早是武僧结合气功和禅学所创造出来的，叫做禅武合一。你要把这门武功修炼到达巅峰，就必须要懂禅。"盲叔道。

"盲叔，你能够使得自己放松到达哪个境界？"苏劫问。

"我不过是到达了物我两忘的境界，离真正的无我相、无人相、无众生相还差那么一点。"盲叔道，"毕竟忘不是无，有忘就有记忆，而无才是真正的没有。"

苏劫听见这些哲学，在以前是头大，现在则是似懂非懂，不是很了解，可也有一些心得。

"也许这些需要人生经历和时间的沉淀，我才能够最后明白。"苏劫当前还是满怀热情地学习，按照自己的生活节奏来求学。

按摩之后，时间才晚上八点，离九点睡觉还有一个小时。本来这个时候，苏劫和乔斯都在擂台上对打。现在乔斯有可能找了别人在训练，苏劫决定去看看他在干什么。

他知道，对练非常重要，哪怕是双方戴上护具，有裁判在场的情况，也不能够肆意发挥。但相比对空练习、打沙袋要好得多。

他走进了巨大的训练场中，随着开学的临近，在这里训练的学生越来越多，都是正规在武校学习的，甚至还有专业选手。

明伦武校出了很多专业选手，拳击、散打、泰拳、踢拳、自由搏击、综合格斗和摔跤等全国冠军都有。

电视广告里面这么说："冠军的摇篮，明伦武校。"

在这里基本上可以看到任何武术格斗方面的高手，这也是苏劫千里迢迢跨省来到这里的原因。

"赢了，又赢了。"

这个时候，一阵爆发式的呼喊从另外那边的赛场传过来。

苏劫看过去，那边是另外的场馆，门口有买票进入的牌子，似乎里面在进行某种比赛。

"难道这就是聂霜教练所说的小型擂台赛？"

他好奇地走了过去，看见门票三十块钱，并不是很贵，就买了一张进入其中。

里面果然是个大赛场，有擂台，也有八角笼，那是专门为综合格斗准备的。在这个大赛场之中围了不少人，气氛很热烈，有不少是武校学生，还有校外人士，有的甚至是别的武校学生。里面有两个人在进行格斗，其中有个选手直接就把另外一个选手以漂亮的抱摔接十字固降伏，外面围观的人都齐齐叫好。

"阮星连续三场胜利，学校奖金六千元。"这个时候，裁判宣布结果。

"明伦武校的内部擂台赛终于开始了。暑假停了一个多月，现在开赛，我们是不是可以上去赚点钱花花？"

"得了吧，上去报名的都是高手，我们去浪费报名费不说，还会被人揍一顿。"

苏劫听见旁边两个外校学生的对话，他又看了看旁边的一些海报，立刻就知道了这是明伦武校举行的擂台挑战赛，无论是校外还是校内的学生，都可以参加，只要交报名费和入场费就可以，赢了之后有奖金。

这种擂台赛在暑假的时候停办了一个月，现在假期快要完结，回学校的学生多了起来，学校在今天又重新开放了擂台赛。

其实在这个地区，武校很多，每个武校都有这样的擂台赛举办，甚至不说武校，哪怕是镇上的一些酒吧、拳馆也都有赛事活动。

但明伦武校的擂台赛在这个地区最出名，技术水平最高，吸引参赛的人最多，甚至在网络上也吸引了大批的粉丝观看，直接签约了网络直播平台，收入不菲。

明伦武校的这个擂台赛，对于学校来说，是非常赚钱的项目。

"我也去报名看看？"苏劫心中一动，他正愁找不到实战的机会。上次和宋力的交手，实际上是私下约斗，虽然赢了一万块钱，但他并没有要，因为这样很容易结仇，不如就大方一些，交个朋友。

而现在，这是学校举行的公开擂台赛，上去参加，如果能够赢那就更好，不能够赢也可以获得实战经验。

"报名台在那边。"

苏劫挤到了另外一边，报名的地方并没有人，而是一台机器，只要把自己的身份证放上面进行扫描，称体重，然后手机扫码付款报名费，就算是完成。接下来，就是等待安排对手。

很简单，第一步站机器上，第二步放身份证，第三步扫码付款一百元。

完成报名之后，苏劫就挤到了前面的参赛区。

体育馆中，有观众区、选手区、裁判区、赛事区、媒体拍摄区、特殊观众区。这差不多可以比得上一般的国家级大赛了。

实际上，很多国家级的大赛，也都是在这里举行的。

从这个场地就可以看出来明伦武校的实力。

平时没有大型赛事的时候，这个场地就会举行小型擂台赛，每天都有，给学生实战的机会和感受赛事的那种体验。

苏劫待在选手区等待，这里等待的有数十个人，有的在手上缠绷带，有的则是在热身，有的相互聊天，似乎是在放松心情。

但没有人来搭理苏劫。

苏劫陡然感觉到了一阵紧张，这是他第一次参加正规比赛，虽然是小型的，人人都可以报名，可场下那么多人看着，这气氛就有些与众不同。

"呼吸节奏掌握好，热身，调整心理状态，酝酿出热血沸腾、战意澎湃的感觉……"他按照欧得利教练的指点，开始了热身的想象。

欧得利教练早就告诉他，擂台比赛之中，心理素质极其重要，如果调整不好，全身的力量和技术连十分之一都发挥不出来，只能够挨打。

在要热身的时候，想象自己被欺负、被殴打、被侮辱，然后奋起反击，忘记恐惧和害怕，酝酿出来热血愤怒和战意，同时为自己制定战术，到底用什么套路、什么招式、什么组合拳来对付敌人。

总而言之，赛前的情绪酝酿，是最重要的一个环节。

"格斗的前夕，调整精神状态，原理是借助情绪控制，催动自己的肾上腺素的分泌。人在极端情况下，可以分泌出来肾上腺素，这种激素能够在瞬间增强人体活力，降低痛感，减少恐惧，增加速度、敏捷和力量。"苏劫在脑海之中反复回想欧得利教练的各种格斗前技巧。

在格斗决战前，四肢的热身活动固然重要，更重要的则是情绪调动。

情绪调动很有学问，首先不能够太过亢奋、太过愤怒，否则会被怒火冲昏头脑，失去冷静的判断，从而被敌人抓住机会击倒。

但也不能够太过平静，那会失去某种爆发力。

要像即将喷发的火山一样，内在的情绪涌动，能够压制住，在最佳的机会之中彻底爆发出来，弥天极地。

其实，中国功夫中的内功心法，现在苏劫也明白了，就是情绪调动，使得自己体内激素分泌控制由心，从而达到养生和增强战斗力之目的。

他所练习的锄地挖土、挑担子的干农活，在古老的武僧之中，称呼为"心意把"，其中"心意"二字，就显现出来了一切的奥秘。

"苏劫，对战黄波。"

调整了三四十分钟，前面经过了七八轮的战斗，终于轮到了苏劫。

这小型的擂台格斗赛，每位选手只有五分钟时间来格斗，时间一到，比赛就结束，哪怕是没有击倒敌人，也按照评分来决定胜负。

评分不是裁判来评的，而是学校的电脑系统，通过最专业的分析，来决定选手的打击得分点。

这种电脑系统分析，比起专业的裁判更加专业，也更加公正，基本上没有任何异议。

"黄波是什么人？"苏劫把分指手套戴好，进入了八角笼中。

这是综合格斗规则。

第二十二章

八角笼中　耐心才是真功夫

八角笼中也有裁判，一切都显得很专业。

综合格斗可以用各种武术在擂台上展现自己，规则极其开放，而且是一种效率极高的运动比赛，最为接近实战。

所以这种格斗在武校最为流行，也受好武之人的喜欢。

在这里，可以用拳、泰拳、摔跤、空手道、中国的传统功夫，只要能够战胜对手就可以。

苏劫钻入八角笼中，这个时候，他的对手黄波也进来了，是个二十岁左右的年轻人，全身的肌肉并没有隆起，而是好像鳞片一片片地贴在身上。

这种身材就很恐怖了，标准的格斗身材，而不是那种健身房的健美身材。

苏劫自己的身材也朝着这方面进化，但还没有彻底定型，按照欧得利的训练方法，他会成为最完美的格斗身材，跟真正的自然进化猛兽类似，没有任何多余的赘肉，甚至是肌肉。

有的时候，肌肉太大，会影响行动。

这就是他的对手黄波。

进来之后，苏劫就感觉到了一股彪悍的气息，这家伙肯定是身经百战，极难对付。

"开始！"

擂台上的效率很快，一天要进行很多场，不像是正规比赛那种还要摆造型、接受媒体采访等，这种比赛就是直接上。

对面的黄波似乎也没有打算和苏劫说什么废话，在开始的时候就轻微跳跃，是典型的格斗步法，使得对手无法锁定自己的位置，同时寻找对方的破绽。

苏劫也在迅速移动，他并没有双手抱头，学格斗架，就是普通人散步的姿态，全身放松，用轻松愉快的小碎步行走着。

他并没有找到黄波的破绽，所以不敢轻举妄动，也不敢浪费体力，轻松愉快的散步式，最适合动手之前的试探。

唰！

黄波似乎不想浪费时间了，大约过去十秒钟，一个虚晃，然后垫步，腰胯一拧转，泰拳之中招牌扫腿已经到达了苏劫的腰。

中段扫踢。

扫踢是任何格斗之中使用得最为频繁的招数。

很多世界顶尖格斗高手，都是用这招来对付敌人，简单，实用，把这一招千锤百炼之后，可以孕育出可怕的威力。

比如苏劫所练习的"锄镢头"，就是一钻、一拱、一扑、一落，简单得可怕，但如果仔细研究起来，学问简直是一本书都写不完。

同样，扫踢也是如此。

格斗之中，最怕的就是那种把一招反反复复训练，烙印到达骨髓和灵魂之中的选手。

还是同样一句话，不怕千招会，就怕一招鲜。

黄波的扫踢十分凶猛，如果踢中了，绝对骨折。苏劫并没有立刻反击，而是朝着旁边躲闪。

但是就在躲闪的刹那，黄波的腿居然收了回去，然后进步，连续前进，直勾摆拳法进攻，就如一头狂暴的猛兽，而且拳法精准，两条手臂的拳法打出来了残影，到达哪里，哪里就好像要被他撕得粉碎。

苏劫没有料到对方扫踢之后，进攻居然这么凶残，都是现代格斗的打法，比起自己当初的对手宋力要凶猛得多。

宋力是苏劫第一次的对手，对方很壮实，压迫力十足。可事后他思考分析，宋力其实比较弱，肌肉虽然大，可那是健身房锻炼出来的，没有整体爆发力，只是个空壳，速度很慢，拳脚没有穿透力。

这种人很好战胜。

可眼前的黄波就不同了，身体看起来没有宋力壮实，可他的拳脚比宋力要沉重得多，而且速度极快，几乎是苏劫眼前一花，黄波的拳头就到达了他的面前，短短几秒钟，他的手臂上已经中了几拳。

还好他训练过抗击打，而且手臂护住了脑袋和要害部位，否则已经被击倒在地了。

但这种情况下，实际黄波已经得分了。

如果到达最后，双方都没有击倒对方，那么黄波的分数肯定可以超过苏劫取得胜利。

苏劫心中也很明白，但他知道自己实战经验很欠缺，当前的方针就是竭力躲闪，有耐心地寻找最好机会，突然打出来杀手锏。

黄波的速度固然快，可哪怕是再快，也比不过欧得利。在欧得利的刀法训练之下，苏劫起码躲闪逃跑的方法是炉火纯青。

三分钟过去了，苏劫始终在逃跑，而黄波一直都在进攻。

苏劫没有还手，身上挨了一些拳头，在不停的跑动之间，黄波的拳头哪怕是打到了他的身上，实际上威力也不是很大，他完全挨得住。不过在挨拳的地方，也出现了一些红肿。如果不是他的横练功夫好，怕也是全身疼痛，影响战斗力和行动。

尤其是他的大腿、小腿的肌肉，也中了黄波的一些扫踢。

如果是别人，怕是现在走都走不动了，可苏劫还是活蹦乱跳。

只是按照规则，他还没有得分，而黄波已经得了很多点数分，如果一直拖下去，基本上就是黄波获胜了。

似乎知道自己即将获胜，黄波也不再猛烈进攻，而是偏重防守起来，这样一来，苏劫更没有可能求胜。

因为苏劫在点数上超过黄波已经没有可能了，唯一的办法就是把对方击倒失去战斗力，俗称"KO"。

最后一分钟了，苏劫还是处于绝对的劣势，他无法击中黄波，黄波的拳腿时不时还抽打在他的身上。

面对这样的情况，苏劫似乎有些焦急，脚步移动的速度加快了，频频地出手试探，上下晃动，想要找攻击点，一举把黄波解决掉。

看到这样的情况，黄波嘴角出现了一丝自己都未察觉的笑容，他知道苏劫急了。

这样一来，苏劫寻找进攻点的时候，自己也出现了很大的破绽。

苏劫并没有察觉到这点，还是不停地试图进攻。

突然，他似乎抓住了机会，朝前一冲。

这冲的时候，破绽极大，整个身体都暴露在了黄波的攻击之下。

黄波几乎是不假思索，本能地一个扫腿就踢了出去，高扫上头！一击必杀！

但这个时候，苏劫前冲的身体居然拉了回去，这是一个虚招，从头到尾他的焦急都是在欺骗黄波，给自己创造机会。

果然，黄波在自己不停地露出破绽之下上当了。

一腿扫空，黄波脸色剧变。

起腿半边空，这是武术谚语，意思是只要用腿踢人，自己的平衡性就会大大降低。

这时候，苏劫的身躯再度扑了过来，身躯一缩，如蛆虫蛇行，起如挑担，上拱顶破天，下落如恶虎擒羊，把所有的力量全部在刹那间爆发出来，在他的意念中，哪怕是一座刀山，他也要撞上去。

所有的一切，都在这一手进攻之中。

砰！

黄波的脸上已经中了一扑的巴掌，接下来，苏劫的扑势下落，如同锄头，就势一挖，正中黄波胸口。霎时间，黄波鼻血喷涌，整个人脚步虚浮，似乎喝醉酒，摇摇晃晃，轰隆一下倒在地上。

裁判连忙开始读秒。

"十！九！……一！

"苏劫获胜！"

裁判宣布的刹那，医护人员一拥而上，把黄波抬了出去。

"黄波的身体素质、战斗经验还有格斗技术都在苏劫之上，居然输掉了。这是输掉了心理上的博弈，从头到尾，苏劫都没有把胜负放在心上，都是在不停地诱导，最后以弱胜强。"聂姐在后台从头到尾地观看。

她对苏劫越来越惊讶，虽然现在从她的角度来看，苏劫的技术还很弱，力量速度都马马虎虎，可年纪轻，悟性好，塑形完美，意志坚定，勤奋好学，举一反三，如果能够成为格斗选手，不出几年，肯定是天王级。

她很清楚，一个真正的格斗天王会对学校带来多大的发展，甚至可以提升世界影响力。

"可惜的是，这小子似乎不懂得好处，还是想要读书。我让盲叔、古洋都去试探了。到底要用什么方法让他改变想法呢？"聂姐陷入了沉思。

苏劫不愿意做格斗选手，她也不能够绑着对方去。

"晓以大义？诱之以利？"聂霜正在思考之间，苏劫迎来了第二个对手。

他是胜利者，可以在笼中再次排对手。当然也可以选择不打了，领完奖金走人。

不过，苏劫觉得自己还有余力，想多增加一些实战经验。只有一个月时间，暑假就要结束了，开学之后可就没有这么好的锻炼机会了。

这里简直就是个格斗武学研究院，人人开口就是锻炼，闭口就是搏击，气氛渲染之下，哪怕是小孩子都可以来两手功夫。

向裁判表达了自己还可以进行第二轮的意思，裁判让场外的医生进来给苏劫检查了下，表示的确可以继续，这才通知场务进行电脑抽签排序。

"第二轮，苏劫对彭海东。"

苏劫就看见笼子中又进来了个学员，身材和自己差不多，不过并没有什么肌肉，松松垮垮，似乎没有怎么经过严格锻炼，整个人的精气神也很松散。

这个学员大约二十岁，叫彭海东，看气势和感觉来说，比起黄波要差很多，就是个来玩票的。

面对此人，苏劫放松了一些。

"开始！"

就在裁判声音落下的刹那，看似业余玩票性质的彭海东动手了，整个手臂好像猿猴，猛地弹出，整条胳膊好像软鞭，没有任何征兆，迅猛无比地抽打下来。

快如闪电。

啪！

苏劫还来不及格挡，本能地一缩，但那手臂还是抽在了额头上，打得他眼冒金星，似被铁链狠狠抽了下。

唰！唰！

彭海东抓住这个机会，猛烈进攻，脚下步法很飘，手臂如鞭，横竖抽打之间，呼呼带风，气势逼人。

在来去之间，苏劫的胳膊，甚至是肩膀上都挨了抽打，红肿且火辣辣地疼痛，几乎抬不起来。

如果不是他练习过抗击打，现在就已经失去了战斗力。

"这是什么武功？不是自由搏击和综合格斗，是传统武术！"苏劫心中一惊。

第二十三章

拳无高下　神佑通臂为最高

苏劫迅速冷静下来。

虽然挨了几下，可并没有失去战斗力。苏劫知道是自己大意了，对方看起来没有什么实力，他就没有全力对待，因此在刹那间处于了下风，险些被对方的三板斧砍倒。

"交手就是瞬间的事情，哪怕是高手，如果不注意，也有可能被弱小者一口气打蒙掉。这在街头斗殴中尤其重要，看来我做得不是很好，没有时时刻刻提起精神来。"

苏劫冷静下来之后，那就非同一般了。他仔细观察，拉开距离，发现彭海东虽然速度很快，手抽打的力量也重，但身体素质不如黄波。

彭海东的优势是那种发力技巧，速度快，又冷又脆又打得远。

不过哪怕是打得再远，也不如刀枪。经过了刀枪训练的苏劫，很快就可以躲闪掉彭海东的攻击。

这样两分钟之后，彭海东的速度缓慢了起来，体力下降得厉害。

这就是专业和非专业的区别。

苏劫的体力很好，他可是接受过世界最好格斗教练进行塑形体能训练的人，尤其是横练功夫给他带来了最悠长的耐力。

在彭海东体能下降、动作缓慢之时，苏劫终于抓住了机会，一钻一扑，又是锄镢头这招。

不过苏劫这下没有用全力，而是收了三分，巴掌扑到彭海东脸上的时候，用的是推，而不是挖。

彭海东眼前一阵漆黑，胸口被巨大的力量一挤，摔倒在地面。

他倒地之后，连忙用手拍地面，代表放弃比赛。

"苏劫胜！"裁判宣布。

其实，按照综合格斗MMA规则，就算是倒地之后，也可以用拳击打，只是不能够用脚踢而已。除此之外，还可以用柔术来降伏。

但彭海东倒是有不少经验，就是个小型比赛而已，没有必要打死打活。在体力明显不支的情况下，直接认输也没有什么。

连胜两场，苏劫倒也战意旺盛。他的体能充沛，得益于欧得利的良好训练，要不然聂霜也不会这么看重他。

"还要再战？"当苏劫对裁判说出来了自己的意思，很多观众都在议论。

来这里看小型擂台赛的都是练家子、专业人士，其中甚至不乏职业选手、学校教练，还有别的武校的厉害人物。

"老李，这是个好苗子。"

在特殊观众区中，有几位老者，还有几个中年人也在观看，明显，他们都是德高望重的前辈，或者是武校领导。

其中有位老者连连点头，对另外一位老者说着话。

"这个小孩发育太好，体力充沛，心理素质一流。技术虽然稚嫩，可很正宗，更不浮夸，反反复复就是那一招'心意把'锄镢头，这最为难得。九成九的年轻人都喜新厌旧，贪多嚼不烂，到处学习技术，最后一个都练不好。"叫老李的老者明显德高望重，他观察苏劫，一针见血。

"如果这个苗子是明伦武校的学生，那不出两三年，绝对会大放光彩。老李，你想不想把这个苗子挖到你的阳明武校中？"有人趁机问，"你如果不动手，我可就动手了。现在找个好苗子真不容易，既要聪明，又能吃苦，身体素质还要好。难，难，难。"

"看机会吧。"老李还在看着苏劫的举动，好像在看一块没有雕琢的璞玉，这是老师看到那种天才学生的眼光，"彭海东的通臂拳劲练得不错，又冷又脆，可就是身体素质差了些，迷信站桩、运气的文练那一套，对付普通人可以打个冷不防，可遇到了硬茬子就会吃亏。老彭的这个儿子小聪明有一套，就是不愿吃苦，这就吃亏了吧。"

"老彭的通臂拳是一绝，当年练功那叫个苦，他儿子不愿意吃苦，可通臂的劲练出来了，这也是个奇葩。"

"比起这个叫苏劫的学生来说，小彭就差了很多。"

苏劫不知道，自己的这两场比赛，被很多武校的大佬看中了。

这些大佬不知道培养出来了多少武术格斗人才，对于发现好苗子那是一个眼光毒辣。

当然，不说练武格斗如此，读书也同样，好的学生许多班许多学校的老师抢着要，苏劫本身也被这样抢过，从初中升高中的时候，他是以整个地区第一名的成绩出线。

"第三轮！苏劫对吴成！"

这个时候，经过了检查，医生确定能够继续，裁判这才安排第三场。

"吴成是职业选手，省队的队员，打了很多次职业比赛，虽然没有杀入全国大赛，可在省里也是前几名。"

"他上的话，这个小伙子就没戏了，三连胜会终结。"

"吴成这次是进行了强度极高的训练，要备战接下来的全国选拔赛，有望能够打入国家队，这次也是来多热热身。"

当苏劫这次的对手吴成出现的时候，现场倒是有了小小的轰动。

"这个人好强。"苏劫看见吴成进来，心中不知道怎么泛起了寒意。他不看对方的身材，不看动作，本能就感觉到，自己肯定不是对手。

吴成是个二十岁左右的青年，可脸上没有任何稚气，取而代之的是老辣。

这个职业选手穿着一件短裤，赤裸上身，身上涂抹了一层油，皮肤带着古铜的光泽，肌肉也是呈现鱼鳞状，比较细腻，尤其是腰，肋骨往髋骨方向上，腰身迅速收缩，有一种惊心动魄的线条感，就如那种经常奔跑的狼狗，这就是典型的公狗腰。

"开始！"

裁判一声令下。

苏劫和吴成就开始对峙。

吴成果然是职业选手，没有任何试探，快速地滑步逼进，左右虚假动作，根本无法看出来哪边是虚哪边是实。

苏劫拉开距离，还是老办法，不和他接近。

哪怕是职业选手，也就是一个脑袋两个肩膀双手双脚，又没有三头六臂。

再说了，苏劫和欧得利经常喂招，吴成和欧得利比起来差了不止两三个档次。

苏劫面对吴成，不停地逃走，只要对方一接近，他就反方向跑，也没有想着进攻，他还是按照对付黄波的方法，让对方心浮气躁之后抓住机会。

职业选手又如何？

八角笼有些大，只要一味逃跑，还是有很多回旋余地。

足足五分钟，苏劫完全没有想着反击，就是不停地逃走。当然在逃走的时候，他也在寻找机会。

可是，什么机会都没有。

吴成面无表情，似乎是机械一般，不停地围堵、拦截，体能非常之好，有的时候拳腿甚至打到了苏劫的手和腿上，只是没有挨实而已。

吴成的拳腿很重，非常重，不愧是职业选手，苏劫挨打的地方肿了起来，可他始终把自己的要害护住，没有被 KO 掉。

"时间到。"

很快，五分钟过去了。

裁判宣布："苏劫，消极比赛，判负。"

"我消极比赛？"苏劫知道自己输掉了，因为点数判负，可居然是消极比赛。

他走出八角笼之后，用手机查了下，发现在比赛中，如果一味逃走、不反击，造成观赏性缺乏，那么逃跑的一方就会被判为消极比赛。

消极比赛很严重，不是判负这么简单，甚至以后会禁赛，失去职业的资格。

毕竟哪怕是擂台格斗，必须要有观赏性，这是一种运动，而不是真实的搏杀。

在真实的战斗中，不管你用什么方法，活下来就是最好的。

"看来，我还是不适合职业格斗。不过偶尔参加这种格斗赛，对于练武大有好处。"苏劫这场比赛因为"消极比赛"而判负，他对于参加职业格斗的心思更加淡了。

职业格斗，不是他要走的道路，只是生活之中调剂的一部分。

但他知道，答应过欧得利，以后要以他的名义打几场职业赛事，所以苏劫现在也要开始做准备。

回到宿舍，拿活络油揉了揉自己身上的肿块，呼吸，放松。

随后，他的手机上就传来了到账的声音，四千块。

两场胜利的奖金。

"还不错，赚钱这么快？不过没有点实力也不行。"苏劫回想三场比赛，第一场自己是以耐心获得了胜利，第二场对手体力不支，第三场自己就是完败了。那个职业选手吴成，无论是技术、体能，还是心理素质，都在自己之上。

在第三场的战斗中，他学到了不少经验。

带着满足，他沉沉睡了。

第二天凌晨三点，他准时醒来，发现自己的瘀青红肿消退了不少，不过有些地方还是隐隐作痛。

他照样进行自己的训练、体能、力量、招式。整整一天时间，挥洒汗水和热情，晚上又去砸玻璃上的苍蝇，随后还是去找盲叔按摩。

"你昨天去比赛了？身上软组织很多挫伤的地方，我帮你按摩之后，还要给你做一项针灸试验。"盲叔似乎是找到了一个最好的试验品，玩得不亦乐乎。

"针灸实验？"苏劫有些疑惑，但他知道，这是对他有好处的事情。

"这针灸实验也很疼，也只有你才可以忍受得住。"盲叔开始帮苏劫按。

经过了一番地狱式的痛苦之后，取而代之的是飘飘欲仙，苏劫对盲叔的按摩现在已经甘之如饴了。

第二十四章

针灸之术　古今医术自相通

"来，喝了这杯酒。"

在按摩之后，盲叔从箱子里面取出来了一坛酒。他小心翼翼，好像是抱着古董宝藏。而后倒了一小杯，让苏劫喝下去。

苏劫喝下去之后，立刻就感觉到胃里面火辣辣的，散发到了全身，随后又渐渐清凉下去，浑身十分舒服，整个人似醉非醉，更加舒服了，似乎自己就是神仙。

"这是什么酒。"

苏劫立刻就爱上了这个味道，简直可以成仙，完全麻醉了自己的神经，也不知道是好还是坏。

"有时四大醺醺醉，借问青天我是谁。"盲叔道，"这是道家全真王重阳的一首诗中的两句，出自《性命圭旨》这本书，描述的是道家修行的精神状态。四大为地水火风，佛教称呼为构成世界的基本元素。道家借用这典故，描述精神状态在进入了最深层次的思维之中，人感觉四大元素都和自己一样，醺醺的状态，这个样子就是成仙的感觉。其实，人在喝酒恰到好处的时候，思维活跃，大脑皮层兴奋，肾上腺素提升，天不怕地不怕，是一种最佳的状态。再说了，这酒是刘光烈用古方结合了现代最先进的提炼技术汇合了一百多种中草药酿造出来的，大补气血，而且最为养神，只要一小杯就可以治疗失眠、神经衰弱、抑郁等多种精神疾病，没病的人喝还可以增强免疫力。这酒一滴比黄金还珍贵，上次聂霜和周春赌的就是这东西。现在你喝了一小杯，精神和肉体都处于最佳状态，最好行针。"

这时候，盲叔脸上带着一丝兴奋，就好像科研人员有了重大发现。

这种状态，苏劫在自己姐姐苏沐晨研究人工智能的时候看见过。

他不禁有些毛骨悚然，好像盲叔要把自己肢解似的。

盲叔拿出来了一盒子针灸用的银针。

这银针又细又长，看起来就有些吓人。

他突然一刺，银针就直接刺入了苏劫的肚子上面。

"啊！"

苏劫只觉得五脏六腑都要翻转过来，这次的疼是里面疼，不是外面皮肉那种疼痛，更难忍受，似乎有东西卡在了肚子里面，翻江倒海。

本来，盲叔的按摩是皮肉疼痛，现在这种银针的针灸，是五脏六腑的煎熬，被火烤，被冰冻，被刀割，被狠捶。

盲叔连续下针，每一次下针，苏劫都觉得自己五脏六腑被人抓住狠狠地揉捏，骨子里面又麻痒难忍，恨不得把自己的骨头砍破，把骨髓里面的蚂蚁抓出来。

"这是为你彻底调理身体，激发潜能。"盲叔道，"你如果忍住了，以后身体素质肯定会更上一层楼。你知道针灸的原理是什么吗？"

苏劫在被按摩的时候，还能够进行对话，现在则是一点不能够开口。

不过盲叔也知道他不能开口，而是自言自语地上课："人体有自我修复的功能，比如你手上被割了一刀，人体的营养物质和免疫细胞等东西，就会聚集到达伤口这里，使得伤口愈合。古老的传统医学，把人体的营养免疫等有益的物质，统统称为生机。"

苏劫只能够勉强听着。

"人体的生机，在一般的时候，是很混乱的，到处流淌，储存不起来，也没有统一的调动能力。传统武术也好，养生术也好，瑜伽，还有冥想，其实核心都是调动智慧人体的生机，扩大的同时，完美谐调，想运转到达哪里就到达哪里，强化自己的器官和大脑。

"我现在的针灸，是自己按照中医的穴位理论、经脉理论，加上现代科学的细胞理论、运动学、神经科学、人体医学创造出来的。是用针灸，刺激你的内部皮层，进行微创手术，你被微创的地方，体内的生机就会聚集到达那里。这样不停地刺激之间，就如疏通水道，你体内的生机会按照指定的规矩储存和运转，从而达到使得你身体强壮、思维敏捷的目的，这比按摩的手法又高明了许多。"

盲叔不停地针刺，渐渐地，把苏劫扎成了一只豪猪。

在扎针之间，他还不停地记录各种经验，并不是写字，而是用录音的方法。

他是盲人，写了字也看不见。

"人吃多了东西，多余的能量就会堆积在腹部，成为脂肪。人在饥饿到达极限的时候，又得不到食物补充，体内的脂肪就会分解为能量，弥补人体的消耗。所以在食物缺乏的古代，人身上有脂肪，是健康的表现。从某种程度上来说，脂肪也是人的一种生机。"盲叔道，"古代中医的理论只有两条，第一就是服用各种药物，增强体内的生机，第二就是用针灸和养生术，把体内的生机调动到生病的地方，借助人体的免疫力杀死病菌。本质还是利用人体自身。医术只是辅助手段，而现代医学，是直接用各种手术和药物，强行驱除和消灭，见效更快。"

盲叔继续录音："其实根本没有什么中医和西医之分。在中国古代，医术高明的时候，西方还在用什么放血疗法，杀死女巫，甚至根本不讲卫生，导致黑死病流行。不过到了近代，微生物学兴起，对于人体结构和病菌的研究深刻，才组成了现代医学的框架。所以没有中医和西医，只有古代医学和现代医学。古代医学讲究一切以自身免疫力也就是生机为中心，而现代医学以外力为主。研究透彻了之后，很有意思。"

他把苏劫扎成豪猪之后，不停地换针，拔出，再刺入，拿针转动。

他把苏劫当成了个稻草人，实验着自己的一些想法。

当然，他的想法都是安全的，而且似乎是经过了某种千锤百炼，只是没有人肯陪他疯，现在终于有个苏劫。

苏劫等他把针全部抽空，只觉得自己四面漏风，体内空空荡荡，像放了气的皮球。

他怀疑现在的自己，只要喝口水，都可以从全身的针眼中流出来。

八月一日，我锻炼了一天之后，让盲叔给我按摩。他给我针灸，说调动生机，把我整得死去活来，全身漏气。不过他说得很有道理，这一番中医和现代医学的理论，我很认同，更加坚定了我以后选择学医和研究生命科学的决心。

八月二日，我继续练习。和乔斯对练，没有戴护具，现在他想打中我没有那么容易了，不过我仍旧不是他的对手。晚上还是砸玻璃苍蝇，然后盲叔按摩、针灸。我想这么痛苦的事情都可以忍受下来，以后还有什么事情不能做？今天没有去比赛。

八月三日，还是练习欧得利教练的一些东西，和乔斯对练。晚上和乔斯一起去参加了小型擂台赛，我居然连续赢了六场，获得了一万二千块钱。我发现我的体能越来越好了，难道是盲叔针灸真的调理了我的生机？这小型擂台赛只要有本事，就可以赚钱，而且随着暑假末尾的来临，人数越来越多。比完赛后，乔斯也跟我一起找盲叔按摩，但他被盲叔捏了几下，就完全受不住，退出赌约。乔斯看见我完成了按摩和针灸，看我好像看外星人一样。

八月四日，练习整天之后，小型擂台赛我照样参加。这次连续赢了三场，运气不好，在第四局的时候又遇到了职业高手，还好我又是因为消极比赛输掉了。照样按摩和针灸，不过今天盲叔又拿出了酒，给我喝了一小口，比黄金还贵的酒，果然舒服，别上瘾就好。

八月五日，今天练功，锄镢头这一招我似乎行云流水，一钻一扑之间，没有任何阻碍，这应该就是炉火纯青的状态吧，我每天练习这招数千次。还有，在今天抢大锤砸玻璃上面苍蝇的时候，我居然成功砸死了苍蝇，玻璃没有受损，我控制力量的手法大有进步。小型擂台赛我连续赢了五场，似乎引起了很多人的关注。晚上照样按摩和针灸，盲叔还在给我讲解中医和现代医学之间的一些知识，让我配合他的实验，他不停记录我的身体变化、精神状态，把数据都收集起来，做整体分析。其实我很好奇他的眼睛是怎么瞎的，他虽然瞎了，可认穴比起正常人都准确得多。

八月六日，练功，和乔斯对练。晚上小型擂台赛，我居然连续赢了八场，不过对手都是业余爱好者，没有职业选手，所以我能够轻松获胜。乔斯也参加了，他很不幸，一开始就排到了个职业选手，但两人还是打得难分难解，最后乔斯在点数上败下阵来。比赛之后，乔斯发狠说，如果不是在擂台上，在街头他不出三十秒就可以解决掉这个职业选手。我一共进行了将近三十场的比赛，积累了一些比赛经验，但没有经过街头斗殴的东西，不知道真正的街头是什么样子，当然打架斗殴是犯法的事情，还是不要去实验，除非是万不得已，见义勇为。我可是好学生，不要有污点。晚上按摩和针灸还在继续，盲叔对我的研究似乎焕发了热情，以前他绝对是个搞科研的疯子。

第二十五章

战胜乔斯　天才原来就是你

　　八月七日，我单独一个人练功。古洋教练还在教授学习班成员套路，太极拳、长拳，这两套功夫动作优美，武术动作设计上的确是可以吸引很多眼球。在当今社会，功夫还是以表演为主，哪怕是擂台比赛，其实也是一种表演，不然不会有消极比赛一说。我还是一心一意地练习锄镢头这招，这招不适合擂台格斗，可在面对凶狠敌人时，随时扑杀很有用处。另外，我的横练功夫大有长进，今天在小型擂台赛上的时候，对手突然勾拳打在我肚子上，在拳头碰到我皮肤的刹那，我肚子上的肌肉本能一松一紧，居然把对手的拳头力量完全化解。晚上盲叔对我说，这就是敏感性提高了，身体的反应不需要通过大脑皮层的传导，成为一种抗击打的本能，很多人练十年都未必能够有这个境界。我想我的这点小成功，其实最主要的原因是欧得利教练的奠基，还有盲叔、古洋教练的指点和训练，普通人哪里有我这么好的机会？当然，我之所以被欧得利教练看上，也是因为我有研究的价值，能够吃苦耐劳和钻研，能被盲叔看上，也是因为我可以忍受剧痛。

　　八月八日，依旧练功、擂台赛、按摩。我今天查看了下自己的银行卡，发现比赛获得的奖金居然有了七八万块！这太赚钱了吧。还没有进入职业比赛，就这么地赚钱，职业比赛是不是更赚钱？答案是错误的。职业比赛的格斗者更加辛苦，而且大多数不赚钱。其实对于小型擂台赛来说，在这一片的确有很多家武校拳馆都在举行，可赚钱的只有明伦武校这场，其他都不赚钱。在网络直播上，也只有明伦武校的赛事有巨大人气，也许就是头部效应。有很多职业格斗者都来这里参加小型擂台赛赚钱，实际上和那些电视电影明星去搞网络直播一样，我看网上新闻，娱乐圈的二三线明星，其实还远远不如一些草根的网络主播赚钱。道理是一样的，职业格斗者，除非是世界顶尖水平，拥有无可替代人气的那几个，大部分日子都很苦。当然，干任何一行风光的也都是金字塔顶层的那几个人。看清楚了这些事实，我的确要规划下自己的人生道路。男怕入错行，女怕嫁错郎，古人的话很有道理。但无论如何，锻炼身体，让身体素质提高是没有错的。

八月九日，我今天练功换了个沉重的锄头，连柄都是铁的，大约二十斤，可以锻炼我的核心力量。这是盲叔让我加的，他想借负重来刺激我的一些肌肉群，再用针灸来刺激软组织，进行增加肌肉筋膜活性的实验。

八月十日，练功，砸玻璃上的苍蝇蚊虫，比赛，针灸睡觉。

八月十一日，同上，没什么感悟。

八月十二日，我的存款居然有了十三万八千块钱，都是比赛的奖金。不过，随着暑假回校的人越来越多，小型擂台赛越发地火爆，我报名都排不上去，看来这条财路很难走了。比赛的水平也越来越高，甚至我都看到了一些教练上场，还有别的学校的高手。这种短、平、快的比赛，更加平民化，自然可以吸引人，不像那种专业的擂台赛，从开赛到结束，反复介绍、酝酿，人们的耐心早就失去了，以后娱乐的方式肯定是走向大众化，节奏要越来越快。今天没有实战，手痒痒。

八月十三日，交了报名费，还是没有排到。体育场馆中黑压压一大片人，气氛热烈，这才是武校的精武精神、尚武精神。当然，尚武是好事，可变成好勇斗狠就不好了，必须要以武德来提升精神素质，否则很容易出现问题。

八月十四日，连续三天交报名费都没有排到比赛，实在是太火爆。本来想多增加一些实战经验，现在看来恐怕泡汤了。实战搏击的确可以快速提升武术修为，很多练习时候不懂的动作，我在实战中都可以摸索出来，反馈到练习过程中去。我的大锤砸玻璃苍蝇现在也基本上可以控制，当然离收放自如还很远，盲叔说武功练习到最后，要随心所欲，招式把人放倒而不伤人。

半个月时间又过去了，离九月一日的开学时间没有多少天了，苏劫按道理这时候应该回去准备开学，可他实在是舍不得这里的气氛。

同时他也知道，这里是自己的重大机遇地，如果错过了，恐怕人生会发生本质的转折。

"要不干脆休学一年，在这里练武？反正我的文化课程也跟得上。"苏劫心中突然冒出来了这个念头，"我已经自学了高三的所有课程，语文、数学、物理、化学这些对我来说都没有压力，我做过很多份高考模拟试题，哪怕是现在去考试，其实也不会太差。如果我回学校继续读书，时间利用效率太差了。如果在这里，起码有盲叔拿我的身体做研究，实际上可以给我带来很多好处，还可以学习到很多武学知识。没有了盲叔和这里的氛围，我的进步怕是要缓慢十倍都不止。"

苏劫是个很注重效率的人，不肯浪费一丁点时间。

不过，想要休学在这里练一年的武功，然后和同龄人一起参加高考，苏劫自己认为没有问题，绝对可以考上好的大学，可家里爸妈恐怕会打死他，学校的老师校长恐怕都不会同意。

在学校里面苏劫可是尖子生，重点培养对象，如果提出来休学，从班主任到学校领导都要对他进行轰炸式的教育谈话，想想就头大。

想了一会儿，他并没有找出来好的办法，还是干脆不想了，抓紧时间多学一些东西再说。

"你这些天进步好快！"八月十五日一整天的训练完毕了，吃完饭休息，苏劫正要去那个小型擂台赛的场馆参加报名，看能不能够排得上，正好遇到了刚出来的乔斯。

乔斯拍了拍苏劫肩膀："里面报名的人太多了，我都没有挤进去，别白白浪费报名费了。要不我们去打一场？"

"打一场？可以。"苏劫点头，"你来进攻，我来防守。"

"不，我们这次是真打。在训练过程中，有个好的陪练和对手极其重要。我这些天看了你的比赛，很有实力，不知不觉，你居然成长到了这种地步。今天我希望和你模仿街头斗殴，彻彻底底打上一场，去校外好不好？"乔斯的语气很凝重。

"这太危险了吧。"苏劫心中吃了一惊，他知道乔斯最崇尚的是街头格斗，认为那是真正的实力，擂台上这种摆好架势，裁判一声令下然后开始的格斗，始终就是表演而已。

在街头，各种复杂的情况都有可能遇到，很多格斗冠军在街头和流氓斗殴而被打死的情况时有发生。

"拜托了。"乔斯很诚恳地道，学了个日本式的鞠躬。这是他学空手道的时候学到的日本请求礼仪。

"好吧好吧。"苏劫太了解乔斯的性格了，如果自己拒绝，恐怕他会一直请求下去。再说了相处这么久，两人有了深厚的友情，陪他磨炼一场也没有什么。

乔斯不说话，沉默地走到了校外。

苏劫跟在他的后面。

两人来到了校外的一条小巷子之中。

苏劫看见乔斯停住，他不禁问："我们就在这里比试？"

唰！

乔斯突然回身，和平时训练截然不同，整个人变得又狠又恶，抬手就是一拳砸来。这种凶狠的目光，好像面对不共戴天的仇人，让苏劫心中一个咯噔。如果不是他经过了多次擂台实战，怕是都很难反应过来。

在刹那之间，苏劫苦练的锄镰头这招就有用了，身躯一进，手臂一抬，抱住了脑袋，任凭那乔斯的拳头落到自己的手臂上。

在拳头击打到手臂的刹那，苏劫的手臂本能一翻，把力量化解掉了。然后全身如猛虎下山捕食，又如抡起锄头，向前挖出。

这一切都是本能，他并没有多想。

乔斯似乎早就料到了他会用这一招，收拳，后退，滑步，踮起脚如穿心，正蹬而来。这是泰拳的正蹬，不仅有拳道的一些东西，更有传统武术的弹踢味道，又快又狠，是街斗的大杀招之一。

在街头斗殴之中，因为地形复杂，人数不确定，所以很少有腿法。武术之中，起腿半边空，但是正蹬腿用来阻挡敌人的攻势还是很好用的。

但擂台格斗之中的鞭腿、侧踹腿根本用不上了。

乔斯的这正蹬腿似乎专门为了街头斗殴而用过，幅度很小，动作隐秘，正好可以阻挡住苏劫的扑挖之势。

但苏劫在扑上来的刹那，手向下一挖，正好挖在了他的腿上，使得乔斯的蹬腿被压了下去，脚背火辣辣地疼痛。

然后，苏劫再次起手一扑一挖，就到了乔斯的面前。

乔斯抬手格挡。

可这个时候，苏劫挖下来的手扯住了乔斯的手臂，向下一拉，好像泼妇打架中的撕扯，在这撕扯的刹那，乔斯身躯似乎稍微失去了平衡。

苏劫的撕扯松开，胸前画弧线，又是一扑一挖。

砰！

这双手挖打已经到了乔斯的脑袋之上，直落下来。

乔斯整个人逃无可逃，眼看要被挖成重伤，苏劫变挖为推，吐气开声，发出来了"噫呀"，整个人腹部鼓起，然后随着推山之势而吐了出去。

吧嗒！

乔斯被他推倒在地。

而苏劫自己都没有反应过来，因为刚才的招式，都是他自己的本能，根本没有经过脑袋思考，不像是在擂台格斗中，有缓冲时间，可以从容制定战术。

第二十六章

功夫少女　处处卧虎又藏龙

在刚才斗殴的过程中，乔斯突然朝自己猛烈攻击，他的所有技术只剩下自己平时反反复复苦练的"锄镢头"这一招。

果然，在街头斗殴之中，什么技术都用不上，只有本能。还好，苏劫每天都练习这招几千次，终于变成了本能。

而且他发现，这招在运动过程中，简直四面八方都照顾到了。

首先这招是平时人走路的姿势，最为自然，手下垂，距离裆部腹部这些要害很近，只要一运动，就可以防御到。运动过程中，手抬起，双手抱头，下潜护住自己的脑袋，然后扑下落，又护住自己的胸口和裆部。而肘部运动之间，夹紧肋骨，护住了自己的两肋要害，身体尽量下蹲弓身缩小，不但积蓄力量，而且缩小了敌人对自己的打击面积和打击目标。

这一招在遇到突然袭击、街头斗殴时，居然这么有用。

苏劫对于这招的领悟又深刻了一层。

"好一个'心意把'，起把护头，转把卸力，缩把闪避，拧把蓄劲，扑把打人，回把护心，塌把护裆，抖把防肋，连把追赶，丢把吐气，吼把慑胆，退把稳身，定把顾盼。这十三个要点都有了。"

乔斯还没有爬起来的时候，有个声音传了过来，在这个小巷子的另外一头，似乎有人观看。

观看的人，赫然是个女子。

苏劫一看，原来同样是武术暑假培训班的成员，叫张曼曼，是个美籍华人，也是回来学习中国功夫的。早在前三天，苏劫就注意到了她，因为张曼曼在锄地挖土的时候，体力很充沛，而且在闲暇的时候，还活动下手脚，展现出来了电影里面的咏春拳功夫。

当然，这也不稀奇，来武校的学生，或多或少都有功夫，像苏劫这样一点功夫都不会就来学习的愣头青倒是少见。

"张曼曼。"苏劫回过神来，打了个招呼。

张曼曼看着苏劫，眼神似乎在放光。

苏劫和乔斯动手，她恰好路过，把刚才兔起鹘落的刹那看在眼里，心中的震惊可谓无以复加。

刚才两人的打斗，时间很短，只有几秒钟，远远不如擂台上的格斗那么翻来覆去，可这才是真实的斗殴。

"刚才面对乔斯的突然袭击，苏劫起手护头，转手卸力，然后缩拧转扑打的刹那，中途落下抵挡住正蹬腿之后，再次扑击，面对格挡，撕扯再扑，终于击中，然后改挖为推，随即后跃，定住身体，四面八方打量看有没有敌人。这个过程就是五秒，幸亏我有随身拍摄的习惯，这段视频已经录下来了。"张曼曼心中在思考。

最让她惊讶的是苏劫在挖到乔斯的刹那，突然变挖为推，这就不是一般的功夫了。在战斗的本能驱使之下，还能够停下来不伤人，要知道，刚才这一挖之下，如果打中了，恐怕就不是受伤那么简单了。

"我居然输了。"乔斯有些失魂落魄地爬起来。他有七八年的搏击经验，前前后后学习过多种武术，从来没有放弃过锻炼，居然在自己最引以为豪的街斗之中输给了才学习了一个半月的高中生！

"街头殴斗运气成分极大，哪怕是职业格斗家也有可能死在一个不知名的小混混手里。"张曼曼道，"乔斯，是你太小看了这心意把锄镢头的威力，这一招就是抬手一扑，可蕴含了十三个大细节，数十个小细节，模仿了各种动物捕食的本能，最适合混战和街头斗殴。你的体能很好，技术和经验都很丰富，可惜的是不了解这招奥秘，等于中了别人的套才会输。这就是中国功夫中的杀招，在以前很多人什么都不练习，只练习一招，反反复复，在突如其来的战斗中，就可以占得先机。如果你能够多了解这一招，多熟悉一下攻防体系，还是可以战胜苏劫的。"

张曼曼也是用英语说话，她本身就生活在国外，能够把中国文化的一些东西，用英语很准确地表达出来。

　　"你也会这一招么？"苏劫问。

　　"当然，很多学武的都会这一招，但像你运用得这么出神入化的还是少见。就如泰拳扫踢这门腿法，就是简简单单的提膝、翻胯、扫出，任何初学者都会使用，可许多世界级的格斗家都是运用这一招在擂台上让人闻风丧胆。"苏曼曼看着苏劫，"扫腿打得长，打得远，在擂台上可以施展开，所以能够风靡，但不适合街头。在街头复杂的环境之中，还是心意把的锄镢头身法手法最为合适。"

　　"苏劫，咱们再来一次。"乔斯仔细琢磨着，发现刚才的确是自己失手，如果仔细防备苏劫这一招的各种变化，绝对不会被五秒钟就打倒。他的格斗底子很厚实，可再强也是个人，在街头格斗中一个不慎，也有可能被混混用板砖拍倒。

　　"算了算了。"张曼曼摆摆手，"这种格斗太危险，不是你死就是我亡。如果你们要实战，可以跟我去美国，注册个赏金猎人，就可以光明正大地抓捕罪犯。那个时候，既能够赚钱，又可以实战，这才是真正磨炼的手段。朋友之间相互斗殴就算了吧。"

　　"赏金猎人，确定不是游戏么？"苏劫知道，很多游戏之中都有赏金猎人这个职业，但他倒是不知道现实中居然也有。

　　"美国早就有赏金猎人制度，在西进运动的时候，西部混乱，警察根本管不过来，警署就会发布赏金公告，让那些牛仔去抓捕。后来经过许多次法案的修改，终于完善了赏金猎人制度，官方叫做保释实施代理人。比如很多罪犯缴纳了巨额的保释金可以被暂时释放，但释放之后逃走了，警察人手有限，很难抓捕，于是就由赏金猎人动手。"张曼曼解释着，"当然，现代的赏金猎人多数是用枪，权力甚至比警察还要大，如果懂得功夫那就更好。"

　　乔斯这时候观察着张曼曼的右手食指关节处，眼睛锐利："你的手经常射击开枪，难道你是赏金猎人？"

　　"干过几次。"张曼曼点头，"这次回国学习武术，就是希望练就功夫之中野兽似的敏感，可以更容易察觉危险。"

"赏金猎人……"苏劫还在想张曼曼口中所说的这个职业，他觉得那是另外一个世界的事情。在美国，居然有这样一批人，扛着枪，类似于好莱坞大片中的硬汉，在城市里面各个阴暗角落，抓捕罪犯。

这种事情，这种世界，对于他一个从小读书的好学生来说，实在是难以想象，但也似乎有那么一些吸引力。当然，现阶段他可没有考虑去美国做什么赏金猎人，老老实实在国内学习为最好，要知道他现在可还没有成年呢。

"等下再擂台上较量。"乔斯拍拍苏劫的肩膀，"刚才大意，被你小子推了下，接下来就绝对不会发生这样的事情了。"

"没问题。"苏劫其实自己都不知道刚才是怎么把乔斯推倒的，要回去细细思考下，这次五秒钟的交手让他再次领悟了一些东西。

"我已经把视频录制下来了，加个联系方式，直接传给你们。"张曼曼穿着一身黑色的运动服，跑步鞋，马尾辫，干净清爽，身材高挑，有一米七五以上的个子，曲线流畅，是标准的健身型美女。但仔细看上去，就发现她的气质很彪悍，如果说一般健身型婀娜美女的身体就是肉，而张曼曼的体内，似乎是钢筋铁骨。

当然，这种感觉只有常年练习格斗的人才会看得出来。

苏劫现在横练功夫已经到了一定的程度，知道身体的强横程度全部来源于肌肉骨骼肌腱软组织，也就是所谓的"筋膜"的松弛和紧张，松弛和紧张就是弹性。人的弹性越强，身体就越是强横，也等于是古代"弓"的张力。

同时也是中国功夫所谓的"内力"。

一个人，意念一动，整个人软绵绵到达极限，如水如棉，然后下一个念头，全身各处坚硬如瓷器钢铁，那就是"内力"深厚的表现。这种人，动起手来，速度、敏捷、反应、爆发力都远远高于常人。

正是因为苏劫明白这个道理，经过了严格的横练，所以他才可以看出来一个练家子"内力"到底深厚不深厚。

毫无疑问，眼前的这个女同学张曼曼绝对是高手。

"你还做过赏金猎人，那可以交下手。"乔斯眼睛早就亮了，"要不去擂台再比试比试。"

"今天就算了，我还有点事情，恰好路过而已。"张曼曼拒绝了乔斯的邀请，然后看着苏劫，"你松紧程度比我还要好，我为了练习彻底放松和紧张的状态，足足站了三年桩功，你怎么短短一个月就能够有这样的功力？还有我很好奇，你是怎么能够忍受住盲叔的按摩？难道你是天生意志超级坚强的人，如同关公刮骨疗毒，眼睛都不眨一下的？"

第二十七章

电击刺激　特工酷刑可忍耐

"我也不知道，就是忍住了，不过盲叔的按摩的确可以快速地锻炼松紧程度，也就是增加人的功力。"苏劫对乔斯和张曼曼道，"你们可以忍住尝试下，对于训练有非常大的好处。"

"算了吧。"乔斯直摆手，"我尝试了不下五次，每次都坚持不到十秒钟，为此花费了我一万五。"

盲叔有个规定，即要想让他按摩，就要先给三千定金，如果能够忍住一套按摩手法，定金退还，以后还可以免费按摩。

可惜的是，到目前为止，尝试的人不少，可只有苏劫一个人通过了赌约，然后成为盲叔的试验品，从而获得了巨大好处。

"我也试过几次，但真的受不了。"张曼曼也摇摇头，"所以我对苏劫很有兴趣。盲叔是个奇人，能够获得他的青睐，功夫进展飞快，几乎等于小说中传授几年的功力。"

"真的有传授功力的事情？"乔斯几乎是跳起来，"神奇的中国，我来对了，是不是气功传导？"

"科学，乔斯，你要相信科学。"苏劫头都大了，"中国功夫的内力和格斗术一样，都是全身松弛和紧张的弹性爆发力，只是中国的许多训练方法，比较神秘，能够使得松弛紧张的上限提升很多，从而产生出来很多不可思议的发力，比如截拳道的寸拳，在很短的距离能够把人打飞，可这种拳法，只适用于表演，在实战中很少有机会施展出来。"

"的确，咏春的寸拳看起来很神奇，实际上在紧张交手之中，必须要千锤百炼，无数次的打斗之中，才可以偶然抓住机会施展，否则就算你学会了，遇到拳击手还是得挨打。"张曼曼看着苏劫的眼神，越来越惊讶，因为能够懂得这个武学道理的人少之又少，尤其是现在的苏劫只不过是个高中生而已。

百分之九十九的人，对功夫的理解还停留在小说之中，什么飞檐走壁、隔空打人、左脚尖点右脚尖上天这些违反物理规律的东西。

只有真正懂得功夫的人，才知道功夫是真正的科学，但是研究起来博大精深，越来越有意思。

"每个人都有自己的杀招，你最擅长的一招是什么？"乔斯问张曼曼。

"就是这个。"突然，张曼曼动了，整个人好像蛇似的窜出，手臂也如蛇，手指并拢，不是拳，而是手刀戳出。

只一下，就到了乔斯的面前，然后她的手指停留到了乔斯的眼睛上。

只要轻轻一送，乔斯的眼睛就被戳瞎了。

"咏春中的毒蛇出洞。"张曼曼道，"这是所有格斗比赛严禁的技术，但最适合攻击力不强、力量很弱的女孩子，只要准确性和速度就可以造成一击必杀的效果。"

"好快。"苏劫看着这一手，也是一钻一窜、一伏一起，手臂如蛇送出，杀伤力极大，专门针对眼睛，歹毒狠辣。如果自己在街头陡然遇到这招，恐怕就要被戳瞎。

他陷入了沉思。

"在刚才这一下，张曼曼的身法和锄镢头这一招类似，威力很大，速度够快。可一窜出去之后，没有了变化，直接杀人。如果被敌人躲闪或者格挡，自己就会暴露，不如锄镢头这一招，一打一抱头，永远可以循环，就算是打不中敌人，也可以从容应对，再度找其他的方法进攻，攻守兼备，一举一动，防守全身。不愧是古人在无数次战斗之中找到的最佳格斗杀招。当然，作为毒蛇出洞这招，速度更快，就是一击无回，哪怕是再强的人，冷不防也要被杀。女子练习之后，也许就可以做到快速战胜敌人……"

"走了。"乔斯拍拍苏劫肩膀，把他从思考中带回现实，"我们去看看擂台赛，今天据说有国家级的职业高手对战。"

"我先去找盲叔按摩。"苏劫问，"你要不要再去试试？"

"算了，那个滋味我不想再尝试了。"乔斯打了个冷战，"不管怎么说，你的忍耐力在我之上。明天再比。"

"明天古洋会教我们真正的东西，是关于实战的。我们的暑假学习班也要结束了，在最后几天有个和其他班比赛交流的过程，你们两人可不能缺席了。"张曼曼招呼一声，"古洋教练是有真功夫的，他前面教授套路也是学校的规定和谋生手段。"

"这个我知道，他居然教我们实战，那看看到底是怎么回事。"苏劫来了兴趣。

三人分开，苏劫再次来到了盲叔的按摩馆中。

这次盲叔似乎早早就在等待他的到来，一听到了他的声音，脸上露出笑容，这让苏劫有种不好的预感。

"我给你按摩和针灸了这么多天，刺激你的全身内外，使得你体能增长极其迅猛。今天我就给你来一些更加刺激的。"说话之间，他照样拿出来了一枚枚的银针，不过这次不同，银针还连接着一条条的线，这些线连接在一台机器上，那机器通了电。

"这是什么东西？"

苏劫吓了一大跳。

"这是通电疗法，经皮电刺激，又叫做神经肌肉电刺激。原理就是利用电流刺激使得肌肉各种组织剧烈收缩和释放，用电流采集运动神经元。这种技术，其实早在苏联训练特工的时候就开始使用了，李小龙也曾经尝试过。发展到现在，很多专业运动员也都在使用，不过电流大小、控制力度都各有不同。这套科学正在尝试，在二〇〇〇年的时候，有一项试验，就是有个科学实验室，给一个举重运动员电刺激了几周，然后他的力量居然增加了百分之四十。当然发展到现在，更加科学，甚至有微型电流刺激的衣服，很多明星演员穿上之后在健身房锻炼，事半功倍。当然，我的这个电流刺激比较厉害，常人难以忍受，但如果忍受过去，就对人的身体有巨大好处，这是美国秘密训练顶尖特工的方法加以改进的。"盲叔说的话让苏劫毛骨悚然。

因为在前面的按摩之中，他感受到了地狱般的痛苦。

本来，苏劫以为按摩就是最痛苦的事情了，可接下来的针灸让他觉得地狱之中还有地狱。

现在，盲叔居然要用电击来刺激他的肌肉，而且还是美国训练特工的方法。

国外特工最强的就是忍耐力，一旦被人抓住，严刑拷打，也不会泄露半点秘密。苏劫认为可以忍受一些痛苦，可和美国特工比起来，那就是小巫见大巫。

这肯定是难以忍受的痛苦。

"躺上去吧，把这杯酒喝了，调理下身体，让自己处于最佳状态，否则你很可能挺不过来。"盲叔示意，"这里有一把筷子，你咬住，免得突然遭遇刺激的时候，牙齿把舌头咬断。"

"我不尝试行不行？"苏劫越发觉得恐怖。

"你不试当然可以，我不能够强迫你。但你如果这次不试，很有可能错过一个天大的机会。而且你明天就不要来找我了，我会拒绝为你提供服务。"盲叔的语气变得生硬起来。

"没有了盲叔的按摩和针灸调理，我训练的速度绝对会缓慢很多。再说了，痛苦怕什么？盲叔本身是医学博士，又懂得人体结构，纵然是痛苦，但绝对不会对我的身体造成什么伤害。"苏劫心道，"还有半个月时间，我就要选择了，得多一点时间提升技术和身体素质。再说了，痛苦对于提升我的横练功夫很有效果，那就干了！"

想到这里，苏劫道："行，我就配合你做这次实验。"

"好小伙子，我看好你。"盲叔脸上出现了大喜的神色，"你放心，除了痛之外，不会对你有损伤，只要熬过去，你的身体素质和心理素质都会超过专业的运动员。这种痛苦都能够熬过来，你的神经元坚韧程度就是属于超凡，面对拳头的轰击，那是小孩子挠痒痒。而且，我还会为你提供足够的营养，你不是就要开学了么？还有半个月时间，足够可以使得你的体内运动神经元采集起来，把你的运动天赋提高很多倍。"

"好！"苏劫一口饮了那"内壮酒"，顿时又有了醉醺醺、舒舒服服的感觉。他知道这酒之中蕴含了很多营养物质，可以调理肠胃、清洁内脏、舒筋活络，是明伦武校校长的秘药，经过了现代科研团队酿造提炼出来的，十分珍贵。可惜他没有机会天天饮用，只是偶尔被盲叔灌上一杯。

然后，苏劫躺在床上，咬住一把筷子。

这时候，盲叔就把一根针刺入了他背后的"命门"。

命门穴是中医的说法，人体最重要的一个穴位，从名字就可以看得出来，命门命门，性命之门。

"命门在人的腰椎位置，对应的方位是人体前面的肚脐眼，主管整个脊椎中枢神经，除此之外，更主宰腰和膝盖乃至人的脚底板，是身体强壮的关键。所以内家拳法站桩，最为重要的一点就是命门后撑，意思是人的后腰必须用上劲，气血要到达这一处，才能够稳如泰山。"盲叔在测试着那仪器，有一台计算机，连接着这仪器，在不停地报声音。

第二十八章

肌肉活性　六合内外意如何

苏劫倒是知道，在欧得利训练他的时候，一开始就是让他把后腰对准肚脐眼的位置用上力，有弹性。如果自己体会不到，欧得利就会用掐按的手法，让自己感受疼痛了，用力去抵挡，久而久之，思维一动，力量就会集中到达后腰那一块，然后越来越强壮。

武术之中讲究腰为一身之主宰，所有的力量都来自腰。然而腰也是最为脆弱的，所有的武术都有针对腰部的训练，无论是抡大锤、滚轮胎还是举重，都是锻炼腰部。当然在锻炼过程之中，腰部也很容易受伤。

"注意了，调整精神，开始刺激。"盲叔调试好了机器，一按按钮。

咔嚓！

苏劫在刹那之间，就感觉到了全身的痛苦。这痛苦无法形容，比起千刀万剐、凌迟处死痛苦十倍，完完全全超过了女人生孩子。如果是神经稍微脆弱的人，在瞬息之间就会晕死过去，失去知觉。

幸亏嘴里含了筷子，否则苏劫这一下，真的会咬断舌头。

但是，嘴里的一把筷子直接被咬断。

"这是个橡胶垫，现在可以咬上。"盲叔给苏劫换了个橡胶垫。

这个时候，他发现苏劫的下半身尿湿了一片。

在刚才强烈的疼痛刺激之下，哪怕是苏劫都失禁了。

盲叔见怪不怪，麻利地让苏劫换衣洗澡，把按摩床换了下，再次进行刺激。

"刚才这一下，只是让你感受超级特工的日常训练。在各种酷刑之中，电刑是最残酷也是最不人道的，但如果用得好，也是可以刺激人身体增长的重要手段。在中国古老的哲学之中，《易经》里就讲，雷出山中，万物萌发。科学研究，最早的生命氨基酸，也是因为雷霆击中了海洋中的各种元素，在强大的电流之下，诞生了最原始的细胞。电流刺激是完全科学的现代训练，心脏起搏器也是电流的原理，可以刺激人的心肺功能复苏。"盲叔道，"你大小便失禁没有什么，一次次下来，神经就会适应。"

"再来。"苏劫真的不想来第二次，比起刚才的电流刺激来说，前面的按摩、针灸的痛苦都不算痛苦。

毕竟，他是第一次因为痛苦而小便失禁。

"这是世界最顶级特工的日常训练之一，那些王牌特工到底有多么厉害？"苏劫心中震撼，这个世界上，意志坚定的人简直变态和恐怖。

嗞嗞嗞……

第二次的电流刺激开始了。虽然苏劫早有准备，集中精神，全身紧张，催动了横练功夫，可当电流一来，还是彻底摧毁了他的精神，使得他的肌肉完全失控，什么紧张松弛完全都没用。

"我看新闻报道，说有什么戒网瘾中心，用电击来治疗网瘾，被电击过的网瘾学生一个个老老实实，不再上网玩游戏了，想不到我今天也享受到了这种刺激，果然不是人干的。"苏劫都开不了口，只能够在内心深处想一想。

还好，刺激一次过后，盲叔马上给他涂抹药物，然后让他服用了内壮酒。

"你还是受过了横练排打的，忍耐力比起普通人要强很多。你要想想，在旧社会，那些革命先烈，被日军抓住之后，也受过电击等各种酷刑，但宁死也不吐露半个字，人的精神意志是不可想象地坚强。再说了，我是通过测量你人体的承受能力，电脑运算出来的电流控制，可以使得你的锻炼效果到达最好。"盲叔道，"这套训练的人工智能系统，是我从国外带回来的，你可是第一个享受到的。电流刺激必须要极其谨慎，人是不可能随意控制大小的，只有人工智能才可以根据人的身体，进行最完善的刺激。"

"原来是这样。"苏劫突然想起来，欧得利作为世界顶尖的格斗教练，为什么输给了人工智能。这种电流刺激的控制，要针对人体的生命状态，做出最大程度的核算，增强能力，也就绝对不是人可以做到的。

"明伦武校已经开始了这种训练么？"苏劫问。

"那还没有，因为没有人愿意承受这种痛苦。但如果电流不到达人体极限，效果不是很明显。当然也是有效果的，可起不到突飞猛进的作用，连我的按摩都受不了，如何能够进行这种训练？"盲叔道，"你现在就可以催动你的横练功夫，我知道你受过专业的排打横练，可和现在的刺激来说，那种实在是太原始太落后了。我们练武之人也应该拥抱时代，这样才能够走在最前面。"

嗞嗞嗞……

细微的电流再次刺激了起来。

苏劫是一次次地死去活来，但一次次地用自己的意志神经来控制身体的肌肉骨骼来抵抗。

两个小时过去，苏劫汗都流光了，他觉得比起连续训练十天十夜都要劳累。

"今天的刺激就到这里，明天继续。"盲叔一句话让苏劫有种永远逃离这里的冲动。

拖着随时都会死掉的身躯到了卧室，苏劫还咬牙坚持记日记。

八月十五日，街斗居然赢了乔斯一次，但我觉得如果多比几场，恐怕还是输多赢少。张曼曼居然做过赏金猎人，神奇的世界，什么时候出国见见世面。今天遭遇特工训练的电流刺激，真是难以忍受，我不过是个高中生而已，好好读书就算了，为什么来吃这种苦？明天还是算了？不行，苏劫，这么多天的苦都过来了，你难道不能够忍受最后一关么？这电流刺激是最现代的训练方法，我的横练功夫长时间这样训练下去，感觉很有可能会达到一个常人难以想象的地步。为了从我的身上获得实验数据，盲叔还用那内壮酒支持我，更有很多营养品，我觉得还是要坚持下去，才有最大的收获。你如果现在退缩了，将来怎么做大事？怎么战胜那个人……

虽然很疲劳，可他还是详细记录了自己的心理变化和一天所经历的事情。

然后他爬上床，还是按照"大摊尸法"沉沉睡去。

这一觉睡得他完全失去了知觉。

早上凌晨三点醒来，他所有的疲劳全部没有了，似乎那电击还可以缓解他的疲劳，舒缓他的精神。

他用手机上网查了下，的确，国外很多专业运动员也会用电极按摩来缓解肌肉的乳酸堆积，缓解疲劳，从而达到快速提升的效果。

只是盲叔的电流刺激更为科学和掌握得更加精确一些。

饿！

非常地饿！

这是苏劫起来的第一个生理反应。

他知道，这可能是电流刺激使得他的肌肉紧张消耗了太多的能量。

好在床头有很多补充营养的东西，比如巧克力、能量棒。苏劫现在不缺钱，身上有十三万的"巨款"，都是通过小型擂台赛获得的。

如果不是最近这些天因为人数太多排不上的话，他赚的钱恐怕还要多。

吃了几块巧克力和能量棒，他才缓解了饥饿。然后上厕所洗漱喝水，他喝水都是烧热之后喝，为了保持内脏肠胃中的热量。

这是欧得利告诉他的小技巧。因为在运动过程中，体内的热量经过了运动从毛孔中排出，内部的热量就不够。如果这时候喝冷水，就会寒上加寒，久而久之，导致脾胃虚寒。如果喝热水，可以立刻弥补脏腑中的热量，使得体内体表温度保持平衡。

别小看这个细节，它是体能保持的关键。

呼吸吐纳，清空一晚上肺部的浊气，练习欧得利的关节操和各种柔韧性动作。苏劫只觉得自己身体轻盈了许多，有些难度大的动作以前还有些晦涩，现在则是流畅自如。

"不会吧，电流刺激效果这么大？"他自己都有些惊讶，这是明显进步。

他的思维稍微集中到达身体的哪个部位，哪个部位就鼓了起来，硬邦邦如铁。他的思维离开了那个部位，那个部位立刻松软下去，完全空荡荡的没有力量，一按好像棉花。

"这是横练功夫再次略有小成？"苏劫喜滋滋地练习着各种动作，甚至连俯卧撑都可以多做几组了。

"不错，气与力合，意与气合。都做到了，任何拳法只要打出来了六合劲，就是内家拳，没有六合劲，就是外家拳。所谓内家外家，其实是境界的区分，外家的意思就是门外汉，内家的意思是登堂入室了。哪怕是散打，你一动打出来了六合劲，就是内家，如果没有，就是外家。"

凌晨五点，苏劫练习的过程之中，正好碰到古洋也出来锻炼。

"我知道，中国功夫最讲究的就是六合，外三合是手足合、肘膝合、肩胯合。这三点其实很简单，很好理解。唯独内三合，心意合、意气合、气力合，这三样究竟是什么东西？教练你能够给我讲解一下么？"苏劫立刻询问。

因为时间关系，他从欧得利那边获得的知识太少了，现在抓紧机会多学习一会儿，到了他这个地步，实际上已经完成了基础的体能动作塑形训练，接下来要自己领悟，就要吸收大量的理论知识。

古拳谱，一些武功理论，对他的效果就很大了。

相反，如果是普通人，就算得到了古拳谱，也就是小说中的武功秘籍，根本不知道是什么，给一百本也没有什么效果。

第二十九章

心意为何　天才本来就如此

古洋深深地盯着苏劫看了一会儿。这些天他教授套路课，苏劫并没有来学习，而是一个人苦苦训练，参加比赛，他也知道，他并没有干涉，因为这是正确的，贪多嚼不烂。

可对于那些外国人来说，不得不这样，因为他们学习了之后，要回国表演，展现自己的身手。

功夫要有成必须千锤百炼，并不是一朝一夕可以成功的。

哪怕是现在的苏劫，实际上也算不上是高手，只是个出色的学生而已。

不过，古洋很乐意给苏劫讲解更多的知识。

"内三合的确很难理解，哪怕是练习传统武功一辈子的老拳师，也不知道内三合究竟是什么。在古代，这是一种只可以意会，不可以言传的东西，但现代科学为我们指导了方法。"古洋道，"所以，功夫必须要科学化。"

苏劫听着不发表言论，只吸收知识。

"心、意、气、力，要搞清楚这四样东西。"古洋似乎也在思考怎么解释，停顿了一会儿，"心与意合的大概意思，心，就是整体思维，比如我现在心里产生了一个攻击你的想法，这个想法，就是意。意诞生的地方，就是心。不知道你这样能否理解？"

"心就是一缸没有杂质的清水。"苏劫立刻回答，"但时间久了，这清水里面会诞生出来许多微生物，甚至是小虫、蚊子，这些诞生的东西，就是意，也就是念头。"

"我×！"古洋成熟稳重，不苟言笑，但现在仍旧是骂了一句粗话表示自己的震惊，"天才，你就是天才！"

"哪里哪里，我不算。"苏劫被古洋说得脸都红了。

"心与意合的意思是，你现在有了攻击我的念头，就立刻要排除掉其他的念头。"古洋道，"普通人产生了打人的念头，但心中立刻就会有其他的杂念，比如会犹豫，我到底要不要动手？我这一动手了，万一把他打伤，会承担什么后果？我到底是打还是不打？这些念头一多起来，人就犹豫，动作就慢了。武术最怕的就是犹豫，宁在一思进，莫在一思停，就是这个道理。"

"宁在一思进，莫在一思停。"苏劫看过一部武术的电影，里面也有这样的台词，他道，"简而言之，就是动手不要犹豫，该出手时就出手，这就是心与意合。"

"不错。"古洋赞叹，"别小看了这一点，此乃克敌制胜的关键——决断和魄力。玄武门之变，李世民如果犹豫了，历史就要改变。"

"那意与气合呢？"苏劫再问。

"产生了动手的念头，立刻动手，但动手要有一个过程。比如你用锄镢头这招攻击我，你要先蹲身，抬头钻扑，首先你的念头在脚底发力，腰拧转。这个攻击的念头，在刹那之间以最快的速度传导全身，完成每一个动作标准化，就是意与气合。所谓气，就是传导神经控制骨骼肌肉肌腱组织的松弛紧张，所产生的爆发力。"

古洋用科学的解释来说着古老的中国功夫。

"气与力合？"苏劫完全听懂了。

"那就是你所练习的大锤砸玻璃上苍蝇的功夫了，也就是随心所欲，力就是做功的大小。"古洋道，"人能够做到气与力合之后，就可以控制自己的力量，打人推人随意，不会重伤别人，但又让人感觉到你的厉害。"

"轻重自如，收发由心。"苏劫点头，他已经全部弄明白了武术之中的心、意、气、力究竟是什么。

"走吧，去吃早饭。"古洋道，"我今天教的是散手，搏斗很有用处，你可以来学习，对于你的格斗术、体能都有提高。功夫不是一个人练的，是很多人一起交流，没有交流，就没有功夫。世界上，没有哪种功夫是一个人躲在深山老林中可以练成的。"

学校的食堂很早就开门了，而且食物一如既往地很丰盛。有档次很低的，例如包子、稀饭、馒头、油条，但一些高档次的就不同了，甚至还有燕窝粥、养生套餐。

苏劫现在并不缺钱，直接叫了个五五八的营养壮体套餐，同时他给古洋也叫了一份。

一顿早餐，吃下来就要了上千块，简直是坑人。可苏劫觉得很值，明伦武校的食物都是真正的大厨带团队制作，尽管价格比周围的武校高出一大截，可来吃的人还是络绎不绝。论口味和卖相，绝对不亚于五星级酒店，甚至一些营养炖煮的养生菜系还有神奇的滋补功效。

"看来你打比赛赚了不少钱。"古洋悠然自得地享受学生请客，并没有推辞，"训练就是烧钱，几十万、几百万，甚至几千万地烧，国际顶尖的拳王，每年要在自己身体的训练和调理上花费数百万，甚至上千万美元。"

"不好意思教练，我先吃饭。"苏劫一直严格遵守食不言、专心享受、心无旁骛的规矩，他也渐渐获得了好处，肠胃消化能力极强。

古洋就这么看着他慢条斯理地吃着早餐，全身心投入，似乎进入了某种状态。

这一顿，苏劫吃得很多，除了把一大碗滋补的粥和药膳面条还有滋补套餐吃得干干净净之外，还吃了十个煮鸡蛋、许多水果。

苏劫就这么不停地吃，细细咀嚼，吃完之后，还按摩肚子，吞咽口水，有一整套的流程，和军队里面规矩一样严格，不肯有半点越轨。

古洋越看越心惊。

"严格自律，到吃饭都有一套规矩，这种人不说是学生，哪怕是成年人都极其罕见，这就是作为一个成功人物的潜质。虽然说这样的人不一定能够成功，可成功概率比普通人大太多了，尤其对武术搏击这一行来说，这是最难能可贵的。"

哪怕是苛刻的古洋，心中也激起了波澜。

从一开始，他并没有注意苏劫，因为这个学生没有任何武术根底。

但随着七天时间的挖土翻地，能够吃苦耐劳，而且有心思，可以看出来这劳动中蕴含的武学道理，这就是聪明和勤奋，是好学生的品质了。

当然，这还是不算什么。

好学生哪个学校都有，勤奋和聪明的人也很多。

可是，苏劫在后来，实力突飞猛进，得到了神秘人物的训练，这就不是好学生可以比拟得了的，因为这是运气、机遇。

别小看机遇，这是成功最重要的因素。

运气也是实力的一部分。

历史上很多人物，无比聪明，无比勤奋，很有实力，可郁郁不得志，就是因为没有那一丝的运气。

"一命二运三风水，四积功德五读书。"古洋叹口气，"聪明，勤奋，又有运气，更有严格的执行力和自律，这样的人不可能会不成功，在任何领域都会有巨大成就。"

"教练，你说什么？"苏劫停止了按摩肚子和吞咽唾液，感觉十分舒服，五脏六腑都暖洋洋的，心满意足，精力充沛。

"没有什么。"古洋站起来，"该去上课了。"

两人走到操场上，此时正是六点半，晨光出现，照得整个学校一片金黄。

学校操场极大，这时到处是热火朝天的训练。因为许多正规的武校生都陆陆续续返校开始训练，吼声如雷，一改上个月的冷冷清清。

晨练极其重要，所以武校学生都不放过这个机会。

"你是不是得罪了周春教练？"归队的时候，古洋突然问了一句。

"周春教练？"苏劫想起来了，是那次因为自己和聂霜打赌输掉了一坛酒的人，"怎么了？事情是这样的……"

他把那次发生的事情告诉了古洋，心中已经极度警惕。

"你让他输了一坛内壮酒？"古洋听后，眼睛都瞪了起来，"你知不知道那酒多贵，这下你得罪他太大。此人心胸狭窄，而且极其阴险，在这个地区势力也很大，你要小心点。还有一个事情，他如果找你茬，借机让你签什么俱乐部合约，你千万不要签。"

"俱乐部合约？"苏劫点点头，"我知道了。"

聂霜、盲叔等人都对自己表示过，如果加入学校的职业队伍，打职业格斗赛，可以提供最丰厚的训练条件和奖金工资，但他已经确定了，不想打职业，还是考大学，学知识，最后做人体生命科学方面的研究。

因为他知道，提升人体素质，追求功夫最高境界，并不是苦练和比赛可以获得的，只有通过科学，才能够彻底进行蜕变。

苏劫和欧得利的思维不同，欧得利作为世界最顶尖的格斗教练，他所拥有的核心技术被人工智能超过之后，他遍世界寻找"超自然"的力量，企图证明自己，超过人工智能的训练和对人体的认识。

但苏劫不这么认为，他从小的教育就是科学发展观，积极拥抱科学，任何事情都要以科学的态度和眼光来看待。

所以，他对人工智能并没有抵触，而是觉得好奇，想去学习，积极拥抱。

实际上，盲叔的那台电流刺激身体的机器，操纵电流大小的系统，就是人工智能。不过真正的核心原理，他倒是不清楚，以后想要好好学习。他还想回去询问姐姐。

苏劫的姐姐就是专门研究人工智能的。

第三十章
长猿探臂　一招一式为散手

　　"也不知道那家伙还有没有骚扰我姐姐。"苏劫从打职业赛想到了欧得利，想到人工智能研究，再想到了姐姐苏沐晨，又想到了那个骚扰自己姐姐的公子哥。就是因为这个人，苏劫才来学武，有的时候，没有个体力量还真不行。

　　"你们训练了这么多天，我教你们挖土、挑担，都是基本功。然后教你们各种套路武术，也许有很多人心中认为这些都是花架子，不能实战，只好看。"古洋这时候开始训话了，"说实在的，你们都是暑假短期培训班的成员，这两个月的时间，根本学不到什么功夫。功夫要想成就，少则三五年，中则十年八年，多则二三十年，乃至于一辈子。我这两个月时间，只能够教你们一个正确的训练方法，不至于让你们误入歧途，白白浪费光阴。按照学校的安排，最后半个月，教授你们套路的实战用法，也就是散手搏击。"

　　"散手？是不是散打，我学习过。"身材壮实的黑人布恩脸上出现了失望的神色，"散打也就那么几个动作，拳法直摆勾，腿法蹬踹鞭，然后组合起来自由发挥，这还不如泰拳有肘膝。"

　　"散手不是散打。"古洋道，"散手是传统武术中的许多动作，一招制敌，或者连环进攻，什么招式都可以用。布恩，你过来。"

　　布恩上次被古洋一招击倒，已经有了很大畏惧，在班上他虽然是"刺儿头"，可面对古洋的命令还是不敢违背。

　　"你是学习过泰拳吧，朝我进攻。"古洋命令，"随便你用什么方法，肘、膝、踢、摔，都可以。"

"那我就来了。"布恩天生不懂得客气，他是彻彻底底的实用主义者，甚至比乔斯更直接。

摆出来了进攻的格斗架势，布恩两个晃动，似乎要左右进攻，这是拳击里面迷惑性的动作，然后双腿陡然一个交换，腿已经扫了出来。

"这速度不错。"苏劫看着心中一惊，这是擂台常用动作。他现在已经不是菜鸟，而是经过了数十场比赛的"老鸟"，他甚至还遇到过职业高手，固然不是对手，可如果采取耍赖的"消极比赛"手段，满场乱跑，对方也无法把他 KO。

刚才布恩这两个摇晃，双腿交换一扫，已经有省一级职业队的水平。

这个时候，只见古洋在对方摇晃的时候，就似乎已经预料到了他会出腿，身躯横移一钻，如一条蜿蜒划水的大蟒蛇，就到了布恩的技术死角，突然手臂探了出去。

啪！

这手臂探出去的刹那，苏劫似乎看到了一头长臂猿猴在摘取果子，又如鞭子一抽即收，发出清脆响声。

布恩的腋下就被抽了下，立刻倒地，浑身抽搐，口吐白沫，就像毒瘾发作了。

"被抽中了穴位。"苏劫心中再次思考，"这手法，似乎和上次跟我对战的彭海东的拳法类似，是通臂拳，发拳很长，打得远，一沾就收，又冷又脆，如同通臂猿猴。据说在传统武术之中是最古老、极其强大的一门拳法，上次彭海东的威力不够，打在我身上虽然很疼，可破不了我的防。这古洋教练的通臂功夫就厉害了，一甩之间，就如鞭子末端，打中身体就会渗透进入，而且他认穴奇准，走位厉害。"

在苏劫思考的刹那，古洋走了上去，在布恩的身上按摩了几下，这才使得他回过神来。

"这就是中国功夫？"布恩回过神来之后，眼神中全是惊喜，"教练，你今天教我们这个？"

"不错。这就是武术中的散手，今天教你们的一招叫做'长猿探臂'。以后我每天教你们一招散手，勤加练习，以后就可以克敌制胜。"古洋道，"来，跟我学。首先，面对敌人的攻击，你好像蛇一样走之字，然后突然窜出，手臂前探，借身体窜的力量，一送一收。"

这时候，古洋开始慢动作教授大家这一招"长猿探臂"。

"这一招可并没有这么简单，首先第一点要找对方的格斗死角，这是千锤百炼、身经百战才能够锻炼出来的意识，然后窜的那一下，是通臂拳之中的冷脆劲，这没有三五年的苦练，根本发不出来。别看古洋打的这下干净、利落、潇洒，实际上不知道蕴含多少学问。"在慢慢练习这招动作的过程中，张曼曼靠近苏劫道。

"对的。"苏劫练习锄镢头这一招已经炉火纯青，眼光也高了，自然看得出来。"长猿探臂"这一招蕴含了闪、移、飘、拧、转、钻、弹、甩等许多劲力，简单的一个身法，实际上学问非常之多，用了身上很多肌肉群骨骼同时做功。

如果光是把这一招动作熟练了，出去和人搏斗，怕是很容易被打得怀疑人生。

一般学生不懂得这个道理，看见教练打出来好厉害，就以为真的可以运用在实战中了。

看见这些学员都在兴致勃勃地学习，苏劫摇摇头，知道都没有掌握诀窍，不知道其中的厉害，可这对于他来说，却是学习的好机会。

因为他看得懂这一招的核心是什么。

当然，如果不是他把锄镢头练习得深入了灵魂中，知道各种劲怎么走，肌肉群怎么做功，他也根本看不出来这一招的门道。

现在，他只要看古洋施展一遍，然后慢动作自己琢磨几次，就可以像模像样。

这个时候，他也彻底明白了，为什么"锄镢头"这招是万拳之母。精通了这招之后，基本上天下的武功都可以信手拈来。

"武功招式虽然多，但核心离不开肌肉群和神经元的共同做功，人的身体结构很简单，四肢躯干，万变不离其宗。"苏劫大约花费了一个小时的练习就彻底熟悉这招的发力技巧，其实就是起伏钻松爆拉等发力技巧一气呵成。

对于"内功"的核心，全身紧张和放松的横练功夫，苏劫已经登堂入室，这才是爆发的根源。

啪！

他逐渐掌握了核心技巧之后，稍微一用力，手臂探出收回的刹那，居然发出来了轻微的脆响。

"果然是天才。"古洋发现了这个细节，"很快就掌握了通臂拳发劲的秘密。其实传统武术看起来神乎其神，很难掌握，但如果真正顿悟，几天就可以学会，剩下的就是苦练。可这领悟是许多人都无法企及的东西，就如禅宗一样，有的人一辈子都浑浑噩噩，有的人则是被一句话当头棒喝，然后云雾散开，立地成佛。"

苏劫发出脆响的这个小细节只有两个人注意到，一个是古洋，还有一个就是张曼曼。

"苏劫，我们对练吧。"张曼曼道，"你用这招来攻击我，然后我来攻击你。这样相互喂招进步才快。"

"这个可以。"苏劫知道张曼曼曾经做过赏金猎人之后，就对这个女生没有半点小看，也许可以从她的身上获得很多经验。

两人结成对子训练起来，你来我往。

苏劫发现张曼曼速度很快，而且抢点的经验丰富，反应敏捷。唯一不足的是力量，这也是女人相对于男人的天生弱势，很难弥补。

所以女子格斗术都是以最快的速度击打要害部位。

不知道怎么，苏劫觉得自己每过一天，技术和经验就会更进一步，有许多新东西发现，对于武术的感悟更加深刻。

"如果我和张曼曼进行搏斗，在擂台上，我有九成的把握把她击败。但如果在现实中，她恐怕也有机会杀死我。"苏劫得出来了这个结论，他现在养成了个习惯，看人的第一眼，就会分析这个人的战斗力到底如何，然后在瞬息之间，制定下来针对弱点的策略。

这是欧得利传授他的一些小技巧，很有用处，使得他在擂台上连连获胜，赚了不少钱。

而随着获胜的次数变多，他的级数和自信心也都提高了很多，越来越难输。

有时候，苏劫回头想想，才一个半月，自己的进步居然就这么大，简直就是奇迹。可再仔细地思考，发现这成功不是偶然，每天死去活来的训练，常人难以忍受。

不说别的，就单单是盲叔的按摩，很多人都难以忍受。那职业教练周春，就根本忍受不了这种地狱式的痛苦，更别说后来的针灸，甚至是美国顶级特工的电流刺激。

突然，在练习的过程中，张曼曼身法一变，用上了别的招数。她的变化极快，整个人好像蛇，扭动了两下，绕到了苏劫的另一侧方位，然后猛地一拳打出。

偷拳。

临时变招。

唰！

苏劫汗毛都竖立起来了，本能地钻、闪、抱头、扑挖。

"锄镢头"这一招已经渗透进入了他的骨髓和灵魂之中，无论遭遇到什么攻击，他都是这个动作起手。而且已经练习到了大脑深处不用想象，完全就是肌肉的自然记忆。

虽然他现在学习了"长猿探臂"这招，但实际上他只不过是借鉴而已，把其中的一些发劲技巧运用到锄镢头这招之中。

本来，这招"锄镢头"打得很短，贴身猛扑，凶猛是凶猛，可也不是没有缺陷。但现在苏劫学会了"长猿探臂"这招通臂拳的劲，在一扑之间，手臂猛地探了出去，随着扑的势头，抓到了张曼曼的脸上。

此时此刻，苏劫就好像老虎的身上多出来了两只翅膀，又多出来了一条大象鼻子，打得远。

苏劫把"长猿探臂"这招完美地融入了"锄镢头"之中。

啪！

就在苏劫手要抓到张曼曼脸上的时候，被古洋直接打开了。

而这个时候，张曼曼的"撩阴腿"也差不多到了苏劫的档部，这也是个杀招，如果不是古洋阻止，怕有可能两败俱伤。

"不能这么玩。"古洋训斥了起来，"你们的本能都有很大杀伤力，这样玩很容易出事。"

"厉害。"张曼曼对苏劫竖了个大拇指，她算是彻底试出来苏劫的功夫，果然是天才式的少年。

"锄镢头这招的核心就是抬手一扑，在扑出之时，你可以用通臂劲，也可以用短劲，更可以用别的劲。接下来，我会教很多招式，有各门各派的杀招，你如果全部能够融入这招中，以后基本上看什么都可以学会，对于武学就是一通百通了。"古洋再次道。

苏劫其实在刚才都不是有意出手，但居然就在张曼曼的刺激下，把"长猿探臂"的通臂劲融入了"锄镢头"中，现在想来，还要感谢她，使得自己武功再次进步了一些。

第三十一章
核心如一　万般招式为无招

"你的'撩阴腿'比较狠辣。"看见古洋去指导别人，苏劫回想起刚才的那一幕，觉得下身有些微微发冷，"你的招数怎么都是踢裆插眼？"

张曼曼脸色微微一红："我们女孩子力量弱小，只能够快速击打要害部位。"

苏劫正要说什么，校门口突然出现一阵骚动。只见许多豪华车驶入，组成了个车队，然后许多人扛着摄像机跟着中间一辆车，还有很多保安在维持秩序，似乎是某个大人物驾临。

很多本来训练的学生也围了过去，整个操场上全部是轰动的声音。

"谁？哪个领导？"苏劫急忙问。

"是刘子豪。"张曼曼道，"那个国际动作巨星。"

"刘子豪？"苏劫也知道这个人，家喻户晓，现在国际最有名的动作巨星，很多优秀的电影大片都是他为主角。他的动作戏干净利落，而且可以进行很多高难度的动作，从来不用替身，加上帅气的面孔、流线型的完美身材，只要是他参演的电影，都会万人空巷。

明伦武校的校长叫刘光烈，是个传奇人物。本身是老中医，但精通各种武学，更擅长商业运作，在短短几十年之间，把明伦武校经营成了全国最大的武校，还有许多医药集团、保健品集团。他有好几个儿子女儿，其中最有名的就是刘子豪，也是从小学武，然后进入了演艺圈，才十二三岁就因为一部功夫片走红，随后是拍一部火一部，很快就成了大明星。

这还不算，刘子豪在拍戏期间，还打职业比赛，在很多场国际自由搏击大赛中拿了冠军，甚至击败了几个赫赫有名的世界冠军，这为他增添了更多名气。

除此之外，此人还是个商业天才，自己组建了影视公司、投资公司，赚得盆满钵满，俨然是商界巨头。

如果现实是一本小说的话，刘子豪就是小说中的霸道总裁主角。

"他在筹备拍摄一部大型功夫片，取景地就是自己的明伦武校。"乔斯这时候走了上来，眼神之中也充满了崇拜，就好像是朝圣，"我昨天看了校内网站，里面有招聘群众演员，我得去一下，如果能够成功应聘，和刘子豪配戏，那就太棒了！"

苏劫也看过刘子豪的动作大片，这个人身手的确矫健，演技也好，演硬派角色的时候凶猛冷酷如野兽，演暖派角色则是含情脉脉、柔情似水，有很大一批女粉丝。

"好了，刘子豪来到这里，剧组挑选群众演员，你们都可以去报名参加。"古洋拍拍手，"如果能够被选上也是个好事。"

顿时，学习班的成员都轰然离开，作鸟兽散。

"苏劫，你去不去？"张曼曼和乔斯问。

"我不去凑这个热闹。"苏劫摇摇头，其实他对于这个并不是很感冒，他还是想趁着开学之前多学些东西。古洋教授他的招式很有用处，让他更多地了解传统武术，增加了格斗技巧，同时他对于"锄镢头"这招的感悟更加深刻。

"要不我们俩再次练习吧。"苏劫对张曼曼道。

"算了，我要去看看。"张曼曼摆摆手，"家里有生意和刘子豪谈，在这里如果能够和他搭上线，可以解决不少事情。"

"那我一个人练习。"苏劫点头，他每天都有自己的训练计划。

等这些人都走了，古洋笑着："你倒是个不想凑热闹的人，我看'长猿探臂'这一招你已经吃透了，还想不想学别的招式？"

"你肯教我？不是一天只学一招么？"苏劫有些惊喜。

"那是针对别的学员来说，你不同。既然学得快，那就无所谓了，所谓贪多嚼不烂，说的是那些没有吃透之后，就好高骛远，去学习其他东西的人。你现在已经把锄镢头这招融入了骨子里面，以后学习的招式越多，融入这招中，变化就越多。"古洋饶有兴趣地问，"你现在明白锄镢头这招的根本是什么了么？"

"这一招的根本不是钻，也不是抬手，更不是扑、落、翻、打这些劲，其实更为内在的训练是突然惊起爆发的那一下，把这突然受惊爆发的刹那掌握，用什么招式都可以。所有动物或者人，受惊的那一刹那，都会有惊人的反应。我们训练的核心就是把这种反应强化，再强化。"苏劫说出来了自己的看法。

"你已经达到了去其形、得其意的地步。"古洋叹口气，"不错，锄镢头这招的真谛就是锻炼。无论是人还是动物，在平时休闲的情况下，精神状态是轻松的，突然受惊，精神状态极其紧张，爆发力非常惊人，但身体往往承受不住这股爆发力，会受伤，甚至会心力交瘁。我们通过训练，把这爆发力常态化，使得身体可以承受，而且慢慢培养，威力更大更强，如果把这爆发力和身体素质都提高，常态化了，那招式就不是很重要，我从来没有看见过像你这样的天才。"

"教练，我不是天才。"苏劫有些无语，"其实我觉得练武功比起学习容易多了，让我说单单一门数学，就比功夫难学多了，还有物理、化学、生物等课程，比起功夫精深得多。"

"这个……"听见苏劫这么说，古洋有些无语。

想想也的确是，数学、物理、化学、生物等自然科学，每一门都博大精深，是人类文明的奠基石，人类可以不学习功夫，但不能不学习这些科学。

哪怕是一生都浸淫在武术中的古洋，都觉得功夫根本不可能比数理化任何一门学问高明。

"我本来准备了十八招，是综合了各门各派武功的代表，你既然学得快，我今天都教给你。"古洋道，"长猿探臂是第一招，接下来是洪拳中的虎啸鹤鸣，弹腿中的鸳鸯连环，鹰爪中的分筋错骨，少林拳中的连环炮手，八卦掌中的小鬼推磨，空手道中的刚柔横斩，柔道中的舍身技……"

"等等，怎么还有空手道、柔道？"苏劫问。

"全世界所有的格斗术、武术，都有自己最核心的一个招牌。"古洋道，"它们各自都有独立的发劲技巧和核心思想。比如泰拳，其实最精华的就是一个扫踢。我还有拳击的摇闪组合练习。好了，多余的我就不再介绍，你自己学会动作后琢磨，然后去网上查找。当然网上很多信息鱼龙混杂，容易误入歧途，但我们学校的官方网站有视频、有教学、有解释来历，还是很正规的。"

苏劫点点头，他以前什么武功秘籍都看不懂，现在上网看一些视频，或者是一些经典的老拳谱，简直是字字珠玑，领会深刻。此外，看一些世界冠军的训练和比赛视频，也能心领神会，可以获得身体力行的知识。

武术很简单。

苏劫心中早就这样想，起码比学习要简单，只是要撑过最初的痛苦期和迷茫期。

就这样，跟着古洋学习了几个小时，在午饭之前，他已经把十八个招式全部学会了。招式都很简单，但其中蕴含了各门各派深刻技巧，不是一时半会儿可以理解的。

苏劫觉得要好好想想，怎么才能够全部融入"锄镢头"这一招之中。

中午吃完午饭，苏劫等消化完毕，去自己的宿舍定闹钟，午睡一个小时。同样用的是"大摊尸法"，然后就开始了力量体能的训练。

这一套训练方法，还是欧得利的指导，先进行什么训练，再进行哪部位的肢体，都有严格的规矩，不能够有错误。

等锻炼得差不多之后，他就开始了在外面用大铁锄头锄地，然后回去用大锤砸玻璃上的苍蝇。

等浑身练得筋疲力尽，他才进行休息，时间也到了晚上。吃过晚饭，再进行实战练习。

今天他居然在小型擂台赛上排到了位置。

因为刘子豪在学校里面布置剧组，招群众演员，很多学生都去观看了。

这让苏劫很舒服，一连胜利了十场，最后遭遇了个省级的职业散打运动员才败下阵来。不过他并没有被击倒，还是因为分数和消极比赛被判负。

苏劫在打斗之中，精明得像鬼一样，发现实力很强的，立刻就满场跑，消极比赛，让对方火冒三丈，却又奈何不得。

他发现了一个诀窍，凡是比赛，有很多规则的漏洞可以钻，往往可以赢得喘息之机。不像是在街头斗殴，没有规则，无所不用其极。所以比赛只要善于利用规则，其实获胜还是比较简单的。

"这个学员居然连胜了十场？是专业的吗？"

小型擂台赛还是有不少人观看的，其中就有一些大佬。

苏劫的出色表现立刻引起了别人的注意。

"他是个临时的。"很快，苏劫的资料就落到了有心人的手上。

而比赛完的苏劫看见自己账户上又多出来了两万块钱，心中还是轻松加愉快。这样一来，自己的大学学费、生活费都解决了。

第三十二章
千年革新　科技人力谁为雄

"挣钱真是容易，我以前看那些新闻，什么网络主播，一个月可以挣几十万甚至上百万，以为是吹牛的。现在我也差不多一个月时间，前前后后挣了十五万，简直不敢相信。"苏劫打完比赛就去找盲叔。

其实，想想那电流刺激，他就想离开这里，可他的性格天生就很坚韧，迎难而上，逆流争先，还是硬着头皮，咬紧牙关，到了盲叔这里。

"我以为你今天不会再来了。"盲叔看见苏劫，"好小子，你的意志力可真是坚强。"

"来吧。"苏劫好像是奔赴刑场，这一刻，他真的体会到了解放前那些被捕地下党员受刑的时刻。

还是老规矩，一按摩，二针灸，然后服用营养品，开始电流刺激。

这次电流刺激，苏劫依旧感觉到疼痛万分，根本不能够忍受，在疼痛到达极限的时候，他甚至以为自己已经脑死亡了。

好在服用的"内壮酒"似乎有镇痛的功能，苏劫最终没有彻底昏迷，而是开始用横练功夫放松紧张，借助电流刺激锻炼松弛和紧张的"内功"。

这次，他渐渐体会到了电流刺激的好处。

电流刺激比起人的排打来说，更容易刺激到更深处，甚至是深入骨髓，调动每一根神经元和肌肉。

一场十八层地狱的折磨结束了，这次苏劫居然没有大小便失禁，可见身体素质提升了许多。

盲叔比他还兴奋，不停地记录着各种数据。

刺激完毕之后，苏劫躺了半个小时，爬起来之后，发现浑身轻松，一天的疲劳全部消除了。

"简直不敢相信，你的肌肉纤维一天之间，居然变得如此有韧性。"最后，数据对比出来了，盲叔连连惊叹，"你明天一定要来，我可以明确地告诉你，经过了电流刺激之后，不仅对你的身体没有任何损伤，甚至还可以使得你的身体素质大幅度提升。有一些身体根本锻炼不到的筋膜肌腱，也可以通过电流来刺激增长。"

人的运动有盲点。

也就是说，无论做什么动作，身体内外的有些部位是锻炼不到的。在古代，人是用冥想来集中"气血"循环，企图锻炼到这些部位。但效果微乎其微。

而现在，掌握了精准电流刺激之后，身体每个"运动盲点"都可以锻炼到。这应该是最先进、最科学的锻炼方法之一。难怪美国用来训练最顶尖的特工。

过后，苏劫回到了自己宿舍准备睡觉。乔斯还没有回来，似乎是追自己"偶像"刘子豪去了。

"噫，我的快递到了？"他发现在门口的收件箱中居然有自己的快递，连忙取出来，拆开之后，是个类似于电子手表的东西。

设置好之后，他直接洗漱睡觉。

他最近睡觉只要闭上眼睛，稍微催动"大摊尸法"进行一次拉伸，就能够完全进入深层次的睡眠。如果这个时候有人在旁边，就会发现他大字躺在床上，呼吸"细""匀""长"，每次吸气的时候，他的身体就向四面撑开，就如一个充气的人，开始是瘪的，一充气进去就丰满了。随后，他呼气的时候，全身就会干瘪下去，整个人松软如棉花。

这样自然呼吸之间，身躯就得到了最好的锻炼和舒展，频率节奏极其完美。

其实，这"大摊尸法"不属于功夫，也不属于武术，而是藏密、瑜伽，一种深层次的修炼方法，其中蕴含了精神和肉体，还有世界观、人生观的锻炼，包含了对世界的探索和领悟。

简单来说，就是心灵洗礼。

用科学的手段来说，就是心理素质锻炼。

欧得利多次进入藏区、印度等修行的发源地，在世界各地寻找"超自然"的力量，他认为超自然力量来自心灵，于是到处找锻炼之法，然后通过自己的修行来进行试验，然后也拿人做试验。

苏劫就是他的试验品之一。

当然，"大摊尸法"在欧得利多次试验之中，觉得效果最好，也最容易，但真正要掌握精髓很难。

像苏劫这样第一次就进入状态的，几乎是世所罕见。正因如此，欧得利才用心训练，发现了这个宝贝。

古洋也是如此，聂霜、盲叔都是这样。

可苏劫自己觉得很正常，因为读书学习比这个难多了。

就在苏劫完全进入深度睡眠之时，同样在明伦武校一间秘密的训练室中，英俊高大、身材完美、没有丝毫赘肉的刘子豪正在训练。他如同钢筋铁骨，稍微呼吸整个肌肉弹抖，居然能够发出嘭嘭之声。

砰砰砰……

他疯狂地打着沙袋，那足足有一千斤的沙袋被他打得好像是纸片，飘来荡去。

他的臂展极长，每次出拳，都几乎看不见影子，而且有一股渗透劲。

吧嗒！

突然之间，这沙袋被他一脚踢出，直接爆开，里面的填充物全部掉落下来。

训练结束。

一个机械的声音响彻起来，在训练室的里面有个大屏幕，上面出现一个人脸，这个人脸是个女人，不过是虚拟的人工智能训练系统。

刘子豪站到了一台机器上，上面立刻就开始测量他的数据，心跳、脉搏、肌肉、骨骼……许多数据结合在一起。

运算了几十分钟，上面就出现了很多的建议。

"今天还可以补充营养，建议的菜品和营养品如下……"在屏幕上显现出来了一整套的营养餐，随后，又显现出来了身体上需要的按摩，

"斜方肌、比目鱼肌、肱二头肌……乳酸堆积，需要进行按摩，冰敷和热敷交替，涂抹如下药物……"

一整套的方案被研究出来。

"如何？"这个时候，在训练场地中走进来一个女子，正是聂霜，"你去了美国的训练营，觉得如何？"

"我们学校的这套训练系统太落后了。"刘子豪摇摇头，"身体数据的测算和分析被人甩了几条街。当然，也是我们学校的规模受限，没有那么多经费去研究。不过我倒是认识了昊宇集团的风少，这次拍摄电影就是他投资的。"

"昊宇集团？国内研究人工智能大数据、网络产业最杰出的集团？"聂霜脸色动容了，"如果是他们来帮助我们学校开发训练系统，那我们的训练系统就真正先进起来了。毕竟教练是人，总会有偏差，不能够把学生训练精细入微，只有人工智能辅助训练，才不会出任何差错，能够保证所有的动作都精准无误，可以大面积减少训练之中受伤的情况。"

"你不知道外面的人工智能已经有多么强大。"刘子豪眯着眼睛，"那一套系统甚至可以指挥机械臂进行精确的按摩、排打，辅助人的肌肉松弛，极大程度地增加人体抗击打能力，而且没有任何内伤，力量精准远远不是人所能够比拟的，哪怕是盲叔的按摩都比不上。除此之外，各种招式，都经过了严密推算，使得那些招式最适合力学原理，以后的武功体系会完全为之改变。"

"的确是这样。就拿以前的围棋来说，人类用上千年进行了不知道多少次的对抗，总结出来了许多围棋定式，并且认为这就是真理。但人工智能出现之后，完全打破了这些定式，就好像一个神出现，告诉你们所认识的世界都是错的，我想武术之后也同样如此。要知道，人类每一次搏斗，都会总结经验教训，从而创造出来效率更高的搏击和训练方法。但人工智能在一秒钟，就可以模拟出来上亿次，甚至数亿次的搏斗。人类千年时间总结的经验，它在几个小时之内，就完全可以做到，太可怕了。"聂霜说起这个来，也是唏嘘感慨。

"还有一件事情。"刘子豪道，"我打听到了一件事情，现在世界排名第一的格斗教练，被圈内称为'造神者'的欧得利来了这里，你们有没有留住他？"

"那没有发现。"聂霜一惊，"这个教练可是教出来了不少世界冠军，本身也是格斗界的强者，不过他不是在'提丰'训练营么。那是最神秘、最残酷、最高端的训练营，你不是也在那里训练了一段时间么？"

"提丰训练营之中就是装入了各种最新的人工智能训练仪器，导致欧得利没事干了，所以他离开了那里，也等于是下岗了。当然，训练营的负责人竭力挽留他，可他还是觉得受到了侮辱。"刘子豪道，"我也曾经想挖他过来，但也被他拒绝。"

"我在学校发现了一个天才，不过是临时武术班的成员，我准备让他来打职业格斗赛。不过他不愿意，我看他的身材和你差不多，以后也许可以做你的替身，或者是'刘家班'成员。"聂霜推荐苏劫。

"是吗？"刘子豪倒是没有太多的动容，只是微微点头，"看在你的面子上，明天抽空带他来见我。如果真的资质好、听话，能够和武校和公司签订合约，那倒是可以提携他一下。"

聂霜不经意地皱了下眉头，离开了这个训练场。

第三十三章

遭遇碰瓷　不慌不忙有准备

第二天一大早，苏劫照样开始日常的训练。

在训练过程中，他越发地感觉到全身舒畅，柔韧性比以前强了许多。他先是在外面的野地里做了欧得利拉伸关节的运动，浑身发热，因为运动所产生的多巴胺在体内聚集起来，有种"四大醺醺醉"的感觉。

这个状态，刚刚好。

这就是练功之前热身的最好程度。

根据欧得利的理论，人在运动之前热身，体内经过"文练"的有氧运动，产生了多巴胺和内啡肽，多巴胺主兴奋，内啡肽主镇痛，人就有一种喝酒微微醺的味道，觉得自己无所不能，但又很清醒，这个时候进行"武练"是最好的。

唰！

苏劫脚步一蹿，整个身体居然进行了一个后空翻，然后稳稳当当地站立在地面。

"什么？我居然会后空翻了？"面对这样的情况，他自己都是大喜。

他练习的是很实用的动作，从一开始挖土翻地，到后面的排打横练，都是实战性有用的，从来没有专门练习过后空翻等花哨的动作。

空翻、高踢连环、腾空飞踢这些极具表演性的花哨动作，在实战中一点用处都没有。如果你在实战中用个空翻，会被人抓住弱点一击必杀。

甚至在传统武术中，都禁止起高腿，武术谚语之中就有腿不过膝的说法。

当然，在擂台上，还是有高鞭高扫，对于得分和 KO 对手很有用。可苏劫仔细地分析，擂台和真正的实战还不是一回事。

他从来没有练习过后空翻，但是现在居然直接就用了出来，而且不费力气，这是身体素质和平衡性都到达了一个境界，水到渠成了。

后空翻在表演之中很有用处，可以获得华丽掌声。甚至一些演员就靠这个来吃饭。

随后，苏劫不停地测试着自己身体的柔韧度和平衡性，做了许多类似于杂技一样的动作，发现难度都不是很大。

"这些难道都是电流刺激的效果？我才刺激了两天，肌肉就可以放松到这种地步？可惜这东西不能够推广，似乎整个学校都没有人去做。别说做电流刺激，就算是盲叔的按摩都没有人受得了。难道我的意志力天生就是这么坚强？或者说，是欧得利教练训练的结果？"

苏劫思考了片刻，还是觉得自己之所以有这个成就，应该是欧得利训练打下来的基础。

他武练过后，就开始练习"锄镢头"这一招，然后把古洋的十八招各门各派有代表性的武功散手和这心意把母拳结合起来。

很快，他就能够熟练运动，心意一动，四肢跟随，整个人可以精确地催动各种招式，但核心还是"锄镢头"这一招。

"锄镢头这一招是最高武学，为秘传功夫，古时候武林称呼为心意把。只需练这一个把式，融会贯通，吃透精髓之后，就可以把所有的招式融入其中，信手拈来。看来是真的，我现在知道了这一招的好处了。但我感觉总是不够，觉得缺少什么东西，不能够出神入化。是心意上面的功夫做得不够？我对心意的理解是心是一缸清水，而意是清水之中逐渐诞生出来的杂质……"

苏劫盘膝下来，在苦苦思索。

他想象自己是一缸清水，脑海里面各种念头一多起来，清水就变得腥臭浑浊。

他摇摇头，让自己脑海中的杂念变少，从呼吸开始调整，渐渐地，心又变成了一缸清水。

然后，这缸清水之中，就出现了一个念头，那就是"锄镢头"这一招的基本锻炼。

这个念头越来越大，最后把整缸清水都占据了，缸中只有这一招的练习和运用方法，而没有了清水。

然后，这一招练习完毕，突然又化为了清水。

"对了，就是这样。"苏劫猛地跳跃起来，拿着足足重达几十斤的铁锄头，猛地扬起，落下。

这下挥洒自如，铁锄头在自己手里似乎没有了重量。

"就是这样，这就是心与意合。"苏劫参悟到了什么，"在不发动的时候，要保持心的纯净，心无杂念。一发动的时候，所有的心都变成了一个强烈的念头，只有这一招的存在，其他都不存在了，包括你的对手。停止之后，那强烈的念头又化为清水，这样转换之间，才能够发挥出来最大的力量，锻炼自己的招式使得最为纯粹。只是心与意合的科学道理是什么？我得要询问一下专业人士。我只知道，人如果思考得太多，脑细胞容易疲劳，会降低寿命。农村里面有很多百岁老人，一辈子也没有吃好喝好穿好，但他们杂念少，思想单纯，所以活得长……"

苏劫参悟了这一招真正核心的东西，心意把之中的心意，他就开始练习起来。

果然，在练习的时候，感觉和刚才大不相同，似乎所有的力量都可以得到释放，速度、准确、控制、打击力都强大了很多。

这就好像是一个公司，本来管理混乱，没有一个核心人物，大家都不知道听谁的，效率极其低下。但突然来了个强势的领导，整合一切力量和资源，凝聚成一股绳，公司效率立刻千百倍提升起来。

"中国功夫，追求的整劲，其实就是肌肉共同做功的效率。哪怕是瘦弱的身体，只要做功一致，就可以爆发出来强大的力量。不过那整劲是身体上的，还不算，真正的整劲，就是心与意合。"苏劫总算是理解了中国功夫的核心东西，心中再也没有任何迷雾，同时他也彻底明白了欧得利为什么对他进行训练，教他"大摊尸法"，这就是锻炼心无杂念的方法。

"再也没有疑惑了，剩下的就是锻炼自己的内心，使得更加纯净，然后锻炼自己的身体，使其更加强大。"

苏劫知道，自己明白功夫的真谛是一回事，但真正要强大起来，却是另外一回事，还是要千锤百炼，把心与意合练习得一触而发。

此时此刻，苏劫是真正享受到了中国功夫的"味道"。

他就如一个辛辛苦苦追求美食的美食家，终于吃到了厨神做的菜。

早上锻炼完毕，他心满意足地去学校吃早餐。

路上，天已经亮了，苏劫跑步回学校。

"嗯？前面是什么？"

半路上，他突然发现一个人躺在路边，身旁还似乎有血迹，同时还在不停地呻吟。这个时候还早，路上没有什么人。

苏劫看了看自己新买的手表，连忙跑了过去问："你怎么了？"

这是个中年人，四十多岁的样子，似乎受伤不轻："我被人打伤了，求你把我扶去医院，行行好。"

"我这就扶你去。"苏劫连忙把这个受伤的中年人扶起来，带他去就近的医院。

刚刚走了一分钟，他身上就沾了不少血。突然从远处来了一群人，骑着摩托车，发出阵阵轰鸣的声音，直接堵住了苏劫。

"强哥，你怎么了？"这群人一上来，就对苏劫扶住的这个中年人问，"你怎么流血了？谁把你打伤的？是不是这个小子！"

"我只不过是扶他而已，我碰到他的时候，他就躺在路上了。"苏劫很平静地说着。

"放屁！"这个时候，有个身穿散打短裤的精壮男子从摩托车上一跃而下，就要抽苏劫的耳光，"别人怎么会打强哥，就是你，你打人，还企图把人带到别的地方去，是不是想杀人灭口？"

苏劫连忙躲开。

这个时候，旁边的人早就开始掏出手机来摄像。

"就是他，我早上出来跑步，遇到了他。他不分青红皂白就上来打我，把我打得头破血流，还要把我拖去野地里面埋了。他是杀人犯！"那中年男子强哥这时候尖叫起来，和刚才气喘吁吁的样子根本判若两人。

"把这小子抓起来，扭送到派出所去。好一个杀人犯。"这时候，那个穿散打短裤、光着上身的男子猛扑过来，一拳击向了苏劫的胸口。他用的是勾拳，力度很大，是练过很久的。

苏劫想也没想，身躯一闪，到了这男子的左边。苏劫没有动手，就是脚下轻轻一勾，用的是古洋传授十八招中弹腿的"鸳鸯连环"。

这招以勾、挂为主，就是在刹那之间，用脚来勾别人的脚，使得敌人失去平衡，然后倒地。和别的招数比起来，杀伤力不大，但干净利落，而且阴沉诡异，不会被人发现。人很容易中招，用来制服敌人，让敌人知难而退很有用处。

吧嗒！

这个男子就被摔了个狗吃屎，灰头土脸倒在地上。不过并没有受伤，但也晕头转向，一时半会儿爬不起来。

不过这个时候，旁边人的拳头也如雨点一般落下来。

苏劫脑袋上身上顿时挨了几拳，还好横练功夫厉害，并没有受伤。拼着再挨几下，苏劫立刻就撞开了一条路。

当然，此时他可以下狠手，直接打倒几个。可苏劫知道，自己如果下狠手的话，对方肯定会有伤，甚至会重伤，到时候真的要犯法。

"小子，你敢跑，我已经把你的视频都录制下来了，只要你敢跑，我们就立刻报警，你根本跑不掉。"

有人骑上摩托车，就要朝苏劫追。

"你们干什么？"

就在此时，一声大吼从远处传来，有个人快步跑到了这里。

"是他？"苏劫发现，跑过来的这人，赫然是周春教练，自己就是害得他输掉了一坛珍贵的内壮酒。

第三十四章

冷静对待　偷鸡不成蚀把米

"都给我住手。"

周春走了过来，他高大的身材、彪悍的气势立刻就震慑住了在场的人。

"这是我们明伦武校的学生，你们为什么打人？"周春大声质问，同时对苏劫说，"你不要怕，站到我身后来。"

苏劫也听话地走到了周春身后。

"周教练，你们的学生打人，把我们强哥打成这样子。你看他身上还有强哥的血，你看怎么办吧。"有个摩托车手下来，声音更大，似乎在怒吼。

这一批人，个个都很精悍，好像是某个拳馆的拳手。

"你真的打了那个强哥？"周春转过头来问苏劫，"谁让你打人？你虽然是临时班的学生，可也要遵守校规。外面的人欺负你，学校会为你做主，可你无缘无故殴打别人，学校也不会姑息你。"

苏劫语气还是平静："教练，我只不过是扶了个人，被人碰瓷了。"

"被碰瓷？你有证据么？这四周没有监控，这些人都指证你，就算是到了派出所你也说不清楚，搞不好直接拘留你。不如这样，吃点亏，我和他们商量商量，就当汲取个教训。不然拘留你以后，通知你家长，然后通知你原来的学校，事情就闹大了。"周春拿出来了吓唬语气，普通的学生绝对会吓得魂不附体。

"那教练你和他们说说？"苏劫连忙道，"算我倒霉，乱扶人。"

"这还差不多。"周春直接上去，走到远处，和那群人商量了下，然后走回来，直接对苏劫开口，"还好，我有些面子，这些人不想惹明伦武校。不过他们也不肯走，我和他们商量好了，赔钱我看你个学生也没有。这样，他们都是一家拳馆的，你和这个拳馆签个合同，帮他们打拳比赛，慢慢还钱，事情就算是和解。不然你要被拘留，搞不好要坐牢，前途尽毁，这不值得。"

"是吗？"苏劫看了周春一会儿，突然笑了，"周教练，那家拳馆应该是你开的，或者你有股份对不对？"

"你说什么？"周春一惊，脸上不由自主地露出狰狞神色来，"我好心替你把这件事情摆平了，你还怀疑我指使这帮人碰瓷你？你以为你是什么大人物，值得我花这么大的力气？既然这样，你还是去派出所被拘留吧。"

"教练，你知道这是什么吗？"苏劫伸出手来，上面戴着电子手表。

"你想说什么？"周春脸色阴沉得要滴出水来。

"这是一款带针孔摄像头的手表，像素很清晰，网购只要九百九十八元。从刚才扶人的时候，我已经拍下来了，咱们去派出所看看好不好？"苏劫轻松得好像刚刚睡醒。

啪！

突然，周春猛地出手，要打碎这款手表。

苏劫手缩了回去，然后道："教练，你多久没上网了？这款手表可以连接手机的移动蜂窝个人热点，摄像之后，自动上传到云盘上，就算我现在给你也没用。当然你可以做黑客，黑了大公司的服务器，把视频删除，我就拿你没办法了。"

"算你狠。"周春的脸色表明了这件事情真的是他安排的，就是为了让苏劫和他控制的拳馆签合同，然后为他卖命。

本来他以为，苏劫不过是个学生，稍微一吓，对方肯定就范。没料到对方比成年人还老成，不惊不恐，从容应对，还让自己吃了大亏。

"教练，你以为我是个高中生，稍微吓唬一下就可以上当，可那是普通人。我是学校的尖子生，中考第一名成绩考入了省重点高中，现在是重点高中的前三名。你想想，就算是你碰瓷，我没有这摄像手表，学校的领导也绝对不会让你得逞的。"苏劫看着周春，好像在看个傻子，

"教练，你是职业搏斗高手，但脑子似乎不是很好使。你别发火，还是冷静冷静，你如果打了我，我把这视频传到网上，你说你会怎么样？"

"这次算你走运，你要怎样才能删掉视频？"周春眯着眼睛，明显有杀气。可无可奈何，只能够装装样子，早就被苏劫看出来外强中干。

"视频我是不会删除的，如果删除了，恐怕你们接下来还是要碰瓷我。"苏劫挥挥手，不想和周春纠缠下去，现在的每一分每一秒都很珍贵，他要加强训练。

"站住。"看见苏劫要走，那一群骑着摩托的人再次大吼起来，想要进行拦截。

苏劫并没有看这群人，虽然对方气势汹汹，可并不被苏劫放在眼里，就算是一拥而上，如果真干起架来，苏劫不说一个打这么多，跑掉是没有问题，而且如果发狠，打死打残几个都说不好。

这就是练武功带来的自信。

"我数三声，如果不让开，那我就立刻发网上了。"苏劫对周春道。

"小杂种。"周春肺都差点气炸，"我倒是要看看，今天你怎么走。先不说你的这手表针孔摄像机是真的还是假的，就算是真的，我的人在这里，抓住了你，让你签了合同，你可以轻易走掉？直接给我按手印。"

"不好意思，我走了。"

突然，苏劫身躯发力，向外一闪，脚下连勾，然后一推，三个围住他的人就直接被推飞了出去，倒在地面上。然后苏劫直接冲出重围，开始狂奔。

紧接着，所有的人都大吼着朝他追赶。

可苏劫的速度和体力，根本不是这些人可以比的。追了几分钟，苏劫就接近学校了。周春连忙阻止这些人的追赶。

"春哥，怎么办？"那个碰瓷的中年人"强哥"道，"这小子居然这么狡猾，我们要不要追进学校去？"

"你脑子糊涂了。"周春恨不得给这个人一巴掌，"如果那小子真的录像了，事情一闹大，我们恐怕都吃不了兜着走。"

"我看这小子是虚张声势，根本没有录像，我们别被他欺骗了。"穿着散打短裤的精壮男子语气凶狠，"不过这小子真是有点厉害，我练了五年泰拳，被他一脚勾在地面。春哥你看得不错，如果能够把这小子骗入我们的拳馆俱乐部签订合约，就是我们的摇钱树。"

"本来我以为春哥你用这种手段去弄个小孩，有点小题大做，没想到还真的是个角色。现在我们怎么办？"

听见属下人议论纷纷，周春摆摆手："你们回俱乐部，今天的事情绝口不提。我去摆平这件事情，看看这小子到底录像了没有，没有的话，我会让他知道代价。"

说完这话，周春心里似乎又有了什么计谋。

"真是麻烦。"到了学校，苏劫先去洗澡，把身上的血弄干净，"周春好歹也是个职业高手，参加了很多次国家级的比赛，居然人品这么差。不过也不稀奇，他又不是真正国家队的人，只不过是外面俱乐部的选手而已。"

现在的搏击圈，分为真正的国家正规比赛和大型商业比赛。

国家正规的比赛很少，而且那些国家散打队、搏击队的成员是属于正式运动员，按照规定是不能够打商业比赛的，只能够打运动会。不过他们退役之后是可以参加商业比赛的。

商业比赛就红红火火了，现在有很多集团资助的某某杯赛、某某王中王赛，奖金丰厚，甚至面向全世界。

国内有几个大型集团举办的自由搏击比赛，一次冠军奖金甚至到了五百万以上。

当然，这和国外的拳击不能比，国际拳王一场比赛下来，甚至可以获得上亿美元，甚至好几亿美元。

明伦武校的聂霜看中了苏劫的潜力，想和他签约，周春也看中了，就想用卑鄙下流的手段来吓唬他也让他签约。

"看来自己成了香饽饽？"苏劫笑了笑，转动了下自己的手表。这不是吓唬周春的，的确有针孔摄像，而且还储存到了网络云盘上。

古洋在上次对他提了一句小心周春之后，苏劫就留意了，立刻在网上买了这个东西，果然就派上了用场，要不然这次有理也说不清。

在现实中，有很多扶了老头老太太被赖上的例子。

更何况对方选在了没有摄像头的荒郊野外，甚至身上的伤和鲜血都是真的，自己还沾了不少血，这就更说不清了。

"江湖险恶。"苏劫这个高中生发出感慨，"幸亏我平时上网比较多，各种东西看了不少，有备无患，接下来还要更小心才是。"

把刚才的不愉快甩掉，苏劫吃完早饭，再次准备进行一天的训练。

他现在每天的训练量极其大，比起欧得利那个时候起码要大上三倍，不过还是甘之如饴，一天不训练就觉得浑身不舒服。

而且他现在有钱了，大量的营养品可以跟得上训练。除此之外，盲叔的按摩、针灸和电流刺激还有内壮酒也让他的体能有很大提升。

拉开架势，训练了大约一个小时，苏劫是酣畅淋漓。早上在野地里面把功夫"心与意合"的秘密参悟到了，他现在使出"锄镢头"这招简直是出神入化，到达了老拳谱之中"无意之中是真意"的地步。

他就反反复复锤炼这一招，身躯一动，就衍生出来很多变化。

古洋教的十八招散手，的确每一招都是精华，如果懂行的人练习了，融会贯通，就可以运用到实战之中。

苏劫也是有实战经验的人，懂得其中的奥妙和好处。

"好。"就在苏劫练习的时候，旁边声音传过来。

居然是聂霜。

此时的聂霜，眼神中全部是惊喜，她是个懂行的人，自然看出来了苏劫现在处于什么状态。

第三十五章

断然拒绝　不崇偶像不拜神

"原来是聂姐，找我有事吗？"苏劫停下来问。

"你的功夫……"聂霜还处于震惊的状态，"这怎么可能……"

"怎么了？"苏劫问。

"没什么。"聂霜连忙道，"说到这里我还要谢谢你，不是你，我还赢不了周春的那坛内壮酒。对了，周春这个人心胸狭窄，而且在外面有些势力，他没有让人找你麻烦吧？上次我跟古洋讲了下让他告诉你小心点，你有没有防备？"

"正好有件事情我要告诉你。"苏劫把视频传给了聂霜，然后把早上发生的事情简单说了一遍。

"该死！这周春居然如此卑鄙。"聂霜看了视频和录音，脸上已经气得通红，过了好一会儿才平息下来，盯着苏劫，"你想学校怎么处理他？你现在手里有证据，如果去报案，也可以弄个敲诈勒索。"

"我不想怎么样。"苏劫摇摇头，"其实就算敲诈勒索成功了，完全定罪，也判不了多久，何况现在他还没有成功。再说了，他并没有直接出面，只是出来做和事佬，实际上就算是我去报案，也不过是批评教育而已，无伤大雅。当然还有一种方法，我把这视频和事情发到网上，写一篇图文并茂的控诉文章，这样可以引爆热点，倒是能够让他得到应有的惩罚。可这样一来，对于明伦武校的名声损失很大，你想想，全国第一武术学校教练碰瓷害学生，是不是脏水都往学校泼了？不过，如果周春继续不依不饶，那我也只有这样了。还有一点，我不想用这种方法出名。"

"这孩子心计好深，有理有据，而且把事情分析得头头是道，话里有话……"聂霜皱眉了。

苏劫的意思是学校得担责任，如果自己把事情捅出去，学校名声会受损。

虽然他说话之间，处处是为学校考虑，可潜在的意思很明显。

"说到底周春还是学校的教练，做出这样的事情来，学校责无旁贷，我现在代表学校告诉你：第一，会严肃处理周春；第二，会给你补偿；第三，保证周春从此之后，不再找你任何麻烦。你说，你想要什么补偿？"聂霜在瞬间就做出了三点承诺。

"补偿？暂时不需要。"苏劫想了想，"我还有十多天就要离开武校回去读高中了，没有盲叔的按摩、针灸和电流刺激，我的进展肯定非常缓慢，不知道你有什么建议？"

"还是一句话。"聂霜带着遗憾的语气，"你干脆来我们武校正式入学，一样可以考大学，还不耽误练武。不但不收你一分钱的学费，还给你奖学金，另外各种资源培养你，使你成为职业搏击高手。哪怕是天才每天也必须要大量地训练，否则也是个庸才。你如果回去读普通高中，肯定没有这么多的时间来练习，也没有这么好的氛围，这么多人陪你训练，还有这么多实战的机会。独木不成林，古时候有少林寺，聚集了无数的武者，朝夕研究切磋，才诞生出那么多的武功，现在明伦武校也是如此，武术和科研一样，从来不是一人可以研究得出来的。"

"这个我会考虑，另外呢？"苏劫不为所动。

"好吧。"聂霜摇摇头，"这样，我给你坛秘制油膏，配合上盲叔的按摩，使得你身体定型更加容易。现在我带你去见一个人，我好不容易才把你推荐给他，如果被他看中，以后的机会很多。"

"什么人？"苏劫问。

"刘子豪。"聂霜想从苏劫的眼里看出对大明星的那种崇拜，可惜的是完全没有。

刘子豪是国际动作巨星，走到哪里，哪里就有无数狂热粉丝。基本上明伦武校现有百分之九十九的学生，都是看了他的电影来明伦武校学武的。

可苏劫似乎一点都不感冒。

"他的动作看得出来功夫很深，我虽然不崇拜偶像不追星，但看看高手也是好的。"苏劫心中想了想，乔斯对于刘子豪是狂热，他常常说，就佩服两个中国人，一个是李小龙，一个是刘子豪。

能够见到刘子豪，给乔斯要个签名什么的，乔斯肯定会高兴得发疯。

"多谢霜姐了。"苏劫的语气还是显现出了感激和客气。

"跟我走吧。"聂霜在前面带路，心中却想，"这个苏劫，根本就不像高中生，太早熟了吧。所有的高中生在这个时候，都是追星、打游戏的阶段，哪怕是学习成绩好的，听到要去见大明星也激动得浑身发抖，可他好像很平常。一般来说，穷苦人家的孩子才会早懂事、早当家，可苏劫家里似乎还不错。"

不一会儿，聂霜就带着苏劫来到了学校深处一栋不起眼的小楼下，有很多保安在看守，防止外人进入，弄得好像大领导。

不过看见是聂霜，这些保安并没有阻拦，就让她带着苏劫进入了。

小楼里面很幽静，是纯木结构，住着很舒服，似乎有专门的建筑大师设计过，很是修身养性。平时学校对这一片的木楼是不开放的，外面的大门也紧闭着。

在小楼的最高处，有一间四四方方的书房，大约两百平方米，很是宽敞，里面摆满了书籍还有大书桌，一个年轻人穿着宽松的衣服在写毛笔字。

在这个年轻人的旁边，还有个身穿职业装的女秘书在为他磨墨。

"他就是刘子豪？"苏劫看了下这个年轻人，发现和电影里的有些不同，似乎还要英俊帅气很多，身材也要完美一些，更有气质。

在电影里面刘子豪大多数都是铁血硬汉冷酷角色，而现实之中多了许多书香气和儒雅的味道，让人一看就觉得不是一介武夫，而是个文化人。

"这个学生我带来了，你看看吧。"聂霜对写字的刘子豪道。

刘子豪也没有抬头，足足写了十分钟，把一篇文章临摹完毕，这才看了苏劫一眼，随后点点头："还可以，那就带他出去签合同吧。"

"签合同？签什么合同？"苏劫一愣，看着聂霜，"我来的时候，可没有说要签什么合同。"

"恭喜你。"这个时候，帮刘子豪磨墨的女秘书走过来，"这次我们公司来学校招收演员班子成员，很多人都报名，目前并没有被我们看上。你是第一个被老板看中的，要好好干，当然也是看在聂霜姐的面子上。要好好干哦！你跟我来。"

说话之间，这个女秘书把苏劫带到了楼下，递给他一纸合同。

"这是……卖身契？"

苏劫其实这次前来，就是给聂霜一个面子，他并不追星，也并不想见刘子豪，当然如果能够给乔斯弄一张他偶像的签名照也是可以的。

可现在居然让他直接签合同，搞得好像是恩赐似的。

然后苏劫一看合同，发现这合同里面规定了苏劫要为刘子豪的公司打工二十年，而且开始三年并没有任何薪水，还要缴纳一笔培养费。如果培养费拿不出来，就先欠着，以后如果红了，从接戏、接各种商业演出，或者是搏击演出的奖金里面扣除。

也就是说，苏劫如果签约了这份合同，他就成了刘子豪公司的卖身艺人，一切只能够听从他的摆布。

不说苏劫本来就对什么艺人、搏击选手，甚至是当演员明星不感兴趣，就算是感兴趣，他也不会签约这种合同。

当然，如果是别的小伙子、小姑娘也许就签了，可苏劫有自己的人生规划，他在心理上比起成年人都要成熟。

"怎么？你有意见？"女秘书看见苏劫磨磨蹭蹭，不由得皱眉，"你知道这份合同多少人想签么？要不是聂霜姐的面子，你连这份合同都看不到。"

"不好意思。"苏劫还是很客气，"这份合同我暂时不能签，还要回去和父母商量一下。"他说得很委婉了。

"年轻人，要珍惜机会，我们公司可不会等人。"女秘书似乎没有了耐心，"我最后给你一次机会，三分钟，你如果不签那就没有机会了。"

"不好意思。"苏劫还客气了下。

啪！

女秘书把合同收起，转身就走。

到了门口的时候，女秘书道："对了，请你立刻离开这里。"

苏劫摇摇头，离开了这座小楼。

楼上，女秘书拿着合同上楼，脸上现出了不屑："这小屁孩还年轻，不知道自己失去了什么机遇。"

"怎么？"刘子豪在和聂霜聊天，他对聂霜还是很尊重的。看见女秘书上来，聂霜问了一句。

"这小孩子不想签约就走了。"女秘书道。

"哎……"聂霜叹息了一声，"错过了好人才。"

"算了，人才哪里都不缺少。"刘子豪丝毫不在意，"就是个身体素质还行的学生而已，聂霜你怎么这么看重他？"

"我怀疑他是得到了'造神者'欧得利的培训，所以才可以在短时间内身体素质提高那么多。而且他还是学校里面第一个可以忍受盲叔按摩手法的人。现在盲叔在对他进行针灸、电流刺激，要知道，那电流刺激是美国训练超级特工用的，他居然可以忍受得下来。我都好奇为什么他有这么坚强的意志，要不就是欧得利对他进行了某种特殊的训练手段。"聂霜说出来了自己心中的猜测。

"哦？"刘子豪动容了，"盲叔是医学博士，还是计算机博士，本身武功也很好，要不是那场变故，也不会来我们学校，他现在每年研究费用都是我父亲出资。这个苏劫我没有仔细看，居然还有这种意志力？"

"我不会胡乱推荐人。"聂霜摆摆手，"不过你别看他是学生，其实比成年人还要厉害，你的这合同恐怕不适合他。"

"年轻人哪怕再是天才，如果性格不好，那就难用。我要的是听话的艺人，不是这种刺儿头。这种人越是有才，在将来咬你一口越是入骨三分。"刘子豪摆摆手，"我从提丰训练营回来之后，就感觉到最重要的是科技，只要科技到位了，哪怕是普通人都可以训练成超级战士。"

"我还是先去说服这个学生试试看。"聂霜站起来离开。

第三十六章
秘制油膏　壮骨强身彻定型

"今天聂霜居然拿出来了聂家的秘制油膏给你用。"

今天，在给苏劫按摩的时候，盲叔拿出来了一坛油膏。这油膏碧绿颜色，气味芬芳，涂抹在皮肤上给人一种清凉感觉，似乎沐浴在冰雪世界中，让人提神醒脑，神清气爽。

"这是什么油膏？"苏劫知道聂霜对自己还不错，虽然自己几次拒绝了她的招徕，可她还是拿出来了自己的油膏作为周春事件的补偿。

本来这件事情和她无关，可她为了维护学校声誉，还是试图堵自己的口。

"聂家以前是帮大内宫廷做菜的，著名的聂家私房菜你也知道。除此之外，聂家还有祖先是太医院帮皇帝养生的。正所谓是厨医不分家，现在学校的许多药膳都是聂家的方子。"盲叔道。

苏劫知道聂家私房菜，欧得利来到这里固然是想寻找几个隐藏的高手，学习一些东西，还有就是想尝一下聂家的私房菜。

聂家真正的私房菜非常好吃，营养十足，可谓色香味俱全，跟着欧得利吃了一个月，每顿都吃得很爽，他的身体也是在那一个月时间彻底长起来的。

学校里面的一些药膳，实际上不是聂家真正手艺，只不过是一些方子而已。

"这药膏是强壮筋骨的吧？"苏劫问。

"没错，当然这只是一个方面。"盲叔道，"你知道清朝皇帝练武除了弓马之外，就是布库，也就是摔跤。摔跤时身上都要涂一层油，是为了防止摔伤和保护筋骨。当年，聂家的一位太医就是为皇帝制造油膏的医师，效果极好，当然现在聂家已经彻底把油膏里面的成分分析出来了，在实验室中，经过了很多次实验，加以改进。现在的这个药膏最重要的还是快速修复，使得筋膜筋腱更有弹性，保护关节，同时从皮肤毛孔中渗透组织层，从外向内，是横练的最好药物。这一坛药膏是市面上买不到的，属于实验室产品，现在还不能够量产。"

随着盲叔的按摩，把身上油膏推开，渗透进入毛孔中，苏劫有种感觉，这油膏好像一个铁箍，把自己的全身箍住，向内压缩，整个人好像缩小了一些。

这些是错觉，可代表着药力渗透进入了身躯里面开始发挥作用。

苏劫知道市面上有一些紧致霜，女人涂抹在脸上之后，就觉得皮肤都开始缩了，长时间涂抹，使得皮肤更加紧致，不会造成松弛。

而现在，这个秘制的油膏也是一样。只不过是渗透进入身体里面，造成一种骨骼、肌腱、软组织都紧致的感觉。

他有种感觉，自己似乎变矮了，变小了，但更加结实了，就如棉花被压缩成了木质。

但这纯粹是感觉而已，必须要长时间使用。

按摩过后，照样针灸，针灸之后就是电流刺激。

今天的电流刺激，苏劫似乎适应了很多，虽然还是很痛，可并没有往常那么痛了。而且那油膏的药力发挥作用，骨头里面很麻痒，这样电流刺激反而会使得他很舒服，就如一个人奇痒难忍，有个人拿刀砍他，他的奇痒被疼痛取代，肯定会很爽。

今天因为有油膏的药力，电流刺激时间比以前长了很多。

可刺激完毕之后，苏劫觉得前所未有地爽，不是舒服，是爽。

等他心满意足地离开，聂霜便出现在这里，开口问盲叔："这次试验如何？"

"这次临床试验效果很好，果然你们聂家的秘制油膏配合电流刺激，能够缓解疼痛，还可以使得药效的发挥到达最大，做到快速塑形的地步。刚才经过计算，如果这样每天刺激，一周之内，可以使得他的筋骨肌肉韧性和弹性各种强度增加百分之三十。"盲叔道。

"我之所以拿出来这秘制油膏，一方面是为了堵口，更多的是配合你的实验。苏劫横练功夫很强，是最好的实验品，如果实验数据良好，我们就可以用这两者结合起来，培养别人或者改善自己的体质。"聂霜道。

"没错，这些天的实验，从他身上获得了很多数据，最起码的是人可以忍受多大痛苦、神经的坚韧程度，还有痛苦刺激使得肌肉痉挛抽搐到什么程度才能够增加弹性，怎么做到一种数据平衡。"盲叔把电脑上面的数据转化为声音让自己听着。

"其实身体素质上的各种研究，国内外各大训练营都有了详细的数据。"聂霜道，"现在最重要的是心理素质对身体素质互补研究的数据太少了。比如人在极其愉快的精神状态之下，产生的内分泌如何，人在极度痛苦之下，身体会分泌哪些物质来保护自己，这些才是我们研究的重点课题。"

"不错。"盲叔点点头，"从苏劫的身上，我获得了大量的心理素质影响身体素质的资料，证明了许多心理学上的猜想，他是一个很好的实验品。如果我猜测得不错，欧得利的确来到了这里，也拿他做过实验。"

"欧得利是为了追求传说中的超自然力量，实际上我所认为的，就是心灵的绝对平静，看穿一切的智慧，从而影响身体的各种素质，所以他才去藏区和印度，看看那些专门修行心灵的人能够到达什么程度。"聂霜道，"身体素质容易锻炼，心理素质则是很难。不过我看你的研究似乎有了一些成果。"

"是有一些成果，以前一直没有什么进展。我在这里用按摩来打赌，实际上就是为了找到完美的研究对象。苏劫来了之后，我才得到了突破性的进展，获得了某些关键性的数据。现在最关键的是学校计算机和人工智能并不是很强，如果能够引入最先进的分析系统，那我的研究会有突飞猛进的进展。"

"等着吧。"聂霜道，"子豪这次拉到了国内人工智能计算机领域最先进的昊宇集团接班人风宇轩的投资，两人关系很不错，风宇轩答应和我们学校一起，加入人工智能的人体训练项目。"

"昊宇集团计算机方面这一块的确是很强。如果这个项目尽快推动起来，我的这些数据和想法经过研究，绝对可以使得我们学校的训练水平更上一层楼，不但可以推出更多的搏击人才，甚至还可以为国家培养特殊的安保人才。"盲叔道。

"如果更上一层，你应该可以有机会让自己重见光明。"聂霜道。

"这件事情不要再提，瞎了更好，瞎了之后，不用看那些浮华的世界，我的心反而更能安静下来。"盲叔语气变得很冷漠。

武校里面。

操场上全都是人在操练，热火朝天的气氛和普通学校截然不同。

普通的学校，尤其是高中，基本上体育课都被占用了，一切为高考让路，全部学习文化。而这里却是以武为主，每个学生的身体素质都很不错。

"如果学校打架的话，明伦武校应该可以打一百个普通的高校。"苏劫在操场上独自练习，心中突然有了这个古怪的念头。

他这是随意练习，同时在观看学校的网站。

学校网站建设得很不错，显然是专门的网络建设团队，流畅程度、网站页面都不亚于大型的门户网站。

其中有学校新闻、国内外搏击赛事，另外有学校许多老师的教学视频，包括传统武术，各种格斗术、柔术等，除此之外，还有很多武功秘籍。

没错，就是武功秘籍，一些老拳谱，还有学校老师编著的现代拳法。

另外就是各种论坛，学生可以在论坛上交流学习心得。

在这个地区，也只有明伦武校的网站做得最好，很多拳馆甚至是其他武校的学生，也都在这个论坛上活跃。

这是个很不错的圈子，武术氛围很浓。

苏劫每天都要花费一个小时进行浏览学习，接受新事物，了解各种动向。

"明伦武校果然有很多高级别的养生药物套餐购买，比如这秘制的油膏，叫做猛虎膏，应该就是我涂抹的那种简化版，居然都这么贵？"

苏劫看到了一瓶小小油膏，居然要数千元之多。

其实，整个学校网站最有价值的地方就是那些药物，活络油、膏药、各种补充身体微量元素的药片等，本来明伦武校的校长就是老中医出身，所有的药都很有效果。

这还不算，在论坛上，很多学生甚至还有海外的武馆，专业运动员用了那些药膏之后都觉得很有用，分享自己的变化，倒是让苏劫获得了很多信息，哪怕是以后他回了学校，也可以有针对性地购买一些拿来给自己训练。

"什么？和昊宇集团的合同？"他正要浏览更多的信息，就发现了新闻。

"昊宇集团，就是我姐姐工作的地方。"苏劫眉头大皱，随后他看到了刘子豪和一个人握手的照片。

这个人很高很帅气，和刘子豪不相上下，甚至长相还要更英俊一些，身材挺拔，远超过很多男明星。

昊宇集团的"少掌门"风宇轩。

"就是这个东西。"苏劫眉宇之间居然出现了某种狠辣的味道，如果古洋在这里，就可以看出来，这是恨意。

"幸亏我没有和明伦武校签约，否则寄人篱下。刘子豪居然和这个东西联手，那我就更不能够和明伦武校合作了。"苏劫摇摇头，关掉网站，把手机收起来，继续练习。

他锻炼了一会儿，心气才平静下来，进入状态。

"原本我只要几秒钟就可以进入状态，而看见这个新闻之后，足足有五分钟才平复下来，可见外界的事情还是可以对我的心态造成巨大影响。不知道什么时候才可以修炼到该做什么就做什么、不为外物所动的意志，坚若磐石。"苏劫发现了自己的不足，"还是这个东西影响了我的心神。"

第三十七章

昊宇之风　观鸡争斗更自然

自从苏劫在野地中领悟到了"心与意合"的境界之后，功夫几乎每天都有巨大进步，就如那些进入了生长发育期的孩子，营养又好，睡眠充足，每天都会肉眼看得见地长高。

苏劫现在是心无旁骛，训练方法又是最科学的，更有不错的营养和药物，还有专门的医学博士按摩，自己更是参悟了拳法中的高深境界，这样的状态之下练功，一天几乎是等于武校其他学生训练几个月。

这还真不是夸张，就单单凭借训练量来说，苏劫每天做"锄镢头"的招式动作就要做起码几万次。

普通的学生一天根本做不了这么多，就算是勉强做三分之一，也会好多天酸痛得动都动不了。

而苏劫因为合理的按摩、针灸、药物、电流刺激，不但把肌肉的疲劳消除、恢复正常，还促进生长，使得第二天的训练量更大。

这样的训练又过了七天。

时间已经到了八月二十四日，离开学的九月一日只有八天了。按道理，这个时候苏劫应该立刻买票回家，准备开学的一系列事情，但他完全没有回去的意思。

这七天的时间，他全身心投入其中，什么也不想，就是专心练拳，提升自己的身体素质和心理素质，然后每天训练完毕之后，接受盲叔非人的按摩、针灸、电流刺激，对了，这些天都涂抹上了聂家的秘制药膏。

本来，他正是长身体的时候。在前些天，他的身体噌噌噌增高，照这样下去，都要突破一米九了，可随着电流刺激和药膏的渗透进入骨骼，他的生长似乎停止了，取而代之的是更加紧密结实。

本来，他觉得这样长个儿有些虚，可现在停止生长之后，觉得骨头里面都变得坚硬有弹性起来。

这并不是心理作用，而是实打实的。通过测试，他的骨质韧性密度都非常高，比起普通运动员高出很多，超越了一些专业格斗选手。

现在苏劫的身材还是和以前一样，肌肉的块头并没有增加，但他觉得自己"很壮""精悍"，体内似乎是钢铁锻造，拳腿扑杀之间，可以摧毁一切。

除此之外，他发现一些难度高的动作，甚至是类似于跑酷的翻滚、凌空几个转体等花哨动作都可以轻易做到了，这些都不是刻意去训练的，只把动作在脑海中过一遍，就可以轻松自如地催动。

这是身体素质到了，意识和身体高度协调造成的。

这七天时间，苏劫的功夫再次进步，跨入了全新的台阶。

他每天仍旧去排队比赛，有时候可以排到，有时候排不到，但只要轮到了他，最少都是十场胜利，也赚了不少钱。

当然，这也是由于随着开学的临近，人数越来越多的原因。

现在八月底，武校已经全面开始了教学，白天的操场上几乎没有立足之地，各大训练场中人数爆满，就连乔斯和苏劫的训练也不得不停止，因为擂台上全都是人。

乔斯自从上次在街头一招被苏劫推倒后，就每天进行秘密的训练，也不知道在练习一些什么东西，反正苏劫很少能够看到他。

苏劫估计他是憋着一股劲，想要和自己好好再比一场。

八月二十四日一大早。

苏劫从凌晨三点训练到了六点钟，照例回学校吃早饭，在路上他突然停留了下来。因为他看见了一群鸡在野地里刨食吃。

这群鸡在走路的时候，一步一点头，脑袋撞在地面，啄食土地中的虫子。有的时候，两只鸡相互争斗，跳跃起来啄得鸡毛乱飞，血都溅出来，但还不退缩。

这种情景，突然让苏劫想到了什么。

"锄镢头"这招和鸡有些相似之处。

鸡的平衡性极强，实际上，所有动物之中，鸟类动物是最有平衡性的。

鸟类一只脚单腿站立在树枝上，任凭风吹得树枝摇晃，鸟都纹丝不动，鸡也是如此。

人类哪怕是平衡性再强也不如鸟类。

一群鸡刨食，相互争斗互啄，苏劫看上瘾了，居然在这里一蹲就是一个多小时。他一面观察鸡的姿势，一面融合自己的招式，居然有了很多心得。

"古拳谱之中有把把不离鹰捉、式式不离虎扑、步步不离鸡腿之说。"这时有个声音道，"其实古人创造功夫，学的是天地万物，鸡是最寻常的动物，但它有个特点，就是平衡性。现在有的人为了摄影不晃动，甚至把摄像机绑在鸡头上，所有的一切动作都建立在平衡性上，如果人不平衡，力量根本发不出来，也没有速度。如果一个人练得脚如鸡一样平衡，那在闪转腾挪之间，可以恒定地发挥出来巨大力量。"

苏劫猛地回头，发现是古洋。

"教练，你怎么来了？"苏劫清醒过来。

"看来你的武功再次进步了，居然能够从万物之中观察到真正的'神'，我能够有这种领悟，是四十岁之后的事情了。"古洋每次看见苏劫，都有意外的惊喜。

苏劫起来练了两下"锄镢头"，把鸡走路和争斗的那种平衡性加入了其中，只觉得稳定性更强了一些，速度似乎快了那么一丝。

"你有时间去看看真正的猛虎捕食，或者是老鹰下扑的那个刹那，这些东西只有自己亲眼看见，才可以感觉到其中的震撼性，口口相传是没有作用的。"古洋道，"我们传统武术之中叫做窥其神。"

"的确，有些东西不是自己亲眼看见，怎么都领悟不到那一丝的'神意'。"苏劫已经明白了"神意"究竟是什么。

那是在刹那之间，心灵深处的震撼和灵光一闪的恍然大悟。

"很多人在生活中有灵光一闪的感悟，但过几天之后，就会淡化，没有融入自己的精神中，这就是'得道容易，守道困难'。"古洋道，

"你现在要做的，就是把这灵光一闪的感悟，获得的神意，彻底融入自己的心中，永不磨灭，然后在日常生活中做出来，变成自己的东西。"

"知道了。"苏劫点点头，他对这个深以为然。

"走吧，你还没有吃早饭吧，去吃了之后，今天学校有大规模的活动，我帮你报名了。当然参加不参加还是看你的意思，你应该要回去继续读书了。现在该学习的其实都已经完毕，我能够教你的不多了，接下来你已经可以自学。"古洋道，"当然，你现在最缺少一门东西，你知道是什么？"

"缺少什么？"苏劫问。

"是钱。"古洋道，"要想把体能推到极致，就必须要有数不清的资源和财富。你现在的身体素质已经是一流，可谓已经得了道，可要守住这个道，还要使得道更进一步，没有财富是不行的。"

两人边走边说，进入了学校食堂，苏劫按照流程吃完饭消化完毕之后，才问："教练你给我报了什么名？"

"这一片有十多所武校，在开学的时候有个联赛，人人都可以报名。你可以在走之前，最后参加一次大赛，顺便可以赚不少钱，这次大赛的冠军，奖金也有个五十万左右。"古洋道。

"这么多？"苏劫倒是一惊。

"这次十所武校，加上这个地区上百家拳馆的联赛，是昊宇集团出钱冠名，所以奖金比历年都丰厚得多。最近你参加小型比赛赚了不少钱吧，但这远远不够。"古洋摆摆手，"以你的状态，拿到冠军应该没有问题。"

"我这些天打比赛总共赢了十七万。"苏劫咂咂嘴，觉得只要有本事，就可以赚到不少钱。

"等下就去体育馆进行预选赛。"古洋拍拍苏劫的肩膀，"我觉得实战对你来说还是比较重要的，因为你已经掌握了正确的训练方法，如果回去读书，还可以进行正常练习，唯一的就是实战缺乏。"

"既然是昊宇集团出钱，那这钱不拿白不拿，不拿都对不起自己。"苏劫心中想。

他来到了体育馆中，虽然才早上八点钟，可这里已是人山人海，但却秩序井然，就如大型的运动会，学校很多人做管理，分为很多擂台场地。

苏劫在报名的机器上立刻就查到了自己的擂台号，于是他在擂台外面的椅子上等着。

这次比赛是自由搏击，也是站立技，不是打综合格斗，倒地之后就得分，不准继续追打。

这个体育场馆中分为三十多个临时擂台，有裁判。

比赛在紧锣密鼓地准备着。

早上九点钟开始，要一直进行到晚上，实行淘汰制。这样的体育场馆一共有三座，也就是每时每刻都有几百人在比赛。

这是快节奏、高效率的比赛，现在很是流行。

这个地区可以说是全国武风最盛行的地方，各种比赛就如吃饭喝水一样简单，几乎所有的学生都熟悉了这种每天都有比赛的生活。

当然，正是因为这里的比赛多，哪怕是普通学生多打几场也都会成为个狠角色。

苏劫在十三号擂台。

在擂台下面有十多张椅子，坐着的都是选手。

苏劫看着自己的号牌，坐到了指定的位置上。他看见旁边位置上也坐了个少年，眉清目秀，年纪和自己差不多大，正在闭目养神。

他知道，按照号牌规矩，这个少年就是自己的对手，他不由打了招呼。

"同学，等下我们两个是对手吧？"苏劫带着笑意。

这个少年睁开眼睛，看了苏劫一眼，又无动于衷地闭上，理都不理，似乎苏劫根本不值得他开口。

第三十八章
人外有人　胜败骄馁不在心

"这个同学好高傲。"苏劫看这个少年并不理他的招呼，不由得心中警惕了起来，用眼睛的余光偷偷打量此人。

这个少年是自己的对手，自然要知己知彼，才能百战不殆。

暗中观察了一会儿，苏劫并没有看出来这个少年与众不同的地方，身材一般般，呼吸神态也都没有什么高手的特征，在精神气势上也没有什么压迫力，怎么看都是个好拿捏的对手。

"不管了，这次冠军奖金有五十万，如果能够拿下来，就真正地经济独立，可以省下来大把时间做自己想做的事情。"苏劫放空了心思，调整进入状态。

"苏劫，风恒益。快点上来！"

擂台上的裁判喊到了两人，苏劫和这个少年连忙站起来。

前面两个人已经比赛完毕，紧接着就是下一批，比赛时间紧凑，就如排队下锅的饺子。

苏劫戴好拳套，站立好，只等裁判一声令下，就开始战斗。

他对面的那个少年也戴上了拳套，然后就闭上眼睛，背着一只手，似乎自己玩自己的，更加没有把苏劫放在眼里。

如果说前面他不理苏劫的打招呼，是冷漠，那现在就是赤裸裸地看不起和侮辱。

苏劫眼睛眯起来，因为他陡然之间，感觉到了面前这个少年风恒益的犀利。对方真的有恃无恐，体内似乎隐藏着某种可怕的东西，随时会喷薄而出，有毁灭自己的能力。

虽然对方闭着眼睛，可苏劫还是感觉自己被猛兽盯上似的，一阵阵毛骨悚然。

"我不是这个风恒益的对手。"突然，一个念头从苏劫的心里冒出来，怎么都压抑不住。

裁判看见风恒益这副模样，也没有说什么，见怪不怪。他比赛看多了，在擂台上什么稀奇古怪的花样都有，甚至还有学生打醉拳。

"开始。"一声令下。

苏劫身躯开始移动，好像鸡在走路，很轻盈，平衡性、稳定性都极强。在他"踩鸡步"巡游的时候，总给人一种感觉，他好像是站在树枝上的鸟儿，只要有任何风吹草动，就会飞走。

也就是说，他这种动作在擂台上，根本让人无从下手来攻击他。

这是学到了鸡的警惕性，那股遇到一点小事就立刻扑腾飞走的神韵。

"一。"

面对苏劫游走找攻击点，风恒益这个少年并没有动，只是说出来了一个数字。

"二。

"三！"

说到第三声的时候，风恒益动了，他突然窜出，拳已经到了苏劫的脸上。

"好快！"苏劫尽管非常小心，可还是没有料到风恒益的爆发力，在爆发的时候风恒益似乎不是人，完全变成了一头人形猛兽，那股精气神凝聚成了一把刀。

不，是凝聚成了一颗子弹。

甚至苏劫在刹那之间感觉到了，风恒益出拳，体内好像是个火药桶被点燃，猛地膨胀，然后拳如子弹射出。

这速度，这爆炸力，超过了苏劫所能到达的极限。

砰！

苏劫双臂格挡在脸上，虽然有拳套的缓冲，可整个人还是被打得离地，拔根而起，彻底失去了平衡。

紧接着，风恒益的第二拳就到了，开始是前手拳，第二下是后手拳，比起前手拳要重得多。

苏劫本来就失去了平衡，第二拳更是扛不住，但他始终保持了"虎抱头"的姿势，就好像一头猛虎从山洞中钻出来，先要抱住头窜出，免得露头的时候被别的动物所偷袭。

轰隆！

擂台一震，苏劫虽然抱头，可还是被后手拳直接砸翻在地，气血翻涌，手都抬不起来，似乎遭到了小汽车的撞击。

"停！"裁判立刻上前询问，"还能爬起来么？数秒了……十，九……五，四，三，二，一。风恒益获胜！"

苏劫过了二十秒才勉强恢复过来，运用横练的功夫，使得双臂恢复知觉。如果是在综合格斗中，他倒地之后对方扑上来还可以进行打击，他就已经彻底晕厥了。

"拳套都被打烂了。"苏劫爬起来的时候，发现手上拳套好像被野兽撕咬过，被两拳打烂。

"你得庆幸戴了拳套，否则这两拳就不是短暂休克这么简单。"风恒益丢下两句话，下了擂台，看也不看苏劫一眼。

"居然输了，第一场就被淘汰。还想什么夺冠的事情？"下了擂台，苏劫内心深处极其沮丧，甚至不想见任何人，觉得丢脸。他经过这些日子的锻炼，以为是个高手了，可突然出现的这个嚣张冷酷少年，和他年纪差不多，直接两拳就粉碎了他的所有自信。

"不能够沮丧，心态放平和。"苏劫内心再次警惕，"我不过是个初学者，刚刚学习了两个月不到的新人，被人打败也很正常。话说回来，我的速度和身体素质已经很强了，这个风恒益为什么这么强？他的爆发力是我所不能够比拟的，就如扳机一扣，子弹出膛，这种好像拳击，又好像是传统武术中的一些方式，但能够练成这样，身体素质、心理素质都比我要好得多。"

他在三分钟之内迅速平复了下心情，把沮丧全部消除，然后开始思考自己的不足，为什么会输掉，接下来应该怎么进步。

花费了十分钟，他把这些都想明白了，走出体育馆，一身轻松。

古洋还在操场上教学习班的成员散手招式，看见苏劫走出来，招招手，到了一边："你怎么这么快就出来了？"

如果苏劫一直赢下去，就要在场馆内等待消息，绝对不可能出来。这么快出来只有一个原因，就是他被淘汰了。

"第一场就被人淘汰了。"苏劫老老实实地道，"真是天外有天，人外有人。两拳就被人打倒在地，拳套都被人打破了。"

"拳套都被打破？"古洋本来还不相信，但看见苏劫拿出来的拳套，不由得陷入了沉思，"这力量就非同寻常，走，跟我去看看你的对手。"

让学习班的人继续练习招式，古洋带着苏劫重新进入了体育场馆，正好看见风恒益在进行第二轮的对抗。

唰！

两人仅仅是接触了一下，他的对手就捂着肚子倒在地上，痛苦地抽搐着，连裁判都没有看出来是怎么回事。

不过，苏劫勉强看清楚了，是风恒益巧妙地勾拳击腹，这是拳击中的手法，大巧不工，速度还是和出膛的子弹一样的"神韵"。

当然，人的速度再怎么都是比不过子弹的，不过可以从子弹出膛的刹那获得"神韵"，领悟到拳法之中。

"厉害，心如火药拳如子，灵机一动鸟难飞。"古洋道，"走吧。你这次输得不冤。原来是他，如果我猜测不错，他是从提丰训练营出来的。"

"提丰训练营？"苏劫一愣，"我倒是知道提丰，是希腊神话之中的巨人，长了一百个蛇头，号称万兽之王。"

"这个世界上，有几个秘密训练营，专门研究人体极限。美国其实早就有所谓的'超人'计划。提丰训练营就是最出名的一个，他们用的是大数据——人工智能，还有各种高科技手段，收集了所有武术资料，经过科学系统的分析，锤炼训练者。其中，有最先进的训练方法，还有现阶段最好的辅助药物，更有无数的临床试验数据，对人的身体、心理进行最为有效的训练，这是我们明伦武校远远比不上的，不过提丰训练营是个秘密基地，不对外开放，谁也不知道在哪里，你可以把提丰训练营当做美国的五十一区。"古洋摇摇头，"这个风恒益应该是风家的人，不知道为什么要来凑这个热闹。本身我们这个联赛就是昊宇集团赞助的，也没有多少钱，风家的人这么小气，还要拿回去？"

昊宇集团的创始人叫风寿成，从一个小型的企业做成了巨无霸的跨国企业，他有好几个儿子和女儿。

苏劫的姐姐苏沐晨就在昊宇集团工作。

"又是风家的人。"苏劫心中怒意又涌了出来，不过他很快就平复下去，变得很冷静。

"这小子杀过人，而且不止一个。"突然古洋压低声音。

"教练，这怎么说？你怎么知道？"苏劫一惊。

"感觉，我的感觉不会有错。"古洋摆摆手，"苏劫，你的技术和身体素质、心理素质都很优秀，但还没有经过真正武术残酷的另外一面，不身临其境，永远无法感受那种生死之间的恐怖和神髓，这是你的缺陷。我上次对你说，武术最根本目的是生存，种地生产是为了生存，但杀敌作战也是生存，你已经把种地生产的东西全部领悟了。"

"我知道了。"苏劫点头。

"你对于这次失败是什么心态？"古洋问。

"其实很平常，格斗哪里有不输的，我不过是个练习了两个月的新手，把心态放平和，从失败中汲取教训就好。"苏劫摇摇头，"人生的路还长着，我这还在起跑线上，做好每一个细节就行。"

"如果你有机会，也可以进入提丰训练营看一看。"古洋道。

第三十九章

射击练习　一点神髓胸中存

"也不知道怎么才能够进入提丰训练营，我倒是想看看其中的训练到底如何，居然能够造就出风恒益这样的高手。"

苏劫心中反复思考，觉得自己哪怕是提前预防，也绝对不是风恒益的对手，对方无论是身体素质、心理素质，还是技术水平都远在他之上。

不过，最为核心的是，对方那拳如子弹的爆发力。

苏劫想要模拟，但怎么都没有这种神韵。

他点开手机，搜索射击场馆。

"苏劫，你在搜索什么？"张曼曼刚练习完毕走了过来，她似乎已经知道了什么事情，想来安慰一下。

"没什么，我在搜索射击训练馆，想感受一下实弹射击的一些东西。"苏劫抬起头来。

"原来是这个。"张曼曼笑了，"这个你要问我，我在美国玩射击轻车熟路，这里也有我爸的朋友，就在市区开了一个大型的射击俱乐部，你如果想去试试，我倒是可以带你。"

"真的？"苏劫一喜，"那麻烦你了，这个人情我以后还你。"

"客气什么，正好我也要练习一下射击，这个东西一天不练手就生。"张曼曼很爽快，"走吧，我向教练请个假。"

很快，张曼曼就带着苏劫到了校外，有一辆黑色的奔驰轿车等在门口，载上两人绝尘而去。大约开了两个小时，在一处类似于度假村的建筑前面停下来。

前面早就有人等着，是个头发银白、很有气质的中年人，看见张曼曼立刻露出了亲切的微笑："曼曼，今天怎么有空来我这里玩，还带了朋友？"

"这是我在武校的同学，想来练习一下射击。"张曼曼上去抱了下这个中年人，"福叔，我爸天天在美国念叨你呢。"

"昨天我还和他通过电话。"福叔笑眯眯，"你同学要去练射击，我让人带一下就是了。小李过来。"

说完，就有个身穿黑色西装的年轻男子快步小跑过来，后面跟着一辆景区观光的电动车，四人坐上这电动车，进入了山庄里面。

山庄很大，景色优美，苏劫看到了依山傍水的高尔夫球场，纯粹贵族休闲娱乐场所。

山庄立有牌子，叫"洗心山庄"。

砰砰砰……

射击声音从巨大的场馆中传来。进入其中，里面有很多人戴上了降低噪声的耳套，对准靶子乱射。

声音响彻之间，让人有种胆战心惊但热血沸腾的感觉。

"这位同学是第一次射击吧？"福叔问。

"福叔好，我叫苏劫。"苏劫开口，"是第一次射击。"

"小李，你教一下他。"福叔道，"曼曼，我们找个地方好好聊聊。"

"好的。"张曼曼扬眉，"苏劫，你自己先玩着。"

"好。"苏劫走到了射击位面前，这时候小李走到了他面前，拿起一支枪，流利地跟他讲解填弹、握把等姿势。

"你学得好快，以前练习过？"小李讲解了一遍，苏劫就完全掌握了，这使他很是惊讶。

"高中军训有拿过，不过是长的步枪，只练习持枪正步走，没有实弹射击过。"苏劫掌握好之后，瞄准，心静下来，仔细感受。

砰！

子弹射出。

在子弹射出的刹那，苏劫的心一片平静，似乎感觉到了撞针在刹那之间，撞击底火，产生了巨大的气流，在瞬间爆炸，推动了子弹沿着螺旋膛线推出，加速到达最大，一击而出，绝不回头。

"心如火药拳如子，灵机一动鸟难飞。这就是拳谱之中口诀的真正神髓。不亲自体会射击，是不可能了解这其中真意的。"苏劫心中更加宁静。

砰砰砰砰……

他连续射击，居然次次都中了靶心。

"我×。"小李都惊呆了，"你确定是第一次射击？虽然这个靶是初级靶，给初学者用的，可也不可能第一次就次次十环。"

"运气好而已。"苏劫连忙回答，"我先练习着，就不麻烦李哥了。"

"好，有事情立刻找我。"小李边走边心中嘀咕，"应该不是第一次打，所有的初学者第一次手都不稳，根本把持不住后坐力，但他比我还稳。"

苏劫完全沉浸在了射击之中。

他练习射击，不是单纯地为了练习准头，而是学习这其中的神髓。

火药爆炸，推动子弹，螺旋出膛。

一刹那的变化，和功夫有很多相同的地方。

功夫就是不停地学习万事万物，把神髓融入其中。

渐渐地，苏劫觉得自己就是一支枪，稍微一动，心炸而拳出，这不是发劲和姿势上的功夫，纯粹是心和意上的催动。

打了半个小时实弹射击之后，苏劫放下枪，已经彻底熟悉了这其中的神韵。

他喊了下小李，问这里有没有沙袋。

"沙袋？你是说搏击健身的场所？有，我带你去。"小李虽然不明白苏劫想干什么，但也知道这苏劫是贵客，要竭尽所能地为之服务。

很快，他就带着苏劫来到了另外一间场馆，里面是各种健身器材。有一些人在练习，在旁边还有教练在指导。

这里居然也有练习拳击、柔道、跆拳道、空手道、合气道、泰拳等现代格斗的项目，但并没有看到传统武术，比如最流行的太极拳。

"我们这里是个度假山庄，专门休闲娱乐养生疗养。"小李为苏劫介绍，"你想学健身，想锻炼肌肉和塑形的话，我们有特级健美教练，如果想学其他的，也有专业人士为你一对一指导，还会配上专业的按摩师、营养师等，这是资料。"

说话之间，小李招招手，让旁边的服务生拿来了制作精美的卡片。

这卡片居然是金属的，上面标注了许多项目，所有项目全天候服务。

"有钱真是好。"苏劫看着上面的内容，心中感慨。他已经看出来，这座度假山庄之中的服务的确是一流，这里的许多教练水平也都很强，更加关键的是一对一。

不像明伦武校，古洋教练虽好，可他一个人要教几十个学生，自然就不可能面面俱到，倒是欧得利，是真正地一对一为苏劫服务。

除此之外，明伦武校还要自己洗衣服，自己去食堂排队打饭、收拾洗刷等，但这里的服务员等于是佣人，一切都帮你打理得舒心、贴心。

比如你是一个富豪，想来这里度假，养养身体，那什么都不用操心，只需要每天锻炼就可以了。

不过，这里的收费也很贵。首先进来要办年卡，一年基本费用是上百万，除此之外，还有很多收费项目。如果想在这里消费、养生，一年花费几百万是很正常的事。

可是苏劫看了下，发现这里的人还很多。

这不禁让他疑惑："国内这么多有钱人么？一年几百万地这么花？难道他们的钱都是大风吹来的？"

反正他是花费不起。

"您需要什么教练？"小李问，"我立刻帮您去安排。"

"不用不用。"苏劫连忙摆摆手，"我自己打打拳就好了。"

他径直走到了拳击区，找吊起来的那种大沙袋。

沙袋分为好几个档次，三十公斤、五十公斤、一百公斤和两百公斤。其中，一百公斤到两百公斤的沙袋是专业级别的，很难被打动。

他走到了最大的沙袋面前，开始活动热身。

在拳击区有几个人也在认真训练，奇怪的是那几个人都是女孩子，穿着紧身健美的运动装，把身材包裹得曲线玲珑。

一般来说，拳击是男人的运动，野蛮粗暴。女子一般喜欢瑜伽、舞蹈等慢性的有氧运动，但最近女子拳击流行起来。

苏劫看过一些新闻报道，说是有些女明星天天练习拳击，带动了社会上的精英女性拳击风潮。

女性学拳击第一是塑形，使得身材变好，第二是在运动的同时，能够有一项防身之技，在苏劫看来倒是不错的。

虽然拳击比赛很残酷，可女性学习又不是去比赛，就打打拳，给自己的身体注入活力而已。

"这沙袋是专业级别训练用的，普通人很难推动，他难道是想打这个？"有个训练拳击的女子停下来观看。

"有可能是装装样子吧，不管他，我们继续训练。"

砰！

就在这时，苏劫热身完毕了。他在刹那之间，想象自己内心深处突然如火药爆炸，推动整个人的身躯向前。

他用的不是拳头，还是"锄镢头"这一招。

抬手一钻，如猛虎下山的同时已经劈下。

只一下，普通人都很难推动的巨型沙袋就被打得晃动起来。

然后苏劫并不停留，闪身，侧滑，又是劈出，连环打击。

砰砰砰砰……

数十下的"锄镢头"，他把自己的速度和力量，还有那股子弹出膛的意境、火药的爆炸韵味推动到了极限。

他整个人似乎多出来了几条手臂。

扑哧！

一声裂帛响彻厅内，这巨大沙袋居然被打得爆裂开来，里面的填充物掉落下来，撒满一地。

"这……"

三个练习拳击的女孩子看呆了，就算是她们的拳击教练、国家级专业队退役的老拳手也大吃一惊，以他专业的眼光看得出来，苏劫的暴击甚至比起很多专业高手都要恐怖。

"很好。"苏劫倒没有在意旁人的眼光，他发现自己的爆发力和拳法的那股韵味强了很多，自己似乎有了一个大的跨越。

这都要感谢被风恒益两拳"秒杀"，让他获得了很多经验，同时也"打醒"了他内心深处连自己都察觉不到的膨胀。

第四十章

洗心山庄　古洋原来有故事

"曼曼，你这次回国不是学武这么简单吧？"

在山庄之中一处幽静的茶室中，那满头银发的中年男子福叔对张曼曼说，他品尝着香茶，"你父亲想回国发展，毕竟落叶归根，这件事情他跟我说过很多次。但现在不知道做什么产业，我们这种做地产的已经是夕阳产业，没有什么好的转型方向。"

"地产的确已经不行了，早十年二十年遍地黄金，现在流行的是网络游戏、影视文化、人工智能、视频直播、区域链技术。我回国已经很长时间了，一直在考察研究，发现将来有前途的产业只有两大类：一是高科技，二就是文化娱乐。除此之外，保健养生当然也还可以，比如福叔你现在做的，其实就是娱乐加上保健养生。但它是为中上层人服务的，并没有占据低端市场。"张曼曼说得头头是道。

"看来你的确是下了一番功夫。你在明伦武校学习，其实也不是为了练武，是想考察一下武校和影视结合的模式对吧？另外，你父亲是不是想挖古洋？"福叔问。

"古洋应该就是当年'审判者'雇佣兵大队的队长，十年前金盆洗手，突然回国，甘愿当个小小的武术教练，也不知道发生了什么事情。"张曼曼道，"不过他的人脉很广，身手高强，熟悉很多危险地方的规则，是个人才。如果能够辅助我父亲，肯定可以使得我们张家的事业更上一层楼。可惜我看他现在的状态，似乎已经决心就这样安然过下半辈子了。"

"经历了那么多大风大浪，现在想过过安稳日子也挺好。"福叔摇摇头，"其实现在最重要的是要发掘年轻人才，对了，曼曼，你今天带过来的这个同学是怎么回事？"

"这是个真正的人才，武功好，智慧高，不是人才，是天才。"张曼曼对苏劫是明显地赞不绝口。

"哦？从来没有看你这么赞美过一个人。"福叔倒是好奇了起来。

"老板。"这个时候，外面传来个声音。

"进来。"福叔点头。

走进来一个身穿黑西装、气质彪悍的男子，对福叔说了两句，福叔脸上明显出现了惊讶的神色："曼曼，看来你带的这个同学的确很有本事。"

"发生什么事情了？"张曼曼也疑惑不解。

"走。"

福叔带着张曼曼来到了一间监控室中，命人回放了苏劫打沙袋的那一段，只见他整个人如多长了几条手臂，最后把沙袋一下劈裂。

这种速度和爆发力，哪怕是普通人都可以看出来，如果捶到了人身上，怕是会被打得血肉模糊。

"这种爆发力，哪怕是国家级职业选手都没有吧，除非是世界级的职业格斗家。"福叔叹息道，"这是哪个武术世家出来的？还是从小经过了专业特殊训练？"

"都不是。您怕是很难相信，这是一个才学习了两个月的人。在两个月之前，他不过是个体能稍微好点的学生而已，顶多是体育课成绩优秀。"张曼曼道，"当然，他用的是劈劲，从上向下劈，有拖拉之力，这样比起拳击的直拳、摆拳、勾拳更有破坏力，其实他如果用直拳也不可能打破沙袋。不过，他的力量和爆发力的确很强，更重要的是年轻，还有潜力可以挖掘。"

"年纪不大吧，我看只有十多岁的样子。"福叔问。

"读高二，十七岁。"张曼曼点头，"而且成绩非常好，他已经掌握到了正确的学习方法，还非常自律，我从他的身上看到了知行合一的品质。"

"知行合一？"福叔不相信，"这是王阳明提出来的做人极高境界，哪里这么容易做到。"

"看着吧，反正这是个人才。"张曼曼道，"对了，福叔，等我在国内弄好了项目，你可要帮忙哦。"

"那是自然，都是自家人，这么客气干什么。我和你爸是生死之交，当年没有你爸，我早死在国外那群黑帮的手里了。"福叔摆摆手，"当年我和你爸商量回国内发展，你爸习惯性稳扎稳打，结果错过了很多机会。这二十年，国内真的遍地都是钱，只要胆子大，俯身去捡就是了。现在赚钱就没有那么容易了，基本上龙蛇归位，大局已定。"

"还是可以杀出机会的。"张曼曼点头，"不过肯定是难了许多倍。"

"明伦武校的模式其实还不错，最近又和风家联手，做人工智能人体训练，加上功夫影视基地，我觉得其中有很大机会。"福叔道，"你考察得如何了？风家的野心很大，当然他们掌握了人工智能的一些核心技术。但是如果把风家最核心的研究团队'晨劫'工作室的人都挖走，他们立刻就会失去最大优势。"福叔在给张曼曼出建议。

"晨劫工作室？"张曼曼似乎获得了不错的情报，"既然如此，那福叔肯定早有一些计划，连这方面的核心资料都有。"

"当然有，风家因为做互联网，现金多，这些年抢了我不少地，使得我的生意遭受了不少损失，我肯定有所针对。这次就把风家的一些核心人员资料给你，算作给你父亲回国发展的礼物如何？"福叔拍拍手，就有人拿来了一叠纸质的文件资料。

"别怪福叔太小心，你看一遍，记住之后，我会收回，然后烧掉，也不用网络传输。"福叔盯着张曼曼。

张曼曼翻开这资料，一页页地仔细观看，足足看了一个小时，才猛地合上，还给了福叔。

"看来你真的受过特工速记训练，才一个小时就把资料记得清清楚楚。"福叔道，"你爸让你回国收集各种商业资料看来是正确的选择。"

"福叔过奖了，这件事情并不是那么简单。"张曼曼似乎把资料铭刻在了脑海深处，"不过我现在单枪匹马，孤木不成林，还需要招兵买马，寻找靠谱的人手，组成一个团队。"

"所以你看中了这个苏劫，还有古洋？"福叔皱眉，"苏劫还好，毕竟是个少年，可以拉拢。可古洋已经是曾经沧海难为水的人物，你凭什么打动他？不过如果打动了他，他是顶尖高手不说，而且还是最好的管理人员。多年前，他成为'审判者'雇佣兵的首领后，使得这个团队从国外三流的团队，一跃成为超一流的团队，只不过后来因为一件事情心灰意冷退出江湖。"

"试试吧，人才罕见，所谓千军易得，一将难求。"张曼曼道，"另外细节上的许多事情，以后还要福叔多多帮忙。"

"这个没问题，有事直接联系我就行了。"福叔脸上笑得很灿烂。

其实，他刚才是做了个小小的测试，发现这老友的女儿的确是个精英。

在运动馆，拳击教练走上前来，"小兄弟，你这练的是什么武术？从上向下劈，劲居然这么大。"

"我这是庄稼把式，叫做锄镢头。"苏劫想了想。

他其实也没有系统地学习过传统武术，虽然说锄镢头这一招是传统武术"心意把"中的母拳，但"心意把"还有很多招式，他都没有学习过，反反复复就是这意把拳。

除此之外，他的各种体能训练，呼吸睡觉吃饭，都是欧得利的那一套。另外，还有古洋教授他的一些散手十八招和他自己打了差不多上百次擂台的经验，当然还有自己学习到的摔跤、拳击、泰拳、踢拳等现代格斗术。

他把所有的武功，都融入了这一招"锄镢头"中，稍微一动，就有很多的变化，但变来变去，还是万变不离其宗，仍旧是一把锄。

正因为如此纯，这才有这么大的威力。

"厉害。"拳击教练道，"小兄弟，要不我们比试一下如何？"

"老师怎么称呼？"苏劫很谦虚客气，因为他知道这里的教练都是厉害人物，拳击也有诸多优点，实战性极强，动作简单，可越是简单，就越易学难精。

拳击只有直拳、摆拳、勾拳，甚至连腿都没有，不但在搏击赛中很强，就算是在街头斗殴，实战性也是一等一。只是动作太丑陋了，抱头躬身，不符合美学，没有被普遍接受。

"唐金。"拳击教练其实年龄并不是很大，也就三十岁出头。不过这在体育项目之中，尤其是搏击类项目，便可以称为绝对的老将了。

"可以和老师学些东西。"苏劫刚刚参悟了拳如火药子弹的韵味，打沙袋还不够过瘾，和人比试是进步最快的手段。

两人戴上拳套，走到了训练台的绳圈之中。

三个训练拳击的女子饶有兴趣地看着两人，当然她们的眼睛盯向苏劫的多一些。

三个女孩子身材姣好，健美而有曲线，看来是经常练习舞蹈的，她们的一举一动都很优雅，似乎受过专门的训练。

苏劫甚至觉得三个女孩可能是明星。

不过他平时不关注什么娱乐圈、影视圈的新闻，对于明星基本上都不认识，当然刘子豪这种家喻户晓的国际巨星除外。

不过能够来到这里的，必然非富即贵。

"我们就用拳击的规则，点到为止。"唐金摆着轻松的步法，左右跳跃，仿佛脚下有弹簧，根本停不下来。

苏劫就静静站立，盯着唐金的眼睛。

眼睛是心灵之窗，人的许多想法，会从眼睛之中流露出来，比如懦弱、祈求、杀意、仇恨等，如果敏感一些的人，单看眼睛，就可以揣摩对方的心思。

突然之间，唐金双目怒睁，如猛虎慑百兽，威气顿生。下一刹那，他的眼睛又变得锐利起来，如老鹰在天空盯住地面奔跑的猎物。

苏劫发现对方眼神变化的时候，有意无意地瞟了自己肋下，一闪即逝，但他知道，接下来的动手，对方的主要进攻点，就是勾拳击肋。

仅仅是三个眼神变化，甚至连一秒都不到，苏劫就洞悉了这么多的信息。

唰！

唐金率先动手了。

他的身躯好像一条蟒蛇，左右摇摆，这是拳击的抱头摇身，目的是在移动中寻找敌人的破绽，同时让敌人无法锁定自己的目标，还有在不停的移动中调整好自己的最佳发力点和打击点。

晃动之间，苏劫似乎觉得唐金是一头冲过来的暴熊，晃动着膀子，摇动身躯，势大力沉。

第四十一章
眼有八法　武术本来就归一

"这和老熊摇树的杀招极其相似。"苏劫学习了古洋的传统武术十八招散手，其中有一招叫老熊摇树，就是学熊站立起来走路，摇摇晃晃，可极其沉稳，能够抱住大树猛烈摇晃上拔，可谓力大无穷。

现在唐金刹那之间的推进，虽然是拳击，可力量和意境都与熊差不多，可见武术都是相通的。

唐金快速摇晃和移动，似乎终于找到了一个最好的发力点和打击位置，突然直拳虚晃，然后下勾拳神出鬼没，击到了苏劫的肋下。

苏劫早就从唐金的眼神之中预料到了他的真实意图，连续躲闪，双手夹紧肋部。

果然，唐金的勾拳击肋到了。但出乎意料的是，这勾拳看似凶猛，就是轻轻碰了下，然后猛地拐弯，如车神的漂移，到了苏劫的腹部。

砰！

苏劫的腹部已经中了一拳，整个人被打得像虾米一样弓了起来。

如果是别人，腹部中了职业选手的勾拳，基本上都会立刻痉挛、倒地不起、失去战斗力，可苏劫的横练功夫相当了得，在腹部中拳的刹那，自动塌陷下去，用细微的肌肉松弛使得拳头的着力点没有彻底打在自己身上，让拳头的威力降低了七八成。

这是他以前难以做到的，但经过了电流刺激之后，使得神经元对肌肉的控制越来越精准。可这对于拳击赛的胜负似乎帮助不大。

在苏劫腹部中拳的刹那，唐金爆发了，连续的刺拳，左右摆拳，朝着苏劫的头部疯狂猛击，这个时候什么招架都已经无用，因为速度太快了，招式套路都无用，只剩下本能。

如果不是拳击规则，苏劫还能够用腿提膝阻挡攻势，但现在只能够一面倒。

双手抱头，在不到两秒的时间头部被击打了至少十拳之后，苏劫猛地倒地，翻滚了两下才爬起来。

他已经输掉了。

"抗击打这么强？"唐金本来以为苏劫应该爬不起来，可对方爬起来之后，似乎还有战斗力。

"到此为止吧。"他摆摆手。

"唐老师你用眼神愚弄了我，这应该不是拳击里面的东西。"苏劫爬起来之后，全身还在隐隐作痛，尤其是脑袋有些不适应。对方拳头太过凶猛，连击速度之快，想不到自己居然连五秒都没有撑过去。

瞬间，苏劫就想到了自己的失误在哪里，那就是观察对方眼神，察觉到了对方肯定要攻击自己的肋下，没料到被对方眼神愚弄，导致腹部中拳，出现破绽，从而全线崩溃。

不过，他并没有因为自己输掉而恼羞成怒，语言还是客客气气，谦虚谨慎，非常有修养。

看见这个态度，唐金心中也是惊讶了下，微微点头，已经认可了这个少年："我这的确不是拳击的东西，而是少林武术的眼神八法。"

"少林武术？眼神八法？"苏劫倒是第一次听说，其实欧得利应该懂得，但他跟随欧得利学习的时间太短了，很多精髓的东西都没有学到。

"眼神八法分为明、暗、实、暴、瞑、波、诱、乞。"唐金很愿意为苏劫讲解，"其中明眼法的意思是两眼集中精神，盯住对方一举一动，随着对方的反应，自己立刻反应。而暗眼法是假装不看对方，眼神散乱，让对方以为你注意力没有集中，产生错觉，实际上暗中注意对方的薄弱环节，突然袭击。实眼法就是眼神庄重，从容不迫，毫不胆怯，堂堂正正，让人知道自己有实力，从而不敢侵犯。"

"那接下来的暴、瞑、波、诱、乞呢？"苏劫听得很有意思，没想到眼神居然还有这么多的作用。

"暴就是怒目金刚，如猛兽捕食，让人心惊胆战。瞑就是眼光上下左右扫射，让人觉得你会对他各个部位进行攻击，从而使得他防上不防下，防左不防右，这样一来，就可以搅乱敌人的战术准备。至于波，就是用余波观察四周，寻找有利打击部位，迅速占据，然后猛然打击。诱就是诱惑欺诈，我刚才就是用的这法，故意瞬间扫了你的肋骨，让你认为我的真正进攻是这个，实际上，我内心想的是打你腹部。至于乞，就是假装眼神可怜，故意示弱，让对方觉得你软弱可欺，心生大意，你突然出手，打他个措手不及。"

"有道理，有道理。"苏劫连连点头，真是学到了不少东西。

"教练，你们就打了五秒钟不到，我们看见你一上来就乱拳击打，没想到其中居然有这么多的门道？"三个女孩子上来，她们根本看不出来其中的门道，最多就是看出来苏劫打沙袋虽然厉害，可真正比赛起来，还是职业的教练唐金完胜。

其中，有个身材高挑、足足有一米七八的女孩子好奇地问："教练，你还学过少林功夫？刚才你说什么眼神是少林功夫？"

"先把拳击学好。"唐金板着脸，"你们三个月后的那个电影其中有大量拳击镜头，如果不好好练习，你们的这场戏拍不好，我可不背锅。你们经纪公司花钱请我当教练，我就要尽职尽责。"

"好的，教练。"三个女孩子认真地打起靶来，一拳拳倒是很有力道。

"我们聊聊吧。"唐金拍拍苏劫的肩膀。

两人在旁边坐下来，唐金问："你的拳法很不错，其实已经进入了某种境界，唯一欠缺的是真正实战，不是擂台那种，甚至不是街斗，而是类似于战场的东西。当然，如果是那些地下世界的角斗也可以。这才是磨炼心意的最好办法。"

这已经不是第一个人对苏劫这么说了。

但他一个高中生，哪里会有这种机会，只能够默默地听着。

"你觉得作为一个武者最为重要的是什么？"唐金再次问。

"应该是品质。"苏劫早就思考过这样的问题，"这才能够在人生的道路上走得更远。比如以前的拳王泰森，他在一段时间可谓统治了拳击，任何高手在他的面前都是一触即溃。可后来因为教练死了，他就开始堕落，荒废训练，生活也放荡不羁，惹出来很多事情，毁了自己的职业生涯，也使得自己的技术和体能大幅度退步，本来他可以走得更远。其实这就是为什么传统武术习武先修德，有了好的品德，做任何事情都可以从容不迫。"

"说得太对了。"唐金一拍大腿，"你想不想做职业拳击手？我可以把你培养成世界冠军。你不要去学习其他的运动，因为拳击是世界上最赚钱的运动，打自由搏击、综合格斗一场的钱，连拳击的百分之一都不到。"

"这个我考虑考虑。"苏劫早就给自己定了人生规划，婉言拒绝。

"不要紧，你还年轻，但也时不等人。在这两年之内，你可以随时联系我。"唐金给了苏劫一张名片，随后他起身训练那三个女孩子。

苏劫观察了一会儿他的训练和发力技巧，倒是再次从中学到了一些东西。

就在这个时候，张曼曼过来："苏劫，今天感觉如何？"

"很好，实弹射击很有意思。"苏劫问，"训练这么一天，肯定要花不少钱吧，我去结账。"

现在他的卡上也有接近二十万元，倒是有一些底气，要不然他都不敢进来消费。

"不用钱。"张曼曼一笑，"这洗心山庄的老板是我的一位叔叔，这次是他请客，走吧，回学校。"

苏劫点点头，和张曼曼出了山庄，照样有车一路送到学校。

回到学校，天色已晚。

苏劫去食堂吃饭之后，照例去小型擂台赛的训练场，看看能不能够找到比赛的机会。

这次运气不错，还真让他排到了。

因为这几天进行了地区武校联赛，很多人报名参加，打了一天实在是太累，没有兴趣再参加小型擂台赛，而且接下来还有好几天的比赛，大家都要休息。

不过，小型擂台赛还有不少的人，这是明伦武校的固定节目，和许多直播平台、视频网站都签约了，每天晚上七点半到十点定时举行直播。

据说，每年的签约费可是不少。

苏劫这次上场生猛如虎，第一场的对手似乎就是个练拳击的，但被苏劫两个摇晃、突然一扑，直接打翻在地。

第二场，是个身材足足一米九多、臂展极长的综合格斗选手，这样的人最为可怕，仗着手长脚长，可以把敌人拒在圈外，只有他打人的份儿，别人根本打不到他。

可苏劫也就是围绕他走了一圈，在刹那之间一扑，这个选手就被按倒在地。

随后，苏劫在接下来的几场比赛之中，不出手则已，一出手就把人扑倒。这个时候，他似乎真的化身成了一头重达千斤的猛虎。

早上被风恒益两拳击败之后，中午和下午去洗心山庄练习实弹射击，终于使得他参悟了"心如火药拳如子"的意境，爆发力强了许多，依旧是"锄镢头"这招，可比起以前，无论是速度还是力量都有了质的飞跃。

他连连获胜，似乎进入了某种状态，或者是在疯狂抢钱。

要知道，胜利一场可以赚个一千到两千块，如果一晚上能够胜十场，就可以赚钱到两万。眼看暑假就要结束，不管怎么样，他还是要回家、回到原来的学校去，所以抓紧时间获得实战经验的同时，尽可能地多赚一些钱。

就在苏劫在小型擂台赛上疯狂获胜的时候，在明伦武校的那栋小楼之中，国际巨星刘子豪正在宴请一个人。

这个人就是两拳击败苏劫的风恒益。

不过，两人吃饭居然是两张桌子，各有自己的一套饮食。

刘子豪吃的是鸡胸肉、牛肉、七八种新鲜蔬菜，还有奶制品、养生汤，汤里面明显有中草药的气味。除此之外，在旁边还有几个瓶子，里面装了补充微量元素的药丸。

而风恒益的桌子上也是牛肉，除此之外，还有几种珍贵的海鱼，但都做得很清淡，没有什么味道，只是他桌子上的蔬菜种类比刘子豪的要多。此外，还有各种瓶瓶罐罐，里面装的是某种特殊饮品。

　　"恒益，你要不要尝尝我们明伦武校的高级养生餐，聂家私房滋补菜，也挺不错。"刘子豪一面吃饭，一面对风恒益说着。

第四十二章
穷文富武　三分靠练七分吃

"不吃。"风恒益直接拒绝，很不客气，"我的吃喝都是自己团队专门带食材，按照最科学的方法来烹调，食材都是从实验室中培养出来，绝对不含任何杂质激素。如果乱了饮食，很容易降低体能。"

"我的这些菜也都是纯天然。"刘子豪笑笑，丝毫不以为然，以他的身份，哪怕是身家百亿的老总对他这么说话，他也立刻会毫不客气让人家出去。

"纯天然未必好，现在土地污染严重，只有实验室中培养出来的，才是真正没有杂质的食材。"风恒益不屑地道。

"你现在团队有多少人照顾你的饮食起居？"刘子豪问。

"三个厨师，携带各种食材、餐具，一辆房车，二十四小时待命，水都是自己带的。"风恒益说着，但语气中没有炫耀的意思，就是陈述事实，"还有三个按摩师、三个医生，另外一辆车，携带各种保健医疗器械，也是二十四小时待命。除此之外，还有为我准备衣服、起居的助理三个，另外保镖五人。"

"咦？你没有教练么？"刘子豪问。

"教练？所有的教练水平都不如我，他们的训练方法太落后了。"风恒益摆摆手，"这个世界上，我只看得起一个教练，那就是'造神者'欧得利。虽然他的体能、动作、呼吸等训练都已经被我们提丰训练营的人工智能所超越，但他的心灵修行训练还是有他的独到之处。"

"他上个月在这里出现过，现在又不知道哪里去了。"刘子豪道，"对了，这次你想挑选三到五个人靶作为你对练的对象，到底找到了没有？其实也不用自己去亲自参加比赛，我给你选几个身体素质好的就是了。"

"不用，我自己来选，自己挑选的最好。"风恒益说话仍旧是不客气，话里的意思就是刘子豪眼光不行。

"的确，想要训练，就必须要人桩，拿活人做靶子是最好的。只有没钱的人才会用什么木人桩、固定的沙袋。"刘子豪道，"在古代，很多富豪、高手就是请一帮壮汉做靶子给自己练武，进展极快。不过在国外似乎已经有了动力机器人，那机器人甚至还会后空翻。我知道提丰训练营已经有了这种仿真机器人作为陪练，输入了各种武术智能程序，你怎么不弄一台？"

"太贵，而且那种科技根本不可能对外开放。不过，我们昊宇集团的人工智能现在也有了突破性的进展。当然，还是人比较廉价，我这几天会自己观察，挑选出来几个人靶，成为我团队的一员，签订终生合同。我的训练有很多秘密，他们绝对不能跳槽泄露出去，到时候我选好了人，你要把他们的资料给我。"风恒益对刘子豪好像是用命令的语气，这让刘子豪眉头一皱，但还是忍住没有发作。

他现在和昊宇集团有很大的合作，不能够得罪这个"小少爷"。

风家之中，掌舵人是风寿成，他的大儿子风宇轩现在掌握集团的投资业务；二儿子叫风谦藏，但一点也不谦虚，也不隐藏，做人高调，拿了钱做影视，投资各种娱乐产业、直播、女团，给艺人做经纪人，倒是弄出来了很大的声响，短短一年时间从三个亿的最初资本做到了数十亿，可谓商业上的天才。

而三儿子也是最神秘的一个，从来没有出现过，甚至很多人都不知道风寿成有这么一个儿子。

可刘子豪是知道秘密的，他知道风寿成把这个小儿子风恒益几岁就送入了提丰训练营，一直到最近两年才出来。也就是说，眼前的这个风恒益在世界上最恐怖、最先进的提丰训练营中接受各种训练，足足有十多年了。

刘子豪也进入过提丰训练营，不过就训练了半年时间。而且他所接触到的，还是训练营中比较浅薄的一部分，但即便是浅薄的训练，竟然也使得他的体能和功夫大增，几乎是爆发式的增加。

现在他想进入其中学习已经没有资格了。

不是什么人都可以进入其中的，曾经刘子豪是帮一位真正的大佬拍了部电影，这才获得了一个介绍名额的资格。

"恒益，你现在发现了人才没有？"刘子豪问。

"我第一场的对手还可以。虽然被我两拳就解决掉了，可他的身体素质当我的人靶还是可以的。这是他的资料，叫苏劫。"风恒益一点头，旁边有个人就给刘子豪递上了照片。

"这个人？是个临时学员，不是我们学校的学生。"刘子豪居然还记得苏劫，"我让他签约我的影视公司，他居然不愿意。貌似要回去高考。"

"是吗？这个人有没有什么背景？"风恒益问。

"应该没有。"刘子豪道。

"那就没有什么问题。"风恒益道，"能够给我一辈子打工也是他的福气，起码衣食无忧。"

"那就看你能不能够搞定这个学生了，这个学生很难搞。"刘子豪道。

"我进行了三年的特工训练，心理、生理，无形、有形的折磨手段都已经精通，只要我想办到的事情，就绝对可以办到。"风恒益的语言虽然嚣张，可那股自信被人听到之后，真觉得他无所不能。

"你以前训练应该也有人桩吧，这些人到哪里去了？"突然，刘子豪问，"当你的人桩的确可以学到很多秘密的东西。在清朝民国的时候，有人成了一些武术世家的人桩，那武术世家的弟子没有练出来，他的人桩反而练出来了。"

"我的几个人桩因为学到了我的东西，想要跳槽，被我清理掉了。"风恒益似乎在说着一件微不足道的事情。

刘子豪沉默了。

他知道，清理的意思就是杀死。

风恒益年纪不大，甚至连十八岁都不到，可已经是真正的心狠手辣、不择手段、实力极强，背后更有强大的财力和地位势力支撑。

刘子豪不说话，风恒益也不说话，都在默默吃东西。

两人陷入了一种尴尬的局面。

而此时此刻，苏劫足足连赢了十三场，体力消耗得差不多了，这才放弃了守擂。结算账目之后，他一共获得了两万六千块钱，觉得心满意足。虽然只是一张银行卡，可揣在口袋里面沉甸甸的。

然后他就来找盲叔按摩。

盲叔似乎每天比他还要准时，盼望着他来。

一等到苏劫，他就开始按摩正骨检查身体，按着按着，突然皱眉："你的颈椎受到了重击，有些错位。你的头部中拳了，如果是别人怕是直接就被打断脖子了，多亏你的横练功夫非常了得，才保护你没有受到严重的伤害。不过那个下手的人真是狠辣。"

"我没有什么事情吧？"苏劫问。

"可以恢复。"盲叔用针灸帮助苏劫治疗了一会儿，然后才开始电流刺激。

苏劫陡然有一种感觉，今天的电流刺激就是痛苦和舒服，不像以往是纯粹痛苦。

"恭喜你，你现在的神经坚韧程度已经再次上升了一个台阶。"盲叔通过各种数据作为对比，"按照人工智能的推测，你本该在一个月后才能有这种神经反应。"

"我今天挨打，突然就领悟了'心如火药拳如子'的境界，然后去感受实弹射击，学会了发劲。"苏劫把自己的经历说出来。

"这就是顿悟，了不起，了不起。"盲叔连连赞叹，"不过我倒是好奇，以你现在的身手，哪怕是遇到厉害的职业选手，也可以用消极比赛来应付，就算满场跑，对手也很难把你击倒。"

"我遇到了一个厉害的人，和我年纪差不多，拳速、经验、力量、体能、气势都完全压倒我，叫风恒益。"苏劫想问出更多的信息，"古洋教练说他杀过人，甚至不止一个，而且是从提丰训练营出来的。"

"原来是他。"盲叔脸色微变，"那你以后小心一些，这个不比周春，周春只会使下三滥的手段，上不得台面，可这个风恒益就不同了。至于提丰训练营，它是世界上最神秘、最高科技的实验室，训练人体不过是其中一个项目而已。据说这个训练营最初是许多富豪为了求长生而投资建立的一个生命科学实验室，但是后来逐渐变味，成了个谁都无法掌控的存在。"

"本来我以为这些东西离我很遥远，但想不到我居然接触到了。"苏劫摇摇头。

现在他在电流刺激之下，谈笑风生，颇有一些关羽刮骨疗毒的味道。

一顿刺激下来，他浑身舒服，感觉身上涂抹的药膏全部被吸收。

他这些天都在用聂家的秘制油膏，加上电流刺激，使得药膏几乎没有浪费，全部渗透进皮肤之中，增强了皮肤的韧性、活力，改善肌腱关节之间的强度，甚至渗透进入了骨骼之中。

自从用了秘制油膏和那内壮酒之后，苏劫自己可以明显感觉到身体素质大幅度提高，几乎是突飞猛进，尤其是横练功夫，似乎是练习了三五年之久。

第四十三章

寂寞绝望　密室之中心如麻

"身体素质真是不错。"盲叔点点头，"我实话告诉你，这秘制油膏和内壮酒是我们明伦武校最好的药物，有钱都买不到，在你身上用了不少。但提丰训练营有比这更好的药物，甚至还有各种提升潜能的手术，比如把一些薄弱的关节，换成几乎是不会磨损的特殊材质关节。"

"还有这种事情？"苏劫接受不了把自己身上的关节换成人造的，这让他有一种自己不是纯粹"人类"的感觉。当然，如果是因为病痛的原因还是可以，可单纯为了追求更强而去做，那心理上感觉不对。

"那是当然，这些天我为你讲解了不少人体的结构，其实人体最脆弱、最容易受伤，而且不可恢复的地方就是关节，最关键的就是膝关节。很多练武的人膝盖或多或少都有问题，哪怕是那些职业格斗家，有最科学的训练体系，也难免受伤。"盲叔似乎在回忆一些事情，"人的身体，简直太脆弱了，处处都要小心。人练功其实也就是一个摸着石头过河的过程，既要过河，但也不能够太激进，要掌握一个最巧妙的平衡，并不是一味苦练就可以获得，这就是中庸之道。"

"记住了。"苏劫点头。

"如果有时间，我倒是可以教你很多医学人体学方面的知识，但时间太紧迫。"盲叔其实很想苏劫做自己的学生。

"是啊，要开学了，我的确要回学校处理很多事情。"苏劫对自己的未来也有安排，"我回去看看能不能够办个休学手续，然后再来这里训练。其实高考对于我来说，难度不是很大，哪怕是现在去参加，也可以考上重点大学。只是家里爸妈老姐，还有学校老师校领导怕是不答应。"

"人啊，总是俗事缠身，不会舍弃东西，导致疲于奔命，就如猴子摘苞谷，最后什么都没有获得。"盲叔突然语气十分凝重，"苏劫，你如果没有舍弃一切、一心求道的勇气，那休想练成最高境界。"

"我不这样认为。"苏劫摇摇头，"其实人世间的事情极其复杂，人必须要处于其中，如果全部舍弃、追求某种东西，那其实是无能的表现。真正的最高境界，是在最为复杂的尘世中，游刃有余，自在逍遥，处理好各种关系。其实佛道两家都有这样的人物，道家是庄子，佛家是维摩居士。《易经》八种卦象，相互组合，形成天地万物的各种表象，只要是在其中，就不可能逃脱。我觉得逃脱斩断，反而不是斩断，相反不斩断，反而是斩断。"

"小子，你这个道理是自己体会的？你还知道《易经》？"盲叔大吃一惊。

"是我自己领悟的。"苏劫点点头，"我觉得生活中的一切，都要用自己的智慧来处理好，处理圆满，使得你的内心处于逍遥自在的状态，并不因为外部的环境来影响自己的心思，哪怕是世间所有的厄运都加持在我身上，冲着我来，我也能够化险为夷，从容不迫，这才是真正的圣人之道。"

"苏劫，你这种思想境界，比我还高，真难以想象是你自己参悟出来的。但你要知道，被乱麻缠身，最好的手段就是快刀斩断，而你选择的是去一一解开，这很累。"盲叔道。

"我不认为这是乱麻，而是水，抽刀断水水更流，唯一的办法就是去熟悉水性。"苏劫是真的打内心深处这么想的。

欧得利让他读《易经》，参悟中国最古老的最高智慧，他还真的看出来了一些门道。然后触类旁通，看了一些古老的书籍，比如庄子、老子的著作；还有一些佛经的小故事，就有了自己为人处世的理念。

这也算是形成了自己的世界观和人生观。

人生许多麻烦，他要积极面对，把所有的麻烦一一解决掉，让自己处于逍遥自在的状态，而不是去放弃、逃避。

想到这里，他的内心深处一片舒畅，时时刻刻都处在了一种"逍遥"的体验中。

"不说你将来的成就，单说你对人生的态度，就已经超过了我。以这种心态去面对生活和功夫，你会获得很多意想不到的东西。"盲叔道，"还有几天时间，你的电流刺激已经告一段落，接下来我就为你做一个疗程的心理训练。"

"心理训练？"苏劫倒是有些疑惑。

"你的身体经过这段时间的按摩、针灸和电流刺激已经到了一个顶点，剩下的就是慢慢调养。不过你的心理素质还需要进一步加强，你虽然能够忍受痛苦，可还要忍受一件事，才能够使得你的心理素质更进一步。"盲叔道。

"接下来是要忍受什么？"苏劫问。

"寂寞。"盲叔道，"好了，你加不加入这个训练？"

"我加入。"苏劫思考了一下点头，"我倒是想看看，什么比痛苦更难忍受。"

"其实比痛苦更难忍受的有很多，寂寞、绝望，都比痛苦难以忍受，电流刺激的痛苦，其实也就是特工训练的第一课，而我现在给你的训练，是特工训练的第二课。既然你答应了，那就不要反悔，穿上衣服跟我来。"

盲叔站立起身。

苏劫把身体擦了下，跟着盲叔来到了校外。这里是一个废旧的仓库，仓库里面似乎储存了某些东西，空间非常大，还有地下室。

地下室修得十分坚固，分为许多房间，空空荡荡，十分慑人心魄，好像电影场景中的恐怖地方。

昏暗的灯光，更是给这里增添了一分恐怖的味道。

咣当！

盲叔用钥匙打开了一扇纯铁门，里面是大约十平方米的房间，房间里面空荡荡什么都没有，不过在角落里有马桶。但地面软软的，似乎是一层什么膜，而四周的墙壁、天花板，也是膜。

这膜的唯一用处就是隔音。

进入房间中，关上门，什么声音都听不到，自己的心跳和呼吸完全放大，似乎这个封闭空间中就自己一个人。

"这是真正的隔音密室，装修用的材料，可以隔绝外面的任何声音，也可以吸收里面的噪音。人在这里面会绝对安静，当然也会带来绝对的寂寞。我要做的训练，就是把你关在这其中，让你感受绝望和寂寞。"盲叔在这房间里面的声音变得很诡异，似乎是那种邪恶博士。

"不会吧，就是简单地关着？"苏劫问。

"别小看，这是心理和生理的双重煎熬。你现在看起来没有什么，但过会儿，你就知道其中的厉害。"盲叔语气阴沉沉的，"你决定好了没有，决定好了，我就出去了。"

"好！"苏劫点点头。

盲叔走出了这个房间，关上门的刹那，说："苏劫，你可要知道，这里很荒凉，地下室也没有人找得到。我如果走了，不告诉任何人，你就会彻底死在这里，没有人知道……"

然后门关上了。

这铁门基本上以人力不可能破坏。

苏劫听见盲叔这个话，心中咯噔一下。

他明明知道盲叔是吓唬自己，给自己造成心理压力，可还是忍不住朝坏的方面想。

这是废旧仓库，很少有人来，就算是进入仓库之中，也基本上找不到地下室，就算是找到地下室，里面房间很多，也很难找到自己的房间。自己的声音传不出去。如果盲叔不来开门，自己就真的困死在这里了。

这种情绪一上来，就止不住，越来越扩大。

砰！

房间里面的灯也熄灭了，整个房间没有一丝光线，眼睛根本看不见。虽然苏劫的眼力很好，可在什么光线都没有的房间中，仍旧变成了瞎子，只能够靠刚才的记忆来摸索。

"不行，平静下来。"苏劫立刻就感受到了一种浓烈的黑暗和绝望扑面而来。

他并没有戴手表，也没有带手机，什么都没有带，不能够看时间，导致心里更加焦虑。

呼吸，呼吸……

他干脆躺下，用大摊尸法来睡觉。

因为按摩之后，本身就是睡觉的时候了。

一觉醒来，他睁开眼睛，还是一团漆黑，整个人还是在房间里面，也不知道是什么时候，外面到底发生了什么事情。

"现在应该是凌晨三点钟，因为我修炼大摊尸法睡觉之后，基本上作息正常，每天都是按时起来。"苏劫竭力保持冷静，因为他发现自己内心深处诞生出来了许多焦躁的情绪。

这里没有光，没有声音，更没有人来打扰，还有盲叔的那个话，都让苏劫的恐惧和绝望不停蔓延。

在刹那之间，他有一种要发狂的感觉。

"不行，这就是寂寞和绝望。果然难熬，比痛苦还难。"苏劫强行冷静，不去想这些事，"干脆练功夫好了。"

他拉开架势，准备练功，但突然停止了："如果练功夫，一身臭汗，这里也不能够洗澡，更没有吃的，消耗体力，这万万不行。如果这里有充足的水和食物，哪怕是把我关一辈子，我也不会无聊，可以安心地练习各种功夫。但是现在这里什么都没有，练功也不行。"

还好有马桶，他排泄之后，再次躺下来，做大摊尸法。

但焦躁的情绪挥之不去，甚至是大摊尸法也难以让他平静下来，苏劫失去了平时冷静的心态。

第四十四章
一心不动　世事于我何相干

苏劫在不停地走动。

显得焦躁不安。

体内情绪有一种失控和暴走的冲动。

在国外有这种参赛项目，把人关在密室中，看人能够忍耐多久。但那些参赛的人，在密室之中有灯光、有吃的，而且知道是节目，心理上有安慰，觉得自己很安全，和苏劫现在完全不同。

苏劫在这种环境下，还没有崩溃，心理素质已经很强了。

完全看不见的密室，这已经是一种残酷的刑罚，时间一长，的确比电流刺激更加折磨。

时间就这么过去，苏劫一会儿躺下，一会儿站起来，已经快要崩溃了。

但在到达极限的时候，他就停顿下来，压制自己的烦躁情绪。

也不知道过了多久，他开始又渴又饿。

可是盲叔还没有来。

"难道盲叔真的忘记了？"苏劫心中诞生出来了许多情绪，"盲叔本身是个盲人，如果出了什么事情，我恐怕会渴死饿死在这里……"

按照道理，如果实在是渴得不行，可以喝马桶里面的水，但是马桶里面已经没有水了。苏劫按了按冲水的按钮，发现水箱里面没有水。在自己第一次排泄的时候，已经冲光了，水的管道没有蓄上来。

这就陷入了一种无水、无粮的境地。更为他增添了一分绝望。

而且每过一段时间，他会因为焦躁的情绪而消耗更多身体能量，导致越来越饿。

"不能够这样，一定要冷静下来，无喜无悲，不惧生死，不怕恐怖……"苏劫每次要崩溃的时候，就开始告诫自己，保持脑海深处的那一丝清明。

也不知道快要崩溃多少次，多少次的绝望折磨，苏劫渐渐地用强大的意志使得自己彻底冷静了下来。

他就这样躺着，什么都不想，什么都不做，呼吸保持最平静的节奏。

还是大摊尸法。

他进入了一种大摊尸法更深层次的状态，把自己当做了一个尸体，现在这里的黑暗环境，不正是坟墓和棺材？

自己已经死了，又有什么恐惧和绝望？

有的只是彻底的放松和安宁。

在刹那之间，苏劫觉得这里也挺好，挺放松，似乎可以永远待下去。现在他也不饿不渴了，整个人的生机似乎没有了消耗。

突然，他似乎参悟到了某种修行中"假死"的感觉，这是他修炼大摊尸法从来没有到达过的境界，在这里经过了痛苦绝望的煎熬之后，他把"大摊尸法"突破了。

就这样静静躺着，他没有想任何事情，也没有睡着，脑袋里面很清醒，没有任何念头，心就如一缸清水，忘掉了功夫，忘掉了学习，忘掉了所有，整个人似乎在宇宙的尽头虚空中享受那种无穷无尽的寂寞。

寂寞不是煎熬，而是享受。

这是一种心理素质的提升。

咔嚓！

门开了。

盲叔进来了。

但这个时候，苏劫并没有起来，似乎也并不在意他的到来。

"苏劫，你知道现在过去多久了？"盲叔问。

"不是很关心。"苏劫这才起来，神态安详，极其冷静，这是他经过了折磨和绝望最后使得大摊尸法更进一步的状态。

"时间过去了三天。"盲叔啧啧感叹，"要知道，哪怕是美国的特工训练，在这种情况下，实际上很少有能够坚持下来而不崩溃的，更何况看你这个样子，再坚持两天都没有问题。你的这个精神状态，已经把消耗降到最低，大摊尸法是瑜伽之中最简单，但也是最深奥的一种修行，可谓方便之门。其中有许多境界，你在原来不过是进入了第一层境界——心静神宁，现在终于到了第二层境界，叫似死非死。如果你能够到达第三层境界——活死人，便可置顶。因为这个心理素质的提升，可以改善你的大脑运行、身体分泌，让你的体能进一步提升。心理状态和身体状态之间的奇妙变化是我研究的课题之一。"

"活死人？似乎有个武侠小说里面有这么个人，什么终南山，活死人墓。"苏劫想了想。

"那是王重阳，全真派的开创者。历史上，他修炼的是道家气功，和大摊尸法差不多。他给自己修建了一个坟墓，然后躲在其中，经过三年的修行，终于把自己的心灵修行到达了活死人的境界，从而开创出来全真一脉。"盲叔道。

"历史上是这样的么？那么他的功夫是不是很高强？"苏劫问。

"那我就不知道了。心理素质修行固然可以让身体素质变得更好，可和功夫其实不是一回事，当然，你如果能够达到活死人的境界，去练任何功夫都会进展很快。中国历史上，有很多修行者，他们其实修炼的并不是功夫，而是心理素质，比如张三丰，我认为他的功夫另当别论，但他的心理素质修炼的确是真正大宗师，你有空可以去看看他的《无根词》。"盲叔让苏劫出来，"你在这里待了三天三夜，虽然精神状态很好，身体机能却退化得厉害，得要调养回来，跟我回去，我准备了许多营养品。"

果然，苏劫起来的时候，觉得腿软。任何一个人，三天三夜没有吃饭，都会这样。

更何况，苏劫在前面的时间内，经过了焦虑、绝望，消耗了大量的体能。

"这个我很理解。"苏劫还是可以走得动路，"教练也告诉我，心理素质其实就是一个人的品德。当一个人有坚毅的性格，能吃苦，又可以冷静分析得失，知行合一之后，他做什么事情都可以做得很好，出类拔萃，所以人在最初的时候，树立品德最为重要。一个喜欢偷奸耍滑、好逸恶劳的人，哪怕是把最好的条件摆到他的面前，他也不可能有什么成就。"

"如果我没有猜错，你的教练是'造神者'欧得利。"盲叔突然道。

"你怎么知道。"苏劫一愣，欧得利不让他告诉别人，他也一直没有说出来，但别人猜测出来，他就没有办法了。

"其实在早些时候，他也来到过这里，和我交流过。我知道他想做什么，想寻找超自然的力量，他所寻找的，其实也就心理素质最高明的训练。现在人体方面的训练，精细入微，已经完全被人工智能所剖析，人类永远也超不过人工智能了，人工智能能在一秒钟之内，把人类数千年的知识完全吸收，然后推算出来更多的知识，从围棋上就可以看得出来。"盲叔道，"但是心灵上面的训练，人工智能就无能为力了，因为人的内心是不可控的。"

苏劫听过太多这方面的知识，不过他对于盲叔所说的什么王重阳、张三丰这些人，倒是很想去查一下他们的资料，看看他们的著作。这些人在各种小说中已经被神化，但真实面目其实也就是修行者、心理素质的训练者，如果能够借鉴到他们的一些感悟，肯定可以使得自己对于这方面训练更上一层楼。

"全世界，在心理素质的训练上，其实才刚刚起步。但在古老的时代，古印度、中国古代，各种教派，都进行过详细的研究，只是那时候文明还不发达，很难流传下来，只有文字图形记载。如果有视频，甚至是详细的各种数据那就好了。"盲叔叹息。

苏劫默不吭声，这三天的"关小黑屋"，对于心理素质训练效果真的很大，强过了很多天的电流刺激。

接下来，他跟着盲叔到了一个地方。先喝乳制品、蜂蜜这些东西，调理了肠胃，过了半天时间，再吃一些粥类、汤面，然后按摩调养。

经过二十四小时，他彻底恢复过来，各项生理指标也到达了最高水平。

实际上，他的身体素质非常好，恢复力也极其惊人，这点小事根本不算什么。

在恢复了各项生理指标之后，他再进行锻炼，发现拳法再进一步，拳劲收发自如，而且冷静到达了极点，对于自身的掌控力精确了很多。

"本来，你的这个密室黑屋训练要进行很久，反反复复对你进行折磨，但你直接在三天之内就把心理素质训练完成了。其实你已经刷新了很多特工训练的纪录。"盲叔道，"心理素质的训练很奇妙，突破很容易，佛家就有一朝顿悟的说法。而身体素质的训练，需要日积月累。你的身体素质很强了，不过肌肉记忆缺乏一些，要彻底把各种格斗和招式练习得无意而发，这就是三五年不间断的功夫了。当然，以你的这种修炼，一年就可以达到。"

"我知道了。"苏劫其实心中很清楚，自己的体能、技术、反应，都没有到达巅峰，还有很大的上升空间。

究其原因，一来是自己年轻，才十七岁，二来是仅仅修行两个月，时间太短了。但在这两个月的时间中，他居然能够和一些省级的职业高手一较高低，都是"造神者"欧得利和盲叔，还有古洋的功劳。当然其中还有自己的辛苦和智慧，另外，乔斯也功不可没。

第四十五章

霸道强横　欺人太甚无法天

"这是一壶内壮酒，你拿着，每天喝一口，调理身体。还有一坛秘制油膏，不要滥用，如果进行了大量训练，关节疼痛，就涂抹在上面。"盲叔给了苏劫两样东西，"不要推辞，这是聂霜和我给你的，因为人才难得，我们都希望你走得更远。"

"谢谢两位老师。"苏劫理解这两人的心思，他们是作为一个老师的心态，看见超级好苗子，肯定想不遗余力地去培养。

"实话跟你说，我们也在你的身上获得了不少好处，你也不用心怀感激。以前，我认为你应该在明伦武校学习，成为职业格斗家，但现在看来，这个人生规划对你太过局限了，你有自己的想法，而且小小的明伦武校也容纳不下你，就算你留在这里训练，对你的进步也不会太大。如果有机会，我真的建议你去提丰训练营学习学习。"盲叔摆摆手，"走吧，有时间就多多联系。"

苏劫抱着两个大壶，对盲叔深深鞠躬，然后离开了。

他已经买了当天的车票，明天一早就可以回家，后天去学校报到。

后天就是九月一日，开学的日子。

回到宿舍，他决定先和张曼曼、乔斯、古洋等人道个别。

但宿舍里面不见乔斯，却坐了另一个人。此人西装革履，目光如炬，身上有一种血与火的味道。不知道怎么，苏劫看见这个人，就觉得他随时都会扑上来对自己来个割喉，或者是用最快速的手段杀死自己。

"匕首。"

他目光稍微一动，就看到这个人的西装袖子里面似藏有东西。这东西很隐秘，要不是他跟着欧得利学习过匕首，知道匕首怎么藏，根本发现不了。

当初，欧得利为了快速提升他的胆量，教授了他匕首对战，然后就是大枪对扎。一个是短兵器，一个是长兵器，都是最为实用的战场技术。

匕首在现代特种兵中用得是最多的，用于暗杀、抓捕、侦查等，有易于隐藏、投掷快速等优点。

大枪，现代社会用不到了，在古代战场则是神兵利器，列土封疆之神物。

这两种训练，让苏劫获得了不少好处，可以说，现在苏劫之所以在擂台上勇猛不怕拳，都是这两种训练打下来的底子。

但这也就造成了，他对匕首极其敏感，也对随身携带匕首的人很是警惕。

"你是谁？"苏劫进入房间看见这个人的刹那，有意无意地挪移到了门口，手握在门上，似乎随时防备这个人会扑上来或投掷匕首。

这是最好的应对。

"不错。"这个人看着苏劫的反应，脸上出现了满意神色，"看来的确是有资格做我老板的人桩，来，签字吧。"

这个人丢出来了一份合同："你可以叫我的代号，灰狼。"

这个代号"灰狼"的人，一举一动，都有那种特种兵的气息，而且并不是国内的特种兵，而是国外的那种。

"你老板是谁？"苏劫这些天两次被人强迫签合同，一次是周春碰瓷，还有一次是刘子豪，想不到又来一次。

"两拳把你秒杀的那个，就是我家老板。"灰狼道，"对了，你的朋友乔斯也签订了这个合同，作为我家老板的陪练，也就是人桩。这对于你很有用处，可以快速提高你的水平。"

"是吗？"苏劫看了看合同，很多页面，但他一目十行，很快就看到了其中的关键点，"包吃包住，为期五年？不过这五年时间必须要随时随地二十四小时待命？还没有薪水？你们这个合同，可真的很有趣。"

"哪怕是一个普通人，只要当我家老板的陪练，很快就可以成为高手，你知道多少人想要成为我家老板的陪练吗？"灰狼冷笑了下，"你的朋友乔斯看得准，希望你不要错过这个机会。"

"不好意思，我并不感兴趣，你们还是找别人吧。"苏劫摆摆手。

"你还年轻，有些东西不能够错过。"灰狼站立起来，"我再给你三分钟时间考虑。"

"不用了，请你离开。"苏劫没有什么好话，他已经看出来，面前的这个人强横霸道惯了，以为国内是国外，还不熟悉国内的情况。

"很好，你直接拒绝了一份可以改变你命运的合同。"灰狼拿出个打火机，把面前的合同直接烧掉，火焰映照在脸上，说不出的狰狞。

在燃烧之中，他朝着门口走来。

苏劫身体侧开，让他出去。

但就在两人交错之间，突然苏劫感觉到汗毛竖立起来，巨大危险降临。

灰狼手上不知道什么时候多出来了一枚漆黑的匕首，没有丝毫光泽，但极其锋利，朝着苏劫的脖子划了过来，似乎想要他的命。

苏劫几乎是在瞬间，身体内缩，头藏在其中，如同乌龟，躲过了这一划，但他身上的衣服被匕首一下划开了一大条口子。

灰狼眼神一动，没有料到苏劫能够躲过自己这一划。

他手臂不停，再次翻转，匕首的弧度十分刁钻，对准了苏劫手腕的手筋。他要把苏劫的手筋挑断，把这个人给直接废了。

苏劫身躯再次一晃，看似向门外逃跑，但却直接钻入了房间中。因为几乎是百分之九十九的人，遇到这种情况，都是朝门外逃走，绝对不会自投罗网，钻入房间，被瓮中捉鳖。

可苏劫反其道行之，钻入房中，到了角落里面，随手一抓，一件兵器就已经握在了手中。

这兵器居然是锄头。

没错，就是苏劫练功的锄头。

他每天凌晨三点起来，提上锄头就去校外的野地里练功，还是"锄镢头"这一招，已经练得信手拈来。

锄头到了手中，似有了灵性，有了生机，都不需要瞄准，稍微一扬一挖，对准灰狼的头就劈了下来。

灰狼皱眉，猛地窜入，避开这一挖，身躯好像蛇一样扭动，要接近苏劫。

锄头很长，在房间内施展不开，而且笨重，如果被近身了，基本上就是一个死。

可这个时候，苏劫再次蹲身，从角落旋转，似乎掌握到了灰狼匕首的轨迹，知道他下一步要怎么做。

他抓住机会，锄头扫地，干扰了灰狼的行动，人已经到了门口，然后持锄而立。

如此一来，灰狼反成了瓮中之鳖。

唰！

突然之间，寒光一闪。

灰狼已经把匕首投掷过来。

苏劫锄头扬起，匕首直接扎到了上面。

如果不是他被欧得利强化训练了匕首对战，今天肯定要吃大亏。

而且，灰狼的各种匕首刺杀技术动作，都和欧得利教的一模一样，简单实用，一击毙命。这是真正的那种执行特殊任务的战士，心狠手辣，一招一式的匕首都千锤百炼。

可是，虽然灰狼把匕首投掷了出去，可他整个身体又扑上来，不知道怎么又多出来了一把匕首，朝着苏劫再次刺杀。

短兵相接，连环匕首，可谓环环相扣，杀人如草不闻声。

扑哧！

苏劫的衣服再次被划开。

还好并没有受伤，但这个时候，灰狼已经把匕首重新夺了回来，身体到了屋外，并且重新把苏劫逼回屋中。

苏劫严阵以待，但灰狼并没有进一步动作。

"你很幸运，我给你小小惩罚，只是划破你的衣服，不然就断了你的手筋，让你一辈子都拿不起东西。"灰狼不屑地道，"有点小成就不知天高地厚，将来死都不知道是怎么死的。"

在说话之间，灰狼已经离开了这里。

"可恶……"苏劫看着自己衣服被划了几条口子，还好没有伤到皮肤，他第一时间就是想报警，但想到了对方有备而来，如果报警可能抓不到任何证据，反而陷入一些不利的局面。

对方应该是国外那种雇佣兵式的特种兵，有各种反侦察能力，在处理这些事情的经验上，他肯定不是对手。

"不好。"他突然想到了一件事情。

"我姐还在风家的实验室中研究人工智能，多次被风宇轩骚扰，如果不是风宇轩这个富二代，我也不会来这里学习武功。"苏劫心中急速地思考，"不过风宇轩这个家伙虽然阴险，还讲一些规矩。而风恒益这个小崽子，办起事来不择手段，我不能够让我姐在昊宇集团中继续待下去，最好是离开。"

本来，他打算和张曼曼等人道别，可想到这件事情，根本坐不住。

"乔斯居然和风恒益签约，成为他的陪练人桩，我找个机会劝劝他。"苏劫检查过后，麻利地收拾好东西，直接准备回家。

打了辆车直奔D市的机场，直接在机场买票。他本来订的是火车票，现在直接就不用了，也不去退票，而是用最快的速度赶回家再说。

他现在口袋里面有两个小钱，就不用思考节省。

小二十万揣在怀里，觉得特别踏实。

"不知道我有了两百万、两千万的时候，会是一种什么心情？"苏劫很快就坐上了飞机，而且还是头等舱。

这不是他故意显摆，而是最近的一趟航班经济舱都卖光了，只有头等舱还有一些票。为了赶速度，他只好多花钱了。

很快，他就到了自己所在的城市。

他所在的城市是真正的国际化大都市S市，极其繁华，航班起起落落，飞向全国各地、世界各地。

苏劫下来的时候，看了看手表，发现才过去两小时。

第四十六章
人工智能　细微毫厘无不达

"有钱真好，那等我以后去 D 市就方便了。不用计较这么多。就好像以前新闻有个明星，在香港走着走着，就飞去伦敦喂鸽子，然后下午再回来。"苏劫下飞机之后，没有去坐地铁，也没有去排队坐出租车，早就有专车接他。

这是他网上预约的接机专车。

很快，他就到了自家小区外面。

他家住的是个老小区，一百多平方米，房子还是二十年前他爸妈结婚时候买的，当时很便宜，现在已经变成了一个巨款，当然周围的新房更贵，他们家可没有能力再买第二套改善居住环境。

到了家里，居然没有人。

现在是中午，要开学了，老妈是大学教授，老爸是保安队长，都很忙。至于老姐整天在实验室研究。

苏劫拿自己的手机拨通了老姐苏沐晨的电话，可是手机关机。

"还在搞研究……"苏劫知道，自己老姐的实验室里面是没有信号的，属于绝对秘密。

"算了，我还是买营养品吧。"

他点开明伦武校的网站，买了一大堆营养品，花费了足足三万元，估计能吃一个月左右。他通过亲身体验，已经知道了明伦武校的各种保健营养品非常有效，能够更好地辅助自己锻炼，使得体能进一步提升。

当然，这还是营养品的一部分，另外还要有更大的潜力，伙食也得跟上。

在明伦武校的贵宾食堂中有各种套餐，现在可是吃不到了。

但作为 S 市这个国际性大都市，只要有钱，什么都可以买到。

苏劫在网上浏览着各种养生菜，突然，他发现了"聂家定制私房菜"。

"这应该是聂霜家里开的连锁店？"他看着看着，就看到了当初和欧得利教练吃的许多菜谱。再一看价格，吓了一跳。

"我的乖乖。"他看见上面的每道菜定制，都是在数千元甚至万元不等。

自己怀里的二十万，只怕吃不了几天就得破产。

"世界上那些职业格斗家似乎有营养师制定食谱，然后有专门的大厨二十四小时待命，还有按摩师、陪练师等一个团队，专心训练，才可以越来越强。但这花费也很厉害啊。我看看……拳王帕斯奇每年花费在自己身体上的调养是数百万美元，真是一群有钱人，我这二十万为了锻炼，扔进去水花都不溅一个。"

苏劫这个时候才知道自己钱少。

在明伦武校的时候，每天有机会打打小型擂台赛，赚个万儿八千的，就不把钱当钱，现在回到家里，没有了这份收入，顿时觉得捉襟见肘。

虽然他还有一些钱，可算计起来花费还不够，偏偏这些钱都是投资到自己身体上，是绝对值得的。

"算了，再想办法，我看开学去报到，能不能把休学的手续办下来，如果能够办下来，就去明伦武校再练一年时间，应该就够了，可以把武功、身体全部定型下来，两个月的时间太短了，虽然学到不少东西，可还是需要长时间训练的那种气氛和全身心的投入，我虽然对盲叔说那种逍遥自在，一切都可以迎刃而解的态度，可毕竟不是圣人，肯定做得不好，无论如何，我的训练不能停下来，否则对不起欧得利教练。"

苏劫心中快速地盘算。

咔嚓。

这个时候，门开了。

一个身材高挑的女孩子，身穿白大褂、平底鞋，戴着眼镜，头发似乎没有梳理过，乱糟糟的，但面容很是清秀，她提着包进来，看见了苏劫，突然发出来了一声尖叫："你是谁？怎么会在我家里？"

"老姐？你回来了？"苏劫一愣，"怎么，不认识你老弟了？"他摸摸自己的脸。

"你……"白大褂的苏沐晨听出来了声音，摘下眼镜揉了揉眼，再戴上，"似乎有点像，你真的是我老弟，妈呀，你去整容了？长高了这么多？"

"是吗？"苏劫摸摸自己的脸蛋，他这两个月变化的确太大，"造神者"欧得利的塑形训练，加上盲叔的按摩针灸电流刺激还有自己的苦练，各种高级营养品的堆积，加上他正是长身体的时候，几乎一天一变。

无论是相貌，还是身材，他都和两个月前大不一样。

脸蛋的线条变得更加帅气，身材更是不用说，比起那种专门的健美冠军还要匀称得多，除此之外更重要的是精神气质，英气逼人，朝气蓬勃，一举一动身形都笔直，就如训练的军人，给人一种干净利落、雷厉风行的感觉。

"你去当兵了？"老姐苏沐晨凑近了看，最终确定，眼前的这个家伙是老弟苏劫，"气质大变，好像经过了军队的洗礼。"

苏劫家里有个亲戚的孩子，很是顽皮，吊儿郎当，整个人就好像是二流子，后来送去当兵，也就才两三个月的时间，整个人大变，彬彬有礼，气度从容，容光焕发，好像被回炉重造了一番。

"没有，我就是去明伦武校报了个暑假短期武术培训班。"苏劫道，"这事爸妈还不知道，别告诉他们。"

"你变成这个样子，他们回来不问才怪。你说你去参加一个英语口语交流的夏令营，结果去武校学功夫了？"苏沐晨反复上下打量着自己弟弟，"不会是因为风宇轩那件事情吧？"

"老姐，上次我真的拍到了他在会所说要把你弄到手的话，还有说你现在完全在他的掌控之中，想让你干什么就干什么。只是我拍到的东西被他属下抢走了，还把我丢了出去，连我保存在网上的记录也消失了，我根本没有什么证据。"苏劫这番话似乎说了好几次。

"好了好了，我知道。"苏沐晨摆摆手，"那风宇轩的确是在追我，可也没有做出来什么出格的事情，其实我对他并不感冒，但好歹在昊宇集团里面工作，我现在主持团队研究的项目很关键，根本不能离开，如果这个项目成功，我和我的团队在里面会有一部分股份，按照最小的估值，我算起来都有好几个亿。一旦有了钱，我就离开昊宇集团，自己创业，到时候咱爸妈也不用工作了，可以安心休息养老过好日子，你看看我们的这个房子也很旧了，可以买几套新房子，然后请保姆照顾爸妈，另外，你以后谈女朋友、结婚都需要新房，现在这个样子，肯定没有女孩子和你谈婚论嫁。"

"算了算了。"苏劫立刻告饶起来，"我现在高中都没有毕业，结婚谈朋友什么的太遥远了吧。还有，老姐，我可不想你被人称为'扶弟魔'。不过你是个搞研究的，肯定斗不过这群商人，各种合同要看好，别上当受骗了，还有任何口头承诺都不算数的，先落实到纸面上再说。"

"这个不用你提醒。"苏沐晨知道自己这个弟弟从小就早熟，比成年人还懂事，"我带的这个团队大家都好不容易有个高档的研究环境，只有昊宇集团提供资金，如果我现在离开，道义上说不过去，另外合同上规定的违约金我赔偿不起。"

苏劫沉默了，他知道这件事情没有那么简单，只有让老姐小心，自己现在会了功夫，想必可以做很多事情，暗中保护老姐。

但他想起来了风恒益，还是觉得没底气。

"对了，最近有好多公司接触我们这个团队，想挖走我们，甚至愿意出违约金，公司为了稳定人心，给我们发了一大笔奖金，我给你转过去一些，多买点好吃的。"苏沐晨拿起手机就要转账。

"别别别……"苏劫连忙道，"你老弟我现在自己也赚钱了，你的钱自己留着。"

尽管苏劫坚持，但老姐苏沐晨还是转了过来，居然有十万块。

"老姐，怎么这么多？"苏劫吃了一惊，"太多了，昊宇集团到底给你发了多少奖金？"

"也就几十万吧。"苏沐晨道，"对了，我给的钱不要告诉爸妈，不然又得骂我。不说了，我得洗个澡，睡一觉，再去实验室，加班好几天都没有洗澡，身上都臭了。"

"对了，老姐，昊宇集团可是出了名的铁公鸡，员工工资低，加班多，这次居然给你们发这么多的奖金，你们研究的这个项目是不是很重要，我只知道是关于人工智能的。"苏劫连忙问。

"这个人工智能如果研究成功有可能改变人类的生活。"苏沐晨停下来。

"对了，我听说人工智能甚至可以辅助人进行格斗训练，老姐有没有研究这个项目？"苏劫再次问。

"你还真是说对了。"苏沐晨连忙道，"最近我们在帮明伦武校做一个训练系统，也在我们的项目之中，正好在测试，到时候我给你弄个昊宇集团专门的手机，上面装了一个。不说了，我先去洗澡睡觉，困死啦！"

"昊宇集团经营的范围很多，甚至开始制造手机了？"苏劫赶紧翻开昊宇集团的官网，发现里面并没有任何手机的消息。

昊宇集团是典型的互联网企业，最初做门户网站，后来做游戏、影视文娱产业，然后就是技术软件、安全系统、社交软件等，逐渐形成了自己的品牌，积累了很多技术团队，涉足了很多高科技产业。

"这个集团现金流很多，而且似乎在酝酿什么大招，一举占领市场，成为世界级的商业巨头。"苏劫浏览着官方网站，然后看了各种新闻，不知道怎么的，他脑袋最近特别好使，隐隐约约感觉到了一些不对劲。

第四十七章

君子庖厨　平平淡淡才是真

浏览了这些商业信息之后，苏劫开始看明伦武校网站的一些教学视频。学校网站有一些教学视频很有内涵，其中还有从明伦武校出来的一些全国冠军训练视频和小秘密、小技巧。

这些东西很有价值。

不过需要收费。

"连训练时候喝水都有讲究，什么温度，水之中要加一些什么矿物质，还有在身体表面出汗度，体内温度到达多少的时候喝，喝多少摄氏度的水，才能够保证最好的平衡。"苏劫付费观看了一些视频，倒是又有很多心得。

有些全国冠军的训练，已经精细到了每个动作。

"我现在的实力，大约是省一级的专业队员程度？但训练方法和心理素质比他们强一些，身体素质也还要超过。技术层面因为实战比较少，要差上很多。"苏劫很明白自己现在的实力，"毕竟，哪怕是国家级的格斗专业运动员，也不可能去接受那种特工训练的电流刺激。应该也用不起内壮酒和秘制油膏，更不可能有'造神者'欧得利教练的亲自指导。

"我得总结出来自己的一套训练模式，能够保证自己时时刻刻都在练功，但又不会荒废其他正事。在一些老拳谱中有这样的记载，说是行止坐卧都是练功，无时无刻，都融入其中，神形圆机，整个人的精神状态超然物外，我的精神状态还没有到达这种程度。不过，盲叔说我的境界已经到达了似死非死的层次，但距离活死人还有很大差距，到底要怎么修炼精神层次才可以到达这种境界？王重阳号称活死人，他的著作我倒是可以仔细看看，说不定能够找得到一些启发。"

盲叔建议苏劫有时间去看看王重阳和张三丰的著作。

其实在大多数人的心中，王重阳和张三丰两个人，都是出自各种小说、影视作品，形象和历史人物完全不同。

在历史中，这两个人都是道教著名人物，他们的心理训练到达了很高境界。

其实，苏劫觉得什么冥想、内丹术等，按照科学的理论来解释，就是心理素质的训练。人的心理素质会很大程度上影响身体素质。

苏劫和盲叔每天按摩的时候都聊天，其中印象最深刻的就是盲叔说如果有人心理素质到达了"无我相，无人相，无众生相，无寿者相"的境界，身体素质会产生极大的变化。

具体变化到底是什么，盲叔说不知道，因为暂时还没有看到人可以到达这种心理状态。

欧得利去到处寻找，也是想寻找这样的人。

"身体素质的训练，需要很多器材、营养品，还有各种讲究。以我现在的条件，不说那些世界级的运动员，就算是国家级运动员的训练条件都无法达到。但我可以进行各种心理素质训练，在身体训练条件上，我肯定比不过风恒益，可心理素质的训练，可以拉近距离……"苏劫渐渐找到了接下来训练的定位。

这个时候，门再次开了。

是个中年男子，身材魁梧，穿着保安制服，正是苏劫的老爸苏师临。

他进来之后，看到了坐在沙发上看手机的苏劫，开始愣了下，在几秒钟之后就认出来了是自己儿子，"你暑假两个月到底去哪里了，电话也不来一个，长成这样都认不出来了。这会儿我要给你妈做饭，没时间跟你多说，等晚上你老老实实给我交代。学校里陈老师给我来了很多次电话，让你去参加补习班。明年就要高考了，你还在外面浪，考不上名校看我怎么收拾你。"

甩出这一连串的话，苏师临提着刚买回来的大包小包的菜就去厨房忙碌了。半小时之后，厨房那边就传来了诱人的香味。

苏劫家里四口人，爸、妈、他，还有姐姐苏沐晨。

一般别人家里都是老妈做饭，而苏劫从记事起，都是老爸做饭、拖地、搞卫生，几乎包揽了所有家务活。老妈什么事情都不干，吃完饭把筷子一扔，要么看电视、刷手机，或者看书、做运动，完全把老爸当做下人使唤。

但偏偏老爸苏师临是乐此不疲，毫无怨言。

而且老爸做的饭很好吃，手艺很棒，而老妈做饭很难吃，甚至煮饭煮粥都会煳，看来从小就是养尊处优惯了的大小姐。

还有奇怪的是，苏劫从来没有听过外公外婆的事情，也没有听过爷爷奶奶。

反正从他记事起，就是一家四口人。

甚至连亲戚都没有半个。

在厨房里面忙了一个多小时，老爸苏师临才出来。他手里拿了个保温箱，里面装的是各种菜、饭，还有汤，"去，给你妈送去。她今天学校有活动，不能回家吃。学校的食堂她吃不惯，快点送去别让饭菜凉了。厨房还有剩菜剩饭，你等下回来吃。公司晚上有保安集训，我要晚点回来。"

说话之间，他匆匆忙忙就出门了。

"嗯？"就在老爸出门的时候，苏劫发现了个细节。

在走到门口的刹那，还没有开门，苏师临脚步停顿的瞬间，耳朵根子动了几下，似乎是聆听门外的动静。在确定没有什么危险之后，他才钻出了门，迅速关上。

这个动作千锤百炼，普通人是根本不会在意这个连一秒钟都不到的细节，以前苏劫也根本不可能想这么多。

可随着欧得利的训练，他不自觉就开始在意生活中的细节和点点滴滴。

在出门的时候，刹那之间聚精会神，聆听门外动静，然后再开门。欧得利曾经也对苏劫有小小的训练，其实这是一种随时准备格斗、在各种复杂地形防止被人偷袭的一些小技巧。别看这个小技巧不起眼，在很多时候可以救命。

"老爸这不是普通保安，好像有些特工的味道啊。普通保安不可能有这种细节。"苏劫闭上眼睛，想了想老爸刚才钻出门的时候，身法似乎也有那么一些意思，很自然，仔细体会，好像水流过石头，轻盈浑然天成，"难道老爸是个高手？"

苏师临是一个公司的保安队长，管理了许多保安，会一些擒拿格斗，这个苏劫是知道的。

本来，苏劫这次在前往武校之前，偶尔跟老爸提起，想学一下格斗。但被苏师临狠狠训斥了几句，还差点挨巴掌，并且告诉苏劫不要学这些打架斗殴的技能，好好学习文化课才是正道。

苏劫只好自己悄悄去明伦武校。

他现在的眼界和两个月前根本不能比，是不是高手，他已经差不多可以看出来。

心中带着疑惑，他提着保温箱出门坐地铁前往老妈所在的大学。

这保温箱很大，里面装很多菜，每样都很精致。其实老妈根本吃不了那么多，可老爸每次都会变着花样做些好吃的。

"我这样子好像个送快递的。"苏劫提着保温箱在地铁上，地铁晃动得厉害，可他纹丝不动，桩功极其了得。

他突然发现，这也是一种训练。

在格斗之中，最怕对方冲撞使得自己失去平衡，导致拳法无力。所以先要站桩练习平衡性和稳定性，保持镇定不要慌乱，才可以寻找机会击倒敌人。

苏劫这点做得很好，欧得利训练他的时候，天天进行排打、冲击，无论是什么样的情况下，他的架子都不会散。

"人可以死，命可以丢，架子不能散。"在摇晃的地铁上，苏劫脑子里面还在思考功夫的事情，他想起来了欧得利的话，"这就如你们中国人的尚武精神，站桩更重要的是站出来一种无畏的精神。人在这里，无论什么姿势，都如一座山、一座高塔，坚不可摧，哪怕是被天灾击得粉身碎骨，可魂还留在这里，若你能够理解这种感觉，功夫定会有所提高。"

正想着这件事情，地铁到站了。苏劫提着保温箱出来，一路步行前往大学。

突然，他发现一个军区机构门口，有几个军人在国旗下面站岗。整个人笔挺，如刺刀似的冲着天空，一动不动，似乎是雕塑，身上汗流浃背都根本不在乎。

苏劫毫不怀疑，哪怕是遇到山崩海啸、天塌地陷，这几个护卫国旗的军人都不会动，死死地守护在这里。

"对，就是这股精气神。"就是刹那，苏劫明白了，心灵有所触动。这几个军人也许身体素质不如他，格斗也不如他，可站在这里的那种精气神，就超过了他。

他细细感受着这股精神气，身躯一挺，整个人的骨骼似乎拉伸了许多。这不是表面上的拉伸，而是整个人突然注入了某种高贵的品质，从而使灵魂深处产生了蜕变。

"平凡的生活中，也随时可以感受到功夫的存在。"苏劫心中很兴奋，恨不得长啸一声。但他把这股兴奋压抑了下去，化为平淡的情绪，淡淡的喜悦让他有一种心旷神怡的感觉。

快步走到了学校门口，看见大学生进进出出，有种青春洋溢的感觉。已经到了开学的时候，大学新生提前报到，开始了军训，呐喊声惊天动地。

"这就是我一年之后的生活？我到底喜不喜欢这样的生活？"苏劫停顿了下。

第四十八章

拳法无意　打爆篮球神威历

苏劫其实一直在思考自己以后的人生规划。在以前他是想读书上大学，但接触到功夫之后，他觉得可以当做一辈子的事业来做。但他不想成为职业格斗家，那样其实是限制功夫的发展。

功夫之目的在他看来，其实是为了探索生命和人体之极限。

所以他还是想读大学，做生命科学方面的研究。

到现在，他的想法也没有动摇。

但他觉得读大学也是在稍微浪费时间，因为大学的课程，他完全可以在几个月时间全部学完。其实高中三年的课程，他在高一的时候就自己购买课本、练习册进行学习，高一第一学期，他做高考模拟试题，都可以得到很高分数，上一本线完全没有问题。

后来在高二，他就是按部就班地学习，并对英语下了一番功夫，口语完全可以和外国人快速交流，甚至翻译。他原本认为学习节奏就是这样，可练习功夫之后，接触到了很多高深学问，就觉得时间紧迫，浪费不起。

在普通人看来高中的学习非常紧张，简直喘不过气来。可在苏劫看来，这种学习太松散了，起码强度要加大十倍才勉强适应。

学习也是一种训练，经受过了超级特工训练流程的苏劫自然觉得这种程度是小儿科，在浪费时间。

"找个时间和老师还有校长、爸妈聊一下这件事情，希望他们能够同意吧，就算不同意我也有别的办法。"苏劫最终确定了自己内心的想法。

很快他轻车熟路，就找到了老妈的办公室。

这所大学是国家重点，很有名气。他老妈是大学教授，还是个小小的领导，有单独办公室。

"妈，我给你送饭来了。"苏劫直接推门进入，果然老妈在里面，不过在和人谈事情。

苏劫老妈叫许影，年龄虽然四十多岁了，可看起来好像不满三十的样子，皮肤保养得很好，每天都是一身干练的制服，不像是大学教授反而像是公司白领。

许影举手投足、一言一行都很有气质，让人一看就觉得家庭背景非比寻常。

突然有人推门进来，和许影谈话的男子眉头微微一皱。

他是个身穿休闲装的中年男子，看起来没有什么，但如果仔细考究的话就会发现这个男子全身的衣服都价值不菲，很细微的领子、袖口都和身材十分契合，做工考究，绝对是出自设计大师之手。

看似普普通通的衣服，穿在他的身上画龙点睛，显得精气神十足。

"小影，我的建议你好好思考一下，等你回复。"中年男子站起来，看着苏劫，打量了两下，眼神中闪过异样的神色，"这是你儿子？长这么高，不错不错。"

说着他就走了出去。

"老妈，你怎么脸色不太好，这个人是谁？"苏劫把保温箱中的饭菜拿出来的时候问。

"一个以前认识的，不关你事。"许影似乎在想事，随口说着，突然打住，盯着苏劫，"你这两个月肯定不是去参加英语夏令营，说，到底干什么去了？"

"我去明伦武校报了个短期武术培训班，练武就长高了。"苏劫嬉皮笑脸，对老妈他很轻松，不像老爸，小时候不听话就打他。好在后来苏劫学习越来越好，挨打的次数就少了很多。倒是每次挨打之时，老妈就出来叫停。老爸苏师临最听许影的话，只要许影说什么，苏师临都会听。

这些年苏劫看出来了，老爸对老妈是言听计从，不像是夫妻，倒像是个助理甚至是仆人。

"你爸交代你不要去学这些打架斗殴的东西，你怎么还去学？"许影神态也有些恼火。

"老妈你先别激动，听我说。"苏劫连忙解释，"其实我学这个是为了老姐。老姐现在公司里面的那个老板在追她，但这个人是个人渣，可是老姐不信，我就收集证据，反而被他的保镖打了，还羞辱我。不然你说我怎么办？另外，学校里面的那个钱峥每次考试都是第一名，他家里是开大型搏击健身馆连锁店的，体育课分数比我高很多，脑子也比我强。我当然就要练一下功夫，看看能不能超过他。"

"这个事，你怎么从来没跟我说过？"许影一边吃饭一边说着，"锻炼身体是好的，不过去健身跑步也能替代。你爸就是怕你练了功夫之后好勇斗狠，整天惹事。你爸以前就是学这个的，任何人学了格斗之后，都会有段时间特别膨胀，不知天高地厚，天天想找人打架。"

苏劫想想，自己也的确有这么个过程。还好他是在明伦武校中，从来不缺乏对手，开始的时候和乔斯对练，后来去参加小型擂台赛，好勇斗狠都在赛场上发泄了出来。再后来，他气质沉浸，性格洗礼，功夫越来越深之后，反而十分冷静，越发地沉着了，完全没有好勇斗狠的心思，有的只是对功夫的研究和思考。

这也是他不想去当职业格斗家的原因之一。

"老妈，如果我想休学，你同意不同意？"苏劫试探性地问。

"什么？"

啪！

许影把筷子往桌子上一拍，菜汤都溅出来："你再给我说一遍。"

"老妈，老妈，别激动别激动。"苏劫连忙把桌子擦干净，不停说好话，他知道老妈许影发火都是雷声大雨点小，和老爸苏师临不同。

苏师临从小的教育就是先打了再说，而老妈许影从来不动手，很有修养。

"你回去对你爸说，你爸同意了，我就同意。"许影喝了口茶，心气平了一些，只是默默快速吃饭，不想理苏劫了。

"老妈，慢点吃，别噎着，细嚼慢咽。"苏劫还是笑着，老妈是吃软不吃硬，而且很是通情达理，他觉得有信心说服她。如果老妈同意了，那老爸就算再不愿意也只有听从。

许影还是不理苏劫。

"老妈，其实我并不是不读书了，只是觉得按部就班的学习实在是太浪费时间。其实我现在就可以去参加高考，保证可以考上一流大学。既然是这样，那我再浪费高中的时间也没有什么用啊。"苏劫苦口婆心地说着，"有些天才不是十四岁就上大学了嘛，考试分数还很高。"

"你这么说的意思是认为自己是天才？"许影都快气笑了。

"差不多吧。"苏劫脸不红心不跳，"老妈，我可以用事实说话，给我几套难度很高的高考模拟试卷，我绝对可以考高分。"

苏劫本来成绩就名列前茅，他说这话很有底气，也不是吹牛。

"你休学了想去干什么？自己有规划么？"许影冷静下来。

"我想返回明伦武校做研究，不是练武，是做研究。我对生命科学、心理学、人体学、医学都很有兴趣，以后上大学就学这门。这次在明伦武校我接触到了这门学问，有个剑桥医学博士，他专门教了我一些东西。"苏劫抬出来了盲叔。

盲叔在明伦武校是个按摩师，可他没有失明之前是剑桥大学医学院博士，这个身份想必可以震慑住老妈。

果然，许影一愣："剑桥医学院的博士很难考，能够考上做研究的都是世界医学界一等一的人才，为什么会去个小小的武校？"

"那就不知道了。还有明伦武校一点都不小，那个国际巨星刘子豪就是明伦武校的，这次还选中了我，让我去做他刘家班的成员，被我拒绝了。"苏劫拿这件事情来说。

"刘子豪？"许影再次打量了下自己儿子，"你这两个月是吃了什么药，长得这么高，身体也好像结实了很多，哪怕是专门练习塑形的专业教练也不可能把你训练到这种程度。"

"那是，塑形健身教练算什么，我的教练可是世界最神秘的提丰训练营'造神者'欧得利。"苏劫内心吐槽了下，但并没有说出来。

"开学就是高三，最重要的一年，你如果要休学的话，还得让你班主任和教导主任、校长同意吧。"许影想了想，"我还是很开明的，你如果真的能够通过难度很大的模拟高考测试考高分，我就让你休学一年，去做你想做的事情，明年六月份直接参加高考怎么样？"

"好，就这么说定了。"苏劫奉承着，"就知道老妈对我最好，学历高、眼界高，不像我爸这个大老粗。等下晚上回家，老爸如果打我，老妈你可要护着我。"

"那就看你表现了。"许影白了他一眼，继续吃饭。用餐完毕后，看着苏劫麻利地收拾好，很是满意，心想："长得也帅了很多，气质也似乎上得了台面，这明伦武校简直堪称神奇。"

只要在两个月前认识苏劫的人，看到苏劫现在的模样和精气神，都会大吃一惊，要么认为他整容了，要么就是做了什么拔高填充肌肉塑形的手术。

这简直可以用"脱胎换骨"来形容。

老妈这里松动了，苏劫心情很好，步子都轻快了一些。从办公室出来，他提着保温箱路过操场，心思放在了功夫站桩精气神方面。

他还在细细揣摩守卫国旗军人的军姿之中那股誓死捍卫、山崩海啸而不动的韵味。

呼！

就在这时，突然飞来一个篮球，朝着他脑后猛地砸来。

原来是操场上，有不远处军训的大学生和教官在比赛篮球，篮球失控，朝着他飞了过来。

眼看要砸上，苏劫脑袋后面似乎长了眼睛，思维也没有过大脑，一手提着保温箱，空出来一只手，猛地回身，自然而然那招"锄镢头"就出去了。

单手狠狠劈在了篮球之上。

这篮球似乎遭到了巨力打击，直接向内塌陷，然后轰然炸开。

篮球被打爆了。

第四十九章

推手文比　一心一意练一把

篮球爆炸的刹那，苏劫自己心中都为之一惊，还好他击打回收的速度很快，否则手还停留在篮球上面，肯定要被炸伤。

"就是这样，回手的刹那，要像沸腾油锅里面捞东西，一触就收。所有的武术，尤其是拳击，讲究的是回手要快。"

顺手打爆了个篮球，他似乎把自己的"锄镢头"这招又加深了一层新的理解。

这些日子，他看视频、上网站，学习了很多武术和招式，可最终用来用去，还是最初的母拳"锄镢头"。

这拳的变化似乎永远没有尽头。

每进步一次，苏劫都觉得古人智慧真的很厉害，难怪把"锄镢头"这招作为母拳，可以在其中浸淫一辈子。

"打爆一个篮球需要多大的冲击力，外国人曾经做过测试，但数据我不记得了，只记得很难。不过我的这次打击是劈，不是直拳，如果用直拳恐怕还要更大力。"苏劫停留下来，感受刚才这一招。

刚才"锄镢头"是无意而发，恰恰符合了拳法中"无意之中是真意"的意境。

如果现在有人再扔一个篮球过来，苏劫肯定无法打爆了。

"如果能够把这种无意之中是真意的状态常态化，那么我的功夫会更进一步。虽然仍旧不可能是风恒益的对手，可也不至于那么快就落败。"苏劫把保温箱收拾一下，并没有离开这里。

因为他看着远处几个人跑过来。

是军训的教官和几个大学生来捡篮球。

打爆了他们的篮球怎么都应该赔偿。

"这位同学，这个篮球……"首先跑过来的是位军训教官，他疑惑地看了看炸掉的篮球。

"不好意思，我赔，它不知道怎么就炸了。"苏劫连忙道歉，"我现在就去买一个。"

"不。"教官挥挥手，"你们去再拿个篮球继续比赛，我和这位同学聊聊。"

几个赶过来的大学生也都散去。

"同学，刚才你的这一拳可真漂亮，如果我没有猜错，是形意拳的劈拳吧，能够把篮球打爆，这劈劲简直是出神入化，能给我再演练一下么？"教官似乎也懂武术。他刚才都看见了，篮球朝苏劫的脑后飞来，苏劫猛回头一劈，篮球就爆炸了。

这种动作，绝对不是巧合所能够解释的。

"我是练过武术，但这招不是劈拳，叫做锄镢头。"苏劫也没有隐瞒，看这教官也是个练武术的，能有个人多交流其实是好事。

武术本身就是交流出来的，一个人在深山老林中闭门造车苦练十年，不如许多人一起研究踢打摔拿几个月。

"锄镢头？"教官一愣，随后道，"你学的少林心意把。我说动作古老朴实，大巧若拙，这一把固然简单，但要练好可不容易，你多大年纪了？"

"十七岁，高二，不，明天开学就是高三啦。"苏劫笑着说，他对军人很是尊敬，刚才还从守卫国旗的军人身上领悟了站桩的神韵。

"你练武多久了？"教官不相信，再次询问。

"明伦武校，两个月，教练是古洋。"苏劫并没有说欧得利。

"不可能。"教官有些不爽，认为苏劫在说谎，他伸出一只手来，"我们试试劲吧。"

这个姿势不是格斗的姿势，而是类似于太极拳推手的动作。

苏劫以前不知道是什么意思，在电视里面常常看到，认为这根本不实用，现实格斗谁会推来推去。后来他浏览各种武术历史、老拳谱，增加了见闻，知道这是一种"文比"。两人搭手，看看双方谁的功夫深，不至于伤人，又显得文雅，很安全。

这在民国的时候很流行，因为武功要走向上层社会，一味地好勇斗狠、打生打死是根本不可取的，无论是哪个时代的达官贵人都觉得这很粗俗，是匹夫行为。

相反，这种两人推来推去，不失儒雅，又较量功夫，说出禅意哲理话，才为上流社会所喜欢，利于武术的推广和传播。

苏劫也把手伸了出去，和教官搭在一起。

就在搭手的时候，皮肤接触，教官突然向前送力，要把他推走。这股力量很快，似乎把他拔起来，使得脚下没有根基。

苏劫下盘一沉，身上好像压了千斤重担，根本不可能被人拔起来，他用上了"挑担子"的功夫。

但这个时候，教官手臂顺势牵引，力量朝着旁边，要把苏劫给顺出去，这一顺很巧妙，很自然，顺手牵羊。

苏劫脑海里面想也不想，任凭对方的力量如何变化，他就是手臂和身体向上猛挑，然后劈落下来。

依旧是"锄镢头"。

吧嗒！

教官好像是被雄鹰捉住的兔子，又好像是被老虎扑住的羚羊，一下就被按在地面，根本动弹不得。

苏劫立刻放开了他，把他扶起来："不好意思，不好意思。我练得不好，没有收住。"

"你这还叫练得不好，那天下就没有人练得好了。"教官起来之后拍拍身上的灰尘，"鹰捉四把染黄沙，你这一捉，真的差点让我血染黄沙。你还会其他功夫么？"

"学会一些其他门派的招式，但主要练这一招'锄镢头'，我觉得这招就够了。练一辈子都值得。"苏劫说话很认真，给人很踏实的感觉。

"一心一意练一把，果然了得。"教官感叹了下，"你真的是两个月练出来这功夫？我可以告诉你，这功夫哪怕是十年都未必能够练成。我知道明伦武校是全国第一的武校，里面高手如云，我们军队里面的很多擒拿格斗教练也是从明伦武校中请的，可也不可能有这么神奇。"

"一心一意练一把。"苏劫咀嚼着这句话，似乎又想到了什么，尤其是一心一意四个字，让他感受颇深。

"好了，我叫于江，从小学习武术，家传太极螳螂，有时间多联系多交流。"教官道，"可以加个联系方式。"

"好的。"苏劫连忙说了自己的名字，互换联系方式，然后指着篮球，"我去买个送来吧。"

"算了，其实篮球砸到你还是我们的错，这会儿我还要去带学生，有时间出来聊聊。"于江教官拍拍苏劫的肩膀，快步跑向了篮球场。

苏劫也快步离开大学。

看着他远去的背影，于江教官停下来远望："不可思议，不可思议，两个月，十七岁，怎么可能有这种功夫？今天是推了下手，不是实战，如果实战起来不知道会如何？"

"推手有些意思，这样比武很安全，的确可以试出谁的功夫高低。虽然就这几下子，可我学到了不少东西。"苏劫走在路上思考着，坐地铁回到家里。

等他回家，老姐苏沐晨已经睡醒去上班了，而老爸苏师临也没有回家，家里又剩下苏劫一个人。

他把老爸留下的饭菜热了下，全部吃干净，口味很不错，手艺虽然比不上聂家私房菜，可至少都是五星级酒店大厨的境界。

苏劫老妈许影吃饭很挑食，可谓食不厌精脍不厌细，在外面吃饭，一般的饭菜根本不会动筷子。

为此在很小的时候，苏劫就记得老爸苦练厨艺，这些年虽然说不上出神入化，可也色香味俱全。

"时间还早，今天没有训练浑身不舒服，还是找个地方锻炼锻炼。去附近公园吧。"苏劫现在是一天不练就身体痒。

小区后面不远处就是个大型的公园，里面早上活动的人特别多，很多老头老太太练习太极拳，还有年轻男女跑步健身。不过现在是下午，大热天暑气很重，倒没有几个人出来。

这种天气，除了那些军训的大学生，人们基本上都在家里或者单位吹空调。

可苏劫根本不在乎大热天，他在田地里锄地挖土挑担已经锻炼出来了。

到了公园，四处无人，他按部就班地进行日常锻炼，还是欧得利的那套，没有改动。因为欧得利的这套训练方法代表了提丰训练营的最科学体系。

以他现在的智慧和见识，还逃不脱这套训练体系，如果妄自改动，反而会适得其反。

今天练功的状态又不同，他把军人笔挺站姿守卫国旗的那种"神韵"融入了自己的"锄镢头"中，发现一举一动都极其挺拔高大，几乎有气吞山河、不动如山、宽阔如海的味道。

渐渐地，他彻底沉浸了进去，反反复复地进行练习，把这股"神韵"化为自己的本能。

"武术，首先是形体，姿势要对，符合力学原理。然后才是神韵。"苏劫心中早就知道，上次在野外看一群鸡争斗、啄食物，这股神韵他融入了"锄镢头"之中，姿势还是同样的姿势，可拳法的气势就犀利了很多。

"鸡有独立之能、争斗之勇、啄虫之巧、抖翎之威、腾空之势，威风凛凛，神意十足，融入拳法之中，自有一股犀利，不过似乎可以把军人守护国旗的神韵也融入拳法之中。对了，祖国的疆域，不就是东方的一只雄鸡么？"苏劫练功之时，突然想到了这点。

中国地图，就是东方雄鸡。

此时此刻，他的脑海中突然涌出来了这样一句诗。

"雄鸡一唱天下白！"

第五十章

东方破晓　雄鸡一唱天下白

长夜漫漫，一团漆黑，魑魅魍魉，祸乱神州，万灵哀叹，民生水火。

突然之间，雄鸡一唱，旭日东升，浮云尽扫，天地明光，欢欣鼓舞。

在练习"锄镢头"的时候，苏劫脑海中的神韵，最初感觉到了四周漆黑沉沉，似乎要把人窒息，但他自己化身了一只雄鸡，在黑暗之中抖擞翎毛，昂起不屈头颅，一声长啸啼鸣，开天辟地，黑暗全部被撕开，迎来了光明，天下白昼。

雄鸡一唱天下白。

砰！

脚踩踏下来，脚下的一块水泥地似乎被踩出来了裂痕。

他的这招"锄镢头"再也不同，姿势还是同样的姿势，可神韵完全不同。

如果说以前的"锄镢头"这招还有些凶狠毒辣，烟火之气。那么现在，只有大气磅礴、势不可挡之勇。

因为黑暗终会散去，光明终会来到。

"就是这个，就是这个。"打完这招之后，苏劫激动得浑身发抖。

这不是控制不了情绪，而是"朝闻道，夕可死"的喜悦。

他苦苦追求的"神韵"，终于在这里找到了。此时此刻，他可谓有了自己的东西。如果不是看到了军人守卫国旗的那种姿态，他绝对领悟不出这一层。

"这应该就是内功心法吧。"苏劫一遍遍地练习着，姿势还是同样的姿势，可"锄镢头"这招已经不是"恨天无把，恨地无环"的意境，也不是古洋的那种收获的喜悦、种植的满足，而是雄鸡一唱天下白的振奋。

祖国地图就是一只雄鸡，河山都在我心中。

每练这一把，他的情绪之中就有一股说不清楚的力量涌动着。

"这才是真正的中国功夫。"苏劫也不知道练习了多久，完全忘记了时间，从中午一直不停地练习到了晚上，灯火初上，他还在练习。这次的训练量完全超过了平时的几倍，可他居然一点都不觉得累，也不疲劳，甚至都不饥渴。

"该回家了。"带着浑身的舒服，苏劫准备回家。

"小伙子，等等。"旁边有个老人连忙叫住了他，"我看你在这里练了三个小时都不停，反反复复练这一招，这是什么功夫？"

这个老人身穿白色练功服，带着茶壶，在身上还印了个"混元太极"的徽章，似乎是这个太极协会的会员。

"大伯，您好。"苏劫很有礼貌，"这是武校老师教我的，就学了两个月，这招叫做锄镢头。"

"锄镢头？"这老大爷显然没有听说过这门功夫，"我看你练得很认真，不过学习功夫需要名师指点。如果你有兴趣，可以来我们混元太极武馆，我们的老师是太极正宗传人。如果没有人看着，练错了反而会伤筋骨，地点就在公园左边。你看！那边的高楼有个牌匾。"

苏劫看过去，果然，在公园不远处的角落有个大牌匾，他以前倒是没有注意。

"好的，谢谢大伯，有时间我会去看看。"苏劫知道这老大爷是好意，笑了笑点头离开了。

老大爷看出来苏劫是敷衍，不禁摇摇头。他找到自己平时练功的场地，一招一式练习起来太极拳，还放着古典音乐，很快进入状态。

他的太极拳舒缓大方，松弛有度，立身中正，器宇不凡，这倒是让苏劫刮目相看。

"这肯定是出自名师指点，看来混元太极馆有时间可以去看看。"

苏劫学习过欧得利的关节操，这是欧得利在提丰训练营融合了太极拳还有各种医学人体学运动所创造出来的，其中也蕴含了很纯正的太极功夫。

正因如此，苏劫一眼就可以看出来太极拳功夫纯正不纯正。

当然，太极功夫练得好不好，和能不能格斗是两码事。格斗需要不停地实战锤炼，数百次、上千次的失败和血泪，才可以掌握其中的技巧，而功夫套路只需要一遍遍地练习就可以了。

练好功夫套路只是格斗的基础而已，就如学习掌握背诵理解各种公式，格斗就是考试。

回到家里，老爸老妈还没有回来，老姐也不在，又是苏劫一个人。

他干脆洗澡之后，把自己的衣服洗了，然后到自己的房间开始温习课本。

语文、数学、英语、物理、化学、生物……这些课本他不停地翻动着，一个个的知识点都在脑袋中回想，一闪而过。虽然整个暑假都没有进行学习，可现在苏劫觉得知识都没有忘记，反而加深了一层。

他再翻看很多的试卷，以前有些很晦涩的知识点也都能够迎刃而解，脑袋前所未有地灵活。

啪！

他合上试卷，前所未有的自信涌上心头。

"弄点吃的去，真是怀念在武校的日子。这时候应该在和乔斯对战，或者是在进行小型擂台赛，然后盲叔替我按摩。"

这种日子成为习惯之后，回到了家里，苏劫反而有些不适应。

"苏劫，你给我出来。"这时候老爸苏师临和老妈许影都回来了。一进门，苏劫就感受到了老爸的"杀气"！

他麻利地跑了出来，就看见苏师临站在沙发旁边，而许影则是坐在沙发上。

"你小子要休学？真是出息了，不知天高地厚，还学会说谎话。"苏师临大为光火，"你偷偷跑去武校学打架斗殴，学什么古惑仔，却骗我们去什么英语夏令营。今天不打死你，我就不姓苏。"

"老爸别激动。"苏劫并没有害怕，而是笑着说，"我是去学功夫，怎么叫打架斗殴、学古惑仔呢。再说了，《古惑仔》是老爸你那个年代的电影吧，我都没有看过。"

"你给我出来。"苏师临三步并作两步就要过来抓住苏劫，先暴打一顿再说。

在小时候，他就是这么进行教育的。

"妈，咱们不是说好了么？"苏劫连忙逃跑，躲到老妈许影的旁边。

"这次你妈也不好使。"苏师临话虽然这么说，可还是停下来，怕拉拉扯扯之中磕碰到了许影，"小影，这孩子现在才多大，就不读书了，这次你可别护着他。"

"行了。"许影摆摆手，"儿子大了，有自己的想法很正常，你们去楼下把这件事情谈妥。还有，苏师临，在路上我是怎么对你说的，你怎么不听我的话。"

"小崽子，你跟我楼下来。"许影的话果然管用，苏师临转身就出门。

苏劫跟了过去，刚到门口，又传来苏师临的话："把门给你妈关好！"

这对父子一前一后到了楼下的小花坛旁边，苏师临终于忍受不住："你平时学习还不错，怎么突然就去学那些流氓混混打架。看老子今天不打死你！"

"等等。"苏劫喊停，"老爸，我再说一遍，不是打架斗殴，是中国功夫！CHINESE KUNGFU！"

"小崽子，你才多大，就知道什么叫功夫？"苏师临更加怒了，"这样，今天咱们爷俩好好练练！你打过我，以后随便你做什么都可以。打不过，老老实实读书考大学，以后不提什么功夫不功夫的。"

"老爸，你不是开玩笑吧。"苏劫连连摆手。

"你怕什么！不是学了功夫么？"苏师临大骂，"就这屌样还学功夫？"

"老爸，功夫可不是用来和您打架的。"苏劫现在心平气和，根本不为所动，没有任何年轻人的愤怒。如果是别的年轻人，恐怕头脑一热，就和自己老爸干上，"这样，老爸，我练一套拳，你看看这拳练得如何。如果精力气骨神都配合上了，完整一气，希望你可以改变对我的看法。"

"嗯?"苏师临看见苏劫的神态,不由一愣,怒火说停就停,"你居然还知道精力气骨神?完整一气?那你打个给我看看,我看你这两个月去偷偷学了什么。"

果然,老爸应该是懂功夫的。苏劫在中午那个出门聆听的细节上就看出来了。

他突然凝神静气,双目锐利,盯住前方。

这股气势让苏师临不由自主地后退了两步,苏师临居然感觉到了巨大威胁。

"到底是怎么回事?居然有如此气势?"苏师临心中根本不相信,自己儿子是什么德行,他清楚得很,怎么两个月就大变样了?

"噫呀!"

苏劫抬手,纵步,一把一挖,停住!收把式!声如雷鸣,夹杂刀剑呼啸,金戈铁马意滚滚而来。

水泥地出现了裂痕。

苏师临再次后退三步,他感觉出来了,儿子苏劫这一把拳势不可挡,几乎有推山填海、扫荡妖氛、天清地明的感觉。

"锄镢头!少林心意把母把!恨天无把,恨地无环?不,不是这股意境。但姿势完美,鸡腿,龙身,熊膀,虎抱头,鹰捉,猴观天,雷声七法齐备。两个月怎么可能练出这种功夫来?二十年的苦练都未必。"苏师临百思不得其解,他甚至都觉得面前不是他儿子,是个什么妖孽披着画皮。

锄镢头这一招别看只是简单的一起一落劈打,实际上任何一动,都有金鸡独立傲视之能、龙蜿蜒夭矫之健、熊沉稳大力之巨、虎威猛呼啸之威、鹰摄拿凌厉之态、猴观天察物之灵,还有雷霆击落无敌之气势。

七法完备,才为功夫,少一法都是花架子。

"老爸,我这一把拳打得如何?"苏劫练完之后问。

第五十一章

宗师气度　河山只在我心里

苏师临沉默了。

本来他是要打儿子一顿，好好教训，可看见这一把拳之后，心中被深深震撼。

眼前的苏劫气定神闲，四平八稳，站立当场，如山岳厚重，丝毫没有普通少年的轻佻浮躁。

"你这把拳的意境是什么？"苏师临突然问，"做任何事情，都有个核心思想，否则就是无根之水。这把拳的形你已经天衣无缝，可其中蕴含的神我看不懂。这一把拳的精神在乎于人之所想，你打这把拳的时候，心中想的是什么？"

"周总理在十二岁的时候就说了，为中华之崛起而读书。"苏劫认真地说着，"我这一把拳心中所想只有两句，河山只在我心中，雄鸡一唱天下白。把河山都装在心中，愿祖国这只雄鸡一唱之间旭日东升，照耀天下。"

"拳有神，势为大。"苏师临看着自己的儿子，"你的这一把拳的确打出来了这股精气神，其实功夫的'形'是固定的，可'神'是千变万化，按照人的性格而定，有狠劲的人，就适合恨天无把、恨地无环的'神'，而性格平和的人，适合种植收获的'神'，什么人练什么样的武，你居然找到了最合适自己的'神'。老爸真的小看你了。"

"老爸同意我休学的事了？"苏劫大喜过望。

"不同意。"

苏师临的话让苏劫瞠目结舌："为什么？"

"这是为你好。"苏师临坐下来，在花坛旁边点了一支烟，"我不知道你在武校经历了什么，固然练出来了功夫，但你所处的那个生活改变了你的心态。所以，你认为在学校里面读书生活是浪费时间，可在我看来，你其实已经浮躁了，需要归于平淡，才能够使得你对人生的态度真正沉淀下来，磨掉烟火之气。"

听见老爸苏师临的这番话，苏劫反而沉默了。

"儿子，你知道什么是龙么？"苏师临突然问。

"龙？"苏劫不明白苏师临想说什么。

"《易经》乾卦之中的潜龙勿用、见龙在田、飞龙在天、亢龙有悔、群龙无首，其实都是讲人。人就是龙，龙就是人。"苏师临道，"《三国演义》中曹操论龙，可谓是精辟：龙能大能小，能升能隐，大则吞云吐雾，小则隐介藏形，升则飞腾于宇宙之间，隐则潜伏于波涛之内。龙既可以在天空翱翔，也可以在田野之间的蚰蟮之洞穴寄居。任何环境，都处之泰然。"

苏劫自从听了欧得利的话，在闲暇之余，也开始苦读《易经》。不过他对其中的许多话都是一知半解，以他现在的人生阅历，还无法读懂这本书的智慧。不过，听了老爸的话之后，他对于其中第一卦见龙在田、飞龙在天、亢龙有悔有了一些理解。

"老爸，那我继续在学校里面读书。"苏劫听得懂道理，老爸的意思是让他能够在平凡的环境中也保持心态，"见龙在田，利见大人。原来是这个意思，龙，隐藏在田野之间，利于自己成为大人物。见的意思不是去见某个人，而是触摸的意思，大人是一种境界。"苏劫说出了自己的见解。

"你居然也懂得《易》。"苏师临再次对自己儿子刮目相看，"我倒是想看看你的功夫老师，怎么把你短短两个月培养成了如此境界，难道他是神？"

"他不让我说。"苏劫道，"不过老爸你迟早会知道的。"

"好吧，上楼去。"苏师临抽完了一支烟。

"对了，老爸，你练的是什么功夫？"苏劫心中一直很好奇，在以前他不明白功夫是什么，现在走入了这个世界之后，他对老爸的功夫更加好奇了。

"先回家吃饭。"苏师临似乎不愿意多和苏劫谈论功夫方面的事情，"你在学校里面读一个学期，这个学期之后，我就不管你了，随便你怎么安排自己的人生。"

父子两人和和气气回到家里。听见苏劫决定继续去学校报名读书，许影稍微有些吃惊，但并没有说什么。

苏师临做了一顿丰盛晚餐之后，一家人其乐融融，只是老姐苏沐晨并没有回来。

吃完饭之后，苏劫又下楼去做运动，练习各种姿势，把欧得利、古洋教的东西温故知新。

而苏师临在阳台上看着楼下练功的苏劫，又点燃了一支烟，双目烁烁，陷入了某种回忆中。

练功，再洗澡，看一会儿书，到了晚上九点，苏劫准时睡觉，凌晨三点起来，洗漱之后，一溜小跑去公园开始了晨练。

无论到哪里，他都保持这个习惯，不因为任何环境的因素来改变自己。

昨天和老爸苏师临聊天，他的心态似乎彻底平静了下来，不以物喜，不以己悲，可以奢靡，也可以简朴，可以在优越的环境中生活，也可以在恶劣的条件下生存。

诚然，在明伦武校的锻炼环境远远超过了家里和高中学校，可如果因为这个，就不适应家里和高中的环境，那对于自己心态的磨炼并不是好事。

他已经完全想明白了。

练到早上六点回家，他正准备买些早餐吃，却发现在家里老爸苏师临已经做好了早餐，是香喷喷的粥、鸡蛋、牛奶、水果、蔬菜、白煮鱼，另外还有蜂蜜和紫色的胶囊。

"这胶囊是蜂胶？"苏劫问老爸，"老爸，怎么今天早餐这么丰盛？"

"是蜂胶，非常养生，你练功必要的营养可以得到补充。这食谱是拳王帕斯奇早餐的一个类别。"苏师临道，"吃吧，吃了正好去学校，今天报名。"

325

"好的。"苏劫坐下来慢慢吃着，依旧遵守不言不语的规矩，这已经是一种习惯，雷打不动。吃完之后吞咽唾液，按摩肚子，起身活动，最后彻底消除了胀饱的感觉，这才开口。

这一系列的动作又让苏师临惊讶不已，他仔细观察自己儿子，发现儿子和两个月前完全不同，功夫方面另外说，对于生活方方面面的态度都已经出现了某种"宗师"潜质。

吃完饭之后，苏劫帮忙收拾了碗筷，然后带着书包挤地铁去学校。

学校今天开学，大早上都是人，尤其是高二升高三的学生，脸上个个都很凝重，谁都知道高三是关键性一年，目的就是考大学。接下来的日子就是每天一小考、三天一大考的题海战术，学习压力如山一般崩塌下来。

苏劫所在的高中是全市最重点的高中，在全国也是排名前三，这是他凭借自己实力考上的。

这所高中的学生个个都是每个地区考上来的尖子生，可以说都有绝活。而苏劫每次考试都是第二名，或者是第三，可见他是佼佼者中的佼佼者。

可惜的是，他始终无法考到第一名。

全校第一名，也就是整个省市的第一名，叫钱峥。各科成绩都稳稳压住苏劫一头，尤其是体育成绩。

而且钱峥长得又高又帅，在苏劫只有一米七五的时候，钱峥就有一米八五，而且一身标准的流线型肌肉，穿上衣服身材和明星差不多，气质出众，在女生圈子里面是公认的学校第一帅哥。

尤其是钱峥家里创立的"星耀搏击健身俱乐部"，在全国很多地方都开了连锁店，生意火爆，品牌价值不菲，可谓是典型的高富帅。

成绩好，身材好，形象帅，富豪之家，集所有光环于一身，苏劫哪怕是再勤奋努力也追不上。

苏劫之所以去明伦武校学功夫，有很大一部分原因是老姐苏沐晨和昊宇集团的事情，还有一部分原因就是和钱峥之间的竞争。

苏劫很想拿第一名，可每次都被钱峥压制得死死的，这让他很不服气，当然还有一位女生夹杂在其中。

现在他踏入校园，觉得以前这些斗气都是笑话，年纪小不懂事，现在想起来只是过眼云烟的一笑。

虽然在明伦武校只过去了两个月，一个暑假，可在心态上苏劫似乎过去了二十年。

踏入校园，看着一个暑假未见的同学，亲切而陌生。

"我靠！你是苏老二？你怎么长这么高了？吃药了？"就在这时几个学生跑了过来发出怪叫。

苏老二是苏劫在学校里面的外号，因为几乎每次考试都是全校或者整个地区第二名，所以被人叫了这个不雅的外号。

"齐帅，张明辉，邹敏，顾顺安，你们四个也长高了不少。"苏劫看着这四个平时玩得好的同学，脸上出现了笑容。

"这下你和钱峥差不多高了。"齐帅挤了挤眼睛，"可以和他争一争我们的宁校花了！今天我们就要进行入学考试，我听说学校引进了人工智能阅卷考试系统，分数当天就可以出来。你如果能够考第一，宁校花就说过干什么来着？还有，你上次的那封情书可以说是文采飞扬，这次给宁校花准备了什么情书？能不能让我们先睹为快？"

"快拿出来，快拿出来。"

几个"死党"再次起哄。

"那都是年少不懂事。"苏劫平静地道，"谈朋友追女生这些事情还是等考上大学再说吧。"

第五十二章
朝花夕拾　往日荒唐随风去

"宁校花"叫宁子夕，也是个学霸，偏偏长得很漂亮。

她和苏劫、钱峥基本上包揽了学校前三名。

钱峥是永远都考第一。

苏劫和宁子夕在二三名之间轮流坐庄，当然多数时候是苏劫第二名她第三。

在学校里面这三个是风云人物。可从相貌上来说，钱峥和宁子夕是公认的金童玉女。毕竟苏劫其貌不扬，身高相貌家庭都没有任何优势。

有次苏劫头脑发热，给宁子夕写了一封情书。宁子夕没有回应，而是让人把情书又塞回了他的课桌中。不知道怎么的，这封情书被传了出去，弄得班级和学校里面沸沸扬扬，很长一段时间苏劫都抬不起头来。

每次那些死党提起这件事情，他都尴尬得不行。

而现在被人旧事重提，他心态没有任何波动，脸上微笑，反而觉得年少糊涂。不过话说回来，谁年轻的时候没有一点冲动。

回想起来，苏劫既没有反省当初的荒唐，也没有咬牙切齿要争夺回场面。他现在的心态就好像是个成年人，回忆起少年时候种种不懂事，缅怀失去的青涩荡漾在心头，万般滋味去品尝。

朝花夕拾。

就是这种感觉。

"我的心态怎么变得这样成熟了？明明只过去了一个暑假。"苏劫发现自己这个心态之时，微微吃惊。

几个死党看见苏劫没有半点尴尬，顿时兴趣减少了很多。

"宁校花和钱峥来了。"齐帅指着远处。

果然一对金童玉女似的璧人并肩行走，男的高大帅气，女的则是亭亭玉立、雍容大方、艳光四射却又让人觉得不可亵玩。

不知道他们在交谈什么。

这一路走过来不知道吸引了多少学生的目光。

"这一对就是我们高三学长钱峥和宁子夕。学生会主席和副主席。"

"真是帅气。"

尤其是高一新生都在议论纷纷。

"苏劫，你不错啊，一个暑假不见长这么高了。"钱峥走了过来看见苏劫，不咸不淡地打了个招呼。

而宁子夕也是笑着点点头开口："你也是学生会副主席，等下开学考试完毕之后，我们学生会还有一项工作，你留下来一起做完吧。"

"什么工作？"苏劫问。

"昊宇集团给学校安装了人工智能的学习系统，学校的数据和昊宇集团共享，还连接到了全世界的许多服务器，我们可以在上面学习到很多专业知识，这是在外面的网络上查不到的。"宁子夕道，"我们三个人先去测试一下，然后写个心得交给教导主任和校长，以后可能还要指导其他学生会成员进行操作，然后普及全校。"

"这个行。"听到昊宇集团，苏劫心中一动，连自己学校都赞助人工智能学习系统，数据共享，怕真的是在下一盘大棋。

苏劫所读的这所高中是全国数一数二的重点，还是某个大学的附属高中，优秀学生甚至可以去大学做各种科学实验，提前享受大学生活，每年也有许多保送名额，全市的初中生都想考入这所高中。

"我们先去报名，等下就是入学考试。"钱峥看了苏劫一眼，"这次入学考试是大摸底，难度很高，甚至比正规的高考试卷都难上几个层次，是新的人工智能学习系统在庞大的数据库中临时出题，据说学校领导设置的难度高出了百分之五十。"

"这次考试是我们市很多学校一起出题目，一起统计分数，一起进行排名，校领导对于这次的考试很重视。我们三个人一定要牢牢把持住市前三名，可不能够掉队。"宁子夕语气很淡可信心十足，显然是暑假做了很多功课。

"这还不算，其实昊宇集团这次帮许多高校装上了人工智能学习系统，出题、审题等都不用老师。为了这次工程，昊宇集团拿出来了一笔奖学金奖励全市第一名的学生，据说奖金有二十万之多。"钱峥说出来个关键性的消息。

"什么？这么多？我记得上次丝绸之路杯作文大赛的冠军也就才十万。"苏劫也惊讶了。

在明伦武校的擂台联赛，冠军是五十万奖金，他本来是志在必得，可惜第一轮就遇到了风恒益，被两拳击败淘汰。

不过高中生的一次考试，第一名奖金居然是二十万，这简直就是天文数字，根本不符合常理。当然，昊宇集团财大气粗，要弄个轰动性的新闻也不稀奇。

"这次的确太高了，昊宇集团想打个广告吧，向全国所有高校都推行他们的这套软件。"宁子夕点头，"我记得奖金最高的是上次洗心集团赞助的全国诗词大赛，总冠军奖金三十万。可惜我和钱峥两人都没有能够拿到冠军，被B市的张晋川拿到了。"

"张晋川的确厉害，我把他当做对手，高考我是希望拿全国状元，他是我最大的对手。"钱峥似乎把这次二十万奖金已视作囊中之物。

"昊宇集团拿出来这么大一笔奖金，其实是做一下测试。二十万对于我们个人来说很多，可对于昊宇集团九牛一毛都算不上，还落了个支持教育的好名声。另外，接入学校数据对集团的好处很多，年轻人就是未来，各种行为习惯，经过大数据分析，对于商业未来的走向有很大参考价值。当然，这还是盘算之一，还有某种更深层次的意义。"苏劫内心深处看问题的角度已经不同，他细细思考，"明伦武校没有拿到那冠军奖金，这次应该可以，就和钱峥争一下试试看。"

看见苏劫沉默不知道在思考什么，宁子夕开口："苏劫，你也要加油哦。"

"走吧。"钱峥摆摆手，"子夕，你的那个健身还要加强，这个暑假的训练是不是塑形很成功？我们星耀搏击健身俱乐部的空手道教练还不错吧。等放学了再一起去练习吧。"

"还真是不错，就是高难度的腾空踢还不会。"宁子夕道，"苏劫，你要不要也一起来练习搏击？这个暑假我都在星耀搏击馆学习空手道。"

听见宁子夕邀请苏劫，钱峥眼睛闪过一丝寒芒。

"算了算了。"苏劫明显察觉出来钱峥的不快，"如果要锻炼，我还是选择中国功夫。"

"中国功夫都是花架子，上不了擂台。虽然这很不爱国，可事实就是这样。各种比赛根本看不到功夫的影子。"钱峥脸上出现了明显的不屑，"夕，暑假那个所谓的功夫大师来我星耀搏击馆说是交流，其实是来踢馆，结果三秒不到就被击倒，你是亲眼看见的。"

"这是我亲眼所见，影视和小说里面中国功夫很厉害，现实中的确一般般。我们还是要认清楚事实。"宁子夕摆摆手。

"好吧，这样一说，我倒是真的想去你的那个搏击馆学习一下了。"苏劫心中一动，本来他对这个兴趣不是很大，可看见钱峥和宁子夕对中国功夫的态度，他有必要扭转一下。

这次去明伦武校学习两个月，苏劫感触良多，中国功夫中国人学习的热情不是很大，可无数的老外则是前赴后继地学习。

他们的那种刻苦钻研精神，求武品质，让人震撼。

再过几年，甚至是十年，中国人想要学习中国功夫，是不是还要去国外找老外学习？

实际上已经如此了，苏劫的功夫之路，就是从老外欧得利开始的。

"那好啊，放学后我联系你。"宁子夕倒是有些高兴，"咱们三个一起锻炼，多个人热闹一些。"

钱峥脸上挤出来一个笑容："苏劫，你要去我给你八折办卡。"

"那太好了。"钱峥的一些小心思全部被苏劫察觉。

"去准备报名和考试吧。"宁子夕道。

三人走入教室中，在大教室里面的视频前面刷脸就等于是完成了报名程序，然后坐到了自己位置上。

班主任进来了，怀里抱着厚厚的试卷。

"同学们，今天是报名也是入学考试，你们跨入高三了我也不多说，准备迎接一年的题海战术，这一年要做的就是考试考试再考试。"班主任是个女老师，叫陈娟，资质很深，教学水平也是一流，而且处事公正，就是比较严厉。

当然，再严厉的老师面对尖子生也是很温和，苏劫就觉得班主任是个很好的人。上次情书事件之后，她还特意和苏劫谈心，并没有大发雷霆。

"这次考试共一天时间。"班主任陈娟道，"平常高考是两天，你们这次只有一天。如果适应了这种强度，那么你们在高考的时候就会如鱼得水。学校网站上的信息你们也都看到了吧，这次入学考试是昊宇集团赞助的，全市高中试卷统一，如果谁能够拿到全市第一名，而且总分在七百分以上，昊宇集团会拿出二十万的奖学金来奖励这位同学。不过，这次试卷综合难度比起历年高考试卷最难的那次还要高出百分之五十。多余的话就不多说了，我希望这次全市第一名要出现在我们班级。钱峥，你有没有信心？"

"当然有。"钱峥站起来，鹤立鸡群，看了看整个班上的同学，然后才坐下，霸气十足。

他常年都是第一，高中两年大大小小的考试，第一宝座从来没有被人夺走过。

"把试卷发下去。"班主任陈娟让前面的同学依次发到了每个人的手里，然后考试就开始了。

班上所有同学都轻车熟路，试卷一到手就开始紧张地答题。

"这次的题目果然很难。"苏劫拿到试卷之后，花了十秒时间就把所有题目扫了一遍，脑海中各种知识点开始发酵，在二十秒钟，他就判断出来了整张试卷的难度。

不过，这些题目对于他来说，都不成问题。

在暑假学功夫的两个月时间，除了英语之外，他都没有进行复习。回来之后也就看了几个小时的书，按道理他的成绩应该下滑，可现在他头脑前所未有地清晰，对于各种知识点理解得更加深刻，就好像突然开窍了似的。

唰唰唰！

钢笔在试卷上书写出来了一个个优美的汉字和符号。

第五十三章

入学考试　十项全能为第一

这次入学考试的题目难度非常高，时间紧迫。

在第一科语文考试到了收卷的时候，班里的很多同学都没有做完试卷。

要知道，苏劫所在学校是全国重点，哪怕是最差的学生考上一本大学都没有问题，可现在面对试卷都是一筹莫展。

就算是钱峥也面容凝重。

"这哪里是难度只高出百分之五十，高出了一倍都不止，昊宇集团到底想干什么？"一堂考试下来，宁子夕都忍不住开始吐槽。

整个班级的人都很沮丧。

不过还没有等他们调整好心态，第二场考试又来了。

一整天要考完四场，对于体力和脑力都是巨大消耗。

第二场是数学，题目更难了，大部分同学连一半都没有做完。

上午两科考试完毕，很多同学连力气都没有了。勉强吃完午饭休息了一会儿，又开始考外语，然后就是文科或者理科综合。

苏劫的班级是理科班，试卷难度更高。理科综合考试下来之后，整个班级都死气沉沉，好像打了败仗的士兵。

"终于交卷了。"苏劫把试卷交上的一刻，感觉比打了一整天比赛都要累，脑子似乎要被榨干，连他的体力都差点支持不住，可见这次考试难度之大。

钱峥也是脸色苍白。

当然，也有早早就放弃的学生。他们看见题目难度已经超过了自己极限，就索性不去做了，这样就轻松很多。

而钱峥是要保持自己的荣誉，所以绞尽脑汁一定要做出来，自然就累得半死。

等所有人都交卷后，班主任陈娟进来，面带微笑："试卷成绩会在一小时后全部批阅出来，这次阅卷是人工智能扫描图像，然后进入系统打分，不会有任何错误，而且分数排名会在电脑上公布，你们就在这里等着。"

以前，如果是全市性质的考试，考完之后，学校组织老师人力阅卷，劳动强度非常大，起码要三四天之后才可以出成绩。

而现在就是把试卷放入扫描机中，一份份的图像进入了系统，考试成绩就出来了，效率提升了百倍都不止。

"那以后批改作业也可以这样了，给老师省去好多时间。"苏劫想着。

整个班级的学生都坐在教室中休息，和班主任陈娟一起等待考试结果。

教室前面有大的计算机投影屏幕，会在第一时间公布全市的考试排名，这次测试看来是昊宇集团和教育部门各个高中商谈合作很久才推出来的一次考试，安排得十分紧凑，一切都讲究效率。

时间一分一秒过去。

突然，在大屏幕上出现了倒计时。

十，九……

所有的人都紧张起来，似乎是真正面临高考出分数的时候。

班主任陈娟看得连连点头："这种气氛可谓让大家提前感受了高考的紧张，如果多来几次，所有同学都会适应高考的节奏，那就不会出现压力过大、考试发挥失常的情况了。"

她当了很多年班主任，看了太多平时考试成绩非常优秀的学生，因为心理素质原因，在高考上失利的事情，对此她觉得非常可惜。

"考试成绩出来了，谁是市第一名？"

"二十万。那可是二十万的奖金啊，我现在都不相信昊宇集团拿出来这么多奖励。"

"这次考得我筋疲力尽，这辈子都不想再考试了，我觉得谁能够考这套试卷七百分以上，拿二十万也应该。"

"是啊，题目太难了，平时我可以考六百分，这次恐怕五百分都上不了。"

"肯定还是钱峥吧，毕竟他每次都是考第一。"

"我也觉得是他。"

"就是不知道他能不能够考到七百分，就算考了第一，没有七百分也得不到这个奖金。"

"看看看，出来了。"

所有的人都屏住了呼吸。

然后都看着上面跳出来了喜庆的红字。

第一名，苏劫，总分七百二十三。

第二名，钱峥，总分七百。

第三名，宁子夕，总分六百九十。

然后就是下面的名单在不停跳跃，公布到前一百名为止。

足足沉默了一分钟，整个教室里面才炸锅。

所有的人都看着苏劫，这简直不可思议。连钱峥都只考七百分，他居然考出来了七百二十三分的逆天成绩。

在平时的考试之中，钱峥的分数都在七百一十至七百三十之间。这次题目难度非常大，钱峥都考到了七百分，也是逆天了。

在大家拿到题目的时候，都认为这种题目，不可能会有人上七百分。

"妈呀，这还是不是人？"

"怎么一个暑假苏劫进步这么大，吃了神药？还是被人传授了功力？"

"你是不是小说看多了，是不是苏劫提前获得了试卷？"

"不可能，这试卷据说是在考试前一小时内系统自动生成，然后打印的。昊宇集团开发这个系统，其实也是防止考试前有人泄露试卷，可以做到完全公平公正。"

"那就是他真正的实力了？这也太恐怖了吧。这次钱峥万年第一的宝座，终于被他拉下来了。"

"是不是情书事件过后，苏劫痛定思痛，发奋学习了一个暑假？可钱峥也没有闲着，似乎都在努力读书和锻炼身体。"

"他也突破七百分了，其实如果不是苏劫，这次他就是第一名，而且妥妥地拿到二十万的奖学金。可惜出了个变数。"

班主任陈娟也大吃一惊，钱峥能够考七百分，她就已经很震惊了，万万没想到苏劫居然可以考到七百二十三分，在第一时间她想到的是试卷泄露了。

可想想不可能，试卷在考试前一小时才生成打印出来，就算是提前一小时拿到也来不及。

"不可能！"钱峥在看到苏劫分数之时，猛地站起来，明显失态。

他很清楚这次题目难度之大，他把所有潜力都逼出来，才堪堪上了七百分，本来以为可以傲视群雄，没料到苏劫比他高出那么多。

以前，他和苏劫的分数始终相差二十至三十分，苏劫根本没有赶上来的希望。现在他居然反过来被超过了这么多分，这让他心里第一时间选择不相信。

良久之后，他才坐了下来，仍旧保持冷静，然后朝着苏劫走过来："恭喜你，这次你终于得了第一，有什么学习经验分享一下吧。不过下次考试，我会夺回来的。"

"以后一起学习，一起进步。"苏劫内心倒是没有什么震惊，他觉得这很正常，内心深处没有丝毫的波动。

他见到了另外一个功夫的世界，眼界开阔了很多。

"苏劫，了不起。"宁子夕眼神之中闪烁好奇的光。

啪啪啪……

"同学们都回到原位，安静。"班主任陈娟拍拍手，教室顿时安静下来，她脸上显现出来抑制不住的喜色，"这次你们表现得非常好，全市前三名都在我们班。当然，这件事情也不能骄傲，再接再厉。苏劫，你上来。等会儿校长会来给你颁奖，你的奖金会直接打到你的卡上去。"

果然不一会儿，学校领导都过来了。

苏劫站在讲台上，可谓是众星捧月。当然，他本身就是前三名的尖子生，在校领导这边早就挂号，作为重点关注和培养的对象。

"苏劫这次可以说是名利双收，出尽了风头，万年老二翻身了。"

"是啊，钱峥看起来很平常，心里肯定不好过，就看他下次考试怎么夺回来了。"

"就算下次考试夺回来，可没有这么大的奖金了。"

"这次是昊宇集团做的一次宣传推广，为他们的人工智能预热，花费不计成本。下次当然没有这个好机会，二十万奖金啊，在这儿都可以买两三平方米房子了。"

"我们那边的豪宅最高都二十多万一平方米了。"

"等下让苏劫请客。"

苏劫在讲台上没有丝毫拘束。

"苏劫同学，谈谈你的感想吧，还有这次如此巨大的巨额奖学金到手之后，你准备怎么使用？"校长是个中年男人，叫赵明，没有官僚的气息，相反身上有浓烈的学术气质。

"我希望这笔奖金不要打入我的卡里，如果可以，请以我们班级的名义，直接捐给山区那些读书困难的学生。"苏劫想了一会儿，这才开口。

"等等，你们看，苏劫说要把这笔奖金都捐出去，给那些山区读书困难的学生。"

"二十万，就这样捐了？还不是以他个人的名义，以班级名义？"

这一句话，顿时又引起了轰动。

"苏劫，你真的要把这笔钱以我们班级的名义全部捐了？"在听到苏劫这句话的时候，班主任陈娟都愣了下。

"是的，以我们班级名义捐出去。"苏劫斩钉截铁地点头。

他在刚才思考了下，其实他很缺钱，尤其是练习功夫之后知道身体素质都是金钱堆积起来的，这二十万可以让他做很多事情了，可最终他还是决定捐出去。

在下定决心说出口之后，他浑身轻松。

钱对他来说很重要，可他在乡下看过了那些空巢老人和留守儿童，自己家庭条件固然比不上那些富二代，可能够享受大城市的教育，比那些乡下的儿童要好很多。

自己能尽一份力就尽一份力，只要有本事，千金散尽还复来。

在学习班的时候，古洋第二堂课教他们挑着大米、粮油送到乡下慰问空巢老人和留守儿童，其实他感触颇深。

把钱捐出去，看看自己到底舍得还是舍不得，根据心态变化来衡量得失，钱对他很重要，可究竟能不能影响他的内心？

第五十四章

取舍炼心　千金散尽还复来

修炼很需要金钱。

所谓是穷文富武。

可苏劫读《易经》，渐渐明白了一些道理。金钱虽不可缺少，可也不能够成为金钱的奴隶，要彻底掌握金钱，取舍随心，信手拈来，挥手如浮云而去。

在做出决定之后，苏劫觉得心中似乎有一丝阴霾彻底消失，取而代之的是无所畏惧和一片光明。

英雄好汉不怕死，但怕什么？

怕没钱。

俗话说，一分钱难倒英雄汉。

哪怕是再清高的人也难免为五斗米折腰，这就是生活，当一个人不为金钱所束缚之后，他的心必定圆润无瑕。

虽然说苏劫不可能彻底摆脱束缚，可他现在有了这个潜意识。

心灵，也就是他的心理素质在一步步地变得强大起来。

最初他在欧得利的训练下，是能够坚持，忍耐痛苦。后来在盲叔的按摩下这种忍耐更加深了一层，在最后的时候，他被盲叔关在黑暗房间中几天几夜，摆脱了绝望情绪，随后他又找到了自己功夫中的"魂"，心理素质大有提升。然后和老爸苏师临的对话之中，参悟出来了在任何环境中都泰然自若的心态。

今天他更是洗练升华了自己，金钱在自己心中可以任意取舍。

就这样一步步之中，他在磨砺自己的心灵，使之更加坚不可摧，更加掌控自如。

这样一来，他的拳法才会更加纯粹，功夫才会再度突破。

看见苏劫把足足二十万的奖学金就这样不眨眼捐了出去，钱峥脸上也浮现出来了极其凝重的神色，而宁子夕则是不明白苏劫这个暑假到底发生了什么，她很好奇。

"晚上学校晚自习取消，现在大家就可以回宿舍、回家休息，明天照常上课。"考试成绩出来之后，苏劫领奖、捐款，也就没有什么事情了。班主任陈娟拍拍手让学生去休息。

"苏劫，我们学生会有事，要去计算机室体验学校新的学习系统。"宁子夕叫住了苏劫。

"好。"苏劫微笑点头。

钱峥这个时候已经完全恢复正常，好像今天考试第二名和他没有任何关系似的，不得不感叹他的心理素质也非同一般。

"走吧，我们试一试之后，还要写个心得呢。"

他作为学生会主席，还是先带头。

学校的计算机室很大，里面的计算机绝对不是普通的电脑，而是有巨大运算力的特殊设备，非常先进。

这是昊宇集团帮忙安装和调试的，据说并没有向学校要钱，而是赠送的。

"这就是人工智能学习系统了。"钱峥走到一台一人来高的计算机面前，上面的摄像头一闪，就进行了面部识别，然后出现了一个声音："钱峥同学，我是人工智能小晨，很高兴能帮助你的学习。"

"这声音……"苏劫听出来了，这人工智能"小晨"的声音和姐姐苏沐晨一模一样，很显然是以她的声音模块为原型。

"你好。"钱峥也吓了一跳，听见这声音，他以为计算机中藏着一个人。

"根据你多次综合考试试卷来看，你的成绩非常优秀，但也有一些方面欠缺，我现在可以针对你的学习知识盲点进行训练。你拿起旁边的电子笔，我出题让你做，强化你的知识盲点，如果做不出来，我会给你讲解。"

人工智能"小晨"比全国最优秀的教师水平都要高出很多。

实际上，它是很多优秀教师的集合体，而且还推陈出新，针对每个学生的学习弱点进行强化，循循善诱，使得学生在学习之间有趣味性。

"人工智能果然厉害，教学都到了这个地步么？而且这还是普通的人工智能，如果是真正的高科技，比如什么提丰训练营的人工智能，不知道该有多强，难怪连欧得利教练都失业了。"苏劫心想。

三人操作了一个小时的人工智能学习系统，纷纷得出来了结论。

人工智能学习系统事先统计了每个学生的考试成绩，从他们的题目中分析出来哪个知识点需要加强，然后罗列出来一系列的做题讲解学习方法，使得学生的成绩迅速提高。

当然，这一切还得需要学生自己努力学习。

就如哪怕有欧得利这样的教练，学生怕痛不锻炼，那也是枉然。目前还没有像小说里面灌注"百年功力"的黑科技出现。

调试了一阵之后，苏劫已经发现这人工智能学习系统的确很有一套，对于喜欢学习的学生来说是个超级助手。有了这一套系统，等于是把许多优秀教师带在身边二十四小时待命。

不过也就这样了，充其量只是一个超级学习助手而已，比起网上的各种搜索引擎要高明一些。

"差不多都了解完毕了。"苏劫对钱峥和宁子夕道别，"我先回家休息了，明天我抽空把今天的心得体会写成邮件给校领导。"

"我再学习一会儿，明天见。"宁子夕一心扑在学习上。

而钱峥也没有要走的意思。

两人今天都受了苏劫的刺激，哪怕是很疲劳了也要留在这里学习。

苏劫直接坐地铁回家，在家小区下面练了两个小时的拳法，这才洗澡、看书、睡觉。

在他躺下的时候，正好是晚上九点，已经形成了某种习惯。

他睡觉的时候还是"大摊尸法"，现在他已经修炼到想什么时候睡觉就立刻一秒入睡，然后想什么时候醒来就一秒醒来。

他就好像是一个闹钟，自己可以设定。

精确，精准，不浪费一秒钟，作息行为和机器人都没有什么两样。

他睡觉的时候，老爸苏师临悄悄地来到房门口，竖起耳朵听着呼吸，只感觉到苏劫的呼吸若有若无，有的时候甚至没有，细长得好像丝线，似乎随时都要断绝，可偏偏永不会断。就如天地之间，始终存在的那一线生机，所谓是天无绝人之路。

"这睡觉，大摊尸……已经到了似死非死的状态，如果更进一步，就是活死人。他到底遇到了什么？"苏师临深深皱眉。

"你躲在这里偷听什么？孩子都睡觉了。"许影走过来打了苏师临一下。

"咱们的这个儿子真是了不得，他的功夫已经真正登堂入室，我不敢相信这是两个月时间练出来的。"苏师临也不知道是什么心情，他在思考很多事情。

"我虽然不懂功夫，可这么多年也知道你的难处。"许影招呼苏师临坐下来，"儿子的功夫和你比如何？"

"他还差些火候，但比我纯正很多。我看不到他的极限在哪里，也许他能够在以后踏入我梦寐以求的层次中去。"苏师临道。

"那不如全力培养儿子练功夫？反正他说学习也不会落下。"许影问。

"不用培养他，他自己已经有了成熟的训练体系，自己形成了想法，任何人都无法干涉，他有他的路，我们只要观察就好了。"苏师临突然嘿嘿笑了，"老天爷待我不薄，居然送了我这么个大礼包。"

"嘚瑟什么，将来还有麻烦事呢。许绅已经找到了我。"许影眉宇之间有忧色。

"找到你又怎么样，难道我们怕他？现在是什么年代了。我们过我们的日子，许家过许家的日子，大家井水不犯河水。如果他们想要干什么事情，我会让他们知道当年的痛苦。"苏师临目光凌厉如刀。

"本来不相干，但老爷子要走了，他立下来遗嘱，把家产分了我一份。"许影道。

"推掉就是了。我们现在虽然没钱，可生活也过得去，儿女都越来越有出息，平平安安过下去比什么都强。"苏师临道。

"我也是这么想的，但事情怕是没有这么简单。"许影还是有些担心。

"兵来将挡水来土掩。你放心就好，我摆平一切事情。"苏师临就如一座山，遮风挡雨。

接下来的时间，苏劫依旧是每天凌晨三点起来练功，练三个小时，六点吃饭上学。

在学校里面按部就班地学习、上课，课间时间在学校体育室锻炼，晚上放学后练习三个小时。每天都是如此。

整个高三的气氛非常紧张，可对于苏劫来说是轻松自如。

高三的课程基本上就是考试，每次考试他总是在十分钟之内就把试卷写完，交卷出了考场，径直去计算机房查阅各种资料，或者去体育室锻炼，反而空闲出来了大把时间。

关键是，每次考试试卷基本上都是满分。

老师也习惯了他这种天才行为。

时间就这样过去了一个月，平平淡淡，波澜不惊。

苏劫在这个月之中，把浮躁的心灵完全沉淀下来，他反反复复练习"锄镢头"这招，然后通过学校的计算机房搜索各种武术格斗资料，自己进行研究。

同时，他在自学大量的人体学、医学、按摩、针灸、经络、瑜伽、冥想、心理学等方面的知识，为自己的修行增加更多的理论基础。

在明伦武校的两个月，他训练、擂台实战、按摩、针灸、电流刺激，时间排得满满的，都是身体素质方面的东西。

而现在，他在锻炼没有落下的同时，进行了最深层次的学术研究。

在学术研究的过程中，他以前练功时的一些不理解的东西，也渐渐都理解了。

收获巨大。

他有这样一种感觉，就是听老爸的话，沉淀下来学习研究，比起一味锻炼更有效果。

第五十五章

星耀搏击　玉环鸳鸯勾绊摔

"苏劫，你真是厉害啊，这次月考居然考了七百四十分，又是全市第一。"

教室里，大家看着幕布上的成绩单，苏劫又是第一，而钱峥以七百二十分的成绩紧随其后，宁子夕是七百一十九分，只差一分就可以追上钱峥。

但两人还是差了苏劫一大截。

高三每天小考不断，不过真正的大考每月进行一次。

月考后全市统计成绩，然后学生放假两天，放松放松，否则每天都是紧绷绷地学习也受不了。钱峥是绷了一股劲，这次月考一定要把第一的宝座夺回来。

可苏劫的分数让他有种绝望的感觉。

这是全面碾压。

不过，他看见成绩出来之后，面无表情，让人看不出来他内心深处的波澜。

"苏劫，月假放两天，我们去钱峥的搏击健身馆一起学习吧，锻炼身体。"宁子夕发出了邀请。

"可以啊。"苏劫笑着答应，他这个月都在练习、研究、调节身心，加强身体素质和心理素质的调养，可唯一就是没有经过搏击实战，心里有些痒痒。

星耀搏击健身馆是市里面比较好的锻炼场所，里面甚至有一些职业的退役教练，去了和人对战也还不错。

他这些天看了大量的武术文章，还有全世界许多职业格斗家训练的视频，另外更有各种老拳谱，除此之外，历史上各种拳击、自由搏击、综合格斗的职业比赛视频，很多拳王格斗天王的风格、擅长什么，他都有一些了解。

除此之外，他甚至还找到了各国特种部队的训练资料。

这才算是真正踏入了功夫的圈子。

不过，越是接触得多，他越是觉得自己知识浅薄，这一行的水太深了。除非专门给他三五年的时间，一心一意研究，才勉强可以登堂入室。

听到这里，钱峥似乎来了精神，他意气风发地走过来："苏劫，我看你最近锻炼也挺勤奋的，每次早早做完试卷，就去体育室进行锻炼。不过这样只能够健健身而已，如果没有专门的教练，动作错误，身体都很容易出问题。走吧，星耀那边有国家级专业教练，可以帮你塑形。"

这些天苏劫每次考试早早交卷，然后去体育室锻炼，钱峥都看在眼里。

对于苏劫的这些锻炼，钱峥不以为意。做什么慢悠悠的太极拳？

他把欧得利的关节操误认为太极拳。

尤其是笨拙的"锄镢头"这招，简直让钱峥觉得又丑又土，不知道在干什么，觉得苏劫好像是个被什么假"气功大师"洗脑的公园大妈大爷。

在很多人眼里，"锄镢头"这招的确是又笨又不好看，走路如鸡一啄一啄，猥琐得好像只老猴子，或者是七老八十在地面刨土的农民。

钱峥对这种锻炼简直不屑一顾。

"那我们走吧。"宁子夕兴趣盎然。她最近很高兴，加强锻炼之后身体好了很多，学习成绩也进步了不少，这次月考居然和钱峥只差一分。

三人出了学校，在校门口钱峥才露头，停在远处的一辆商务车就开过来，上面下来个司机，帮忙开门，尽显钱峥大少爷的派头。

苏劫也被邀请坐了上去，发现车里面明显被改造过，富丽堂皇，还有小酒吧和沙发，尽显奢华生活。

钱峥从酒柜之中取出来了两瓶纯净水丢给苏劫和宁子夕："这是刚刚空运过来的斐济水，不是市面上卖的那种，口味很纯，你们试试吧。"

"现在市面上卖的很假。"宁子夕很正常地开瓶喝了口，点点头，"的确是原产地火山岩深处的地下水层，没有任何污染，味道一喝就尝出来了。"

苏劫也喝了口，并没有说话，对于纯净水有什么奢侈品牌，全世界哪个地方的纯净水比较好，他都没有什么研究，这应该是那些富豪、明星干的事情。

他喝水是从明伦武校那边买来的训练用水，其实价格也比较贵，但效果非常好。

明伦武校的训练用水加入了很多微量元素，给格斗选手用的。

职业格斗选手在比赛前比赛后都要进行尿检，甚至是血检，看有没有服用兴奋剂，所以他们的用水也很严格，明伦武校就是专门针对这个开发生产的饮用水。

商务车很快就到了一家极其上档次的健身馆前面。

这健身馆是一整栋大楼，装修得好像五星级酒店，都是高档服务。不过苏劫看过洗心山庄的休闲娱乐设施，倒觉得星耀搏击健身馆好像掉了一个档次，看起来虽然豪华堂皇，可缺少一种底蕴。

"我们这栋大楼，有六十二层，上面是酒店，下层有搏击馆、健身馆、瑜伽馆、休闲水疗，在顶层有观光餐厅……"钱峥介绍得意气风发，"我家开发这栋物业的时候还是很早，十年过去，这价值翻了十多倍。"

苏劫从他的话中明显听出了优越感，他也没有反驳，只是微笑点头。

这反而搞得钱峥没有了兴致。

钱峥其实想看苏劫被震撼的样子，从而获得内心的优越感。

"我们去格斗区吧。"宁子夕圆场。

格斗区非常大，格局划分也清晰，有空手道区、剑道区、柔道区、泰拳区、拳击区、跆拳道区，都有专门的教练，很多人在热火朝天地练习。

苏劫看了一圈，发现大多数都是精英白领，还有酷爱运动的富二代多一些。

这和明伦武校不同，也和洗心山庄不同。

明伦武校的学生，大多数都是家庭条件不是很好、不听话，送来武校磨炼，还有就是向往真功夫的老外，或者是像苏劫以前那样千里迢迢过来试试看的人，社会身份比较低。

而洗心山庄则纯粹是最高档富豪娱乐洗练身心之地。

星耀则处于中层，大多数都是中产阶级，就算是那些酷爱运动的富二代，家里虽然有钱，可没有接触到真正的上流圈子。

苏劫见过世面，稍微对比就比较出来了。宁子夕和钱峥都是富豪家庭，可和张曼曼比起来，气质似乎差了一些。

"好！"

"打得好！"

"拳腿都不错！"

一阵轰动声音传过来，是熟悉的味道，听这声音苏劫不用看，定是有人在擂台上较量。听到这声音，他内心深处就有些痒痒，压抑不住兴奋和冲动。

"看来修心还是不够。"苏劫笑笑。

"怎么？你有兴趣么？"钱峥挑挑眉，"我看你天天在体育室练传统功夫，不如上擂台试试如何？我们这里每天都有小赛事，全程直播，谁都可以参加，赢了有奖金。"

不用说，苏劫在看墙壁上的赛事规则。

这规则就是照抄明伦武校的小型擂台赛，只是整个场地规模，还有参赛的选手乃至于水平，都和明伦武校差远了。

"可以，我想试试。"苏劫心中微喜。

"可以啊。"钱峥眼睛都亮了，"这里参赛的水平都很好，你看台上的两个，一个是省泰拳冠军，一个是参加了国外很多格斗比赛的健将，都是别的搏击馆教练来我们这里挣钱的。你和他们比的话肯定会输，这没有意义，不如我们两个上去比比如何？我看你每天练得那么勤奋，应该有几手。"

"那最好了。"苏劫点头。

"那我去安排。"生怕苏劫不参加，钱峥立刻去吩咐工作人员。

擂台上两个比赛的教练停下来，看着苏劫和钱峥上了擂台。

"拳套和护具。"裁判也是个教练，他分别给两人送上护具。

"开始咯？"面对苏劫，钱峥第一时间护头，摆好了格斗式，随后他看着对方，似乎没有放手的意识，眼神之中出现了轻蔑。

只有菜鸟才会这么做。

"开始！"裁判在两人中间手往下一落，随后退开，让两人开始对战。

砰！

钱峥倒在擂台上。

"怎么回事？"

裁判和周围的观众都不明白，好端端地为什么倒下了。因为两人就是稍微一接触，根本没有出拳对拼。

"我滑倒了？"钱峥爬起来，也是疑惑不解。

但这时候是对战，想不了那么多，他继续摆好格斗式，抓住机会，朝着苏劫突然发出猛攻。一顿连环拳和摆拳。

但扑到了苏劫面前，他脚下似乎被什么东西绊倒，直接失去了平衡，又摔了一跤。

这下他看清楚了，是苏劫不知道怎么地伸出腿来，勾绊了他一下，使得他失去平衡，立刻摔倒。

"居然用这种阴招。"钱峥怒从心头起，本来以为自己打苏劫是手到擒来，随意发挥就可以把对方打倒在地，也算是在这方面出一口考试被压制的气，却没有料到连摔两次，面子都丢光了。

"这下我小心了，你想勾倒我就没有这么容易，被我抓住机会，打得你生活不能自理。"钱峥心里暗暗发狠。

他猫着身体，压低重心，似乎让自己更加稳固，时时刻刻注意脚下，朝着苏劫逼迫过来。

苏劫笑笑，脚又是一勾一收，好像蛇尾巴。

砰！

钱峥再次被勾中，又倒地。

第五十六章

中线切入　势如刀锋不可挡

"我就不信了！"

钱峥爬起来的时候，怒火中烧，再次猛烈进攻。

可还没靠近苏劫，又是被一勾，摔倒。

苏劫的腿勾绊用得神出鬼没，伸缩自如，好像下肢装了弹簧，而他的脚好像镰刀割麦子，探出去，拉扯，似乎连树都可以割断。

这门腿法叫做"鸳鸯脚"。

在《水浒传》里面，武松最为擅长。玉环步鸳鸯脚，醉打蒋门神就是这门绝技。

实际上，在中国传统武术中，这是戳脚门、弹腿门的功夫。

极其实用，隐秘性强，勾绊之间让对手失去平衡，往往用于纠缠摔抱之中，或者是接触的瞬间。

这招是古洋教授的十八门实用性散手之一。

传统武术中有些散手实用性极强，军队里面的武术都是从其中提炼出来的。

苏劫施展开来，神出鬼没，别说是钱峥，哪怕是省一级的职业选手都要中招。

连续摔倒了四五次，钱峥已经头晕脑涨，脚步虚浮。可他心中的火越来越大，不顾一切要打倒苏劫。

就在第六次要进攻的时候，他肩膀被人按住了。

是个教练上来，示意比试停止，然后小声道："小峥，这个人非常厉害，你不是他的对手，我来吧。"

"华兴老师，是你。"看见这个教练，钱峥冷静下来。这是星耀搏击健身馆的总教练，他父亲花费高薪聘请过来的，是国家级的搏击运动员，后来退役来到这里教学。

钱峥跟随他学习了三年时间，虽然是断断续续，可也比普通人要强很多。

"想不到你年纪不大，技术居然这么好，我们玩玩如何？"总教练华兴代替了钱峥，对着苏劫道。

苏劫看见这人，便知不可小觑。

就和当初在洗心山庄看到的拳击教练唐金一样。

"总教练，我来上如何？实在是轮不到您出马。"这时候，旁边一个比较年轻的教练上来想要替自己的"少老板"找回场子。

"你下去。"华兴摆摆手，"你不是他的对手。"

"他有这么强？"年轻的教练不相信，不过他还是听话，拉着钱峥走下擂台。

宁子夕在下面已经看出来了，钱峥和苏劫根本不是一个等级。

当局者迷旁观者清，钱峥自己看不出来，可宁子夕在下面看得清清楚楚。在苏劫的面前，钱峥和一个三岁小孩没有什么区别，让他倒下就倒下。

"苏劫什么时候这么强了？"宁子夕一个暑假都在学习空手道，多多少少了解搏击的一些情况。钱峥的厉害她知道，从小锻炼，又有知名教练指导，训练也很刻苦，营养也好。虽然比不上职业队员，可在业余之中绝对是佼佼者。

而苏劫，体育成绩在当初也是一般般，虽然说不上是虚弱，但也绝对不是拔尖，怎么过了一个暑假，就变成了超级高手？

"有兴趣来玩两手么？"华兴再次对苏劫发出邀请。

"行啊，什么规则？"苏劫爽快答应，他憋了好久，现在不管是什么高手，都敢上去叫板，舒展一下筋骨。

"这位同学你擅长什么？"华兴很随意。

"我擅长徒手。"苏劫把拳套脱下来。

他擅长的"锄镢头"这招，核心就是一个劈。如刀向下砍杀，如锄头向下挖掘。在打这一招的时候，为了追求速度最快，五指必须要张开，如同鹰爪之擒拿，使得气流从五指的缝隙之中过去。

而戴上了拳套，气流阻碍太大，速度就快不起来。

这就好像是苍蝇拍子，中间必须有很多细密的小孔，才可以拍得中苍蝇。

劈法在冷兵器时代使用得很多，在现代格斗中，拳法只有直拳、摆拳、勾拳，而没有最重要的劈拳，就是因为拳套受了限制。

而在民间打架，劈拳用得非常多，俗称"王八拳"。猫、老虎、豹子，还有猴打起架来，都是大同小异的劈打。

苏劫这个月研究运动学、人体力学，还有各种动作的协调性、连贯性，都可以写出来一篇几万字的论文了，他对于"锄镢头"的认识比在武校的时候已经发生了更加深刻的变化。

"有些意思。"看见苏劫脱下拳套，华兴也把拳套脱了，然后示意裁判可以开始了。

"开始！"裁判一声令下。

这个时候，华兴突然目光闪烁，瞄准了苏劫的肋骨，在刹那之间，又收回目光，居然是和唐金一模一样的欺诈动作。

眼神八法的运用炉火纯青。

如果不是苏劫事先在唐金那边吃过亏，怕是又要被欺骗。

可现在他就不同了，无视这些目光欺诈，身躯弓了下来，两肩竭力内扣，把身体向中间挤压、内裹，整个人好像是变成了一把刀的刀刃，对准敌人的中线，随时准备切入。

这是他一个月的感悟，其中参考了咏春拳的"中线理论"，还参考了古拳谱中的"脚踩中门神仙难防"的口诀，更是研究了日本许多剑道的斩法，自己琢磨了一部分打法，现在拿华兴做个实验。

"这是什么？剑道？"华兴皱眉。

唰！

苏劫已经扑了过来，进攻的线是华兴的中线，从中医上来说，这条中线就是"任脉"。

任脉是人体前面的中线，而督脉则是人体后面的中线。

任督二脉组成一个立体的椭圆，把人体都包裹在其中。

苏劫把自己变成了刀，切入中线任脉之中，以劈山开河、划陆成江之势，对华兴进行攻击。

他一个月都在苦练和揣摩，没有和人动过手，现在终于有了动手的对象，情绪上的积累一下释放出来，简直天崩地裂。

就如被困了五百年的孙猴子打破五行山跳出来，势不可挡。

砰！

华兴也没有料到苏劫不进攻则已，一进攻如此凶猛，连他都几乎来不及反应，双手本能地护住中线要害。

这时候，苏劫的力量已经到了他身上。

他整个人好似遭遇了车撞，直接退到了擂台边缘，被绳索拦住。可绳索也遭不住这股力量，直接崩断，使得他跌下了擂台。

"可惜。"苏劫站在擂台上，并没有因为一招打飞华兴而高兴，相反他知道了自己的不足。

按照力学原理，他这一劈之间，把所有的力量都释放到对手身上，对方应该被打得定住不动，可是现在对手居然"跑"了，虽然被打下擂台，但并没有受伤。

如果在街斗之中，就代表着对方还能够继续战斗，胜负未分。

华兴果然在擂台下甩了甩自己的手臂："好大的力量，不错不错，再来吧。"

"行。"苏劫巴不得华兴再来，对手很强，正合他意。

华兴跃上擂台，再次和苏劫对战。

嗖嗖嗖！

华兴这次是先发制人，身体飘忽，速度提上来了，左右摇摆，上下猛击，好像是西洋花式击剑，这套拳法叫做"海盗式"打法。

苏劫也在晃动，跟上华兴的脚步，两人游走之中，拳腿出击，都在试探，没有什么剧烈的缠斗画面感。

这下就显现出来了华兴的功力，他是国家级退役队员，战斗自然不如那些在役的巅峰队员，可功底足可秒杀很多专业好手。

开始的时候，华兴的确有点大意，没有提起全部精神。而现在吃了亏之后，就全神贯注，把和苏劫的比试当做国家大赛。

这一认真起来，苏劫就很难对他进行一击必杀。

而华兴的拳腿有时候也会打到苏劫身上。

国家级的格斗选手拳腿非常重，哪怕轻轻一碰，普通人都会受不了，更别说是用全部力量进行抽打撞击。

但每次华兴的拳腿落到了苏劫身上，根本没有任何效果，他感觉好像打在石头上似的，反而使得他自己的手脚隐隐作痛。

而苏劫打在他的身上，则是有一股穿透力，连他的骨髓牙齿都震得发麻。

"算了，不打了。"还没有分出胜负，突然华兴把距离拉开摆摆手。

"嗯？要休息一会儿么？"苏劫正来了兴致，打得很兴奋的时候对手不打了，心中有些失望。

"你受过特工级别的抗击打训练？"华兴问，"你的抗击打程度已经超过了国家队的某些极限。"

"差不多吧。"苏劫点点头，"要不咱们再来？"

"今天不打了，我还有事，有时间常来。"华兴觉得自己再这么打下去，恐怕胜算不高，万一被打败，那名声丢光，甚至有可能失业。

"若是在巅峰时候和这小子对战，我觉得可以赢下来。可现在这小子初生牛犊不怕虎，我状态还是有所下滑，胜算是有，可是不高。"华兴内心深处也有所考虑。

苏劫看出了华兴的犹豫，也很理解，也是一笑："华兴老师，你这次真是给了我很多机会，论经验我是远远不如你，有时间我向你多多学习。"

他这说的不是客套话，对方是国家级退役运动员，经验的确比自己丰富，做教练很久，更是明白各种细微格斗技巧。苏劫哪怕是再强，在这方面也还很浅薄，需要和资深的老前辈多多交流，他可不会有点本事就狂到天上去。

第五十七章

随时领悟　台球定杆得功夫

"我们去旁边坐坐吧。"

这个时候，宁子夕出来打圆场。她看出来钱峥在连番打击之下，心态已经失衡，需要好好调理一下才可以恢复过来。

"苏劫，你真是厉害。"钱峥甩甩脑袋，也认清楚了事实，他迅速冷静下来。

"我和小峥先聊聊训练上的东西。"华兴看出来了钱峥信心受挫，拍拍他的肩膀，领着他到一旁去谈心。

"苏劫，我们去那边喝咖啡等着他们。"宁子夕则是招呼苏劫，轻车熟路走到了一处休闲茶吧。

华兴把钱峥带到了一处安静的训练室。

是日式榻榻米结构，纯木装修，淡淡的香料环绕，在墙壁上有个"禅"字，最适合修身养性。

"坐下。"华兴对钱峥道，"你心态失衡了，很容易偏激。坐下来，按照我教你的坐禅，平心静气，冷静思考一下。"

钱峥盘膝坐下，但面红耳赤，不知道想到什么，就是静不下来。

"教练，这个苏劫在暑假之前，无论是什么都比不过我。在学校我考试是第一名，他永远都是第二，格斗方面我可以打他十个，怎么过了一个暑假，他什么方面都碾压我了。"钱峥压低声音，几乎要从喉咙中吼出来。

"你看看你这副样子，面目狰狞，已经扭曲了。"华兴道，"没有人是永远的第一，常年的优秀，让你站在那个位置下不来了。一旦下来，你就会无法忍受。这是你的一个关口，如果你这都跨不过去，那也没有什么好说的。就如格斗来说，正视对手，放弃荣耀。当你赢了一次之后，这次的胜利就已经过去，一切都要从头再来。哪怕是世界天王冠军，难道就没有输的时候么？"

"话虽这样，可我就是不甘心，我想找回来。"钱峥心态平和了一些。

"你的这个状态，不可能找补回来，只会越陷越深。"华兴喝道。

"教练，那我现在怎么办？"钱峥问。

"很简单，知己知彼，百战不殆。这个苏劫究竟是怎么才能够一举超过你，你要获得这方面的情报，然后按照同样的方法训练。"华兴道。

"教练，我也好奇，按道理，你是国家队出来的，国家队的训练方法可谓最先进了，你给我训练，也都按照国家队要求，可他怎么……"钱峥百思不得其解。

"等等。"华兴摆摆手，"我虽然把国家队中训练的一些体系加在你身上，但你的训练量连那些队员的十分之一都比不上，而且你很少真正实战。如果你真的在国家队中集训一段时间，比现在强几倍都不稀奇。当然，这个苏劫的训练应该有国外那种顶级特工方法在其中，至少他的抗击打是如此。这种痛苦不是常人所能够忍受的，我也很不能理解。"

"教练，难道你也不是他的对手？"钱峥问。

"如果按照比赛规则，我肯定会赢，但如果没有规则就很难说。他的动作都是杀伤力极强、擂台禁止的动作。"华兴并没有为自己做掩饰，"我还是擅长擂台格斗，如果现实搏杀，专门受过特工训练的肯定会超过我。当然如果观察他一段时间，把他的套路摸清楚，战胜应该不是问题。其实你应该高兴，有这样一个对手来激励你、鞭策你，使得你不放松，咬牙追赶，促进你的进步。把心态放平和，用智者的心态去观察对手，寻找对手的破绽，诸葛亮惊世之才，还不是被老谋深算的司马懿熬死了？"

"教练，我知道了。"钱峥冷静下来。

"先做十分钟腹式柔术呼吸和冥想，彻底平静下来再出去勇敢面对。"华兴指点着。

在另外一处休息室中，咖啡甜点的香味环绕，轻音乐流淌。在休息室的中央，有人在打斯诺克。

台球是一种非常绅士的运动，和高尔夫、保龄球一样，适合于不愿意激烈运动的精英人士。

苏劫和宁子夕坐在这边等钱峥。

"苏劫，这次钱峥被你打得失去了自信，现在华兴教练带他去疏通心理。我其实很好奇，这个暑假你到底发生了什么？能不能跟我说说？"宁子夕一副好奇的样子。

"我就去了一趟明伦武校学功夫而已，学习中国传统武术。"苏劫笑着，"你也别练习空手道了，学学中国功夫挺好的。当然，其实空手道也是中国功夫，以前叫唐手嘛。"

"那你能不能教我？"宁子夕表现出很期待的样子。

"我现在都是学习阶段，哪里能够教别人。"苏劫婉言拒绝，正要还说些什么，突然砰的一声撞球，打断了他的思路。

"好。"是台球那边传来的声音。

打斯诺克的两个人，一个是老外，一个是中国青年。

两人都打得非常好，不过中国青年明显占了上风。他打球行如流水，每杆都攻守兼备，显然是给那个老外上指导课。

苏劫看了几杆，居然入神了。

砰！

中国青年一杆打出，白球撞击到红球，使其直接灌入口袋中，而那白球则是代替了红球的位置，纹丝不动。

这是定杆。

再打定杆的时候，这青年全身无意识地一沉，剧烈送杆，如同扎枪，在接触到达白球的刹那，突然定住，似乎把所有的力量都送入了白球之中。

这样一来，白球撞飞红球就会定在原地。

砰！

又是一杆，这次是拉杆。

那球杆伸缩吞吐，迅速回拉，使得白球撞击红球之后，自己也后退，并没有惯性向前。

苏劫仔细观察这青年打台球的发力，还有那白球红球的轨迹，想起刚才和华兴对战的时候，自己一劈虽然把华兴劈退，但却让对方卸掉了九成九的力量。

如果能够把对方打定住，甚至回拉，是不是更好？

"我明白了。"突然，灵光一闪，出现在了苏劫的脑海中。

他的心中，开始把台球的技巧、力学现象跟功夫结合起来，很多招式都似乎有了微妙的变化和认识。

尤其是"锄镢头"这招，他发现其中蕴含了更多的技巧和变化。

这一招就是这么神奇，每当他以为可以把这招的变化都吃透之时，都会出现新的领悟。

似乎这一招的学问真的可以无穷无尽。

"呀，钱峥他们过来了，我们去训练吧。"宁子夕看见钱峥和华兴出来，喊醒了出神的苏劫。她本来想问苏劫整个暑假的变化，可苏劫根本不搭理她，一直盯着台球看，这让她心中有些不舒服。

"这里环境如何？"钱峥看似已经完全从失败的阴影中恢复过来。

"非常好，适合训练。"苏劫笑着，"你平时应该是跟着华兴老师训练吧，我能观摩一下么？"

"以后一起训练。"钱峥很认真地道，"苏劫，你很厉害。不知道你愿不愿意接受我的聘请，成为这里的教练。我跟着你学习，月薪十万，不知道你是否愿意。"

"你是认真的？"苏劫看着钱峥，他也没有料到钱峥居然提出这个要求。

"当然是认真的。"钱峥点头，"拜托了！而且不会耽误学习，你在学校也可以对我进行训练，有什么训练上的要求，我都可以满足你，比如训练器材，训练需要的按摩师、营养师、保健师，这里都能够提供。"

"这个……"苏劫考虑了一会儿，"行。"

"那我马上叫人安排合同。"钱峥看见苏劫答应了，顿时大喜。

而这个时候，华兴对钱峥的行为微微点头，露出满意的笑容。

很显然，钱峥思想完全扭转过来了。超过一个强者的最好办法不是嫉妒，而是学习他，然后以他的长处来打败他。

早在清朝时候就有智者提出来"师夷长技以制夷"。

很快，一份正规的教练合同就拟定好了。

苏劫拿起来很仔细地看着。他对于合同可是记忆犹新，刘子豪让他签那个什么卖身合同，他拒绝了；而后来周春甚至设计出一套碰瓷事件，想让他签合同；然后就是风恒益派个"灰狼"过来，甚至掏出匕首来威胁他签约合同。

后来，他就对合同有些阴影，在这个月的学习过程中，也了解了很多法律方面的东西。所以他现在看合同很锐利。

"这条可以改动一下，还有这一条……另外，这条的措辞可以改成这样。"苏劫拿出来一支笔，在合同上面一条条地改动着，非常专业的样子，看神态就像个经常谈判的专业律师，这又让华兴、钱峥、宁子夕刮目相看。

"苏劫，你学过法律么，怎么这么懂行？"宁子夕是越来越惊讶。

"多少懂得一点。"苏劫改完合同，再递给钱峥。

钱峥很爽快就同意了。

本来星耀的合同对于公司肯定非常有利，但在苏劫的改动下，已经变得很公平了。不过，钱峥本意是想从苏劫这里获得快速变强的秘密，也没有想要在合同上坑他。

苏劫之所以答应，也有自己的考虑。

星耀搏击健身俱乐部气氛也还可以，适合自己训练功夫，很多人可以交流，尤其是华兴身上有很多东西能够挖掘。其次钱峥都把姿态放得这么低了，毕竟大家是同学，不是什么敌人，如果能够成为朋友也很不错。

苏劫一直相信，多个朋友比多个敌人要好。

当然，像周春、风恒益这种人就算成为敌人也没有什么。

第五十八章

温养磨砺　九月十月蕴锋芒

签过合同之后，钱峥迫不及待地想从苏劫这里学到两个月就变强的秘密，于是提出来立刻就要训练。

一行四人来到另外的训练场所，单独幽静，有各种训练器材。

"我想要速成，应该如何训练？"钱峥询问着。

华兴则是饶有兴趣地看着苏劫，看看他的训练和国家队有什么不同。

反正国家队不可能在两个月内把一个什么都不懂的少年变成高手。

"你是想提升身体素质，还是想直接格斗？"苏劫问。

"两者都要。"钱峥马上回答。

"那只能进行横练了。"苏劫想了想欧得利训练自己时的情景，"那你跟着我先做运动热身。"

随后，他就开始做欧得利的关节操，让钱峥照着做。

"这……是太极拳？"看见苏劫慢悠悠的动作，钱峥有些不相信，可还是跟着做了。但这套动作做完之后，他就傻眼了，因为接下来，苏劫和他一起做各种武练。

连续的俯卧撑、深蹲、平板支撑、蛙跳、跳绳、引体向上、壁虎攀爬等一套流程。

在训练了十分钟之后，钱峥就上气不接下气、眼冒金星："不行了，不行了，缓着点，我不行了……"

"这才是热身，我已经把自己的训练量减少三分之二加在你的身上。"苏劫摇摇头，"这一套流程是把你全身每一处的肌肉和骨骼关节组织进行预热，充满乳酸，等下进行横练排打才有效果。如果没有把乳酸堆积起来，排打反而会伤害软组织。"

苏劫给钱峥做示范，各项对身体负荷要求巨大的运动都行如流水，把华兴都看呆了。

身上出汗了，苏劫把衣服一脱，露出赤裸的上身。

"我靠！"宁子夕都忍不住说了一句惊叹的脏话，虽然不符合她校花女神的形象，可现在只有这个脏话惊叹词才能够表达出来对苏劫身材的震撼。

苏劫身上的肌肉并不发达，可线条看上去简直完美，一片片地贴在身上，沾上了汗水之后，带着一丝古铜的颜色，但整体还是白皙细腻。

"金刚不坏！少林铜人！"看见这一身的铜片状肌肉，钱峥脑子里面冒出武侠小说中的几个字。

"我靠。"华兴心里也忍不住骂了一句粗话。

苏劫的身材本来没有这么夸张，但自从涂抹聂家的秘制油膏，再加上按摩、针灸、电流刺激之后，油膏渗透进入皮肤中，就形成了这样的结果。

聂家早年是为皇宫里做菜，为皇帝太后做养生保健的。

而明伦武校的创始人刘光烈早期是少林俗家弟子，两家后来通力合作，开发出来许多传统古老健身药方，再用现代医学进行研究，临床试验，做出来了秘制油膏、内壮酒这种精品。

苏劫虽然是聂霜和盲叔的临床试验品，可实打实地获得了很多好处。

"我要晕倒了。"在做完一组战绳之后，钱峥眼睛一黑，不管三七二十一，直接躺在地面上，半根手指都不想动，这个时候哪怕是别人拿刀来杀他，他都不管了。

"太弱了，起来！"苏劫拿出教练的派头来。他知道这是加强意志力的时候，如果这时候坚持不下去，那根本谈不上后来的横练。

可就算是他怎么叫唤，甚至把钱峥拉起来也无济于事。

钱峥就好像一摊烂泥，拉起来勉强做了两个动作，又躺下了。

"兄弟，我们慢慢来，一口吃不成胖子。"到最后，钱峥几乎是躺在地上求饶，完全没有高富帅的精气神。

"苏劫，你这种爆发式的训练量，一口气超负荷，就算是国家队最初的时候也没有这么弄的，这种训练弄不好会猝死，还是停下来吧。"华兴看得直皱眉。

"没事，这是极限训练，而且开始的动作流程是一步步拉开心肺功能。"苏劫摆摆手，"他的身体我看得出来，不会出事。这一关其实是意志磨炼，如果没有坚强的意志，那下一步根本无从谈起。"

钱峥文练这一关都过不了，更别提接下来的横练了。

"明天……明天再说，先让我缓缓。"钱峥实在是没有办法。

"那我就没有办法了。"苏劫无奈，教练再好，也要学生努力。现在钱峥这状态，就算是欧得利来了都没用。

"我当初的体能比钱峥要差得多，为什么遇到欧得利就能够坚持下来，而钱峥就无法坚持呢？难道我的意志天生就比钱峥强很多？或者我的求武之心比他要坚定？"苏劫看着休息的钱峥，心中陷入沉思。

"我们来练练吧。"华兴对苏劫发出邀请，"刚才其实没有尽兴，现在让我看看你的真正技术水平。"

"那太好了。"苏劫正好要把从台球中参悟出来的力学原理运用到"锄镢头"这招中。

砰！

两人又一次碰撞，拳来脚往。

"怎么回事？"华兴在中了一劈之后，居然有一种力量使得他前倾，根本无法后退，或者向旁边躲闪。

是苏劫的新参悟发挥作用了。

依旧是"锄镢头"这一招，但多了几丝不同的变化。

"华兴的确有料。"在战斗过程中，苏劫发现华兴其实是顶尖高手，自己在明伦武校经历了多场擂台赛，除了风恒益之外，超过华兴的一个都没有。

实际上，华兴作为国家级退役的搏击高手，就算是在明伦武校也是高级教练。

在明伦武校中，苏劫也很难找到这种级别的教练和他进行对练，相互交流。

两人五分钟一次比试，休息十分钟。这样连续进行了三个小时才停下来，苏劫是意犹未尽，而华兴也显现出疲劳。

"果然拳怕少壮。"华兴摆摆手不练了，在和苏劫练习对打的过程中，他获益良多。对方是真实有料。

而苏劫获益更多，总算"解解馋"了。

时间过得很快，又过了一个月。

这个月，苏劫过得特别充实，除了在学校读书考试之外，就是在星耀搏击健身俱乐部带上钱峥一起训练。

当然，在学校里面每次考试完毕，钱峥也会跟随他一起去体育室锻炼，然后在计算机房进行各种学习。

在外人看来，这两个平时不对路的第一、第二名男生，居然成为了好朋友。

在星耀俱乐部中，以苏劫华兴为中心，竟然形成了一个气氛很好的研究会，很多 S 市的搏击高手都前来相互交流，这让苏劫的水平迅速提高。

除此之外，他的营养伙食也都和钱峥一样。他让钱峥吃的是聂家私房菜各种养生餐，然后从明伦武校网购了很多训练必备的油膏、药物等。

果然，在苏劫的训练之下，钱峥水平大幅度提高。

就算是华兴都惊叹，明伦武校的一些药物怎么如此有效果，甚至连国家队都比不上。

只是在这一个月中，钱峥连武练的要求都没有达到，更别说是横练了。

有一次，钱峥尝试过了横练，被苏劫在肚子上拍打了下，当场就蹲下去好像一只烧红的大虾，连眼泪都掉出来了，简直不堪一击。

这个样子，苏劫也只有慢慢对他进行训练。

当然，就算苏劫对钱峥进行横练训练，其实也只能够对他全身肌肉部位进行排打，另外的部位，比如各种穴位和关节处他就没有这个本事了，欧得利的本事他连十分之一恐怕都没有学到。

不过，就算是以这微末技术，训练钱峥是足够了。

第二次月考，钱峥考了七百一十分，可苏劫居然还是考了七百三十分。这让钱峥十分绝望。

更让他绝望的是，他每天和苏劫一起训练，亲身感受到了苏劫到底有多么强大，每天的训练量是他十倍，而且还精力充沛。

甚至有的时候，他忍不住和苏劫对战，根本就是被三秒钟解决战斗。

他很清楚自己这一个月来进步有多大，可越是进步，和苏劫拉开的距离就越大，因为苏劫进步得更快。

渐渐地，他对苏劫的嫉妒消除了，取而代之的居然是一种佩服，甚至还有一丝丝的崇拜。

"苏教练，这两天给我放个假，轻松轻松，我需要彻底休息。"钱峥居然对苏劫请假。

"行，是该休息了，给你放假。"苏劫知道钱峥这个月有多累，也就随便他，自己训练自己的。

看见苏劫背着包去训练，根本不肯休息，钱峥双目之中流露出复杂的情绪："真是个怪物，难怪我不如他。这个月我和他的差距看出来了，最重要的是意志力，他可以忍受很多痛苦和折磨，我忍受不了，难道是我从小太娇生惯养了？"

"这个月我的训练量和格斗经验增长都并没有落下。"苏劫走在前往训练馆的路上，也在总结得失。

星耀俱乐部气氛很好，高手众多，训练条件算是一流，营养充分，除了没有盲叔的按摩、针灸和电流刺激之外，甚至比明伦武校条件都要好一些。

毕竟苏劫在明伦武校是个普通学员，没有签约成为选手。

当然，盲叔的按摩、针灸、电流刺激已经告一段落，因为苏劫的横练功夫已经登堂入室，气血流转之间，随着意念可以充盈全身，哪怕是电流刺激也增长不了什么了。剩下的就要靠他自己每天用意念贯通全身，一遍遍地"行功"，就会自然增长。

这些日子苏劫也切身感受到了，自己抗击打能力越来越强，似乎蠢蠢欲动，有种春蚕破茧的味道，看来横练功夫有可能更进一步。

如果说七月份和八月份，他在明伦武校的经历是钢铁进行锻打，把杂质完全炼掉。那么他在高中的九月份和十月份，就是在温养和磨砺。

苏劫这口宝剑在九月和十月虽然没有火花四溅激烈锻打的过程，可就是这种温养磨砺使得他锋芒渐渐成型。

第五十九章
危机初现 魑魅魍魉何其多

钱峥偷懒，苏劫就背着包一个人前往星耀俱乐部。

这是他每天的必修课。

本来高三学生都要上晚自习，一直上到晚上十点才可以去睡觉休息。早上五点半就要起来读书。但苏劫向班主任和校领导请假，晚上都可以不在。

这放在别的学生身上恐怕会被骂个半死，甚至请家长、关禁闭，可苏劫很轻松就请下假来了。

没别的，他考试成绩太好了，哪怕是不学习，也是次次考第一，平常测试都是满分。

有的时候，老师自己都要想半天的题目，他眼睛一扫就可以做出来。

这弄得所有老师和学校领导都没了脾气。

更重要的是，学校领导都知道，他晚上是去星耀俱乐部进行健身。而且苏劫之所以考试成绩好，都是因为身体好，所以很支持他锻炼身体。

除此之外，学校领导还几次让他分享自己的健身和学习经验。

他挤上了地铁，背包很大非常沉重，里面装的是护膝、缠手带、拳套、饮用水、各种药膏和药油，还有一些补充体能的营养品。

这一整套高级装备，都是在明伦武校的官网上购买的，花费很是不菲，其中一些营养品是盲叔给他开的方子。

盲叔和他在网上还有联系，每过一周，盲叔都要让他去医院检查身体，测试各种数据，然后给他传过去，让他开出各种药方进行进补。

每天要补充多少微量元素，都有一系列的研究和规定。

苏劫这两个月之所以进步如此巨大，盲叔也有很大功劳。

当然，苏劫自己也在学习各种营养学、人体学的知识，不懂就向盲叔请教，俨然成了盲叔带的研究生。

盲叔本身是剑桥医学院的博士，带苏劫是绰绰有余。

挤了半小时地铁，苏劫才从地铁口出来，站在人潮涌动的十字路口，前面就是星耀俱乐部。

就在这时，他的面前突然出现了一个夹着皮包的年轻人："你就是苏劫同学吧？"

"你是？"苏劫看着这个年轻人，浑身透露出一股机灵劲，嘴皮子很薄，一看就是靠嘴巴吃饭的。

"我是黑森猎头公司的部门经理，戴兴。"年轻人戴兴拿出自己的名片。

"猎头公司？找我来干什么？难道要挖我去当什么教练？"苏劫正要拒绝。

"我是受委托来找你，希望接触到你姐姐苏沐晨博士。"戴兴连忙道。

"为我姐姐？哪家公司要来挖我姐？"苏劫一听反而不想走了，他其实早就觉得昊宇集团不可久留。

从第一次发现风宇轩的丑态，又发现了风恒益的霸道，属下居然有"灰狼"这种动不动就拿出匕首的罪犯，怎么看都觉得这家公司不是表面上那么简单。他已经劝过老姐不是一次两次了，可都因为种种原因被推脱掉。如果能够找到另外靠谱的大公司，苏劫还真希望老姐离开。

"请跟我来。"看见似乎有戏，戴兴连忙点头哈腰在前面带路。

很快，迎面开过来一辆轿车，带着两人七弯八拐，到达了一栋隐身在城市中心的小楼中。

"这里是……"苏劫发现这里是清一色的中式院落，而周围都是高楼大厦。这是 S 市很有名的富人区，周围的高楼大厦房价都超过了二十万一平方米。而这里的院落，每一套基本上都是三五个亿往上走，而且如果不是身份特殊，有钱也买不到。

车开了进去，在最幽深的一栋院落面前停了下来，车库自动门打开。停好车之后，苏劫和戴兴下来。

"这就是自动驾驶？"苏劫发现一个奇怪的事情，那就是带着自己前来的这辆车没有驾驶员，全程都是自动驾驶，坐在后排看见刹车和方向盘自动运转，很是诡异。

"我老是在网上看见自动驾驶的事情，想不到今天居然看见了。"苏劫觉得很是震撼，这汽车在路上避让、转弯、倒车、侧方停车，都十分精准，哪怕是驾校教练都远远比不上。

"科技创造未来，以后的时代，就是科技时代。"戴兴笑着，"走吧，这家公司的主人是想给你看一下他们公司的实力。昊宇集团能够提供的，这家公司也能够提供。"

"自动驾驶做到这种地步，的确非常厉害，技术一流，自动驾驶也属于人工智能的一种类型，老姐是人工智能研究专家，被这家公司看中是理所当然。"苏劫心想，就随着戴兴走入了庭院。

"好气派。"这是古典的中式庭院，但装修处处可以显示出现代简约明亮宽敞的风格。走在这其中，看到庭院中有小鱼塘，清水流淌，巨大的锦鲤游来游去，微风吹来，简直心旷神怡。庭院非常大，粗略估算了下，肯定是上千平方米。

庭院的主客厅有扇巨大的落地玻璃窗，里面有几个人似乎在煮茶待客，在周围的墙壁上，都是一本本的书籍，书香之气扑面而来。

"如果我家能够有这样一套房子就好了。"苏劫心想，"老姐在我还小的时候，带我来这周围玩，当时就指着这里说，以后一定要为爸妈买这里的房子。"

"老板，苏劫来了。"

戴兴进入了客厅中，模样很狗腿。

"哦？你做得很好，那份我少不了你的，现在没事了。"其中有个人挥挥手。

戴兴面带喜色地退下去，他知道好处肯定少不了。

"你就是苏沐晨博士的弟弟苏劫吧？"那个人招手让苏劫过去坐下品茶。

这里有四个人，都是清一色的年轻人，不超过三十五岁。他们穿的衣服很休闲，可从精神气质上都看得出来，非富即贵。

有两个苏劫似乎从娱乐新闻上看到过，是某某大少之类的富二代、有钱人。

"你们好。"苏劫打招呼，丝毫不怯场，大大咧咧地坐下。

看见他这副模样，为首的青年眼神中有一丝异色。

"苏劫，你看这庭院如何？"为首的青年等苏劫坐下来，甚至不介绍自己，就直接开口问。

"非常好。"苏劫看了看内部的装修，在简洁之中透露出品质。有些细节看起来虽没有什么，但实际上用的却是最上等材料。

"我们几个人合伙开了家新公司，做的也是人工智能。现在有自动驾驶这一块的技术，在来的路上我相信你已经看到了吧。"为首的青年道，"我叫陆树，是这家公司的董事长。如果你姐能够从昊宇集团带着团队跳槽出来，签约金就是这套房子如何？"

"这套房子！"苏劫听后都吃了一惊。他一个高中生都看出来这套院子的价值，怎么都值几个亿，怎么可能随便就送出来？

"你不相信？我陆树说一不二，只要你姐姐一签约，立刻过户，而且可以写进合同里面。"陆树不以为然，似乎这套房子对于他来说根本不算什么。

"的确，一套房子对于我们来说小菜一碟。"有个青年随意说道，"你姐姐在昊宇集团的待遇我们都知道，就算是项目成功，风宇轩兑现承诺，你姐所获得的也不过就这么多。我们可以给你姐的十倍都不止，更何况，风宇轩也未必就能兑现。"

"这个事情我做不了主。"苏劫没有什么心动，在上次捐出二十万之后，他对钱财的欲望便有了绝对的掌控，"不过你们如果确定，我倒是可以和我姐姐商量商量。"

"那很好。"这几个青年相互看了一眼，"这样，我们约个时间，就明天，明天你带上你姐姐还来这里，我们一起商谈合同的事情，为了表示我们的诚意，送你点小礼品吧。"

陆树拿出来一张卡，还有一台手机："我知道你喜欢搏击格斗，你按照这张卡上的网站登录，可以在上面购买一些市场上买不到的东西，增加你的身体素质。不过，这上面的网址只能够在这台手机上登录。"

苏劫正要推辞，突然瞟了一眼那卡上的网络地址，居然和欧得利给自己的有点类似，顿时就接了过来。

当初，欧得利在离开的时候，给了自己一个网址，还有账号、密码，让自己登录购买。但后来自己试了很多次，始终登录不上。

"莫非……"苏劫心动了，接过这手机和卡片。他不是相信这几个"大少"，而是相信欧得利。

"那我们就说好了。"陆树似乎不想留苏劫在这里多待，语意之中有些赶人。

苏劫也觉得和这一帮"大少"待在一起实在是没有什么话聊，就告辞离开了这里。

这群"大少"也没有开车送他离开，显得有些怠慢了。

"树哥，怎么不让车送他出去？"有个青年询问。

"如果用车送他，恐怕就要错过一场好戏。你真的以为我们挖苏沐晨，风宇轩会不知道？"陆树淡淡地道，"我实话告诉你们，风家的情报系统比我们厉害得多。甚至我们这个公司，他们都安插了人进来，或者是有很多窃听器。毕竟，风寿成这老家伙的小儿子回来了。"

"他小儿子是什么来头？"几个青年"大少"都不清楚。

"风寿成有个小儿子，从几岁就送到了一个非常秘密的训练营，接受全世界最尖端的特工训练，一共训练了十多年。"陆树道，"现在他回来了，自己给昊宇集团建立一套商业间谍体系。"

"那我们不是没有任何秘密可言？"几个"大少"都面面相觑。

"无妨，我早就有对策。"陆树摆摆手，"这次一定要把苏沐晨团队挖过来。话说这个团队真是厉害，居然突破了人工智能最难突破的一些精密研究。如果能够得到这个团队的核心技术，我们的自动驾驶系统就可以彻底量产，在全世界范围内推广。我们的这个公司，就可以一举晋升为超级巨头公司。你们看外国的'面具'公司，就几个年轻人，做社交网站，在短短五年时间，就成了市值五千亿美元的超级巨无霸。我们现在的条件比起'面具'当初的几个年轻人要优越得多，没有理由不成功。"

"苏沐晨这个团队本身就是一个大学宿舍的室友，后来全部考上了研究生、博士，而后一起组建公司。不得不说，她们个个是学霸。可惜的是经商根本不在行，导致公司一次次破产，最后被风宇轩捡了个便宜。"陆树握住拳头，"我有一种预感，谁把苏沐晨这个团队掌握在手中，谁就可以掌握未来商业上的某些格局。"

第六十章

灰狼再现　无孔不入风恒益

"苏沐晨这个团队的确掌握了某些核心技术，但这是她的事情，据说现在风宇轩这小子在追求她。我们就算是拉拢她弟弟也干涉不了她的行为吧？"有个身穿休闲衬衫，戴着名贵手表的"大少"还是有些疑惑。

"风宇轩这小子那德行，到处泡妞，今天一个三流小明星、明天一个网红地带在身边，私生活比我们还混乱，有什么正行。不过话说回来，他的生意头脑也的确厉害。而且至今为止，还没有一个妞能够从他身上占到便宜，都想嫁入豪门，可每个都是玩腻了被甩，但偏偏在各大媒体上，这小子的风评还很好。"另外一个"大少"语气中带着羡慕和嫉妒。

"这样的人才真正不可小看。"陆树对这两个"大少"道，"蒋元，樊川，你们两个管公司的融资和商务，都做得很不错。我们现在公司资金、关系、渠道都不缺少，唯独缺的是技术。说实在的，我们都不是搞技术的料，只能够从外面挖。这次我们齐心协力，一定要挖到苏沐晨这个技术团队，这是我定下来的公司大战略，也是今年最大的事情，所有事情都靠边站，你们没有意见吧？"

"我没有意见。"就在这时，有个一直低头玩手机的"大少"开口了，他说话似乎也没有分量，"树哥是我们的主心骨，你说什么就是什么。当然我也认为我们公司现在缺乏的就是核心技术团队。"

"那这件事情就这么定了。"陆树拍板，随后问这个低头玩手机的"大少"："黎叔身体最近怎么样？"

"我爸身体好得很，最近在跟着麻大师学习健身气功，气色比我还好。"这个"大少"放下手机，露出一张清秀的脸，很明显是"男生女相"，这种相貌在古代"麻衣相书"之中要么是最低等的戏子伶人，要么就是最上层的治国谋士。如张良就是"如妇人好女"。

"麻大师，我老爸也信他。那次我家那块地拿下之后要开发，老是出各种事情，不是工人掉下来摔死，就是安全事故，上面审批也有问题。后来请麻大师作法重新布局了一下风水，果然一帆风顺，什么麻烦事情都没有了。本来我是不信的，经过这件事，我心服口服了。"蒋元这个"大少"啧啧赞叹。

"我就不信这些东西。"樊川嗤之以鼻，"现在什么年代了，还弄这些神神鬼鬼，都是骗人的魔术把戏，历史上靠这种东西成大事的没有一个。宋朝金兵攻城，皇帝还信任骗子郭京，以为他会什么六丁六甲，可以召唤天兵天将，结果城破之后，自己都被俘虏，造成了靖康之耻。"

"这东西我是宁可信其有，不可信其无。孔子也说要敬鬼神而远之，不碰它，但也不诋毁它，大家各过各的，井水不犯河水最好。"陆树摆摆手，不想在这方面上讨论，"黎智，对接这个苏劫的事情你来做如何？从苏劫一进来，你都在玩手机，可实际上是在暗中观察这个人。"

"苏劫这个人不简单。"男生女相的"大少"黎智道："不过树哥早就准备好了手段引他上钩，不怕他不乖乖地入圈。"

"暗网上有很多好东西。他只要入了其中，肯定会流连忘返，到时候就好办了。"陆树点头，"不过接下来很多细节问题，就需要你来掌握。别小看苏劫对苏沐晨的重要性，你看苏沐晨的晨劫工作室命名就看得出来。"

"她是个扶弟魔。"樊川笑了起来，"既然如此，那就好办了。不过我们要先下手，免得风宇轩那小子下手。"

"看着吧。"陆树道，"苏沐晨整个团队，价值百亿都不止，所以你们在挖人的时候，千万不要在意一些小钱。"

苏劫从门口走出来，弯弯曲曲，要不是他记忆力好，很有可能就在这个小区之中迷路了。

"果然是真正的富人区。"苏劫在大街口回头看了看这深幽的别墅庭院群落，唏嘘感叹，普通人恐怕一千年都买不起这样的房子，"这几个'大少'见面就送房子，倒是财大气粗，但我感觉也不是什么好的合作对象。至于这个手机和卡，回去给老姐看看，她在计算机方面比我精通得多，看看那网站究竟是什么。我也别轻易使用，免得上了别人的当。"

他看了看手机和卡片，都是市场上没有见过的类型。正好路过一条街角的小巷子，他顺便就放入了自己背包中，整理了一下。

等他站立起来的时候，发现巷子口站了个人。

苏劫首先看见的是一双军靴，这军靴是国外制式，野战专用。

这个人肩膀宽阔，身穿适合运动的休闲服，戴着帽子，帽檐压得很低，似乎要把脸都遮住。

此人的气息并不陌生，而是很熟悉。

灰狼。

在明伦武校拿匕首威胁苏劫签约合同，是国外雇佣兵出身，也是风恒益手下。

"小子，我们又见面了。"

灰狼把帽檐推了上来，露出一张狰狞的面孔："你好大的胆子，本来我都放过你了，可你居然想挖我家老板的墙脚。你和陆树这群富二代说的什么，我都知道得清清楚楚。现在你跟我走一趟吧，别乱跑，乱跑的话，我的匕首可不长眼睛。"

"你这么做不怕违法？随身携带管制刀具是要被拘留的。"苏劫依旧蹲着，他感觉到灰狼的目光紧紧粘着他，只要他一动，对方就会扑上来。

这个灰狼真的敢杀人，而且以前肯定杀过人，绝对不能掉以轻心。

他的精神紧绷到了极点。

"违法？你大约不知道我杀过多少人！"灰狼眼神之中明显有讥笑，"废话少说，跟我走！"

"那就来吧。"苏劫动了。

他心中已经无所畏惧，脚步一踢，整个背包就被踢起，朝着灰狼飞了过去。

灰狼似乎早就预料到了苏劫会这么做。

他身躯提前闪避，如百足蜈蚣乱窜，袖中匕首握在手上，依旧是漆黑的匕身，连刃口都是黑色的，不会有丝毫反光。

匕首砍向了苏劫的肩关节、肘关节、腕关节这些地方，十分歹毒，不伤性命，但可以对他的关节造成永久性伤害。

关节的伤害是不可逆转的。

比如苏劫如果肩关节被刺中，以后打拳运动都会受到很大限制，甚至不能够干重活。

这等于是"废掉武功"。

灰狼一上来，就冲着废掉苏劫而去的。

匕首带着残影划了下来。

砰！

突然之间，一根棍子横空出世，打在了匕首之上。

匕首被打掉了。

灰狼一惊，就看见苏劫的手上不知道什么时候多出来了一支双截棍。

苏劫身躯一动，根本没有多说什么话，猛扑上来，手中的双截棍照头就是一劈，用的还是锄镰头手法。

灰狼另外一只手匕首画了个圆弧，宁肯头被打烂，也要把苏劫的手腕给切下来。

这两下交手，就是真正的冷兵器格斗，兔起鹘落，险象环生。

苏劫手一松，居然舍弃了双截棍，让匕首划个空。然后猛地劈出，用"毒蛇出洞"的手法，戳在了灰狼的手腕处。

吧嗒！

灰狼全身一麻，被打中了麻筋，匕首一下掉落在地上。

这时，苏劫用脚把两个匕首都踢飞，也没有去捡双截棍。

双方都是赤手空拳了。

"灰狼，你上次在我面前耍匕首，我就有所防备了，所以在背包之中藏了双截棍，就是等着你出现。还有你在我出小区门口的时候，就已经盯上了我，以为我不知道么？"苏劫此时此刻的冷静，根本不像个高中生。

"好小子，有两手。"灰狼甩了甩麻木的手，露出狼一样的牙齿，"你倒是让我惊喜，但结果还是不会有任何改变。"

苏劫并没有说话，脚步一滑，好像溜冰要滑倒，整个人向灰狼倾倒过去。

在倾倒的过程之中，他起把护头，闪把近身，拧把蓄力，钻把破防，抢把夺位，劈把送劲……数十个微小的动作，在刹那之间全部完成。

"锄镢头"这招没有丝毫烟火之气地施展了出来，自然得好像是吃饭喝水、随意走路那么简单。

"打人如走路。"苏劫已经把这句古拳谱中的口诀精髓全部掌握。

灰狼大吃一惊，因为他只感觉到面前人影一闪，苏劫就已经逼了过来。

这时候的苏劫比起在武校的时候强了很多，而且是那种根本想象不到的强。

这两个月之间，苏劫边读书边练武，并没有落下功夫，反而是更加精进，心态沉淀下来，有了"见龙在田"的气度。

和星耀许多经验丰富的职业高手交流后，他的实战训练也今非昔比。

速度、体能、穿透力、方位的把握已然炉火纯青。

"找死。"灰狼面对苏劫的攻击，也没有来得及躲闪，直接提膝前顶，这是对付贴身进攻最好的办法。

可是苏劫的双手劈按下来，正好打在了他膝盖上，让他身躯瞬间失去平衡，膝顶的作用也发挥不出来。随后苏劫进步再次一个"锄镢头"，直接挂向灰狼胸膛。

灰狼溃不成军，连忙后退，总算是躲过一击，可身上的衣服被撕得粉碎。

追风赶月不放松！

苏劫并不留手，几乎是连贯性地追击！

起落！

又是一把"锄镢头"。

此把拳催动起来，起落如潮水，惊涛拍岸，连绵不绝，永不停歇。

真是"不染敌血誓不还"！

第六十一章

初战告捷　一顿操作猛如虎

灰狼连续后退。

他上身的衣服已经被苏劫扯碎，双手抵挡在地面，但苏劫扑上来"一头碎碑"，把他的防御撞开，全身都硬打进来。

他的胸口被头顶了一下，似乎胸骨都裂开了，疼得喘不过气来。

苏劫扑上来的瞬间，手打，肘打，肩打，腹打，肋打，臀打，背打，膝打，脚踩打，头打，全身一气呵成地攻击。

周身无处不是手，挨到何处何处击！

在外人看来，苏劫这招实在是不美观，一扑上来之后，挨到就抓，抓到就扯，扯到就撕，撕到就裂，如同泼妇发疯。

可这就是传统功夫的真正实战，符合野兽捕食的风格。

老虎扑羊，苍鹰捕兔，也都是一扑一按，接下来就是甩、撕、扯、揉、压，要竭尽全力，在最短的时间内，把猎物扯碎了！

这是最凶狠、残忍的。

灰狼三秒钟不到，便后退了三步，不光是上身的衣服被扯碎，甚至是皮带、裤子都被扯得稀烂，连他的内裤都被扯成了破布条，某些不雅的东西也露了出来。

其实这多亏他身法好，力量大，对于危险预知能力强，要不然被扯碎的就不是衣服，而是他的四肢和脑袋！

"这才是最真实的中国功夫！"

苏劫从来没有这样打过，他知道"锄镢头"此把拳的许多变化，可和人交手根本没有办法把所有变化施展出来。因为一旦出手，就是非死即残。

现在灰狼对他动匕首，他拼命一搏，就毫无顾忌，把这招的变化尽情发挥。

就在两三秒的时间，他全身舒展，酣畅淋漓，一声长啸，最后一脚蹬出，正中灰狼的肚子，把灰狼打到了小巷子里面的墙壁上，而后滑落下来。灰狼在地面挣扎着，爬了一下居然没有爬起来。

灰狼整个人都是赤条条的，他双手捂住重要部位，整个人缩成一团。

"怎么？不狂了？"苏劫拿出手机，把灰狼这个赤条条的样子录制下来，留下证据。

"小子，你等着。"灰狼这时候还在说狠话。

"兄弟，何必这样。现在是法制社会，本来我应该把你扭送派出所，但本着治病救人的原则，这次就算了。以后可要改邪归正，重新做人，浪子回头金不换。"苏劫脸上带着微笑。

听见苏劫这个话，灰狼差点气得半死，嘴里喷出了血沫。

"滚吧。"苏劫踢了灰狼一脚，"能不能动？不能动我打电话给昊宇集团，让他们出钱给你找医生？"

灰狼勉强爬起来，从小巷子另外一头钻了出去，没了衣服的他只能裸奔。

他双目之中的仇恨目光告诉苏劫，他绝对不会善罢甘休！

苏劫也把自己的东西收拾好，离开了这里。

他不想节外生枝。

毕竟老姐还在昊宇集团工作。

而且这些证据苏劫都保留着，这些视频到时候准备好之后，一举抛出来，才可以打个措手不及。

不然打草惊蛇，反而坏事。

他清楚得很，昊宇集团势力太大，自己现在和他们硬碰硬，那是以卵击石。

这场风波从灰狼出现，到被苏劫撕扯打飞，连同两人对话，也就两三分钟的时间。对于苏劫的训练计划并没有造成什么影响。

苏劫按照原计划，到了星耀俱乐部，和华兴等人训练交流。

砰！

他照例和华兴先来了一场对战，两人拳脚试探之后，华兴突然用了柔术，进行搂抱，要把苏劫放倒。

但苏劫身躯一抖，反甩过来，反而把华兴直接摔倒在地。

"你今天怎么这么厉害了？"华兴疑惑不解，他感觉到苏劫今天变化特别大，技术、胆量、精气神都提升了一个境界。

"没什么，就是突然领悟到了什么东西。"苏劫在训练的时候，也感觉轻松自如。刚才和灰狼的战斗，他真是立地成佛式地参悟，全身通畅。

这才是真正的实战。

不过他还是心慈手软，如果把灰狼踢飞的时候，再次扑上去，肯定可以使得对方毙命。

但苏劫不可能这么做，他还没有跨过这道门槛。

而且他对灰狼也颇为佩服，对方在他的连环进攻之下，居然还能够闪避。腹部中了一脚，也能够爬起来逃走，不愧是国外的雇佣兵高手。

接连他又摔了华兴几个跟头。

华兴这个国家级的格斗教练现在居然完全被他压制。

训练到晚上回家，他没有事似的继续睡觉，心理素质极好。

他知道如果是普通学生，别说是被灰狼威胁，哪怕是被外面的小流氓小混混威胁，都会吓得不行。

可苏劫根本不在乎，该做什么还是做什么。

这都得益于欧得利的训练。

尤其是"大摊尸法"日益精深，已经到了"似死非死"的精神状态。

世界上似乎没有什么东西可以让他动摇。他制定了自己的生活轨迹，就要按照这个轨迹来。

隐隐约约，他心中有个道理在酝酿，似乎要喷薄而出，但没有找到什么宣泄口。

在睡觉之前，他给老姐苏沐晨发了条信息，把今天遇到几个"大少"的情况说了下。

这件事的选择权交给老姐，自己只是做做参考而已。

明天后天是学校放月假的休息日，高三学生好不容易有了喘息之机，都会放松放松。可苏劫根本没有这个概念。

他每天固定时间晚上九点"大摊尸法"入眠，凌晨三点起床锻炼到六点，文练和武练还有横练，已经坚持了差不多四个月，没有一天间断过。

没有欧得利对他进行横练排打，他自己已经可以进行练习，全身自行拍打、掐按，或者撞击墙壁和大树。

他的身体在日夜锤炼之下，已经逐渐发生了某种蜕变。

第二天凌晨三点，他照例来到小区附近的公园锻炼。在进行文练之时，揣摩昨天和灰狼的几秒交手，越想越是兴奋，许多感悟冲上心头。

他也不管招式的运用，而是想象面前灰狼拿着匕首来进攻自己，他躲闪反击。开始的时候，他面前想象出来的灰狼是一个，接下来变成了两个、三个、四个。

他用身法躲闪，用最狠辣的手段来进行反击，完全陷入了自己营造的这种精神状态之中。

砰！

突然之间，他一肘撞在大树上，大树猛烈摇晃，然后他进身一扒，居然把一块树皮深深抠了下来。

如果抠到人身上，怕是连皮带肉和骨头都被抠出来。

打完收工，苏劫浑身舒畅。

感觉如果下次再遇到灰狼，绝对可以更快解决战斗，甚至有可能赤手空拳之下，避开匕首，把他制服。

"年轻人，你的心意把太过歹毒了吧。"就在苏劫收工的时候，旁边传来个声音，是个身穿亚麻衣服的中年人，似乎也是早起锻炼的。

在公园附近有个混元太极武馆，每天早晚都有学员或者太极老师出来锻炼。

上次苏劫看见个老头练习太极拳架子纯正，一举一动都有劲力鼓荡，和普通的公园太极完全不同，他就觉得这个混元太极武馆有些料，想着什么时候去看看，但一直没有抽出空来。

不过眼前这个中年人穿的衣服并不是混元太极标志。

天还没亮，苏劫也就练了一个小时，现在才凌晨四点，万籁俱寂。现在已经是十一月初，秋天来临，早上的公园还是有些冷，这么早很少有人出来活动。

"我才学没有几个月，打得不好。"苏劫很谦虚，学无止境，随着他的功夫越来越深，整个人也越来越谦虚谨慎。

这也是他读《易经》的心得。

欧得利告诉他读《易》，首先学的就是"谦"卦，山在地中。

人应该有山一样高大的品德，然后藏在广袤大地的深处，不显露出来，这样才会诸事大吉。

"年轻人，说谎话可不是好习惯，你这心意把的功夫就算是二十年苦功、名师指点，都不一定能够练得出来。"亚麻衣服的中年男子皱眉，随后走近了一些，正面打量苏劫的面孔，似乎在看相。

苏劫正要解释。

这中年男子抬手阻止他说话："你不用说了，我相信你所说的话，你的面相告诉我，你并没有说谎。"

"面相还能够看出来有没有说谎？"苏劫怎么都觉得这个人在忽悠自己。

"相由心生，基本上看面相，就可以看出来一个人的品格生平来，甚至可以预测他的将来。"亚麻衣服中年男子拿出来一张名片递给了苏劫，"年轻人，如果我没有看错，你正处于一个天大的麻烦之中，甚至有血光之灾，连家人都要祸及。如果你相信我，可以来名片上的地址找我，我能够帮你化解。"

"算命看相？血光之灾？"苏劫看着名片上面是手写的"麻大师"，不由得笑了。他根本不相信算命这东西。

尤其是熟读《易经》之后，他更加不信了。

据说所有算命的理论，都是来源于《易经》这本书。

可《易经》这本书根本不是用来算命的。在苏劫看来，是一本《人生指南》《思想品德》。难怪历朝历代，读书人儒家弟子把这本书列为修身齐家治国平天下的必修课本。

读《易》不信命。

天行健，君子以自强不息。

地势坤，君子以厚德载物。

明白《易经》中的这两句话，就可以势如破竹，所向披靡，命运又能奈我何？

第六十二章

麻衣神相　不信命来无鬼神

　　身穿亚麻衣服的中年人名片上称呼为"麻大师"，职业看相测运势，风水改命，气功健身。活脱脱的一个江湖骗子。

　　但苏劫平白无故也不愿意得罪人。

　　江湖骗子也或多或少有一些本事，否则又怎么能够骗到人？

　　"麻大师您好。"苏劫还是很客气，"如果有麻烦，我会去这名片上的地址找您的。"

　　这明显就是客套话了。

　　麻大师很显然也听得出来，但他并没有生气，脸上反而显现出神秘的笑容："年轻人，你的大摊尸法修炼得不错，但还死得不干净，留下一点渣滓。"

　　说完之后，他转身就走。

　　"死得不干净？"听见这几个字，苏劫内心深处涌起了波澜，他灵光一闪，"麻大师，等等。"

　　但麻大师头也不回，而是长叹道："要想人不死，先要死个人。至人居若死，动若械……"

　　很快麻大师就走出了公园。

　　苏劫并没有去追赶，而是反反复复咀嚼麻大师留下来的话。

　　他修行的大摊尸法高深境界就是"活死人"，据说到达了这个境界，精神状态非常奇妙，整个人的生机都会为之改变，这不是武功，而是心理素质的修行。

　　全真教创始人王重阳，重阳真人，就到达了这种境界。

是历史上的王重阳，不是武侠小说中的王重阳。他也自称是"活死人"。

"要想人不死，先要死个人。"苏劫知道，这句话就是禅宗的当头棒喝，用惊人之语，一举打醒人的内心，恍然大悟。

死的是自己内心深处的复杂念头，不死的是自己最本源的清水之心。

大摊尸法修炼的就是这个。

而"至人居若死，动若械"乃是《列子·力命》中的一句话，意思是上古品德高尚顺应天命而长寿的人静止下来像死了一样，而动起来，则好像机械，规律无比。

至人，《黄帝内经》中有记载，乃是顺应自然规律，超脱世俗，安然长生之人。

大摊尸法可以说是禅家，而列子则是纯粹道家。

由此可见，佛道两家对于人的心理素质修行都是"先死而后生"。

"所谓死，乃是把自己的心修炼到达无念无想的地步，整个人活着，可一念不生。此时，人的大脑就会处于最平缓的状态，这种状态之下，大脑的能力会得到很大开发，从而影响全身。"苏劫这些日子学了很多科学文章，知道心理素质对身体素质的影响。

不过，身体素质很容易训练，心理素质的训练在科学领域才刚刚起步，几乎是一片空白。

苏劫干脆就在公园的长凳上面坐下来，思考这个问题。

如何才能够做到"至人居若死，动若械"之境界？

这个境界究竟是什么滋味，是不是真的能够有无上力量？

欧得利有没有到达这种境界？

他所寻找的，是不是这种精神状态，或者是更高级的一种？

苏劫有些后悔那个时候只顾训练，没有多问欧得利一些问题。

当然，欧得利是外国人，对于佛道两家高深修行也不可能全部理解，正因如此，他需要去寻找各种高人。

那些人，也许不是格斗高手，可他们是真正的修行者。

思绪万千，头脑中如同闪电，苏劫在思考一个又一个的问题。

生命的意义何在？

死和生究竟如何区分？

来是怎么来的？去是如何去的？

他就这样痴痴呆呆地坐在这里，心潮起伏，随后又平静下去。也不知道过了多久，天色大亮，很多锻炼的人出来了，有的路过他身边，看着他一动不动，很好奇，但又散去。

苏劫完全不在意，还在苦苦思索。

他就好像是进入了黑暗迷宫中的人，怎么都找不到方向。

突然，天空阴沉了下来，风动！云来！远处闷雷滚滚，突然一声霹雳，震得地动山摇，然后大雨倾盆，哗啦啦地降落下来。

本来已经是十一月，都快立冬了，雷雨很罕见。

可这里是南方，天气还不是很冷，偶尔会有雷雨，但这么大的雷倒也稀奇。

这个时候，公园里的人都作鸟兽散。

深秋的雨淋了很容易感冒。

苏劫猛地惊醒，全身已经被淋透。

他所有思维在雷声之中归于一体，似乎抓住了某种关键点。

他一看表，发现已经到了中午，也就是说，他在公园长凳上思考，心外无物，足足六七个小时，而他觉得只过去了一秒钟。

这个时候，他深刻领悟到了古代笔记内修道之人在深山之中一坐就是几天几夜的感觉。

如果不是雷声把他震醒，他估计还在思考之中。

苏劫赶紧回家洗澡，换洗衣服。

这一切忙完之后，老姐苏沐晨居然回来了。

"你给我发的信息我看到了。"老姐苏沐晨身上还穿着搞研究的白大褂，匆匆忙忙显然刚从实验室回来。

"那你觉得怎么样？这几个人接触还是不接触？"苏劫问。

"我正要回来说这件事情。"苏沐晨坐下喝口水，"陆树这群人组成的公司很财大气粗，说的那些条件也会答应，但我这边的研究到了一个最关键时刻，如果中断，很难接得上来。而且我跳槽之后，昊宇集团肯定不会把那些研究的数据给我的，另外还有一些研究上的积累。昊宇集团的整个体系很强，而陆树他们的公司其实做资本比较厉害，除了钱多之外，技术积累不怎么样。"

"我坐过他们的自动驾驶汽车，技术很不错。"苏劫想起来。

"那技术不是他们的，他们不过是投资入股了另外一家公司，先拿到了试验品而已。"苏沐晨道。

"老姐你不是只研究，根本不擅长商业运作么？怎么知道得这么清楚？"苏劫不由得问。

"那就靠这个了。"苏沐晨拿出来了一个平板电脑，课本大小，厚度是智能手机的两三倍，很硬，金属外壳，可以当做砖头来砸人了。

她点开这个平板电脑，上面就出现了一个模拟声音。

"晨劫为你服务。"这个声音很机械，没有人类的那种感觉在其中。

"我昨天晚上拜托你查询的事情，你再给我说一次结果。"苏沐晨用语音直接说话。

"青丰集团由陆树、蒋元、樊川、黎智四人组成，通过网络上能够搜索到的信息，这四人资金、背后控股、性格、公司注册之后一系列的事件，综合分析，不建议跳槽……以下是分析列表图。"

这个机械的声音说着，然后在屏幕上显现出来很多数据图形和字幕。

"这么先进？"苏劫知道，这可不是一般的软件分析。他凑上去看了看，发现这个东西比起最顶级的商业分析团队都似乎要厉害得多："这是什么东西？就是你研究的人工智能？这也太厉害了！这东西是不是可以用来炒股？"

"当然可以用来炒股，实际上现在美国那边的证券市场，都是人工智能在分析股票，交易股票。它们分析精准，而且没有任何情绪波动，一秒钟就可以把市场上的股票基本面和技术面全部研究透彻，而且根据信息实时更新，非常恐怖。"苏沐晨谈起这个来头头是道。

"我知道，这在股票市场叫做程序化交易，就是拼谁的软件强大。不过在国内监管很严格。"苏劫知道的东西不少，"对了，陆树送了我一台手机和一张卡，你帮我看看是什么。"

苏沐晨接过苏劫拿过来的手机和卡片，很熟悉地摆弄着，然后启动，脸色就有些微变："这是暗网的入口和账号。"

"暗网？"苏劫倒是第一次听说。

"暗网是不能够通过搜索引擎获得的网站信息平台。我们表面上看到的互联网，其实只是冰山一角。"苏沐晨道，"暗网上面可以进行各种不法交易，一切犯罪和不允许的东西，都可以在上面买得到，比如情报，还有军火，甚至可以聘请杀手。暗网上面用的钱币，并不是现实中的美元之类，而是区块链技术所制造的货币，比如前一段时间非常火爆的比特币就能够在暗网中使用。"

苏劫知道比特币，是一种虚拟货币，据说从二〇一〇年最初的时候，有个程序员拿一万枚比特币买了两个价值二十五美元的比萨。

算起来一枚比特币就值零点零零二五美元。

而现在，苏劫看见网上的价格，一枚比特币已经价值上万美元。

短短不到十年时间，疯涨了千万倍，这是怎么样的增速。

每次看到这种新闻，苏劫都觉得不现实，生活太奇幻远超小说。一个看不见摸不着的虚拟货币，怎么可能价值这么多？偏偏无数人真金白银地去买，到底是整个世界疯了还是他自己疯了？

"你在暗网上甚至可以用类似于比特币的虚拟货币，购买到美国军方最新研制的各种药物，甚至是全世界许多实验室的秘密成果，只要你有那种虚拟货币。这就是暗网的可怕之处。暗网之中有许多组织，有超乎人想象的恐怖势力，它们通过暗网进行全球贸易、走私、洗钱，各种犯罪。甚至想通过虚拟货币，控制全世界的金融。我进行计算机研究的时候，偶尔发现了其中的蛛丝马迹，非常骇人。"苏沐晨忍不住打了个冷战，"这是潘多拉魔盒，弟弟你还是不要打开的好。陆树送你这个账号和登录器，绝对不怀好意，想把你带入其中。"

"既然如此那就不登录好了。"苏劫想了想，"这手机和卡片还给他们。"

虽然很好奇，可苏劫早就可以压制自己内心衍生出来的各种念头。

"这样最好。"苏沐晨点点头。

《网络文学名家名作导读丛书》已出版书目

第一辑：

辰东与《遮天》/ 肖惊鸿 著

骷髅精灵与《星战风暴》/ 乌兰其木格 著

猫腻与《将夜》/ 庄庸 著

我吃西红柿与《吞噬星空》/ 夏烈 著

血红与《巫神纪》/ 西篱 著

第二辑：

子与2与《唐砖》/ 马文运 著

林海听涛与《冠军教父》/ 桫椤 著

忘语与《凡人修仙传》/ 庄庸 安迪斯晨风 著

希行与《诛砂》/ 肖惊鸿 薛静 著

zhttty 与《无限恐怖》/ 周志雄 王婉波 著

第三辑：

天蚕土豆与《斗破苍穹》/ 夏烈 著

萧鼎与《诛仙》/ 欧阳友权 著

耳根与《一念永恒》/ 陈定家 著

蝴蝶蓝与《全职高手》/ 张慧伦 张丽军 著

蒋胜男与《芈月传》/ 肖惊鸿 主编

第四辑：

更俗与《楚臣》/ 西篱 著

烽火戏诸侯与《剑来》/ 庄庸 著

梦入神机与《点道为止》/ 周志强 李昕 著

无罪与《剑王朝》/ 许苗苗 著

乱世狂刀与《圣武星辰》/ 房伟 著

图书在版编目（CIP）数据

梦入神机与《点道为止》/ 周志强，李昕著；肖惊鸿主编.
-- 北京：作家出版社，2022.5

（网络文学名家名作导读丛书）

ISBN 978 - 7 - 5212 - 1646 - 2

Ⅰ. ①梦… Ⅱ. ①周… ②李… ③肖… Ⅲ. ①网络文
学 - 长篇小说 - 小说研究 - 中国 - 当代 Ⅳ. ①I207. 425

中国版本图书馆 CIP 数据核字（2021）第 244364 号

梦入神机与《点道为止》

作　　者：周志强　李　昕
责任编辑：王　烨　袁艺方
装帧设计：天行云翼·宋晓亮
出版发行：作家出版社有限公司
社　　址：北京农展馆南里 10 号　　邮　　编：100125
电话传真：86 - 10 - 65067186（发行中心及邮购部）
　　　　　86 - 10 - 65004079（总编室）
E - mail: zuojia@zuojia. net. cn
http: // www. zuojiachubanshe. com
印　　刷：唐山嘉德印刷有限公司
成品尺寸：152 × 230
字　　数：363 千
印　　张：25.25
版　　次：2022 年 5 月第 1 版
印　　次：2022 年 5 月第 1 次印刷
ISBN 978 - 7 - 5212 - 1646 - 2
定　　价：48.00 元